花重锦官城

李见明 著

四川人民出版社

图书在版编目（CIP）数据

花重锦官城 / 李见明著. — 成都：四川人民出版社，2024.8
ISBN 978-7-220-13663-4

Ⅰ. ①花… Ⅱ. ①李… Ⅲ. ①长篇小说－中国－当代
Ⅳ. ①I247.5

中国国家版本馆CIP数据核字（2024）第111277号

HUAZHONG JINGUANCHENG

花重锦官城

李见明　著

责任编辑	程　川　彭　炜
封面设计	李星瑶
责任印制	祝　健
出版发行	四川人民出版社（成都市三色路 238 号）
网　　址	http://www.scpph.com
E-mail	scrmcbs@sina.com
新浪微博	@ 四川人民出版社
微信公众号	四川人民出版社
发行部业务电话	（028）86361653　86361656
防盗版举报电话	（028）86361653
照　　排	四川最近文化传播有限公司
印　　刷	四川机投印务有限公司
成品尺寸	145mm × 210mm
印　　张	12.25
字　　数	320 千
版　　次	2024 年 8 月第 1 版
印　　次	2024 年 8 月第 1 次印刷
书　　号	ISBN 978-7-220-13663-4
定　　价	68.00 元

成都，一座极具包容性的城市，历经千年的风雨洗礼，在历史的长河中更迭，在时代的浪潮中翻涌，在通向未来的时空隧道中飞速前进，既传统又时尚，既悠闲又匆忙，既市井又国际。对于这座城市中的两千多万个体而言，它就像是一株慈爱的参天大树，面向变幻的日月星辰，为所有逐梦者源源不断地提供滋养和力量。

让现实更现实，并保持崇高

欧阳友权

阅读，作为现代的生活日常，既是物质需求，也是精神需求。人类在阅读中一边吸收文字中的能量，拓展对宇宙的认知，构筑自身的文化体系和精神世界；一边享受文字带来的情绪价值，分泌灵魂深处的多巴胺。

数字化时代，网络阅读日益成为现代人的主要阅读方式，而网络文学则已崛起为文学领域中的一股强大力量。最近登录某阅读网站，发现罗列的热门主题高达六十个，如修仙、重生、穿越、玄幻等，却鲜有现实主义题材的身影。尽管官方持续扶持、行业积极倡导，现实主义题材作品在市场KPI考核中仍未展现出应有的价值和竞争力。五年前，中国网络文学产业规模便已突破两百亿元大关，但现实主义题材作品在市场中的表现仍显薄弱，仅有少数作家和作品能够脱颖而出。

如果短期现状成为长期现象，那么就不仅仅是读者的问题了，作者自身是不是应该反思，我们的作品是不是存在基因缺陷和自我繁衍的问题，我们的写作是不是已经偏航，需要重新规划路线。

还好，现实主义题材的作家们是一群打不死的“小强”。和网络爽文写手不一样，他们固执，但是坚韧，保持着独立人格，拒绝流量“包养”，不会因市场的喜好而放弃信仰、改变赛道。他们不断地尝试、探索与突破，如逆流勇者，残存不死。这是时代之幸，民族之幸。

2020年，成都市互联网文化协会与成都市文学艺术界联合会共同举办了一场“我和成都”现实主义题材文学作品征集活动，我受邀成为此次活动的评审专家，并得以一睹众多现实主义题材创作者的风采。他们不仅拥有坚定的态度，深沉的情怀，更蕴含着无穷的创造能量与深刻的反思精神。《花重锦官城》便是这次活动中脱颖而出的佳作，作品以活力十足的笔触，描写了以马在舟为代表的基层干部和机车厂社区居民之间发生的一系列故事，带给我意外而深刻的阅读体验。

对于现代读者而言，“社区治理”应该是一个枯燥且无趣的话题，然而，深入阅读《花重锦官城》后，你会发现它其实拥有强大的渲染力。作者巧妙地在“机车厂社区”这样一个狭窄而局促的空间内构筑了一个“江湖式”的故事体系，它内容庞杂，却条理清晰；它温情满满，但不矫揉造作。作者如同一位娴熟的舞者，在布满报警装置的舞台上跳出了绚丽的舞步，步步惊心，步步惊喜。

当我得知这部小说的作者是一位“体制内”的上班族时，深感意外，这种意外让我真切地感受到了“高手在民间”这句话的深刻内涵。有时候过度老练可能会显得圆滑，而过分专业又可能显得刻板，但作者创作这部小说时，巧妙地把握了尺度。尽管这是一篇命题作文，小说中有部分向命题妥协的痕迹，但总体上保持着独立意识，不失真诚。其实，妥协也是一种智慧与通透。

接下来，让我们聚焦于这部小说本身。在现实主义题材作品普遍遭遇市场冷遇的当下，深入探讨创作本身比单纯分析市场局势更有意义。毕竟市场局势并非短期内能够轻易改变，但创作的可能性和空间却是无限的。

一、结构，“小空间”里的“大结构”赋予庞大叙事可能性

社区治理是一个非常逼仄的命题，一旦陷入传统模式就会写得味

同嚼蜡。然而，《花重锦官城》却成功打破了这一局限，构建了一个庞大而不凌乱、精致但不狭隘的故事框架。作者在框架内有条不紊地安排人物和事件，让一个看似乏味的主旋律作品既婉转又大气。作品中的人物和事件众多，错综复杂，我们可以按照“时间横线”和“事件纵线”来进行梳理。

首先说时间横线。《花重锦官城》整体上分为三个主要的时间维度：二十世纪九十年代、2000年新世纪以及当下。在这张时间表格里，读者总能够找到共识和共情。比如九十年代，最显著的时代标签是国有经济体制改革。下岗潮的到来，让马在舟、蒋大坤、关飞雪等人失去了原有的工作，他们三个人的命运象征着当时下岗工人所面临的三条不同出路：马在舟成了社区工作者，蒋大坤成了个体创业者，关飞雪成了南下打工者。作者把马在舟和蒋大坤的命运分野设定在香港回归之夜，这种写法既显刻意，又蕴含深意，它为读者设置了一个记忆闹钟，读者感同身受的同时，也唤醒了沉睡的记忆——当时的自己是不是也处于和马在舟、蒋大坤等人一样的迷惘之中？同样的手法在新世纪初这个时间维度上也有同样的运用，比如马晓晓对小丁的爱慕之情即萌发于2008年5月12日的“汶川特大地震”，小丁在危急时刻的无畏无惧，让马晓晓幼小的心灵受到巨大冲击和震撼，作者让历史的偶然促成情感的偶然。最后是当下，在当下这个时间段，作者设置了更多和人物命运相呼应的时代之声。比如小说第七十一章，作者连续用多个“这一年”把小社区和大时代贯通起来，想必每一个读者都会切身有感。这种叙事手法其实在很多文学作品和影视作品中都出现过，把人物的命运放进时代的目录中，让每一个普通人都有属于自己的章节，这是一种俯瞰人世沧桑的悲悯与情怀。正如马在舟和关飞雪在火车北站完成了一场迟到了三十年的婚礼，当广场大屏幕上响起《涛声依旧》时，读者终于放心了，马在舟这一张旧船票终究还是登上了关飞雪的客船。

其次是事件纵线。作者用成都元素设置了三大分线，即：火锅、川剧、麻将，它营造了市井但不市侩的地域特征和故事脉络。在火锅这条分线上，火锅一条街的去留问题引发矛盾，以及矛盾带来的争论，折射的是环境保护和经济发展两难选择。这是两种价值观的碰撞，作者利用这个碰撞，把朱晓慧和蒋大坤这两股民间力量分拆，然后通过一场疫情把两股对峙势力聚合，一场大开大合的戏码贯穿全文。在川剧这条分线上，作者把川剧的传统和街舞的时尚糅合在一起，用魏振海和魏霆的父子关系、魏霆和赵旗的师徒关系作为剧情的推拉力，所暗喻的是成都这座城市的强大包容性，巧妙地切合主题。而在麻将这条分线上，作者设定了一场小武和岳大爷的终极对决，不仅精彩，而且还把麻将这种娱乐方式升华到哲学层面。“在起初的混沌中缔造最后的秩序，在随机的变化中寻找未来的生机”，“算计的越多，失去的就越多”，文中金句频出，鞭辟入里。这不禁让我深信，成都人对麻将的钟爱，源于他们对麻将所蕴含的深厚内涵的深刻理解。

不管是横线还是纵线，几乎每一条脉络，每一组矛盾，都能做到首尾呼应，这就是我们常说的“要写得出去，要收得回来”。这是一件极显功力的事。譬如，童年时马晓晓对小丁说：“请不要叫我小朋友！”多年后，成年的马晓晓在遥远的武汉再次和小丁相遇，她对小丁说的话是：“你记不记得，她告诉过你，别叫她‘小朋友’！”轻描淡写的一句话，胜过千言万语，让两个人的离别和重逢、苦涩和甜蜜入木三分。再如，在描写朱晓慧和蒋大坤水火不容时，朱晓慧当众声明：“我朱晓慧从今天起，对天发誓，绝不吃火锅。”然而，当疫情到来，餐饮行业受到冲击，蒋大坤身陷绝境时，朱晓慧却成为“线上火锅”的第一个顾客。在大是大非面前，朱晓慧摒弃了成见，蒋大坤也展现出宽广的胸襟，俩人一醉泯恩仇。即便在一些小细节上，作者也做了精心的前后衔接。比如，冯老三对陆易斯说：“老子三拳打爆你的头！”后来陆易斯构陷马在舟时，冯老三兑现了多年前“三拳打爆你的头”的承诺。设计精妙，让人忍俊不禁。

二、情感，人物在丰富的情感支配下才有行为逻辑

人类的情感具有多样性和复杂性。一个饱满的人物形象应具备传统“三情”，即：亲情、友情、爱情。任何一种情感的缺失都难以准确诠释和解读。小说人物也是在情感的支配下才有了行为逻辑。《花重锦官城》这部小说完整地展示了人类情感的多样性。一方面，不同情感在同一人物身上呈现拉锯式的纠结和取舍；另一方面，同样一种情感在不同人物身上又展现出不对称的反射和对应。以男主马在舟为例，他的身份是社区书记，是整部小说的核心人物，作者塑造这个人物时，在“三情”的描写上既完整又清晰。

在亲情上，对女儿马晓晓，马在舟爱得深沉又僵直。他对女儿做网红的梦想嗤之以鼻，甚至极度反感，父女矛盾不可调和。但有几个细节却将马在舟对女儿的爱表现得淋漓尽致。譬如在和沈先生分别之后，马晓晓回到家没有任何倾诉，但马在舟却敏锐地发现了女儿感情上出了问题。没有追问和安慰，马在舟只是默默地拿出了小丁的信，瞬间就为马晓晓的情感迷宫找到了出口。这是一个心思细腻的父亲。另一方面，马晓晓被网友“人肉搜索”身世之谜，马在舟在接受网友质问的时候，俨然否定了他和马晓晓的父女关系。虽然他一直反对马晓晓做网红，但是当马晓晓被网友“围攻”时，他宁愿否定血缘亲情，也要替马晓晓把这一关闯过去。这是一个敢于担当和割舍的父亲。

在爱情上，对爱人关飞雪，马在舟爱得既深邃又克制。对关飞雪的儿子小武，马在舟有如慈父，对关飞雪本人，马在舟默默付出，但又拿不出一句铿锵有力的表白。他知道，关飞雪对他当年的失约有着深深的“恨”。其实，这恨意中又何尝不是爱意。两个人隔着窗户纸来回拉扯，让读者看得揪心。最后，马在舟在社区的支持下，终于鼓起勇气向关飞雪做了表白。而关飞雪在嫁给马在舟之前说的那段话也值得读者回味——房子里有了爱，才叫家，房子里没有爱，也只是房子。我要的是家，而不是房子。

在友情上，对挚友蒋大坤，马在舟对他有太多的亏欠。当年是蒋大坤将宝贵的社区工作名额让给了马在舟，当马在舟得到群众和组织的认可，升任社区书记、手握一定权力时，却总在关键时刻“摆他刀”。一是在两大阵营投票的时候，投了朱晓慧一票；二是在疫情来临的时候，要求蒋大坤停业。每一次决策，马在舟都经历了内心的剧烈挣扎与纠结，这也让读者深刻地体会到了社区书记的不易与艰难。

除了传统的“三情”之外，作者还布局了其他情感，如魏振海和孙孝辉的战友情。这一段在第三十八章突兀而出，感觉是一条和整体剧情无关的支线。但如果一条支线足够精彩，且有强大的感染力，读者就不会在意它的主次关系。怕就怕不好看的“生插”。这段故事讲述了两个军人的生离死别。魏振海本就是一个“戏子”，却阴差阳错上了前线。他是怯弱的，在惨烈的战斗中退缩了，当了逃兵。当他目睹战友们一个个牺牲，他又找回了男人的血性，重返战场。最后，他成为全班的唯一幸存者，并被授予了“英雄”称号。但他知道，他不是真正的英雄，真正的英雄是那些战死沙场的弟兄。而班长孙孝辉对魏振海这个英雄称号的认识更具格局，孙孝辉阻止了魏振海说出真相的打算，他说：“你代表的是我们整个班，以及所有牺牲的弟兄们。你在，我们班的光环就在……为了这个班的荣誉，你必须把这个英雄当下去。”一段动人而伤感的往事让读者终于明白，魏振海不是钉子户，几十年来他坚持不拆迁，只是为了兑现要给孙孝辉“唱一辈子戏”的诺言。

小说中还描述了一种邻里情。这条情感线潜藏在关飞雪和康红玲之间，一开篇两个女人就不共戴天，恰好彼此的儿女又暗生情愫。

原本这个桥段比较老套，但作者以小武之死化解了两人的恩怨。“话音一落，关飞雪又痛哭起来。康红玲紧紧地抱住关飞雪。两个不共戴天的仇人在此刻冰释前嫌。都是做母亲的人，谁又能面对这样的伤痛呢？”这段话让康红玲那种心胸狭隘、睚眦必报的形象瞬间消解。大多数人性是“善”的，我们看到的“恶”，只是为了保护自己而生出的刺。

三、节奏，传统文学的短板恰好就是自身最好的涨分点

前面我已说过，传统文学需要反思。反思不是自我否定，而是自我革命。对于网络文学而言，传统文学最大的弱势在于和读者之间的互动性。创作一部小说，不单单是塑造几个人物或讲述几个故事，而是构筑一个完整的世界，作者就是这个世界的“上帝”。作者要带着读者去这个世界，切不能只顾自己埋头向前，读者能否成为这场文学旅途上的忠实旅客，取决于这一路上你能带给读者怎样的风景。某些传统文学作者极易沉迷于自己的世界，梦呓式的自言自语，自说自话，这无异于给读者设置阅读障碍，走着走着，读者就跟丢了。传统文学的市场阵地就是这样沦陷的。

《花重锦官城》这部小说没有任何晦涩的语言，情节紧凑，张弛有度，虽是讲述小社区的小故事，却采用了“电影式”的叙事方式，有穿插，有起伏，有悬念，有反转，既不像部分网络文学那样一味地讨好读者，也不像某些传统文学那样高高在上，目空一切。一个技艺高超的写手，一定会去研究读者的笑点、泪点，以及读者的脉搏和心电图。这不是妥协，是尊重。

《花重锦官城》是如何把握节奏，刺激读者的肾上腺素的呢？首先是速切画面。作为故事主角，马在舟在工作中要解决火锅一条街的去留问题、魏家老茶馆的拆迁问题、老旧小区加装电梯问题，以及疫情防控等各种大大小小的问题。另一方面，他要处理好和女儿马晓晓

的父女关系，恢复和关飞雪的往日情分，有分寸地把握以蒋大坤为首的工友们的关系。小说不是单线叙述，也不是复线叙述，而是多线叙述。作者在多线叙述中不断地调度空间，在不同的界面切换冲突，快速演绎，干净利落，读者在阅读过程中仿佛置身于矛盾核心。

那么，什么样的矛盾冲突才能将故事不断地推向高潮呢？以火锅一条街的去留这组矛盾为例。小说开篇就直接描写了杨晓慧和蒋大坤两大阵营的对峙，没有任何铺垫，先把冲突推起来，然后再将火锅一条街的前世今生娓娓道来。当马在舟确定了一个民众票选决去留的游戏规则时，读者立马就会对这个游戏的胜负保持期待。让读者保持期待是一种延续阅读欲望的手法。直到第三十二章，票选将这个故事推向一个小高潮，蒋大坤以一票之差输掉票选，制造了一个戏剧化的结果。但这条线并没有到此结束。“这不是最后的结局！”许主任的一句话再度吊起读者的胃口。第四十二章，在马在舟的帮助下，蒋大坤的火锅城开业了，这本是一个好结局，但随着段小强的踢馆，蒋大坤的命运从高潮再次跌入低潮，于是有了后来一纸“会议纪要之谜”。当悬念在第四十六章被揭开时，蒋大坤又陷入了经营困局，最后是马晓晓带着一众网红让火锅城再度翻红。这还不是结局，疫情来临，餐饮行业遭受了巨大损失，在马在舟等一众社区工作者的努力下，火锅城终于顺利复产复工。纵观这条支线，作者设置矛盾，化解矛盾，设置障碍，突破障碍，曲曲折折，起起伏伏，百转千回，让读者看起来过瘾，又不失真。

作者在情节设置上也颇费匠心。比如，要让马晓晓和多年前暗恋的小丁重逢，先是设定了一段马晓晓和沈先生的情感戏，让读者在成都双流国际机场和马晓晓一同跌入离别的伤感和遗憾之中，然后再从小丁的一封信里唤起希望。在马晓晓远赴他乡寻找小丁无果时，俩人又在武汉封城的大历史背景下突然邂逅。这一段波折，读来既有遗憾，又有惊喜。小武和小苗的感情线则是一组悲剧。两个相互爱慕的小年轻约定一年后在天府熊猫塔上相聚，小苗如约而至，等来的却是小武离世的消息。这一段悲剧，让人泪目。悲剧之前，作者精心描绘了关飞雪接受马在舟求婚的喜悦，悲剧之后，又让马在舟和关飞雪排除万难，终成眷属。这种悲喜交加的故事，让人心潮澎湃。其实，我们的人生何尝不是如此呢？

作者让故事情节辗转起伏，让矛盾冲突环环相扣，不断地输出情绪和悬念，又不断地给出巧合与反转。所以，我们要相信，让读者心跳加速，保持阅读欲望，并非只能依赖绝症、车祸等俗套桥段，价值取向是一回事，叙事节奏是另一回事。找到自己的短板并突破它，才是文学创作者要走的路。

四、人物，每一个“小人物”背后都隐藏着一个“大世界”

人物是小说的核心元素。《花重锦官城》这部小说塑造了众多人物形象。从主要人物马在舟、关飞雪、马晓晓、蒋大坤、魏霆，到次要人物小丁、汤小金、沈先生、赵旗、杨媛媛等，推动戏剧冲突的人物多达三十人。小说人物多，是一把双刃剑，有优势，自然也有劣势。优势在于，可以在不同层面、不同时间段推动和演绎剧情；劣势在于，免不了出现为推动剧情而刻意设置人物的嫌疑，让人物功能单一化。

《花重锦官城》人物众多，但没有重影，角色具有代表性和多样性。能想象作者在创作这部小说时，似乎致力于构建一个丰富多样的成都人口群像。在体制内，从社区书记马在舟开始，向上延伸至街道办主任董上义、社治委主任老许，向下延伸到社区干部杨媛媛、邱姐。在体制外，有川剧传承人魏霆、失业中年关飞雪、啃老一族段小强、蓉漂一族汤小金。这套人物配置本身已经非常丰富了，但作者并未止步于此，还进一步拓展了人物范围，涵盖了男护士小丁、网红卡丹妮、街舞少年赵旗、华裔设计师沈先生、归国女教授苏妙、伤残军人孙孝辉等角色。广角度的舞台打破了小社区的格局，把故事推演到社会各阶层、各领域，使得小说如同一幅画卷，通过人物素描展现这座城市生活的各界面，彰显这座城市的兼容性和具时性，既有历史厚重感，又有国际大视野。

在个体人物描写上《花重锦官城》也展现出极高的笔法。以马在舟为例，他是一个充满矛盾的角色。一方面，他勇敢无畏，敢于尝试新事物，用群众票选方式决定火锅一条街的去留，用网络平台推进居民自治。另一方面，他又是怯弱的。他深爱关飞雪，但始终不敢开口求婚，深爱女儿马晓晓，却不知如何表达。正是这种内外交织的矛盾使得马在舟的人物形象更加立体，打破了人们对社区书记的刻板印象。再如马晓晓，一心想成为网红，真正成为网红后，才发现聚光灯下的自己并非真实的自己。在遥远的武汉，当她以护士身份参与抗疫工作时，却被认为是“网红蹭流量”，她的粉丝指着抗疫第一线的党旗对网红马晓晓说：“这才叫‘红’，真正的‘红’。”马晓晓顶着质疑，毅然投身抗疫，最终得到了认可。网红马晓晓从现实到虚妄，又从虚妄回归现实，完成了对人生价值的重新定义。

最让人惊喜和意外的是，在这部小说中，即使是那些一笔带过的次要人物也散发着耀眼的光芒。比如邻居老张，一个深爱着妻子的中年男人。他并非贪图小便宜的人，但当妻子病危，急需用钱时，他也不得不伸手向马在舟要“签字费”。他有他无法言说的苦衷。作者为中年男人老张写下了这样一段文字：

> ……他们和我们一样活着，只是比我们活得更加艰难。他们往往是家庭的唯一支柱，有最沉重的责任，所以才更加隐忍。他们不能笑，是因为没有什么值得他们笑，他们不能哭，是因为他们不敢哭。快乐、悲伤、期待、失落、疲惫、胆怯、无奈、沮丧、窘迫、寂寞……人类内心深处的所有情感与体验，在他们的

脸上都会化作沉默。沉默，能够为一个家庭带来安稳，为每个家庭成员带来精神上的庇护。

中年男人的形象往往被当代年轻人视为最不愿成为的模样，然而这段文字却把这个群体的艰辛和沉重刻画得入木三分，得以让我们重新审视这个群体，发现他们的可贵与可悲。在这个世界上，大多数的中年男人可能既不成功也不光鲜，但他们总在平庸中奋力挣扎，在沉默中无怨担当。

另一个次要人物李红（马在舟的亡妻），也是在寥寥数语中呈现出一个贤良温惠的形象。她知道马在舟爱的是关飞雪，但毅然嫁给马在舟。她敢爱，也敢承受“不爱”。在八年婚姻生活中，马在舟一直都错把关飞雪的生日记作李红的生日。李红总在关飞雪生日那天收到马在舟对自己的祝福，但她却从不道破。直到病逝之前，李红对马在舟说：“如果有一天关飞雪回来，你要娶她，和她一起，只有你们在一起了，你才会幸福。你幸福了，我就放心了，你不幸福，我不会瞑目。”直至临终，李红一直把马在舟的幸福作为自己的夙愿。这是一种超越了爱情的爱。

一个优秀的作者，尤其是擅长现实主义题材的作者，不仅应具备深切的情怀，更需拥有广阔的格局。格局的内核，是对是非对错的包容，是对世间万象的哲思。作者能够给读者呈现怎样的世界，将直接决定其作品的格局大小。《花重锦官城》写社区，但不囿于社区，它是一幅以成都为背景的“清明上河图”，引领读者从更高的视角俯瞰世间百态，感受世间的爱恨情仇，感悟时代的变革与变迁。

回过头来，客观对比网络文学和传统文学。网络文学深谙阅读者的习惯和心态，创作者（或者机构）懂得如何细分读者类型，懂得如何把握读者的心跳和脉搏。但是，一味地讨巧容易让通俗走向低俗，让文学失去精神属性和艺术价值。而传统文学虽然有着对世界的深度解构，对时代的持续思考，对众生的悲悯情怀，但在内容上和形式上都难以迎合绝大多数读者的节拍和趣味，写着写着，就和读者失去了联系，写出来的作品自然无法适应商业化的大潮流。可以说，一个传统文学作家，如果没有其他的固定收入，没有体制的扶持，很难在市场上立足。

所以，对于传统文学作者，特别是现实主义题材作者，在坚定信仰的同时，要尝试着放弃“布道者”的姿态，用直入人心的语言讲好要讲的故事，切莫过度玩弄文字。在当今高速运转的社会中，读者没有时间陪你玩。写作的本质就是和读者对话，要真诚且不失典雅。现实主义题材作者一定要广泛涉猎，不要让题材单一化，要让内容领域化，要从更广更高更深刻的角度来描述你想描述的这个世界。

现实主义题材的目的在于让人们认清现实，让现实更加现实，并保持崇高。我坚信读者和市场对优秀作品是有鉴别能力的。在当今这个时代，现实主义题材虽非市场主流，却是文艺创作的核心所在，它如同社会主义文艺创作的指南针，在市场经济浪潮中，始终坚守初心，为创作者指明正确的航道。同时，现实主义题材更是一个民族、一个社会整体审美力的试金石，在这样一个繁荣昌盛的时代，应该有一群人来拉动国家软实力综合指数。所以，真心希望现实主义题材作者不要为了点击率和日更新量而放弃梦想，不要为了商业价值而失去独立人格。希望你们勿忘初心，努力创作出更多优秀作品，要相信“风浪越大鱼越贵”。

（作者系中国作家协会网络文学委员会副主任、中国文艺评论家协会网络文艺委员会副主任）

目录

第一章　议事会议厅的硝烟

马在舟的名字叫作马在舟。

此刻，马在舟正坐在机车厂社区的“国际争端”议事会议厅的正中间。“国际争端”是他心里对这个会议室的命名。在他看来，不管是解决公共厕所堵塞问题，还是楼道“牛皮癣”治理问题，不管是处理日常婆媳关系，还是规范社区垃圾分类问题，都要站在历史的高度，具备放眼全球的视野。

马在舟端起1995年的搪瓷茶盅，揭开杯盖，缓缓地吹了吹水面上的茶叶，小呷了一口，但是没有放下茶杯。他凝视着一直没有下沉的那几片茶叶，他在酝酿，也在等待。领导人的讲话应该在十秒钟过后放下茶杯的那一刻开始，作为机车厂社区书记，他准备酝酿五秒过后从国际国内的大形势说起。面对满满一屋子的人，他对着茶盅又吹了一口气。

一、二、三……

“马在舟，你吹个毛啊！”蒋大坤没有等他酝酿五秒就说话了，“火锅街二十八个老板分分钟都是钱，跑到你这儿来就是看你吹茶叶的吗？”

“蒋大坤，说话注意一点。”蒋大坤对面的朱晓慧发出低沉的声音，手里捏着两个铁球，缓缓地抬起头，目光中带着一丝杀气，“社区书记也是书记，不要以为你们挣了几个臭钱，就不把书记当书记，要不是看在书记的面上，早就把你告到中央去了。”

蒋大坤也不是尿货，他从皮包里掏出一张“个体工商户营业执照”拍在桌面上，然后拍出一张“卫生许可证”，再拍出一张“税务登记证”，最后又拍出一张“下岗再就业证”，蒋大坤指着桌上的一堆证件说：“你给我说，哪一个不是中华人民共和国颁发的？我们火锅一条街，哪一家不是合法经营，别说你告到中央，告到联合国我们都不怕！”

朱晓慧毫不退让，拿出一本法规大典，放在桌子上，淡定地说：“《中华人民共和国环境噪声污染防治法》第118页、《城市市容和环境卫生管理条例》第254页、《餐饮服务许可管理办法》第366页、《成都市餐厨垃圾管理办法》第639页，哪一个法律允许你们经营到凌晨三四点？哪一条法规说过可以占道经营？哪一个领导允许你们污染环境？马书记，是你允许的吗？”

发言权似乎又回到了马在舟这里，众人转过头看着他。终于回到问题的核心，他该怎么回答这个问题？火锅一条街，不到一千米长，二十米宽，2000年年初在机车厂社区兴起，发展至今，近三十家大小火锅店在此云集，逐渐形成规模，在成都夜宵界小有名气，只要你坐上出租车，说一声“机车厂，火锅一条街”，没有司机会问你怎么走。从华灯初上到月明星稀，火锅一条街在城市的深处焕发出盎然生机，门庭若市的街面，灯火通明的门店，猜拳行令的吆喝，觥筹交错中的嬉笑怒骂，偶尔还夹杂几声“嗷嗷嗷”的呕吐声，你若打算去扶一把，醉鬼会推开你的手，大喝一声“莫得事，又来”。

年轻人来这里，立马就风花雪月；中年人来这里，转眼就叱咤风云；老年人来这里，即刻就对酒当歌，人生几何。没喝醉，我是成都的，喝醉了，成都是我的。火锅一条街是人间通向天堂的电梯，你看到的，是成都的市井烟火和成都人的喜怒哀乐，看不到的，是在成都寻求另一种生活方式的可能。

蒋大坤是火锅一条街的奠基人。1997年，三十六岁的蒋大坤从机车厂下岗，拿着两万元的安置费，背着一口大锑锅，在这条街的路边卖起了麻辣烫。2000年，他租下了三间门面，开了这条街第一家小火锅。2003年，他的火锅店升级为蒋家老火锅，生意火得一塌糊涂。有人出一百万寻求品牌加盟，有人出三百万买他的底料配方，都被他拒绝了。那些年，厂子里陆陆续续有人下岗，他们照着蒋大坤的路子，也在这条街开设火锅店。蒋大坤没有感受到竞争，相反，他发现这条街上的火锅店越多，人气反而越旺，生意反而越兴隆。他鼓励原来的老工友们都出来干这行，几年间，这条街就被各种火锅、串串香、麻辣烫、冒菜占领了。只要在火锅一条街的方圆五里内，你还没看到招牌，就能闻到一股火锅飘香。从这条街的东街口走到西街口，一共二十八家店，家家都赚钱。有一年，侯老二的儿子在外面欠下赌债，债主找上门来，逼得侯老二要转卖自家的火锅店，蒋大坤号召老工友们筹了笔钱，把侯家的债还了，侯家的店保住了，这也让蒋大坤在大伙儿的心中树立了更加高大的形象，大家都以蒋大坤马首是瞻，火锅一条街在他的经营下日渐兴旺。但是现在，他们到了最危急的时刻。

朱晓慧是一个退休的中学政治老师，政治老师当然要讲政治。火锅一条街发展到现在，各种问题都显现出来了。比如，当初大家都在自己的店里接待客人，后来客人越来越多，店家就把火锅桌摆到了人行道上，人就只好走到马路中间，客人多了，车也多了，食客的车停满了马路两边，一到晚上，拥堵不堪的路上喇叭声此起彼伏。还比如，原本只经营晚餐的，随着名气日涨，发展到了通宵营业。到了凌晨三四点，整条街依旧人声鼎沸。朱晓慧就住在这条街的最中央，一整夜一整夜的汽车喇叭声、划拳吆喝声搞得她无法入睡。最让朱晓慧受不了的是，凌晨六点好不容易入睡了，楼下一阵谩骂，晨练出门的张大妈喊道："哪个龟儿子，吐一地都是，全家都不得好死！"伸头一看，一摊呕吐物上一个硕大的脚印。

负责打扫街面卫生的老头子们也不干了，他们找到马在舟，把扫帚一扔："一个月别说给我两千的工资，就算给我两万，我也干不了，什么火锅一条街，简直就是垃圾一条街。”马在舟好说歹说，也只是留得下一时。朱晓慧带着一班人马怒气冲冲地找到马在舟，问马在舟怎么办：“一条街三百多户，晚上回家睡不着觉，白天出门满地油污，这就是你管理的社区吗？”马在舟一脸无奈，他也有苦难言。他曾经也是机车厂的下岗工人，一整条街的老板都是他曾经的工友。大家都是下了岗的人，怎么能断了工友的生路？朱晓慧说：“你找蒋大坤谈啊！”蒋大坤？马在舟陷入了回忆。蒋大坤是他的师傅，那时候的厂子里讲辈分，师傅就是师傅，徒弟就是徒弟，徒弟都得听师傅的。哪有师傅听徒弟的说法？何况，他还欠蒋大坤一个还不了的人情。

那还是1997年，马在舟和蒋大坤二人同时从厂里下岗出来，街道办事处决定吸纳一部分下岗工人到社区做基层干部。马在舟和蒋大坤都报了名，过了大半年，政策变了，街道办事处通知两人，只能留一个。当天晚上蒋大坤找到马在舟，对马在舟说：“你年轻，你有文化，你比我更适合当干部。”马在舟于心不忍，两眼含泪。蒋大坤看马在舟眼泪就要流下来了，呵斥道：“哭锤子，你师傅我未必然还饿得死吗？”当时正是7月1日香港回归之夜，全国人民都在欢庆这个世纪盛典，天空中烟花四射，整个成都都沉浸在欢乐的海洋中。唯有马在舟和蒋大坤两个大男人在路边的烧烤摊上默默地喝了一整夜，眼泪也流了一整夜。当夜，蒋大坤的老婆跟着别人跑了。

二十年多过去了，马在舟从一个社区干部成了社区书记，蒋大坤从一个卖麻辣烫的小摊贩成了蒋家老火锅的大老板。这二十年，马在舟亲眼见证了火锅一条街从无到有，由始至兴。二十八家火锅店老板背后还有上百个股东，都是当年他在机车厂的工友。这一程筚路蓝缕，大家好不容易通过打拼才过上了富足的日子。但是，现在他们遇到了朱晓慧。朱晓慧说得没有错啊，国家在发展，社会在进步，环境要改善，城市要文明。火锅一条街确实噪声扰民了，确实堵塞交通了，确实污染环境了。总书记说“金山银山，不如绿水青山”，经济要发展，但是不能以牺牲广大人民群众的利益、破坏生态环境为代价。作为社区书记，马在舟深知这个道理。但是面对蒋大坤，以及蒋大坤背后几十年的老工友们，他该怎么办？

今天是机车厂社区居民议事第214次会议，在这个议事会议厅里，马在舟站在历史的高度，通过放眼全球的视野，解决了公共厕所堵塞问题，解决了楼道“牛皮癣”问题，解决了二十五对婆媳吵架、三十九起夫妻打架的问题。但是，他现在面对的是职业生涯以来最棘手的问题。

在马在舟的左边，是以朱晓慧为首的环境污染治理代表队，他们的要求是火锅一条街的火锅店全部撤离，他们的口号是“还我们一个清净的夜晚和干净的白天”；在他的右边，是以蒋大坤为首的事业发展代表队，他们的目的是永远坚守在火锅一条街的最前线，他们的口号是“谁来给我们这口饭”。两个代表队分坐左右，一场针锋相对、唇枪舌剑的辩论过后，终于该马在舟说话了。

马在舟放下茶杯，咳咳两声：“近期，习近平总书记在阿根廷G20峰会上和特朗普举行了会晤，就共同关心的问题交换看法，给我们机车厂社区带来好消息：中美贸易暂时休战了……”

“你扯到里去了？”蒋大坤打断马在舟的话，“南半球的事，关我们北半球屎事。你现在要解决北半球的问题！”

“北半球，南半球，加起来就是一个球！”马在舟义正词严，“地球上的事，都是球事！”

“那你说说看，这个屎事怎么办？”踩过呕吐物的张大妈气急败坏。她再也不想在这个球上踩着那些脏东西了。

“中国和美国打了大半年的贸易战都可以坐下来谈，谈一谈就谈妥了，你们这点事有什么大不了的，大家先心平气和，不要闹。”

“好，我们不闹，听你的，你是社区书记！”朱晓慧还是通情达理的。

“那好，我就说说我的想法！”马在舟继续说，“你们两方今天都来了，这一屋子大概有五十号人，你们公说公有理，婆说婆有理，都是在这屋子里。但是走出去，还有我们整个机车厂社区，社区有万多号人，火锅一条街在这个社区有二十多年了，有的人觉得不好，因为它影响了我们大家的生活环境，那确实是有影响。但有的人又觉得挺好，想吃火锅挺方便的，出门就到，人家大老远的开车都要来咱们火锅一条街吃火锅，咱们家门口就有全市最著名的火锅一条街，近水楼台嘛！我虽然是这个社区的书记，但是社区的事得整个社区的老百姓说了算，要不这样，我说个方案，你们看成不成！”

“快说！”蒋大坤有些不耐烦了。

“在美国，选总统都得大家投票，少数服从多数，在中国，要立法，也得人大代表投票，少数服从多数，火锅一条街去还是留，咱们也让社区的老百姓都来投投票。今天你们回去，各自都好好地向我们社区的居民们宣传一下各自的想法。一百天后，我们举行一个投票仪式，最后，按照少数服从多数的原则，决定咱们这个火锅一条街搬还是不搬。”

“行！”朱晓慧第一个举手赞成，她对这个投票信心十足。

蒋大坤先是犹豫了一下，眼珠子一转，然后缓缓地说：“可以！”

蒋大坤身后的侯老二心里有点忐忑，他埋下头在蒋大坤耳边低语道：“老大，怕不稳当哦！”

蒋大坤似乎胸有成竹，低声说道：“我自有办法！回去再说。”

第二章　马晓晓的直播间

机车厂社区公共卫生服务中心在社区的最北边。

马在舟的女儿马晓晓从卫校毕业过后，来到了社区公共卫生服务中心实习，这是她实习的第三个月。

社区服务中心的诊疗室里，一个戴着红帽子、穿着红棉袄的中年妇女抱着一只狗，狗也穿着红棉袄，戴着红帽子。中年妇女坐在徐医生的面前。

“哪里不舒服？”徐医生问道。

“咳嗽，咳嗽得厉害！”“红棉袄”回答。

“张开嘴，我看看！”徐医生掏出压舌板。

“红棉袄”张开嘴：“啊！”

“哎哟喂，这扁桃体发炎，挺厉害的！”徐医生一边看一边说。

“怎么办？”“红棉袄”问道。

“没事，输两天液就好了！”徐医生对这种病状见得多了。

“现在输？”“红棉袄”问道。

“就现在！这种炎症得快治，早治早好，拖一拖，指不定拖出别的什么问题来。”徐医生回答。

“那好吧！”

徐医生开好单子，转身叫护士马晓晓，马晓晓却不见踪影。徐医生转身寻找马晓晓。

此刻马晓晓正在更衣室里做直播。

“直播间的朋友们，我是你们的小米粒！”马晓晓化着一脸浓妆，调整好手机摄像头角度，对着屏幕，娇羞而妖娆，“这里就是我上班的地方，今天我给你们带来点什么呢？哦，对啦，给大家跳个舞吧，如果大家喜欢的话，动动你的小手指，给我一个小心心哦！”

马晓晓退后几步，让她的身体出现在屏幕中央。音乐响起，这是最近最流行的歌曲《路灯下的小妹妹》，马晓晓随着音乐僵硬地扭动她的身体，不合拍的节奏加上手足无措的摇摆，观众的字幕不断地从下方升起来。

“医生问我，你这种症状持续多久了？”

“如果我变成她这个样子，麻烦大家打死我！”

“你这舞蹈是在技校学的吧？”

“赔我昨天吃的烧烤！”

“我把你的网络账号推送给了前任，听说他昨天疯了！”

“关了吧，关了就是做慈善！”

……

音乐停止，马晓晓的尬舞结束了，她回到镜头面前，娇滴滴地说：“谢谢，谢谢大家的鼓励。我是你们的小米粒，希望大家继续支持我哟！”

“晓晓！晓晓！”门外传来徐医生的呼喊声。

马晓晓急忙应道：“哎，我在！”

徐医生隔着门对更衣室里的马晓晓喊话：“躲在里面干吗？快出来！”

马晓晓匆匆擦掉口红，卸掉假睫毛，穿上护士服。一边穿一边应道：“好，快了，快了！”

马晓晓打开门，整理着自己的护士帽。

徐医生上下打量了一番马晓晓，说道：“别以为我不知道你在干吗！这是上班时间，规矩点。你再这样小心我告诉刘主任！”

马晓晓立马对徐医生道歉：“别！别！我错了还不行吗？”

徐医生把单子递给马晓晓："外面病人等着输液，照这个输！"

"好！好！谁呢？"马晓晓连忙点头。

"坐在外面椅子上，穿红色棉袄，戴着红帽子的那个！"

"好嘞！"马晓晓接过单子，照着徐医生的处方配药。

"把嘴擦干净！"徐医生呵斥道。

意识到自己的口红还没擦干净，马晓晓马上掏出纸巾擦了擦嘴唇。

此刻，就诊室里，"红棉袄"的电话响了。"红棉袄"把手中的狗放到座位上，到门外接电话去了。马晓晓配好药，推着车，走进诊疗室，诊疗室空空如也。马晓晓四周望望，没人。只有一条狗，穿着红棉袄，戴着红帽子，坐在座位上，淡定地看着马晓晓。

马晓晓看着狗，心里想：椅子上？穿红棉袄？戴红帽子？不对啊，这徐医生没学过兽医啊！不过徐医生经验丰富，这狗和人的身体也差不太多，不会搞错的。

于是马晓晓拉开帘子，抱起狗狗，把狗摁到病床上，一针扎下去，狗狗发出一声惨叫，便不吭声了。

马晓晓满头大汗地出来。这时候"红棉袄"打完电话，回到诊疗室。两人四目相对。

马晓晓："你找谁？"

"红棉袄"："徐医生啊！"

马晓晓："干吗？"

"红棉袄"："输液啊！"

马晓晓傻了："是你啊！"

"红棉袄"："是啊，是我啊！"

马晓晓："我以为是狗！"

"红棉袄"："嘿，你怎么骂人……"

马晓晓连忙拉开帘子，狗狗躺在病床上伸着舌头，四肢抽搐。

第三章　戏台上的 Dancer

魏家大院是机车厂社区的一家老茶馆，它在社区有一段历史了，应该说它的历史比机车厂的历史还久远一些。魏家大院摆得下三十多张桌子，在这个慵懒的午后，稀稀疏疏地坐着一些老茶客。茶客们太老了，老得说不出一句话来，他们坐在各自的座位上，一坐就是几十年。这么多年来，他们每天午饭后就陆陆续续地来到魏家大院，喝喝茶，抽抽烟，晒晒太阳。聊天？没有聊天。也许是坐得太久，聊得太多，把一生要说的话都说完了，也把一生要讲的故事都讲过了。如今的老茶客们显得特别安静。他们之间非常熟悉，问候有点多余，只是当他们发现某个人很久没有出现了，茶客甲才会淡淡地问一句："王大爷怎么好久没来了？"

茶客乙淡淡地答："死了！"

茶客甲淡淡地问："怎么死的？"

茶客乙淡淡地答："坐着坐着就死了！"

茶客甲淡淡地问："好久死的？"

茶客乙淡淡地答："初九。"

茶客甲淡淡地问："埋在哪里？"

茶客乙淡淡地答："云岭。"

茶客甲淡淡地说："哦！"

然后，两个人就没话来往了。过了几天，茶客甲和茶客乙一起去了云岭公墓，只是没人知道罢了。

大院中央是一个戏台，从戏台的四根柱子来看，掉了色的木漆和破开的裂痕都在记录着来了又走、走了又来的人，仿佛那些人的故事都刻进了柱子里面。此刻，戏台上“老黄忠”舞着色彩斑驳的老刀，唱着：

师爷说话言太差，
不由黄忠怒气发。
一十三岁习弓马，
威名镇守在长沙。
自从归顺了皇叔爷的驾，
匹马单刀我取过了巫峡。
斩关夺寨功劳大，
军师爷不信在功劳簿上查一查。
亦非是我黄忠夸大话。
……

“老黄忠”把这一段唱完，若是在十年前，此处应该有掌声。但是，茶客们都老了，老得连掌都鼓不动了。只听见角落里传来一阵嬉笑，有人吹起了口哨。“老黄忠”用余光扫过去，角落里坐着一群穿着时髦的年轻男女，他们用一种不屑的目光投向了“老黄忠”。“老黄忠”收起刀，瞬间，老邹的堂子鼓停了，许大爷的大锣停了，孟四爷的小鼓停了，张瞎子的唢呐也停了。

“老黄忠”双手抱拳，对着那群年轻人说：“各位看官，唱得不好，请多包涵！”

一个戴着鸭舌帽的年轻人朝着“老黄忠”喊：“嘿，老头，这戏你唱了多少年了？”

“学艺不精，唱了十年。”“老黄忠”答道。

“《卡路里》会不会？来个《卡路里》！”一个穿着皮裤的美女

朝着“老黄忠”喊着。

“这个，不会！”“老黄忠”答道。

年轻人哈哈大笑。

“鸭舌帽”对着皮裤美女说：“小妖，给大爷们来个《卡路里》！”

音乐响起，几个美女伴随着音乐从座位上站起来，扭着腰肢，跟随着音乐节奏走上了老戏台。

每天起床第一句，先给自己打个气。
每次多吃一粒米，都要说声对不起。
魔镜魔镜看看我，我的锁骨在哪里。
美丽，我要美丽，我要变成万人迷。
……

几个美女一边随着音乐踏着欢快的舞步，一边用性感的舞姿挑逗着舞台角落里拿着大刀的“老黄忠”，跳着跳着，美女们索性把“老黄忠”拉到了舞台正中央，围着“老黄忠”各种搔首弄姿。“老黄忠”平静地站在舞台中央，一动不动，像一个六根清净的老和尚。

台下的老茶客们也傻了，几十年过去了，他们还没有见过这般阵仗。一支舞蹈下来，角落里的年轻人更加兴奋，又是叫，又是跳，又是鼓掌，又是吹口哨。美女们回到座位，梳头的梳头，补妆的补妆。

这时候，“老黄忠”说话了。

“这戏台，搭了几十年，戏，也唱了几十年，从来没有像今天这样热闹过。今天来了新朋友，大伙儿高兴，既然高兴，我也就献个丑，给大家来个新节目。”

那群年轻人一听，定住了。什么新节目？这老头还有新节目？

只见“老黄忠”摘下胡须，居然是一个二十八九岁的年轻人。他缓缓地下台，拿出一把吉他，走回舞台中央，环视了一下四周，所有人都拭目以待。这个穿着戏服的“黄忠”，脖子上套着吉他，显得那么格格不入，又散发着一种难以言喻的光芒。

音乐响起，那是一曲许巍的《曾经的你》：

曾梦想仗剑走天涯，看一看世界的繁华。
年少的心总有些轻狂，如今你四海为家。
曾让你心疼的姑娘，如今已悄然无踪影。
爱情总让你渴望又感到烦恼，曾让你遍体鳞伤。
……

一曲《曾经的你》唱下来，那群年轻人目瞪口呆。他们怎么也想不到，这个看似不起眼的老茶馆里居然还隐藏着这样一个世外高手。

“鸭舌帽”从座位上站起来，走到舞台中央和“老黄忠”面对面，两人目光对视，足足一分钟，像是遇到了彼此都期待已久的对手。

“鸭舌帽”的名字叫作赵旗，是机车厂社区土生土长的街舞男孩，在成都的街舞界小有名气，大家都叫他“大旗”。赵旗带着一帮弟兄来到魏家茶馆，是相中了魏家茶馆的这块戏台，他想举办一场街舞比赛，找了很多地方，都不满意，唯有这魏家大院的戏台深深地吸引着他。这是一个古色古香的戏台，老朽的台柱，斑驳的青瓦，掉了漆的栏杆，褪了色的屋脊，还有一串老玉米挂在屋檐下，仿佛整个成都的历史都挂在那里。

“老黄忠”抱着吉他上台的那一刻，他发现“老黄忠”的大拇指根部有一层厚厚的老茧，一眼就看出来，练过街舞十年以上的人才可能有这样的老茧。他和“老黄忠”就这样对视着，眼神中含射着锋芒。下面的人大气不敢出一口，但都期待着一场即将来临的更精彩的battle。

音乐响起，赵旗退后几步，跟随节奏移动步伐，在转身面对观众的那一刻，双手向上摊开，挥舞了两下，这是让观众给予鼓励的意思。台下的那群年轻人立即欢呼起来。

随着音乐节奏越来越快，赵旗的步点也越来越快，手臂随之舞动。他表演的是Modern Jazz，这种舞蹈糅合了芭蕾舞及现代舞的特征，是街舞中最具有技巧性和艺术性的舞种。在成都，能够随心驾驭Modern Jazz的Dancer屈指可数。他的每一个步点都准确地踩在了节奏上，上身的转体和下身的律动完美地融合在音乐中。连续十个托马斯旋转更是引得台下一阵大呼小叫。他翻身而起，让出舞台中心，伸出食指，指了指“老黄忠”，意思是：该你了！

“老黄忠”环顾四周，从容淡定，他慢慢地把戏服的裙摆扎进腰带，步入舞台中央。紧接着音乐，“老黄忠”迈开舞步，他表演的也是Modern Jazz。但是，赵旗发现，怎么跟他的动作一模一样呢？随着音乐节奏的加快，“老黄忠”表演了一段和赵旗一模一样的舞蹈。下面嘘声四起！年轻人夹紧双臂，双肩同时上下晃动。在街舞界，这个动作是表示对抄袭别人套路和动作的鄙视。但是“老黄忠”并没有受到影响，他就这样表演了一支和大旗完全一样的舞蹈，最后以九个托马斯旋转结束。

音乐停下来，两个舞者面对着面站在戏台左右。赵旗看着“老黄忠”默默无言。台下的人欢呼着赵旗的获胜，但是，只有赵旗知道，其实他输了。这支舞蹈他用了大半年时间研究，从未在任何场合表演过，很多组高难度的动作是业界很少有人去尝试的。太容易受伤了，谁也不愿意冒着受伤的风险去尝试这些动作。但是，赵旗做了。四年前，他获得了国际迪诺街舞大赛中国赛区的亚军，这一次，他冲着冠军去。让他万万没想到的是，“老黄忠”只是看他表演了一次，就能完全一致地重复一遍。更重要的是，最后的托马斯回旋，他只做了九个。

只做了九个！

十多年前，赵旗还是一个少年的时候，每天早上天不见亮就在社区广场上苦练托马斯回旋。有一个中年大叔在一旁微笑着，看着赵旗，时不时地给他一些指点。赵旗很烦，对那个中年大叔说：“你说了那么多，有什么卵用？你要是能做十个托马斯，我就当着所有人的面给你跪下，叫你一声爷爷，你要是做不到，就给我滚！”

中年大叔没有生气：“既然这样，那我试试吧！”中年大叔脱下他的夹克，卸下腰间的钥匙串，然后挥动双臂热身。瞬间，广场上就围来了一大群人，把二人围在中央，有的还大声起哄。大家都想看看，是这个少年跪下叫爷爷，还是这个中年大叔拍屁股走人。只见中年大叔翻身而下。

一、二、三……

人们欢快地数着，大叔的动作由慢到快，双臂有力地支撑地面，双腿灵活地在空中旋转。

四、五、六……

中年大叔越转越快，像一只轻盈的猿猴在树上翻滚，赵旗睁大了双眼，却又不敢相信自己的双眼。

七、八、九……

眼看就要做满十个了，中年大叔突然停下来，他脸不红，气不喘，神清气闲地拍了拍手上的尘土，微笑着说：“哎呀，老了，转不动了，我输了！”说完，别上钥匙串，穿上夹克衫，从人群中离去。

赵旗傻傻地站在那里，他知道，以大叔刚才的身手，做二十个也不在话下。他做了九个，只不过是给他在众人面前留个面，下个台阶而已。

十多年过去了，他永远记得当年那个大叔从人群中离去的背影。如今，这一幕仿佛又一次重演。他细细地打量着“老黄忠”，“老黄忠”并不老，只有二十八九的样子，眼神中，有高山流水，有闲云野鹤，有若谷虚怀，有与世无争。他的名字叫魏霆。

第四章　关飞雪的麻将馆

读高三的小武每天晚上十点下自习。从学校出来要赶上最后一班公共汽车才能回到机车厂社区。从下了车到他家，如果要抄近路，得经过一条五百米长的小巷子。巷子两边有一排路灯，一直亮着，在等着他回来。

这些路灯是马在舟专门为社区里上自习课回家的孩子安装的。马在舟给社区的干部说，孩子们那么辛苦地念书，学到知识也是为了建设国家，装路灯，照亮的不仅是他们回家的路，更是他们的未来。

安装这路灯的时候，社区里有十多个孩子每天晚上都会穿过这条巷子，回到各自的家中。这几十年，经济发展了，人们也富裕了，家家户户都有了车，家长对孩子的教育更重视了。晚自习课后，家长会开着车在学校门口接孩子回家。走小巷子的孩子越来越少，但是有一个身影会在这个时候准时出现在巷子里。他就是小武。

小武是关飞雪从广州带回来的儿子，没人知道他的爹是谁。沉默寡言的他成绩特别优异，这次一模，语文132分，数学150分，英语140分，理综289分。特别是数学，满分，这让数学老师觉得自己已经辅导不了他了。但是这个成绩关飞雪不知道，她也不想知道，知道了对她也没有什么用，她只知道儿子成绩很不错。老师打电话给她，说填报志愿，北大、清华、复旦、人大可以填，别的学校都不用填。

小武下车后，一转弯，咦？巷子里黑漆漆的一片，一盏灯都没有亮。怎么办？走还是不走？小武想了想，还是走吧，走了这么几年，哪里有块石头，哪里有根电线杆，都熟悉了。毕竟，走大路要绕很远，多花十五分钟，这十五分钟得做多少道题啊！小武向巷子深处走去，突然一束灯光从背后亮起，一个声音从背后传来："等等！"

小武一回头，原来是马在舟。

马在舟拿着一个大号的手电筒快步跟上小武，和小武并行。马在舟淡淡地说："今天线路检修，不亮灯，我送你一截。"

小武一边走一边说："你是在等我吗？"

马在舟："等你好一会儿了。"

小武："其实这段路我很熟了。"

马在舟："还有四个月就高考了，出不得事！"

小武："我妈都没管我，你管我干吗？"

马在舟："你妈是你妈，我是我，我们机车厂从开办到破产都没出过清华北大生，你考起了，是我们机车厂的荣耀。"

小武："你是为我，还是为我妈？"

马在舟："问那么多干啥子？"

小武："你要是还喜欢我妈，你就去追她！"

马在舟："你个臭小子！"

小武："你不要以为我不知道你跟我妈的事，我妈每天都在骂你是个㞞人！"

马在舟："她还骂了啥子？"

小武："她说是你害了她一辈子，你不得好死！"

马在舟："还骂了啥子？"

小武："他说你是龟儿子！"

马在舟："她还说啥子？"

小武："你一定要听吗？"

马在舟："她越是骂的凶，越是证明她喜欢我！"

小武："不，她说她不爱你！"

一句话就把天聊死了。马在舟愣了一下，他不知道这句话是因爱生恨还是单纯的就是恨。他判断不了。如果是前者，哪怕碰得头破血流他也要挽回当年的爱情，但是，如果是后者，怎么办？

巷子的尽头豁然开朗，大街上灯火通明，但马在舟的心情却一片灰暗。马在舟拿出一个保温瓶递给小武。

“给你熬的汤，补点营养，不要吃方便面，那是垃圾！”

小武接过马在舟的汤，马在舟又说：“不要跟你妈说是我熬的。”

小武问：“那是谁的？”

马在舟转身离去，留下了一句：“龟儿子的！”

小武回到家已近十一点。

十一点，对于关飞雪来说，离睡觉的时间还早。关飞雪的家在机车厂社区老宿舍的一楼，房子是二室一厅。她利用一楼的便利，开了一个家庭麻将馆，用石棉瓦挂出了三十平方米的空间，作为大厅，放得下五张麻将桌。客厅和一间卧室作为包间，另一间卧室是关飞雪住的房间，小武睡阳台，阳台只有四平方米，仅仅放得下一张床和一张桌子。

大厅一桌三十块，包间一间五十块。一天下来，生意不错时能够挣到四百块，生意不好时只能挣一百块。三缺一的时候，关飞雪得亲自上场凑个角。

今晚就是一个三缺一的局。关飞雪叼着烟，熟练地码着牌，在烟雾缭绕的牌局里，她毫无睡意。小武走进来，低声一句：“回来了。”

关飞雪知道儿子回来了。她好像等了很久，但她没有抬头，立马说：“去，厨房的水提来，把大厅里的茶都满上，保温壶统统都换了，再烧一壶。”

小武很听话地照办了，然后转进自己的小屋，关上门，门外又传来噼里啪啦的洗牌声。这几年他已经习惯了这种洗牌的声音，这种声音伴随了他每一个挑灯夜读的夜晚。

牌友老丁打出一张二筒，然后对关飞雪说：“你这儿子不错，听话，懂事，成绩还那么好！”

牌友王姐打出一张七条，说：“你真是好福气，什么都不管，就要养出一个名牌大学生了。”

牌友胡二哥打出一个九筒，说：“你享福哦！”

“老子上半辈子受了男人的罪，下半辈子享享儿子的福，不应该啊？”关飞雪伸手一摸，一张幺鸡，她啪的一声拍在桌子上，“自摸，清一色，三家！”

三人大叹，关飞雪乐呵呵地收着钱，好像人生最得意之处不过一局自摸。

这时候，啪的一声，门被踢开了。住在二楼的康红玲怒气冲冲地站在门口，大骂道：“关飞雪，给你说了多少次，你们打麻将不要超过十一点，我女儿高考，天天听到你们打麻将的声音，觉都睡不着，考不起，你负责啊？你们讲点公德嘛！”

关飞雪并没有被惊到，她只是用两只手指夹开嘴上的烟，淡淡地说：“考不考得上，要看各人自家孩子争不争气，跟别人没关系，我儿子也高考，你看不一样好好的吗？”

康红玲：“做人不要做得太绝，你不管你儿子，不代表我不管我女儿，我只有这么一个女儿！”

关飞雪：“你家小苗四百多分，很不错的嘛，技校那么多专业她随便选！”

康红玲指着关飞雪，气得说不出话来：“你……你太过分了……你儿子，哪个晓得他是不是你捡回来的，都没得男人要你！你生的出什么儿子？”

关飞雪一听这话，抓起一张麻将牌就向康红玲掷去，正好打在康红玲的鼻梁上，康红玲一摸，鼻血出来了，大叫着向关飞雪扑过去，俩人扭打在了一起。

第五章　小宝的追悼会

一阵沉痛的哀乐声从机车厂社区的东边传来。

马在舟和社区卫生服务中心的刘主任手持菊花，缓缓地走进灵堂。灵堂的正中央是一张小床，上面盖着白布，那是小宝的遗体。

小宝就是一天前被马晓晓输液输死的那条狗。

小宝的遗体周边满是白色的和黄色的菊花。丧家毛大姐，也就是昨天那个“红棉袄”，被一众人搀扶着，泣不成声。毛大姐没有儿女，没有男人，小宝是她唯一的心理慰藉，没想到被马晓晓一针给打到天上去了。灵堂正面的墙上挂着小宝的遗像，遗像左边写着“音容笑貌犹在脑海”，右边写着“为何匆匆离我而去”，上面写着“万事皆空”。马在舟和刘主任向遗体鞠躬三下，然后围着小宝转了一圈，瞻仰了小宝的遗容，最后把菊花插在遗体身边。然后和丧家毛大姐深切地握手。

人到齐了，一个身着黑色西服、手戴白手套的主持人走到了遗体旁边。他一招手，哀乐停了下来。他酝酿了一下，用沉痛的声音说道：

各位亲友、各位来宾：

今天，我们怀着十分沉痛的心情，深切悼念我们的小宝。我们的小宝于2019年3月5日因意外事故抢救无效，英年早逝，享年三岁零一个月。

小宝2016年5月18日出生于四川省成都市机车厂社区，至今未婚。它一生温柔、和蔼、孝顺、忠诚、尊老爱幼、团结邻里、热爱生活，为狗正派，忠厚老实，是妈妈最爱的宝贝，也是大家快乐的源泉。小宝逝世了，我们为失去了一个忠实的朋友而痛惜，也为它的家庭失去了一个孝顺的儿子而惋惜！

今天，我们怀着十分悲痛的心情，沉痛悼念我们的小宝，并对小宝的家属表示深切的慰问！小宝与我们永别了，我们要化悲痛为力量，更加积极乐观地生活下去，以慰小宝的在天之灵。

啊，小宝，我们忠实的朋友，您安息吧！

一众亲朋好友和来宾再次向小宝的遗体鞠躬，做了一次沉痛的遗体道别。毛大姐当场晕厥了过去。

刘主任陪着马在舟走出灵堂，一边走一边说："这个马晓晓，回去好好教育一下，平时上班就心不在焉的，现在闯出这么大一个祸，我们服务中心为这事儿赔了钱不说，还背了这么大一个锅。"

马在舟："是，是，是，我回去一定好好教育她！"

刘主任："你这些年为我们服务中心做了那么多的事，本来我是想把马晓晓留下来的，毕竟我们缺专业的护士，但是这事儿都闹到这个份上了，上面领导也知道了，马晓晓，恐怕是留不住了！"

马在舟："对，对，对，不管你的事儿，都怪她自己！"

刘主任："你也别太生气，生气不管用，你得回去好好做做她的思想工作。这孩子，人倒是挺机灵的，就是没把心思放在工作上，整天拿着个手机，做什么直播。"

马在舟："这孩子大了，说什么都不听，老想做网红，一点正经都没有！"

刘主任："现在的年轻人啊，做什么我们都看不懂，想什么我们也不知道。到底是我们思想落后了，还是他们思想滑坡了，哎，不好说，不说了！"

俩人一抬头，马晓晓正站在不远处的电杆下面，手里拿着一枝菊花，用脚踢着地下的石头。她也是来参加小宝的追悼会的。但是，看见“红棉袄”哭得稀里哗啦，没敢进去。

刘主任看见马晓晓，对马在舟说：“我还有事儿，我先走了。”

马在舟说：“好，再见！”

刘主任说：“回头见！”

等刘主任走远了，马在舟走到马晓晓面前。

“你来干啥子？你还好意思来？你知不知道我和你们刘主任向毛大姐赔了多少不是，人家才没把你告到法院去！”马在舟说。

“告就告撒，我又不是故意的！”马晓晓说。

“你居然说这话，你不怕丧家把你打死！”马在舟说。

“打死就更好了，一命抵一命，她就没得啥子说的了！”马晓晓说。

“你那个人命哪里抵得上那条狗命？人家那条狗还晓得陪主人逛街，陪主人看病，叫主人起床，叫主人睡觉，主人不开心了，让主人开心，主人开心了，让主人更开心。你再看看你自己，啥子样子，我养你二十多年，你陪过我没有？你给过我啥子？好不容易给你找了个工作，你把工作都耍脱了，你当狗都当不了！”马在舟一气呵成。

“是，我不是人，我连狗都当不到！总行了嘛！你也不要给我找啥子工作，我不想工作！”马晓晓也不依不饶。

“你……你简直要气死老子！你不想工作，你想咋子？哦，对了，你想当网红，一天到晚对着手机花枝招展，搔首弄姿，逗网友开心！这跟狗有啥子区别嘛！狗是逗一个人开心，你是逗一群人开心！”马在舟气急败坏道。

“那你还不是一样？你一天到晚忙上忙下的，哪里又安天然气了，哪里摄像头又坏了，哪个公共厕所又没冲干净了，你为了啥子嘛！你跟我一样，都为了逗大家开心！都是狗！”马晓晓说完，扔下手中的菊花，转身就走。

马在舟对着马晓晓背影喊道：“你说的对，老子是狗！老子是老狗！你连狗都不如！狗都不如！”

第六章　蒋大坤的撒手锏

蒋家老火锅的二楼大厅里密密麻麻地围坐着二十八家火锅店老板。这里正在召开机车厂社区火锅业界大会。这次会议的主要目的是要落实具体方案，迎接一百天后的社区全民票选，以此确定火锅一条街的去留问题。

蒋大坤站在人群中间，像一个即将面临重大战役的将军，似乎大厅里所有的灯光都照射着他，他的面目因此显得特别清晰。只见他摊开了墙上的一张地图，这是机车厂社区的地图，上面清晰地标注着机车厂社区的每一条街道，每一个小区，每一间店面，每一栋住宅楼。

蒋大坤咳嗽两声，说话了。

“机车厂社区，九街十八巷，四十八个小区，两百零五栋住宅楼，八百多家门店，两万多人，常住人口一万，外来人口一万，参加票选的，除去日常上班的，当天能够到场的估计有三千人左右。

“要赢得这三千张选票中的半数以上，我们首先要搞清楚自己的优势在哪里，劣势在哪里。我先说劣势。首先是力量上的劣势，搞宣传，要跟这条街上的朱晓慧对着干，力量上是有差距的，二十八家店，加员工，不过一百多人，但是这条街上的住户三百户，以每户三人计算，应该近千人。一百人干一千人，干不干得过？”

“干不过！”侯老二回答。

“对，干不过。何况人家是本地住户，有时间有人脉，我们手下全是员工，员工干活，得花钱，我们是拿不多的人、更多的钱来跟朱晓慧他们干，这一点，很吃亏，非常吃亏！”

“分析得好！”邱三妹火锅的老板邱三妹频频点头。

“其次就是道义上的劣势。实话实说，我们火锅一条街这几年生意实在太好了，白天晚上，通宵达旦，噪声，肯定是扰民了，环境，肯定是污染了，卫生，肯定是越来越糟糕了。你让人家来投票决定，人家肯定是投朱晓慧，不会投我们！”

“那我们该怎么办？”灯管串串香的罗胖子发出了灵魂追问。

“问得好！天下武功，江湖高手，总是各有所长，大家想没想过，我们的优势在哪里？”

“我们的优势在哪里？”游毛肚火锅店的游老五问道。

“我们的优势就是火锅！”蒋大坤一只脚踏上凳子，用手指着桌子上冒着青烟的火锅。

“火锅？”大家相互对望，丈二和尚摸不着头脑。

蒋大坤看大家很疑惑，非常得意。其实，在答应马在舟用投票方式定输赢的时候，一个计划就在他的脑海里诞生了。

“地球人都晓得，我们成都人爱吃火锅。成都人吃火锅，机车厂社区的人吃不吃火锅？”蒋大坤问道。

“当然要吃咯！他们不吃火锅，他们还叫成都人吗？”杨氏鸭肠火锅的杨大哥应声道。

“对，机车厂社区的人离不开火锅，既然离不开，那么火锅就是我们拉票的最好武器，就是撒手锏！”蒋大坤一拍桌子，然后说出他的计划，“从明天开始，我们二十八家火锅店一定要统一战线，只要机车厂社区的居民投我们一票，让我们留下来，我们就对本社区居民一律实行七五折优惠。我们能留下来，一方面他们吃火锅方便了，另一方面还可以享受优惠，你说他们干不干？”

“原来是这样啊！嘿，这主意不错啊！”侯老二抠着后脑勺，顿悟了当初蒋大坤的平静。

“朱晓慧跟他们讲道义，我们就跟他们讲经济。社区的人嫌我们吵，嫌我们闹，嫌我们污染环境，现在我们让他们吃火锅，吃得经济，吃得实惠，吃到最后少掏钱，哪个还嫌吵不吵，闹不闹，卫不卫生？”蒋大坤进一步阐述了自己的方案。大家豁然开朗。

“蒋老大，你是个天才，你不应该开火锅店，你应该去竞选美国总统！”侯老二对蒋大坤佩服得五体投地。

“废话少说，你们同不同意这个方案？”蒋大坤问大家。

大家纷纷举手表示赞成。

“老大，你说怎么干就怎么干，我们火锅一条街的兄弟姐妹都跟你干到底！”罗胖子眼含泪光。

“那好，明天我们就把消息放出去，让全社区的人都晓得，我们火锅一条街不是属于我们这二十八个老板的，是全体社区居民的！”

“是全成都的！”

“是全中国的！”

“是全世界的！”

“是全人类的！”

大家在酒精的激发和火锅的香气中高唱起《我们走在大路上》：

我们走在大路上，意气风发斗志昂扬，
共产党领导革命队伍，披荆斩棘奔向前方。
向前进，向前进，革命气势不可阻挡，
向前进，向前进，朝着胜利的方向。
革命红旗迎风飘扬，中华儿女奋发图强。
勤恳建设锦绣河山，誓把祖国变成天堂。
向前进，向前进，革命气势不可阻挡，
向前进，向前进，朝着胜利的方向。
……

第七章　1995 年的火车北站

机车厂社区警务室里，杜警官把康红玲的谅解书拿给关飞雪。

杜警官："要不是马书记替你说好话，康红玲是不会给你出这个谅解书的。回去过后，好好反省一下。从今天开始，你那家麻将馆禁止晚上十一点过后营业，要是我们再收到群众的投诉，坚决取缔。"

关飞雪没有说话，她转身而去。她已经不是第一次来社区警务室了，也不是第一次跟杜警官打交道了。因麻将馆的事，这几年她经常被周边居民投诉。每次投诉都闹到了杜警官这里。要不是大家看她一个单身母亲，要不是马在舟处处替她赔不是，她应该被处罚好几次了。

这次，她和康红玲干了一架，把事情彻底闹大了。康红玲坚决不谅解关飞雪，非得要警察把关飞雪给关起来。康红玲不原谅她，不是因为干架没有干赢，而是因为关飞雪说她的女儿只能考技校，彻底伤了她的自尊。她已经找了律师，要告到法院，让关飞雪的麻将馆就此关门。这要换成以前，或许还有邻居站出来帮关飞雪说几句好话。但是这些年关飞雪说话越来越刻薄，越来越尖酸，把周边的邻居都得罪了一遍。这次康红玲事件，没有一个人替关飞雪说好话了，只有马在舟还想再拉关飞雪一把。

但马在舟也只是个小小的社区书记，面子也大不了哪里去。马在舟想起了小武，他灵机一动，敲开了康红玲的家门。

康红玲打开门，见是马在舟，就知道他是来替关飞雪说话的，都懒得让马在舟进门。

"有什么话就在这说，家里不方便！"康红玲堵在门口。

“红玲，之前你有个什么事儿都到社区来说理，这一次你把诉状都写好了，看来是没得商量了。”马在舟说。

“还有什么好说的，都是被逼的！”康红玲说。

“你们俩都是当妈的，孩子正好都要高考，大家都希望孩子能够考上好学校，你家小苗打算报考哪里啊？”马在舟关切地问道。

“还能考哪里，就四百来分，勉强考个师范院校就谢天谢地了！”康红玲叹气道。

“你想不想找个老师给你孩子辅导一下？”马在舟问。

“哪里去找老师？”康红玲一脸无奈。

“我给你家苗苗找了个老师，你看合不合适？”马在舟说完，把小武拉到了康红玲的面前。

康红玲的脸立即垮了下来。

“用不着，清华北大的高才生，我请不起！”康红玲冷冷地说。

“康阿姨，昨晚的事是我妈做得不对，我替她向您道歉，我跟您保证两件事：第一，从今天起，我家的麻将馆只开到晚上十一点；第二，苗苗的功课，我帮她辅导，我保证她考上四川最好的师范院校。这两件事，只要有其中一件没办成，我就让我妈把麻将馆关掉。只要您答应不到法院起诉我妈。”一向沉默寡言的小武突然说话像个大人了。

“怎么样，红玲，同不同意？”马在舟问道。

康红玲正在犹豫，女儿卢小苗从书房里走出来大声地说：“我同意！”

于是，这件事就这么谈成了。

关飞雪从警务室里走出来，外面正淅淅沥沥下着小雨。这是初春里的返寒，关飞雪有点冷，她把衣领竖起来，在屋檐下缩成一小团，像一只忘了飞回南方的候鸟。这时候，她突然想抽烟。烟是这些年来唯一还能够给她一点光亮、一点温暖的东西。她哆哆嗦嗦地从口袋里掏出烟和火机。烟在嘴里，但是打火机怎么也打不燃。这都是些什么鬼运气？她心里骂着。这时候，一个火机伸到了她的面前。关飞雪抬头一看，马在舟不知什么时候来到了她的身边。

关飞雪用马在舟的火机点燃了手中的烟，然后对着天空深深地吐了一个烟圈。两个人都没有说话。也许，他们在回想同一件事：上一次像这样，在同一屋檐下等雨停，是什么时候？

二十世纪九十年代初期，关飞雪还是机车厂的厂花，马在舟是机车厂最年轻的车间主任。他们是别人眼中让人羡慕的一对，理所应当结婚生子，过上幸福的生活。可是，天有不测风云。机车厂的效益一年不如一年，连基本工资都发不起了。关飞雪问马在舟怎么办，马在舟安慰她，或许过了年就好了！

然而，1994年的春节一过，厂里下发的第一批下岗人员名单，关飞雪的名字赫然在列。关飞雪还记得，她接到下岗通知的时候，也是在这三月的倒春寒里，也是下着一场淅淅沥沥的小雨。那时候，马在舟还没有下岗，马在舟还在苦苦等待熬过去。他对关飞雪说，我们结婚吧！关飞雪说，工作丢了，没心情结婚。马在舟说，工作丢了不要紧，咱们厂一定会好起来的，等好起来了，我养你。关飞雪听了这话，几乎就要答应了，但是她反复思量，还是没有答应。她爱马在舟，马在舟是一个有担当的男人。这一点，她从未怀疑过。但是，越是深爱一个人，就越是不愿意拖累对方。她用了整整一个夏天才重新振作起来。她开始从报纸和电视新闻里关注南方的发展。这时候的南方正处于改革开放的最前沿，用工信息像雪片一样飞来，关飞雪向广州的数家公司和工厂寄去自己的简历。1995年春节前夕，她终于收到了广州一家公司的回信，让她去工作。这让她兴奋不已，她把这个消息告诉了马在舟，马在舟问关飞雪，我们怎么办？关飞雪说，一起走啊！

一起走？马在舟犹豫了。关飞雪没有想到马在舟会犹豫。在她的心中，他们是永远不可能分开的。不管天涯海角，都得一起。何况在广州一个月能挣到一千块，在机车厂连三百块的工资都岌岌可危。还有什么好犹豫的？马在舟答应了。他们买了两张去往广州的火车票，相约在1995年的除夕之夜离开成都。

然而，那天晚上马在舟没有赴约。在空荡荡的火车北站，关飞雪在寒风中等了马在舟很久，直到即将停止检票，她才依依不舍地上了火车。在火车驶离站台的那一刻，她的眼泪终于忍不住滑落下来，那一天，车厢里传来的广播让她至今都无法忘怀。

亲爱的旅客朋友们，您现在搭乘的是成都开往广州的K5608次列车，这趟旅程历时38个小时，途经重庆、遵义、贵阳、柳州、南宁，将在明天下午4点40分到达广州。下面，我们将给大家带来一首《涛声依旧》，并代表本次列车的全体乘务员祝大家旅途愉快。

带走一盏渔火让它温暖我的双眼。
留下一段真情让它停泊在枫桥边。
无助的我已经疏远那份情感。
许多年以后才发觉又回到你面前。
……

第八章　朱晓慧的狠话

火锅一条街的“圈粉”运动轰隆隆地掀起来了，所有门店都挂起了横幅。邱三妹火锅的门口挂着“感谢机车厂社区广大居民多年的支持”；灯管串串香的门口挂着“留下来，我们的就是你们的”；游毛肚火锅的门口挂着“七五折是我们对社区兄弟姐妹的回馈”；蒋家老火锅的门口挂着“投我们一票，还你一个终身VIP”……

随着夜幕降临，火锅一条街迎来了最热闹的时刻，灯红酒绿，觥筹交错。今天的人特别多，社区的居民听说火锅一条街为居民打出了折扣，都纷纷赶来大快朵颐。人们围坐在桌边，其乐融融。服务员在人群中像鱼一样穿梭不停。

蒋大坤的蒋家老火锅是一个两层楼的房子，一楼是大厅，二楼是包间。最外面的包间是个小阳台，这是最好的包间，可以在窗口一览火锅一条街的繁华和喧嚣。这个阳台小包间只容得下一张小桌，只够两个人对坐。如果不是蒋大坤最特别的客人，蒋大坤是不会把这个包间留给别人的。

今天的阳台小包间里坐着的是蒋大坤和马晓晓。

马晓晓端起酒杯，对蒋大坤说：“蒋叔，你这一招真是绝了，我五体投地，对你的敬仰犹如滔滔江水绵绵不绝，黄河泛滥一发不可收拾也！”

蒋大坤也端起酒杯，跟马晓晓碰了一下：“闺女，你这张嘴，越来越油了！”

马晓晓一饮而尽，然后说：“我就喜欢你这种风格，简单，粗暴，你不像朱晓慧，满口的国家政策、社会公德、忠孝仁义、人伦理常，不如来点实惠的，直接圈重点，让咱社区的居民直接受益。你这招一出，你看，全社区的大叔大妈大哥大姐都来了。”

蒋大坤也干掉了杯中的酒，说：“我这叫圈粉，我们做火锅的跟你们做网红是一样的，都要圈粉！”

马晓晓：“嗨！我算什么网红！几百个粉也算网红？”

蒋大坤：“哎，对了，我听说你工作的事儿搞砸了，怎么回事？”

马晓晓：“别提了，输液输到狗身上，把狗给输死了！”

蒋大坤：“你妈死得早，你爸把你拉扯大不容易，就想你找个安稳的工作，现在工作的事儿给搞砸了，那还不把你爸气个半死？”

马晓晓：“他根本不了解我，不晓得我想要什么样的生活。”

蒋大坤：“不是他不了解你，是我们这一代人不了解你们这一代人！我们不知道你们到底想要什么。”

马晓晓：“其实我也不知道我想要什么，但是绝对不是像他想的那样，让我做一辈子的护士！你不知道，我在那个卫生服务中心，每天面对那些病人，没一个正常的，烦死了！”

蒋大坤：“那你想做什么？真想做网红？你以为网红好做啊！你看下面那个穿红衣服的，那就是几百万粉的网红！”

马晓晓顺着蒋大坤手指的方向看过去，对面的火锅店门口，一个穿红背心的男子正在做着直播。周围围着一大群人。

男子对着手机大喊：“欢迎大家来到我的直播间，这里是大胃贝壳汉姆直播第128期。今天，我要当着全国观众的面，挑战火锅一条街，二十份毛肚、二十份鸡翅、二十份鹅肠、二十份鸭血、二十份鹌鹑蛋、二十份午餐肉、二十份土豆片，喜欢我的，给我点个赞，不喜欢我的，赶紧刷下一条！”说完，男子开始大吃起来，一边吃一边对着屏幕说，“谢谢！谢谢清风扬的热气球……谢谢！谢谢马上牛牛的小星星……哇，谢谢老比比给的直升机！谢谢你们！”

“哎呀，妈呀！这不是大胃贝壳汉姆吗？”马晓晓认出了楼下的主播正是时下最火的大胃贝壳汉姆，“蒋叔，你们行啊，把大胃贝壳汉姆都请来了！”

“等你哪天红了，我也请你！”蒋大坤说。

“别说请，只要蒋叔您看得起我马晓晓，您尽管说一声，我分分钟到位！”马晓晓说。

“那你得保佑我们火锅一条街能够留下来！”蒋大坤说。

“您放心，蒋叔，我那一票，肯定是投给你们的！”马晓晓说。

“可惜你爸不一定支持我们啊！”蒋大坤说。

“不会的，我爸肯定支持你们，那是必须的！”马晓晓说。

“那不见得！”蒋大坤说。

“怎么会呢？您跟我爸是什么关系啊！您是他师傅，他总得看您的面吧！还有，这条街上的人大都是他在机车厂的工友，他不看您的面，也得看看这帮弟兄们的面吧！”马晓晓说。

“你说得也是哈！你爸要是投了朱晓慧那帮人，他都没脸和机车厂的这帮工友们打招呼！”蒋大坤想想，觉得马晓晓说得有道理。

话音刚落，街面上传来一阵喧嚣。

一辆皮卡车在前面开道，后面跟随着一群社区居民，组成宣传队，浩浩荡荡地从西边走来。这帮人加起来有三十多人。每个人都穿着绿色的马甲，闯进火锅一条街。皮卡车上站着的正是朱晓慧。只见朱晓慧带领着宣传队，拿着喇叭带头呼喊口号。

“保护环境！”

“保护环境！”

“保卫社区！”

“保卫社区！”

“爱护卫生！”

"爱护卫生！"

"保卫家园！"

"保卫家园！"

皮卡车开进火锅一条街的最中心，停了下来。朱晓慧把双手一张，口号声停止。所有的食客们都停止进食。这个时候，朱晓慧拿着喇叭开始讲话了。

"社区的街坊邻居们！机车厂社区是我们共同的家，长年以来，火锅一条街占道经营，污染环境，破坏公共卫生，严重影响了我们的生活，破坏了我们的家。大家一定不要让蒋大坤他们的小恩小惠麻痹了自己，也不要让这个七五折收买了良心。火锅可以打折，但是生活环境不能打折。我们要的是良好的社会秩序，要的是干净的生活空间，不要为了一顿火锅，每天晚上睡不着觉，每天早上一团糟。蒋大坤他们昧着良心，赚着亏心钱，他们卑鄙，他们无耻，他们下流……"

"你说谁下流？"蒋大坤看着朱晓慧来砸场子，气不打一处来。他从座位上站起来，从二楼上指着皮卡车上的朱晓慧，"朱晓慧！你太过分了！火锅一条街，家家证照都齐全，你带着人来闹事，干扰我们的合法经营，你这才叫卑鄙无耻下流！"

朱晓慧不依不饶，她拿着喇叭对着楼上的蒋大坤喊话："你们为什么打折？打折就是为了收买人心。你们这种行为就叫拉票贿选！"

"给街坊邻居打折是我们的自由！街坊邻居来不来是他们的自由！哪一条规定不允许打折了？又有哪条规定不允许吃火锅了？我们成都人爱吃火锅！全国全世界都知道！我们火锅一条街不仅要开在社区，还要开向全国，我们要冲出亚洲，走向世界！"

蒋大坤的话引来食客们的一阵欢呼，但是朱晓慧并没有被这阵欢呼声给吓到。她转身对绿马甲队伍说："兄弟们，姐妹们！你们看到了，蒋大坤他们不仅要破坏我们社区，还要破坏成都，破坏全中国，破坏全世界！我们能不能坐视不管？”

“不能！”绿马甲队伍齐声回答。

“我们能不能坐以待毙？”朱晓慧问道。

“不能！”绿马甲队伍齐声回答。

“我朱晓慧也是成都人，但是我朱晓慧从今天起，对天发誓，绝不吃火锅，如果有人看到我吃火锅，我就给蒋大坤下跪认错。我也呼吁每一个有良知的社区居民，从今天起，保护环境，拒绝火锅！”朱晓慧的大声疾呼也引来了绿马甲队伍的一阵应和。

“保护环境，拒绝火锅！”

“保护环境，拒绝火锅！”

“保护环境，拒绝火锅！”

……

随着黑夜入深，喧闹渐渐地平息了下来。刚刚发生的一幕，马晓晓已经用手机全部录了下来，她决定把它全部发到网上。她一边兴冲冲地发着视频，一边走在回家的路上。突然，她看到了一个熟悉的身影。

路灯下，大胃贝壳汉姆扶着电线杆，喘着气，那场饕餮大餐让他疲惫不堪，胃疼难忍。他刚刚抠了喉咙，吐了一地，基本恢复了元气。

“大胃！”马晓晓惊喜地喊出来！

“你，你是谁？”大胃贝壳汉姆循声回头，看到了灯火中的马晓晓。

“我是你的粉丝，我一直关注你！”马晓晓说。

“哦！”大胃贝壳汉姆并没有感到惊奇，因为他是网红，常常在街上被人认出来。

“我叫马晓晓，我也是一个主播，我想成为和你一样的网红！”马晓晓说。

“网红？”大胃贝壳汉姆仔细打量了一下马晓晓，“我帮不了你！”

“我会唱歌、跳舞、讲段子！”马晓晓说。

“这算什么？现在走这条路线的主播一抓一大把！就我这种吃货主播，都越来越不好混了，今天吃得不够好，我又掉粉好几千！更别说你了！”大胃贝壳汉姆说。

“你给我指条路呗！大神！”马晓晓乞求道。

“这样吧，我知道一家网红经纪公司，他们可能有点办法。”说完，大胃贝壳汉姆从兜里掏出一张名片递给马晓晓，然后说，“我就是这公司捧出来的！”

第九章　魏家大院的前世今生

窗外下着一场安静的小雨。一只候鸟从南方回来，停在魏家大院戏台一角，抖了抖翅膀。有的人打着伞从马路对面走过来，在一株树下抖了抖鞋上的泥，有的人没有伞，只好在路边的小超市门口等着雨停。不断有车从窗下驶过，有时候很快，有时候很慢，就像我们记忆中的时光。成都的三月显得特别地抒情。魏霆站在窗口，望着天。

魏家大院在这个城市的东北角，被四周的高楼团团围住，显得特别突兀，也特别孤独。按照《成都市城市总体规划》，未来二十年，成都的城市布局将从“两山夹一城”变为“一山连两翼”，龙泉山将由外围生态屏障成为城市中央绿心。随着“东进、南拓、西控、中优、北改”空间战略的实施，成都的每一个角落都在发生翻天覆地的变化。但是，不管城市灯火怎么扩张延伸，几十年来，魏家大院始终在原地，竭力保留它最原始的色调和姿态。

魏霆出自川剧世家。魏霆的父亲名叫魏振海，十八岁就成了当地川剧团的顶梁柱，后来被选入成都军区文工团，成为一名文艺兵。1979年，他懵懵懂懂地跟随部队上了南下的火车，成为对越自卫反击战的一名边防战士。在战争中，他跟着他的连队执行穿插敌后的任务，遭到越军游击队的伏击，只有他活了下来。虽然队伍伤亡惨重，但是毕竟完成了上级交办的任务。战争结束后，他被评为战斗英雄，回到成都。部队准备给他提干，但他拒绝了，他坚持复员回家，回到魏家大院，在院子中间修葺了这个戏台，组建了一个戏班，每天搭台唱戏，延续着这个家族对川剧的传承。

魏霆是魏振海唯一的儿子，从小跟着父亲学唱戏，每天天不见亮就起床练功练嗓。虽然日子过得很苦，但那个时候，年幼的魏霆看着满墙的军功章，为自己有一个战斗英雄的父亲而骄傲。然而，随着年龄的增长，魏霆进入了叛逆的青春期，受到流行文化的影响，他渐渐地厌倦了每天和父亲上台唱戏。背地里和几个志同道合的朋友组建乐队，玩起了摇滚。后来，他又接触到了Hip-Hop，成为成都最早一批玩街舞的Dancer。

不管是摇滚还是Hip-Hop，魏霆凭借着从小练习川剧打下的深厚功底，迅速成为圈子里最火热的人物，先后在各种比赛中荣获大奖。但是，所有的这一切，都不能得到父亲的认可。魏振海固执地认为，魏家祖祖辈辈都是唱川剧的，那么魏霆就应该回到戏台上，穿着戏服，拿着大刀，唱川戏。摇滚也好，Hip-Hop也罢，统统都是扯淡。随着时光的流逝，父子俩渐行渐远，直到有一天，魏振海从梦中醒来，魏霆已经背着吉他离开了家。

在魏霆离家出走的那几年里，魏振海怀着悲愤的心情，依旧每天在魏家大院登台唱戏。有时候，他会出去走走，看看社区广场上那群跳街舞的年轻人中有没有一个叫魏霆的臭小子。如果有，他就冲上去揍他一顿，然后拖着他回家，让他跟着自己唱戏。

有一天，他在广场上看见一个苦练托马斯回旋的少年，他在一旁认真观察了很久，觉得他很像自己的儿子，便给了他一些指点。没想到这个小子冲着他说："你说了那么多，有什么卵用？你要是能做十个托马斯，我就当着所有人的面给你跪下，叫你一声爷爷，你要是做不到，就给我滚！"

魏振海没有生气，年轻人不知天高地厚，那是再正常不过的事。魏振海说："既然这样，那我试试吧！"他脱下夹克，卸下腰间的钥匙串，然后挥动双臂热身。瞬间，广场上就围了一大群人，把二人围在中央，有的还大声起哄。大家都想看看，是这个少年跪下叫爷，还是魏振海拍屁股走人。只见魏振海翻身而下，动作干净利落。

一、二、三……

人们欢快地数着，他的动作由慢到快，双臂有力地支撑着地面，双腿灵活地在空中旋转。

四、五、六……

他越转越快，像一只轻盈的猿猴在树上翻滚，那个少年睁大了双眼，却又不敢相信自己的双眼。

七、八、九……

眼看就要做满十个了，魏振海突然停下来，他脸不红，气不喘，神清气闲地拍了拍手上的尘土，微笑着说："哎呀，老了，转不动了，我输了！"说完，别上钥匙串，穿上夹克衫，从人群中离去。

回过头来，我们再说说年轻的魏霆。那一夜，他背着吉他离开了成都，浪迹于西安、北京、广州、丽江、深圳，他在各个城市的酒吧驻唱，表演街舞，成为一个云游四海的行者。那些年里，他认识了一些朋友，也爱过了一些姑娘。直到有一天，他在昆明的一家酒吧里参与了一场互殴，黑暗中，魏霆抄起一个酒瓶向一个人砸去，那个人当场倒地。

也是那一年，成都开启了轰轰烈烈的旧城改造。优厚的拆迁补偿条件让机车厂社区居民们兴高采烈，他们纷纷交出房产证，换取了拆迁安置房和补偿金，不少人因此发了财。然而，推土机开到了魏家大院的门前，戛然而止。魏振海，这个固执的中年男子，他拒绝了一切拆迁安置条件。当时马在舟还是社区的一个普通干部，他先后多次到魏家大院给魏振海做思想工作，但魏振海就是不答应。

直到有一天，魏振海得到了魏霆在昆明过失杀人的消息。是的，那个人倒在地上，再也没有爬起来，送到医院的时候就已经死了。魏霆被当地的公安机关抓了起来。律师来到魏家大院，对魏振海说：

“你的儿子只是过失杀人，主观恶意并不明显，只要能赔钱，得到对方的谅解，法院不会判重刑。但是，要是不赔钱，至少判八年。”魏振海说：“容我想想。”

那正是机车厂拆迁安置工作攻坚阶段，有人听到这个消息，赶紧跑去跟马在舟说：“魏家出事了，魏振海正需要钱，这个时候就是谈拆迁合同最好的时机。”马在舟一听，并没有高兴起来，他呵斥道：“机车厂社区是一个大家庭，魏振海是机车厂社区的人，就是我们的家人，家人出事了，你不仅不想怎么去帮助家里人，还幸灾乐祸，这算什么？”

马在舟号召社区的街坊邻居筹了一笔钱，他带着钱来到魏振海的家，把钱放在魏振海的面前。马在舟说：“今天来，不谈拆迁的事。这钱是街坊邻居筹的，你拿去，看能不能解决点问题。虽然拆迁安置工作是政府的大政方针，我们做公民的应该大力支持，但是，政府向来以人为本，尊重居民意愿，不搞强拆强建，你如果愿意拆迁，我们表示欢迎，你如果不愿意，我们也表示理解。但是，这钱你一定收下，魏霆是个好孩子，能减几年算几年，不能把这个年轻人的一生给毁了。”

魏振海沉思良久，把钱推回马在舟面前：“在舟，谢谢你和街坊邻居的好意，儿子不争气，惹了祸，该怎么判就怎么判，人长大了，要学着为自己的行为负责。你的工作我也理解，但是魏家大院不能拆。不是我不理解政府的政策，不支持国家的建设，我还有一件很重要的事没有完成，等我完成了这事儿，我一定同意拆，但是现在不行。”

就这样，魏家大院最终没有拆掉，机车厂社区的拆迁工作走到魏家大院的门口停滞了下来，社区的老旧房屋也因此保留了一小部分。这其中很多人对魏振海心怀怨恨，因为是魏振海坚持不拆，政府不得不修改规划，这一来就让他们丧失了靠拆迁而发财的机会。

对魏振海恨得最深的应该是魏霆。死者家属没有得到赔偿金，没有出具谅解书。魏霆被法院判了十年有期徒刑。其间，魏振海多次到监狱探望服刑的魏霆，但是魏霆都避而不见。直到一年前，魏霆因为在服刑期间表现良好，提前刑满释放。当他回到成都，回到魏家大院的时候，父亲魏振海已经在一年前逝世了。当他背着当年离开时带走的吉他，推开魏家大院的门，映入眼帘的，居然是父亲的遗像。近十年未见的父子，再一次相对，已是阴阳相隔。

也就是这个时候，马在舟接到了新的任务，按照《成都市城市总体规划》，机车厂社区纳入了成都“北改”范畴，所谓“北改”，就是建设北部生态屏障，加快城市有机更新，改善人居环境。在政府的规划中，机车厂社区要向着新型智能化社区方向发展，而魏家大院这块地方是计划中智能社区公共服务中心的预留地块。

2019年春天，马在舟拿着政府规划图纸再一次走进魏家大院。当年，他没有做通魏振海的思想工作，现在他要面对的是魏振海的儿子魏霆。在他看来，魏霆应该是一个思想开明的年轻人，应该比他的父亲更好说话。然而，当他推开魏家大院的门，被眼前的一幕惊呆了。魏家大院被重新修葺一新，院子里坐着一众老茶客。魏振海逝世后，不知道怎么的，散伙的戏班又回来了，他们又聚在了一起，当年吹吹打打的热闹气氛再次散播开来。戏台上，那个唱着《定军山》的“老黄忠”居然是魏霆。他穿着父亲穿过的戏服，挥舞着父亲挥舞的大刀，每一个步点，每一句唱词，一颦一笑，一举一动，跟当年的魏振海一模一样。

戏台，还是那个老戏台；戏班，还是那个老戏班；茶客，还是那群老茶客。不管时光如何飞逝，不管时代如何变迁，魏家大院始终在那里，仿佛从未改变过。

第十章　一个天才牌手

地铁像城市的血管，拥挤的人流就像是这个城市的血液。血液在血管里流淌，为这个城市注入生命的活力。地铁不断地延伸，人们不断地迁徙，城市旺盛地生长。机车厂社区之外，最宽广的那条大道也开始修建地铁了。施工安全挡板把马路上的车流和工地隔开，马路宽度缩减了一半，顿时变得拥堵起来。机车厂社区读中学的孩子们乘坐公共汽车回家，总会在路上堵上半个小时。

好在现在家家户户都有车，每天晚自习下课过后，家长们都在学校外面等着接各自的孩子回家，虽然回家的路有些拥堵，但是他们会选择走另外一条比较绕的路，虽然车程远了，但是不堵，相对而言花在路上的时间更少了。接孩子的家长越来越多，车也越来越多，学校周边又开始拥堵起来。学校发出通知，为了缓解学校周边的交通拥堵，保障学生的安全，学校周边一律不得停车。这个规定一出，家长和学生们都开始叫苦了。

为了解决机车厂社区学生们上学放学问题，马在舟找到机车厂的工友老孙。马在舟说："当年我们读技校，我每天骑自行车搭你，有没有这回事？"

"有！"老孙说。

"现在，你该不该报答一下我？"马在舟问。

"该。"老孙说。

"现在，机车厂社区的学生上学放学都不方便，把你家的小巴车开出来，接送孩子们，行不行？"马在舟问。

“行。”老孙说。

老孙是个干脆人。

关飞雪的麻将馆被勒令整改过后，生意清淡了，晚上来打牌的人少了很多。这个晚上，又是一个三缺一的局，关飞雪只好顶上。不知道怎么的，关飞雪的手气特别差，不到一个小时就输了三百多。关飞雪适合打顺风牌，手气越顺，打得越好，手气越糟糕，手手出错。焦躁不安的她往兜里一摸，烟没了！她气急败坏，向里屋里的小武喊道：“小武，给我去买包烟！”小武从屋里走出来，走到关飞雪面前。关飞雪左手掏出一张百元钞票，右手打出一张四条。牌友老贺说：“和了，清一色，带杠，极品！”这一张百元钞票转眼就到了老贺的手里。关飞雪心烦意乱，嚷着不想玩了。牌友郭老师说：“飞雪，你今天手气不顺，要不换一换？”

“换谁？”关飞雪抬头看了看小武。小武说：“妈，我来试试！”关飞雪狐疑道：“你行不行哦？”老何说：“来嘛，管他行不行，转一转手气！”关飞雪心想，也是，反正都是输，不如换个人，或许还有点变数。她把位置让给小武，自己拿着钱去买烟了。

关飞雪走到屋外，在刘姐的小超市买了一包烟，在路边抽了起来。输了钱，让她看起来更加沮丧和颓废。她向夜空吐了一个烟圈，烟圈缓缓地离她而去，她多希望这一段时间的霉运也随着这个烟圈离她而去。这个时候，马在舟提着保温瓶从黑夜的另一头走来，两人相见，有点意外。

“你来干吗？”关飞雪问道。

“熬了点汤，给小武补一下，读书人，不容易。”马在舟应答道。

“拿走！”关飞雪用厌烦的语气对马在舟说道。

“不要将我们之间的恩怨发泄到孩子身上。小武是个好苗子，考上清华北大是你的荣耀，也是我们社区的荣耀，我这个当社区书记的，也希望我们社区能走出个人才啊！”马在舟说。

“小武是我的儿子，不是你的儿子，他考哪里，关你屁事，关社区屁事！”关飞雪呵斥道。

“你要这么把话说绝了，我也没办法。我走了，离高考只有三个月了，希望你多花点心思在他身上。”马在舟无奈地说。

马在舟提着保温瓶渐渐地消失在黑夜中。关飞雪看着马在舟消失的背影，眼泪夺眶而出。这个女人曾是机车厂方圆十公里内著名的厂花，无数男青年为之倾倒。然而，她却唯独喜欢马在舟，认定了马在舟是她托付终身的男人。然而，在多年前的那个夜晚，所有的爱慕化为了灰烬。马在舟背叛了她，他没有兑现承诺，跟她一起去广州。命运在那一刻转了个弯。在广州的日子里，她进厂当过女工，跑过出租车，倒卖过服装，还参与过传销。后来，她开了一家服装店，生意兴旺，赚了不少钱。这时候，一个高大英俊的东北男人走进了她的生活，成了她的男人。她以为自己找到了爱情，却不承想被这个男人狠狠地骗了一把，几十万的积蓄都被卷走了，店也倒闭了。她四处寻找这个男人，她的包里放了把刀。她想好了，只要见到这个男人，就捅死他，不管他在哪里。

两个月后，她听说那个男人在珠海出现了。她赶到珠海，在一间破败的出租房里找到了那个男人，可是他已经死了一个星期了。他在澳门输光了所有的钱，还欠下一笔巨债，被债主四处追逃。他躲在出租房里，不敢出门，就连生了病也不敢上医院，活活病死在出租房里。这个男人，生前骗了无数女人，死的时候孤苦伶仃，没人知道他死了，直到尸体发臭才被房东发现。

那一刻，关飞雪发现，她的人生不敢奢望幸福，只要没有痛苦，就万幸了。她带着这个男人的骨灰来到海边，把它撒入了大海。也许，她没有义务去为这个道貌岸然的伪君子处理后事，但是她还是做了。因为，此刻的她怀孕了。

随后的日子里，她生下了小武，在广州艰难地生活着，独自拉扯小武长大。直到有一早上醒来，她在镜子里发现一张苍老的脸，她问镜子里的人：你是谁？你在哪里？镜子里的那个女人一脸惶恐，目光躲闪。她再也不是当年的那个厂花关飞雪了。于是，她带着小武回到了成都，就像所有的魂魄都要找到一个安放的肉身。

当风吹散了所有的往事，也吹干了关飞雪脸上的泪水，她熄灭了手中的烟，沿着昏暗的路灯回到麻将馆。灯火之处，她听见小武摆出一张牌说："自摸，大对子！"牌友老何、郭老师、王姐一阵哀叹。"妈的哟，硬是见鬼了！"关飞雪走近一看，小武的抽屉里放满了现金。王姐闹着："飞雪，你这个儿，学啥子专业的？太凶了！"老何说："你一走，他把我们三家洗惨了。"郭老师说："我都快输干了，打了这盘，我不来了。"

关飞雪一看，短短一个小时不到，小武已经替他反败为胜，还赢了一大笔。关飞雪顿时高兴了起来："行啊，儿子，继续打，乘胜追击！"郭老师摆摆手："不打了，不打了！来不起了！"关飞雪说："最后一盘，万一翻盘了呢？"郭老师丧气道："翻盘？别想了，我打不赢你们，最后一盘，我划船！"关飞雪嬉笑着，拉来一张凳子，坐在了小武身边。她想看看小武是怎么回事，居然能够赢下机车厂社区三大高手。

牌起。

小武一手烂牌，既没有连子，也没有对子。关飞雪心想，是不是我自带霉运，把小武的手气也感染了。小武摸牌，这牌来得也不怎么好，跟当初她在位子上的时候并没有什么区别。小武也是循规蹈矩，艰难组叫。关飞雪心想，这牌够烂，能下叫就不错了，没什么看头。

她伸头去看旁边的王姐，顿时倒吸一口凉气。王姐已经做成了一把万字清一色，仔细一看，单吊一万，极中极。这时候，郭老师喊了一声："杠。"四个二万放了下来。这时候，牌桌上已经有了两张一万，还有一张一万在小武的手中。小武此刻并没有下叫。关飞雪心想，糟了，这盘死定了，小武手中的那张一万是必打牌。

回过手来，小武摸起一张三筒，和四筒、五筒一靠，就下叫了。看来这张一万必出。但是小武却把三筒打了出去。这是怎么回事？作为多年的川麻高手，关飞雪气得恨不得踢儿子一脚。怎么能不下叫呢？查叫也是死啊！

一圈下来，小武摸到一张可有可无的九筒，他留了下来，打出四筒，依旧单留一万。这局让关飞雪越是看不懂。最后还剩一张牌，小武还没下叫，而且，他已经没牌可摸了。这个时候他打出五筒。上家老何喊道："碰！"老何惊喜地说："我的天，差点又没叫。"关飞雪忍不住起身去看老何的牌，我的天，老何居然是一把筒子清一色，带杠。小武啊小武，这回翻车了，两家极品等着查叫。

好在这一碰，小武还有一张牌可摸。小武伸手一摸，一张三万。关飞雪简直不敢相信自己的眼睛，三万和一万，居然组成了一副卡二万的叫。这个时候，小武打出一张安全的九筒。牌一摊开，众人皆惊。小武打掉了三四五筒，留了一个卡二万的死叫，却顺利地避开了两家极品。

这神一般的操作让人叹为观止。老何说："老子输得心服口服啊！"郭老师说："关飞雪，你这个娃儿不得了哦！"王姐说："一手死牌居然能打活，不得不服啊！"三个牌友唏嘘着离开牌桌。小武说："妈，我去洗脚了！"

关飞雪没有回答，她静静地看着桌子上的麻将，观察四家牌面，认真地揣摩刚刚那一局牌路。这最后一手牌，几乎只有万分之一的机会才能下叫。首先五筒要被碰，小武才有机会摸最后一张牌，而且只能是上家老何碰。其次，最后一张牌只能摸三万，摸任何一张牌都不可能下叫。

关飞雪问："你怎么知道五筒要碰？"

小武一边洗脚，一边回答："七筒何叔碰了，我手中有一张，断掉，下面四筒打了三张，一筒没有，只有二三四、三四五，两种可能，五筒不现张，肯定有一对。"

关飞雪继续问："那你怎么知道就是老何要碰牌？"

小武说："王阿姨做万清，没有筒子，郭老师打过两张二筒，很可能有三四五的连子，才不冲五筒，所以只有何叔才会碰五筒。"

关飞雪又问："你又怎么知道最后一张是三万？"

小武说："我也不敢确定是三万，但是二万被杠掉了，三万也被碰了，五万有三张，没有人打六万，最后一张是三万的可能性有50%。"

关飞雪看着牌，回味小武刚刚的分析，心里一阵翻滚。

小武洗完脚，对关飞雪说："妈，我去睡觉了！"

这个天才的数学家转身钻进了他的阳台小屋，只留下关飞雪一个人在牌桌前沉思。

第十一章　两种不同的声音

马晓晓从拥挤的站台挤进地铁，地铁开往这个城市的南部。她要去大胃贝壳汉姆介绍给她的那家公司。那家公司位于天府新区数字产业园的某个写字楼里。这些年，成都南部的天府新区飞速发展，特别是新兴数字产业，已经成为一支不可忽视的力量。

她的一只手拉着车厢中央的吊环，一只手拿着手机，和这个城市里的所有年轻人一样，靠手机输出和输入讯息，是手机给他们灵魂供给营养，有线耳机就像是脐带，一旦断掉，立即两眼无神，局促不安。她全神贯注地注视着手机屏幕，只是偶尔抬头看一下车门上方的站点指示灯，以确保自己没有错过要去的目的地。而此刻，她并没有注意到，车厢内的视频里正在播放着一则和她有关的新闻。

主持人："最近，一名网友拍摄的视频在网上热播，引起了广大市民的高度关注。让我一起来看看。"

画面切换到当晚机车厂社区的火锅一条街，朱晓慧出现在了屏幕中，只见她身穿绿色马甲，手拿小喇叭，对着火锅店里的食客们大喊："社区的街坊邻居们！机车厂社区是我们共同的家，长年以来，火锅一条街占道经营，污染环境，破坏公共卫生，严重影响了我们的生活，破坏了我们的家。大家一定不要让蒋大坤他们的小恩小惠麻痹了自己，也不要让这个七五折收买了良心。火锅可以打折，但是生活环境不能打折。我们要的是良好的社会秩序，要的是干净的生活空间，不要为了一顿火锅，每天晚上睡不着觉，每天早上一团糟。蒋大坤他们昧着良心，赚着亏心钱，他们卑鄙，他们无耻，他们下流……"

“你说谁下流了？”蒋大坤出现在了画面中央，只见他站在二楼上指着朱晓慧，“朱晓慧！你太过分了！火锅一条街，家家证照都齐全，你带着人来闹事，干扰我们的合法经营，你这才叫卑鄙无耻下流！”

……

主持人：“大家刚刚看到的是我市机车厂社区的情况。据了解，当时发生争执的双方八十多人在机车厂社区火锅一条街聚集。争执的内容主要是关于火锅一条街的去留问题。看到这条视频过后，我们的记者深入到当地进行实地了解，让我们来看看当时记者采访的情况。”

画面一转，记者来到火锅一条街。

记者：“大家看到了，我身后就是机车厂社区的火锅一条街。这条街的两边分布了大大小小近三十家火锅店。在2000年初期，这里形成了以火锅为主的餐饮据点。我们很多市民朋友对这里都非常地熟悉。那么，对于这条街，看看我们的市民朋友是怎么说的？”

记者随机在路上找到一个经过的路人，把话筒递到他的面前，问：“这位朋友，这里是什么地方，你知道吗？”

路人：“知道啊，这里是火锅一条街。”

记者：“您来这里干吗？”

路人：“吃火锅啊！”

记者：“您怎么看这条街上的火锅？”

路人：“很不错，热闹，味道很好，气氛很好，关键是价格还实惠，非常地亲民，接地气！”

记者：“平时都来这里吗？”

路人：“几乎每个星期都要来一次！”

记者：“好，非常感谢！”

记者对着摄像头说：“刚刚我们采访了几位朋友，大家对火锅一条街的评价几乎一致，味道好，价格实惠，非常亲民接地气，我们也看到了，不到一千米的火锅一条街，吸引了来自成都各地的朋友。但是，我们也听到了一些不同的声音！让我们来听听他们是怎么说的！”

记者又随机采访了另一位路人：“您好，这位阿姨，您是住这儿的吗？”

路人：“是啊！我在这条街住了几十年了！”

记者：“您对这条街的火锅店有什么看法？”

路人：“哎呀，太吵了，一天吵到黑，搞得我们都睡不着觉，你们看一下嘛，全部都摆到街沿上来了，路都不好走，车子也多，堵得遭不住！那个卫生环境也糟，每天早上起来，街沿边边上到处都是垃圾，你们电视台就是该好好曝一下光，简直不像话！”

记者：“您觉得应该怎么办？”

路人：“我觉得，就该统统都取缔了！”

记者：“好的，谢谢您接受我们的采访！”

画面一转，记者面对镜头：“大家刚刚看到的就是我们采访到的情况，对于火锅一条街，出现了两种不同的声音，有市民朋友觉得火锅一条街很好，给了我们老百姓，特别是美食爱好者们，非常多的美食和实惠，而且，这么多年，让我们成都多了一份关于火锅的美好记忆，应该保留。但是有的市民朋友觉得火锅一条街严重影响了他们的生活，特别是对社区造成了噪声污染、交通堵塞。那么我们应该怎么看这个问题呢？”

画面转回到主持人的演播室。主持人说：“那么我们应该怎么看这个问题呢？火锅一条街到底应该是保留还是取缔呢？让我们来听一听专家的说法。今天，我们请来了四川大学法学教授刘教授。刘教授您好！您怎么看待这个问题？”

刘教授：“噪声扰民是一个以行为后果为定义的违法行为。根据《中华人民共和国环境噪声污染防治法》，只要产生的噪声烦扰了公民的正常生活，即产生噪声扰民的违法事实。在我们国家的《城市区域噪声标准》中，明确规定了城市五类区域的环境噪声最高限值，以居住、文教机关为主的区域，白天噪声超过五十五分贝、晚上超过四十五分贝就构成了噪声扰民。”

主持人：“那么机车厂社区火锅一条街的这种情况是否属于噪声扰民，我们的社区居民应该怎么来维护自己的权益呢？”

刘教授：“这种情况的话，依照《治安管理处罚法》第五十八条规定：违反关于社会生活噪声污染防治的法律规定，制造噪声干扰他人正常生活的，处警告；警告后不改正的，处二百元以上五百元以下罚款。”

主持人：“刚刚刘教授介绍了关于噪声扰民的相关法律法规，但是我们的记者在采访火锅店经营者的时候，他们提出了一些不同的看法，让我们再回到现场，听听他们是怎么说的？”

此刻，蒋大坤出现在记者的镜头面前。蒋大坤非常激动地带着记者走进他的火锅店，指着墙上的字说：“看到没有，这里写的是什么？禁止大声喧哗！还有这里，写的什么？禁止划拳！还有这里，来，镜头跟着来！看到没有，还有英文的，这个叫‘No threw up in the tree’，英文，懂不懂？英文的！”

蒋大坤显然是对记者的采访有了充分的准备，他已经策划好了要打赢这场舆论战，墙上贴满了此地无银三百两的标语。蒋大坤一脸正经，但是记者却一头雾水。

记者：“不准在树上呕吐？这什么意思？”

蒋大坤：“啥子树上，这个是说不准在街上呕吐！”

记者：“你这英文是谁教的？”

蒋大坤：“自学的，怎么了？”

记者拿着笔，把“tree”改为了“street”。

记者：“in the street不是in the tree，谁会跑到树上去呕吐？”

蒋大坤：“有文化啊！有文化！太有文化了！”

蒋大坤抠着后脑勺，尴尬而憨厚地笑着。

记者：“你们挂出这些标语，主要是想表达什么意思？”

蒋大坤：“我们的意思是说，我们这条街的火锅店都是很文明的，我们是有规定的，我们提倡安安静静地吃火锅，不允许有噪声，发出噪声的都是顾客，跟我们火锅店没关系，你说是不是？”

蒋大坤开始发挥他的诡辩才华。

记者：“我怎么感觉你这说法好像没什么道理，但是又不知道到底错在哪里。”

记者被蒋大坤的诡辩给绕进去了。蒋大坤见记者被他的话给套住了，继续说：“你看，这条街车来车往，你说噪声有没有？肯定有！对不对？我听有的专家说啊，晚上超过四十五分贝就构成噪声扰民，我想请问一下专家，你来告诉我，这四十五分贝的噪声，有多少分贝是我们火锅店造成的，又有多少分贝是街上的车辆造成的？你要是把这个给分清楚了，责任就明确了，你要是分不清楚，那凭什么说噪声就是我们造成的？”

画面定格。演播室的主持人和刘教授又开始了讨论。

主持人：“刚刚的采访我们都看到了，火锅店的经营者提出这样一个问题，这四十五分贝的噪声，有多少分贝是火锅店造成的，又有多少分贝是外界造成的？你怎么看，刘教授？”

刘教授：“我的感受和现场的记者一样，感觉这种说法好像没什么道理，但是又不知道到底错在哪里。虽然我们国家对噪声扰民的问题有一套相对完善的法律法规，但还是存在一个弊端，就是调查取证难的问题。首先，如何去界定噪声来源及构成，它不是一个法律问题。其次，我们国家还没有法律明文规定，噪声来源问题适用于举证责任倒置。”

主持人：“但是，当地的部分居民对此有着自己的观点。来，让我们再切入现场！”

朱晓慧穿着绿马甲，站在镜头面前，对着记者说：“乱弹琴！蒋大坤这种说法纯粹就是乱弹琴！他说啥子噪声都是顾客造成的，那是推卸责任。我问你，狗把人咬倒了，找哪个负责？肯定是找狗的主人负责！未必然把狗拘留了？还有，说啥子要把噪声的来源分清楚，咋个分，好简单嘛！你不在这条街开火锅店，就没得那么多车，没得车，就没得噪声。所以说，车子的噪声还不是你们这些火锅店造成的！你们不负责，哪个负责？我们再一次要求环保执法部门严肃查处这种非法经营活动！”

画面定格，镜头再次回到演播室。

主持人：“这个问题真的是公说公有理，婆说婆有理啊！”

刘教授：“其实，这位朱女士的心情我是非常理解的，但是环保主义者和环保执法者的立足点是不同的，环保主义者是立足于社会公德，这属于意识形态方面的范畴。环保执法者只能依照客观事实、法律法规以及调查取证。所以，这个问题真正考验的是我们社区的管理者。”

主持人：“对，这个问题考验的是我们社区的管理者，让我们来听听我们的社区管理者是怎么说的。”

画面转到社区办公室，马在舟来到了镜头面前。

马在舟：“作为社区书记，我首先考虑到的是，能不能让我们的社区居民来决定社区自己的问题，用通俗的话来说，就是社区自治。党的十九大提出，要建立共建共治共享的社会治理格局。共治是什么？就是共同参与治理。具体到火锅一条街的去留问题，我们社区之前已经讨论和研究过了，我们准备在一百天之后举行一次社区居民民主投票，按照少数服从多数的原则来确定这条街的餐饮经营，到底是保留还是取缔。”

记者：“好的，马书记，谢谢您接受我们的采访，您也是这个社区居民中的其中一员。那么，我想电视机前的观众朋友们非常想知道，您会投谁一票？”

这个问题突然让马在舟感到难为，他没想到记者会问出这样的问题。此时的电视机前，蒋大坤在看着他，朱晓慧在看着他，火锅一条街的工友们在看着他，社区环保代表队的成员在看着他。

马在舟沉默了一会儿，说：“到时候再说吧！”

电视机前蒋大坤一挥手，骂了一句：“切，孬种！”

第十二章　不做屁股做名媛

君临天下文化传媒有限公司是一家位于天府三街的网红经纪公司，公司的老总叫猫哥。业界里猫哥声名在外。此时马晓晓就坐在猫哥的面前，猫哥戴着墨镜，跷着二郎腿，他看了几条马晓晓的短视频后，合上了笔记本电脑。他没有说话，点了一支烟，侧着身，用夹着烟的手指着马晓晓，一连发出几个灵魂追问："人设在哪里？受众在哪里？标签在哪里？G点在哪里？续航力在哪里？"

马晓晓被这几个专业名词给怔住了，过了好半天，她才从嘴里挤出一句："我有一万粉丝。"

猫哥继续说："我看了你这几条视频，怎么说呢？你还非常业余，不要意外，一万粉丝在我公司就是业余级别，我让你看看我公司旗下的网红是什么样的！"

猫哥拿起遥控器，一点，大屏幕上出现一个身材高挑的美女，随着音乐不停地挤眉弄眼。猫哥介绍道："这个，叫成都妮可，我花了八十万给她整容，现在她开直播，只需要扭扭屁股，一晚上收到的打赏就有十万，这叫颜值上线，才艺输出。"

猫哥又点了一下遥控器，屏幕里出现一个胡子拉碴的中年油腻男人，男人在屏幕上咆哮着："你们问我手上几百万怎么投资？怎么创业？我告诉你，不要创业，创业就是一个字——死。不要投资，投资就是两个字——必死。手上几百万怎么办，我给你的意见就是——花掉！怎么花？去最高档的酒店，最贵的包间，点最贵的菜，喝最贵的酒，这样一下来，你的朋友看到了什么？看到的是你的实力，你有了实力，就有了人脉，有了人脉，就有了能量，有了能量，就能拓宽你的人脉，有了人脉就能提升你的实力，这样无限循环下去，你就是人上人，上天遁地无所不能，赚个几十亿几百亿几千亿，还不是谈笑间的事情，听懂掌声！”

猫哥介绍道：“这个，叫圆寂大师，公司花了一百万给他做后台数据，现在有八百万粉丝。随便去做一场讲课，收入三十万以上，他走的是价值观输出路线。”

猫哥喝了一口咖啡，继续说：“这一位就更厉害了！”

猫哥一点遥控器，大屏幕上出现一个做直播带货的美女。“39的打底衫现在没有了，39的打底衫现在没有了，因为我们的产品都是限时限价的，姐妹们可以点击我们左下角的小黄星，加入我们的粉丝团，加入粉丝团所有的优惠价都可以享受的，大家可以点赞点起来，点赞超过三万我们可以免费送出真丝围巾，现在我给宝宝们介绍一下我身上穿的这件羽绒服，全鸭绒的，含绒量90%，穿在身上非常暖和，非常时尚，我们的产品都是厂家直推的，只要398，只要398，这个价在全国任何地方都买不到的。老便宜了，小宝贝们把身高体重推出来，推出来，给你第一时间发货，三十分钟过后，我身上这件羽绒服就要恢复原价3990……”

马晓晓：“哎呀，这个我认识，这个是超级玛丽多多！”

猫哥说：“你以为她是个女的，其实他是个男的，他做的直播带货，一个小时销售额十多万，你看到的就是他一个人在说，但是你注意观察，他是戴着耳麦的，后台有我们十多个人在观察分析粉丝数据，控制整场节奏，目的就是要粉丝无法离开直播间，让粉丝觉得他卖的产品又好又便宜，让粉丝觉得不买就亏了！所以说，为什么别的主播带货带不动，我们的主播带着带着就带飞起来了，因为我们主播有一个非常强大的幕后推手团队！”

马晓晓：“一个小时十多万？怎么做到的？”

猫哥：“这是秘密！在我这里，只能听，不能问！你只能按公司要求的去做，不要问为什么。公司旗下三百多个网红，都听我的，每个网红都有固定的人设，特定的类型，不同的路子，公司给旗下的网红划分了五个等级，以你目前的状况，看在大胃推荐你的分上，你从第四等级做起。”

马晓晓：“猫总，你看我适合什么路线？”

猫哥：“你站起来，转两圈给我看。”

马晓晓站起身，转了两圈。

猫哥：“嗯，形象不错！但是没有辨识度，我给你两条路走。”

马晓晓：“哪两条路？”

猫哥：“要么做名媛，要么做屁股！”

马晓晓：“当然做名媛了，为什么要做屁股！唉，什么叫做屁股？”

猫哥：“你屁股长得不错，公司给你推个号，你只管扭屁股，不露脸！现在这种类型的网红比较少，门槛低，上升空间大，到一定程度可以直播带货！”

马晓晓：“不露脸，那算什么网红？敢情人没红，屁股先红！”

猫哥：“你如果选做名媛，竞争比较大，现在公司已经主推了两个名媛，粉丝比你多，等级比你高。等你的粉丝超过十万，公司会建立团队，全力把你推到第一等级，你的粉丝会迅速突破百万，到时候，你就是全成都最红的网红！日进斗金绝不是梦想！”

马晓晓：“做名媛！”

猫哥：“你确定？”

马晓晓：“确定！”

猫哥：“你原来是做什么的？”

马晓晓：“我做护士的！”

猫哥：“从现在你，你得和护士这个身份一刀两断。你现在的人设是上市公司老总的女儿，你的日常生活就是各种玩，各种消费。”

马晓晓有些犹豫。

猫哥：“如果你觉得有点困难的话，你可以做屁股啊。”

马晓晓一咬牙：“我不做屁股，我要做名媛！”

第十三章　两场会议

二仙桥街道办事处的会议室里，九个社区书记都到位了。这是一场关于为老旧小区既有住宅加装电梯的工作推进会。为老旧小区既有住宅加装电梯是成都市“北改”规划蓝图中的一个重要项目。

街道办事处主任董上义此刻在做动员讲话。

“这是一场旧城改造的攻坚决战，要以时不我待、只争朝夕的精神，集中智慧、集中力量，加快推进‘北改’工程，争取早日把城北打造成宜业、宜商、宜居的现代化与国际化城区，为市民打造一个畅通城北、安居城北、宜人城北。具体到老旧小区既有住宅加装电梯，我知道，这是一个很艰巨的任务，我们目前的计划是先做试点，今天，九个社区的书记都来了，我想听听你们的意见。”

东路社区李书记先发言：“加装电梯是好事，但这好事不好办，去年我们在社区大力宣传，但是阻力太大！”

圣灯社区何书记把话接了过去：“圣灯社区也是一样，动员了大半年，一个都没开工，为什么？主要是一楼、二楼的住户不同意！”

人民塘社区的韩书记接着说：“人家当然不同意了，一楼、二楼的住户不能享受到电梯带来的便利，还影响了人家的采光、通风、出行，换成是你我，也不愿意啊！”

东华社区的周书记应和道：“就是，去年我们有栋楼的业主提出申请，除过一楼的老太太，其余业主都同意了，这事就这样搁下来了！”

长林盘社区的苟书记说：“群众工作不好做啊！”

董上义说：“群众工作不好做，那是因为我们没有把工作做深、做细、做到位！”

仙韵社区的古书记说：“董主任，加装电梯这个事儿，得遵循一个‘业主自愿’的原则，只要有一个业主不同意，都干不成啊！”

华林社区牛书记说：“不是不想干，确实是干起来恼火啊！”

董上义说：“我不管那么多，我今天就专制一下。今天请大家来开会，就是要拿一个社区开个头，把党员的示范引领作用给我发挥起来，你们几个社区，哪个来？”

沉默一阵后，马在舟举起了手。大家的目光聚焦到马在舟身上。

马在舟：“要不，机车厂社区先试试！”

董上义：“很好，老马，你说说看，你们机车厂社区从何处开刀？”

马在舟：“就从我住的那栋楼开刀！”

董上义：“说说看，你有什么好点子？”

马在舟：“其实我也没有啥好点子，刚刚大家都说了，这个事儿主要是一楼、二楼的住户反对，我想了想，我们那栋楼吧，二楼A号的汤小金是个年轻人，年轻人好说话，应该能拿下，二楼B号的老彭比较老实，也挺好说话的。只是一楼B号的冯老三，这个人比较固执，不好做工作，但是我可以试试，毕竟我们曾经都是一个厂下岗的。”

董上义：“还有一楼A号呢？一楼A号住的是谁？”

马在舟：“是我！”

董上义沉默了一会儿：“老马，刚刚大家说的都是实话，这个事儿不好干，加装电梯，一楼、二楼的业主有很大意见，对通风和采光都有影响，方便了别人，麻烦了自己。你住一楼，你能顾大局，识大体，这个精神值得鼓励。有什么困难，街道办事处全力支持你！”

与此同时，区委社治委也在召开一场会议。

社治委的全称叫作城乡社区发展治理委员会，是党委围绕社区发展治理而建立的市、区（市）县、街道（乡镇）和社区四级运行体系。

今天的会议讨论的是火锅一条街的问题。这个问题经过网络平台和社会舆论的持续发酵过后，已成为成都市民热议的话题，引起了区委区政府的关注。社治委许主任主持这场会议，社治委领导班子展开了激烈的讨论。

分管环保工作的孟副主任首先发表了观点："我个人认为，火锅一条街必须取缔。火锅一条街的噪声污染、环境污染由来已久，群众反应非常强烈，多次向环保部门投诉，也严重影响了市容市貌，和中央、省委对环境保护的相关政策是相悖的，也和我们成都要打造国际化、现代化大都市的总体思路是相悖的，所以，我认为应该取缔。"

分管维稳工作的沈副主任发表了不同的意见："孟主任的出发点我是赞同的，但是火锅一条街的具体情况比较特殊。二十世纪九十年代初期，国有经济体制改革，大量企业工人下岗，国家大力鼓励下岗工人再就业，火锅一条街就是在这样一种历史大背景下应运而生的，这条街的绝大多数经营者都是当年的下岗职工。我们既要着眼现实，同时也要尊重历史。当年我们的工人弟兄们响应国家政策，说下岗就下岗，现在经营火锅店，自力更生，我们说取缔就取缔，下岗工人的吃饭问题怎么办？这将导致一个社会稳定的问题。"

分管党建工作的高副主任也发表了自己的观点："现在成都市民对这个问题非常关注，我听说机车厂社区要对火锅一条街的去留问题搞什么票选，我觉得草率了！这个事怎么能搞得这么轰轰烈烈呢，到时候老百姓投了票，不管结果是取缔还是不取缔，现在看来，都会有一定的负面影响。取缔了，下岗工人的生计断了，会滋生社区的不稳定因素，不取缔吧，又和国家的大政方针不符，群众票选结果不能违背，最后导致我们进退两难！"

分管干部工作的闵主任说："这个马在舟马书记，出发点是好的，平时工作也积极，是个好同志。但是，我也觉得这个事干得有点草率，也不知道当时他是怎么想的。"

此时马在舟刚刚走出二仙桥街道办事处的大门，董上义突然叫住了他。马在舟走到董上义的面前，董上义说："老马，你在社区搞全民票选的事儿，怎么不给我说一声？"

马在舟说："我本来是准备给你报告的，你不知道当时那个局面，几十号人挤到社区议事厅，非得我拿个意见，我两边都做了工作，做不好，想来想去，只有拍板定了。"

董上义说："扯淡，这么大的事儿，你说拍板就拍板啊！你闯祸了，你晓不晓得？"

马在舟说："这事儿上面知道了？"

董上义说："岂止是上面知道了，全成都都知道了！"

社治委会议室里的争论还在激烈进行着，许主任没有发言，这个年近六十的老领导还有两年就要退休了。作为一个历经过"文化大革命"、改革开放、国有经济体制改革、新时代中国特色社会主义各个重大历史转折的中共党员，他静静地倾听着这场激烈的争论，也在努力地思考探寻解决问题的办法。

当争论到了不可开交的时候，大家突然停了下来，因为他们发现，其实整场观点的交锋，是非对错，最终还得由许主任来定板。

许主任见大家不说话了，他才开始发表自己的感言。

许主任："刚刚大家都充分地发表了自己的意见，说得都挺有道理，虽然观点针锋相对，但是初心都是好的。机车厂社区该不该搞这个票选，我觉得，应该由当事人自己来阐述一下！"

大家对许主任的这番话面面相觑。

许主任接着说："那么今天，我就破例让当事人来参加一下我们今天的会议。小朱，让他们进来！"

秘书小朱打开会议室的门，马在舟和董上义出现在了门口。

许主任对两人说："董主任，马书记，来，你们坐下，今天让你们来参加这个会议，就是想听一听，当前由火锅一条街引发的社会舆论，你们有什么想法，不关事，大胆说，有什么说什么。”

董上义：“许主任，这个事儿，我们街道办事处有责任，没想到闹得这么大，没把控好……”

许主任打断董上义：“我不是来听你检讨的，现在还没有到要检讨的地步，我只是想听一听你们的初衷！”

马在舟：“好吧，我来说说我的初衷。通常，我们把执政者和老百姓的关系比喻成水和舟的关系，‘水能载舟，亦能覆舟’。在我看看来，水，就是我们的群众，舟，就是我们党，要让群众支持我们党，首先我们就要尊重群众的意愿。火锅一条街是去是留，是个两难的事，我想，既然这样，为什么不让群众自己来选择自己的路呢？我们现在提倡社区自治，社区自治的出发点是什么？就是社区居民依照自己的意愿，参与社区的管理，社区工作者应该把表达民意的舞台留给社区居民。这就是我的初衷。”

许主任：“刚刚我们社治委班子就这个问题也讨论过了，票选过后，不管火锅一条街是去是留，都会有一些遗留问题，这个局，你怎么破？”

马在舟：“这个问题我也思考过，不管票选结果怎样，对于遗留问题，我们社区党支部当然不会坐视不管。我初步有一些想法，但是还不成熟，在这里我还不好说。”

许主任：“我觉得今天这个会很有价值。我们讨论的，不仅仅是社区的管理问题，更是工作方式方法的问题。

“我们党成立近百年。土地革命时期，我们在农村建立根据地，建立革命武装和工农政权，开创农村包围城市、武装夺取政权的中国革命新道路。靠的是什么？靠的是群众。

“抗战时期，我们动员全国四万万民众和各民主党派，建立抗日民族统一战线，打败日本帝国主义，实现民族独立。靠的是什么？也是群众。

“解放战争时期，老百姓把最后一把米用来做军粮，最后一尺布用来做军装，把最亲的亲骨肉送到战场，用最后的棉被盖在烈士的身上，我们打赢了三大战役，解放全中国，靠的是什么？还是群众！

“社会主义革命和建设时期，我们确立社会主义基本制度，在‘一穷二白’的基础上建立自己的工业体系和国民经济体系，靠的是什么？不就是我们千千万万的人民大众吗？

“改革开放四十年，我们取得了举世瞩目的成绩，整个国家焕发出勃勃生机，每一方面经验的创造和积累，无不来自亿万人民的实践和智慧。

“纵观百年历史，无论哪一个时期，群众路线始终都是我们党的根本工作路线，是党的优良传统，是党在长期革命和建设中制胜的法宝。如今，我们迈入发展的新时代，更要依靠群众，发动群众，从群众中来，到群众中去。这次机车厂社区的做法，我个人觉得，就是群众路线的最好体现。

“这是在党的领导下，由社区居民意愿形成集体选择并依法自主管理社区事务的体现，这是好事。票选过后，也许会有一些困难，也许还会有一些矛盾。但是，我们要坚信，在党的坚强领导下，我们一定能够克服困难，解决矛盾。我们要有这样的自信，也必须有。

“机车厂社区票选的事，我把它理解为一种‘放管服’，简政放权、放管结合、优化服务。所以，在舟同志，你大胆去做。有困难，你可以向街道汇报，向社治委汇报，我们一定支持配合。只要是涉及老百姓切身利益的事，就是大事，组织上不会坐视不管。”

第十四章　老茶馆的新客人

魏家老茶馆的院子里。

魏霆像往日一样，化好妆容，穿上戏服，登上戏台。上台前，他像父亲和祖父一样，给祖师爷上了一炷香。

旧时川戏班一直有奉祀祖师爷的习惯，演员临上场前，都需朝挂在后台入场口的祖师爷画像顶礼膜拜，以祈成功。而被膜拜的祖师爷有两位：一位画作白面黑三绺须穿龙袍，正是大名鼎鼎的自誉为“梨园之首”的唐明皇李隆基；一位画作白面无须穿龙袍，那是后唐庄宗李存勖。

今天，魏霆要唱的是《柳荫记》，它讲述的是梁山伯和祝英台的爱情故事。梆子响起，魏霆登台，台下稀稀疏疏地坐了十来个老票友。有的喝着盖碗茶，有的抽着叶子烟，剩下几个围坐在一起打川牌。这些年，票友越来越少，老茶馆的经营也步履维艰。上台前，和他搭档演祝英台的老胡说，昨天诊断书出来了，肺癌晚期，今天是最后一场。老胡把这个消息告诉魏霆的时候，他神情淡定，好像早就知道有这么一天，也一直在等着这一天。魏霆转过身，他以为转过身就可以不再面对，但却没能忍住夺眶而出的眼泪。

当他环视台下的时候，突然发现了一个年轻的身影，大T恤、垮裤、破球鞋，脖子上挂着一根粗链子，渔夫帽下鼓着一双炯炯有神的眼睛。这身装扮让这个年轻人在一群老茶客当中显得特别突兀。魏霆仔细一看，原来是一个星期前带着一大帮帅哥美女大闹茶馆的“大旗”。但是，今天只有他一个人，他坐在戏台下，显得特别安静。

他来做什么?

魏霆带着疑问，但是这个疑问没有让他停下来。他开始和老胡对演《柳荫记》。

为读书哪顾得路远山陡，
一心访名师教。
要学五岳与文高，
为读书哪顾得路遥，
暂住临安城走一遭。
学生梁山伯家祖上会稽人氏，
远山含笑，远山含笑，
春水绿波浸小桥，
柳枝儿不住随风飘，
此处风景正好。
歇歇脚来伸伸腰，
不怕劳，柳絮招展随风飘，
行路人都把我瞧。
……

刚刚唱到开头，突然，茶馆的院落里闯入十来个怒气冲冲的男女老少。领头者是一个年轻人，名叫段小强，其他人等都是茶馆附近的街坊邻居。段小强指着戏台上的“梁山伯”喊道：“老幺，你给我下来！”

“老幺”是魏霆的小名，魏霆从小在这条街长大，附近的街坊邻居都这样叫他。

“啥子事？”被打断了的魏霆问道。

“拆迁协议，我们都签了，你为啥子不签？”段小强质问道。

“你不拆，搞得我们左邻右舍都拆不了，这是跟我们大家过不去啊？”刘老九也质问道。

“当年你老汉儿不拆，耽误了我们十多年，我们都算了，现在政策来了，你这茶馆还是不拆，你还要耽误我们多久？”高老伯说道。

“你到底在想啥子？是不是想坐地起价？”隔壁的吴大妈也问道。

“你想当钉子户，好把国家敲诈一笔是不是？你是想钱想疯了，政府已经给了我们很好的政策，有一大笔安置费，你还想要更多，你这叫人心不足蛇吞象！”李眼镜也很是生气。

“我给你讲，拆迁是国家的方针政策，是成都的发展规划，你不拆，就是跟党和政府作对，就是跟我们大家作对，就是跟我作对。我段小强勒令你，从明天起，不准唱了！你这个茶馆，必须拆！”

面对来势汹汹的段小强和街坊邻居们，魏霆冷静地说道：“拆迁是政府为我们大家好，我向来是支持的，我们魏家在这里住了几十年，祖祖辈辈都不是见利忘义之人，大家都是知道的。只是，还得等一等，有些事儿我还没有做完，等做完了，我一定签字，坚决支持国家建设！”

段小强不依不饶：“我不管你有啥子事！你不拆，搞得我们大家都拿不到安置补偿款，住不上新房子，就是我们这条街的罪人，就是机车厂社区的罪人，就是成都的罪人！总之一句话，这戏，从明天起，你别唱了！”

段小强看似充满责任感，实际上，此时的他已极为窘迫。其实，段小强和魏霆是同班同学，高中时期，段小强迷上了网络游戏，学业荒废。十多年来，他大多数时间都窝在各大网吧，玩网游，彻夜不归。三十岁的他还在靠父母的养老金维持他的堕落生活。但养老金毕竟有限，箪瓢屡空，狼艰狈蹶。恰好这时候，成都的规划方案把他家纳入了征收范围，他又看到了希望。这一笔拆迁安置费足以支撑他继续堕落地活下去。但是没有想到，魏霆却站了出来，拒绝在拆迁协议上签字。

这让段小强怒不可遏，当年的同窗之情全部抛到了九霄云外。

魏霆说："段小强，你看我们这里，还有这些几十年的老票友，拆了，他们到哪里去听？"

段小强环视了一圈，看着院落里稀稀疏疏的几个老人，藐视地一笑："老幺，你太看得起你自己了，就这么几个老头子，你还把自己当救世主了？你不过就一刑满释放人员。"

段小强这话一出，击中了魏霆内心深处最不愿提及的伤心往事，魏霆脸抽搐着，但他没有发怒，牢狱生活已经消解了他的鲁莽和冲动。他淡淡地说："只要还有一个茶客，这魏家茶馆就要开下去！"

段小强说："别硬撑了，我替你算个账，你现在一天顶多卖出三十碗茶，一碗五块钱，一天下来不到两百，还天天搭台唱戏，请人吹吹打打，你每天都在赔钱！这茶馆，早晚都得关。这戏台，早晚都得拆。这戏，早晚都得唱死！"

魏霆看着段小强，坚定地说："只要听戏的人还活着，唱戏的人就不会死！"这句话听起来没什么逻辑，但总感觉有一点深意，中间应该还有什么故事。但是段小强已经顾不得什么逻辑什么深意，也顾不得什么故事不故事。

段小强："尽瞎扯，你爸那一辈的老票友，还剩几个？等他们都死光了，谁还来听川戏？看在这些老票友的面上，看在你我同学一场的面上，我们今天不拆你的台，明天这个时候，我们还来。我跟你打个赌，明天还这么几个人，就别怪我们街坊邻居不认人。"

段小强说完，带着十几号人转身离去，留下魏霆一个人站在原处。

等人走光了，赵旗来到魏霆面前。

赵旗："我认识你，你叫魏霆。2006年，你在国际迪诺街舞大赛中国赛区中获得了冠军，那天我在现场，那年我刚十二岁，我是看了你的表演才决定学街舞的。那时候，我的梦想就是想跟你一样，成为一个优秀的Dancer。后来，我终于登上了那个舞台，和你一样举起了奖杯。不同的是，你是冠军，我是亚军。没想到我会在这里再遇到你！”

魏霆：“不好意思，那已经是很久很久以前的事情了。我现在已经不再是那个圈子里的人了。”

赵旗：“我今天来的目的，就是想跟你学川剧！”

听到赵旗这样说，魏霆感到无比诧异，在这样一个浮躁的年代，这样一个时尚的年轻人居然要跟他学川剧？但他不想接收，因为这一天他太乱太累了。

赵旗见他充满疑惑，解释道：“我想把川剧融入我的街舞中去。那天我在舞台上跟你斗舞，回去后我认真地思考了一下，街舞，作为外来的流行文化，一味地生搬硬套是没有前途的。中国的街舞最缺少的就是中国元素，我想把中国的元素带到我的舞蹈中去，我要在总决赛的舞台上拿冠军。”

“谢谢你的认可，不过不行。刚刚你都听到了，我们这个戏班子估计维持不下去了！”魏霆说完，转身走回到后台，留下赵旗一个人呆立在空荡荡的院落中央。

一转眼到了第二天，天空阴云密布，一场大雨就要来临。

段小强又带着那帮街坊邻居如约来到魏家老茶馆。昨天段小强之所以打赌，是因为他看了天气预报，今天会有一场大雨。这样的天气，魏家老茶馆应该没有什么茶客。段小强一行人群情激奋，准备趁机一举拿下这个断掉大家财路的“钉子户”。

他们气势汹汹地来到魏家老茶馆门口，听到里面隐隐约约传来小鼓、堂鼓、大锣、大钹、小锣的敲打声，段小强气不打一处来。他心想，这个魏霆怎么就不死心，非让大家撕破脸皮。他一脚踢开老茶馆的门，带着大家冲了进去。

当段小强他们闯入院落，被眼前的画面给震慑住了。院子里，每一张桌子上都摆满了盖碗茶，每一张椅子上都坐着茶客，这个饱经沧桑的魏家老茶馆座无虚席。仔细一看，今天的茶客跟以往完全不同，全是一群衣着时髦妆容另类的年轻男女。这样的一群茶客挤在这古老的院落里，像一群外星人。他们是赵旗请来的街舞Dancer。昨晚，赵旗在微信群里发了一条召集令，来自成都五大城区的几十号人马便汇聚到了这里。看到段小强带着人冲了进来，他们齐刷刷地从椅子上站了起来，转身瞪着这支“拆迁队”。赵旗从这群年轻男女中走出来，对段小强说：“兄弟是来看戏的，还是来喝茶的？”

段小强哆哆嗦嗦地说：“额……没座儿了是吧？我……我们下次来捧场吧！”说着，“拆迁队”狼狈不堪地退出了魏家老茶馆。

第十五章　马在舟出师不利

马在舟的家在机车厂社区最中央，就在一楼A号。他的屋后是一片小花园。马在舟没什么别的爱好，种兰花是他唯一的乐趣。

2000年左右，全国掀起了一股兰花热，一些名贵的兰花种苗被炒到了上百万。后来，热潮退去，兰花价格一路下跌。社区里有一家人跟风炒兰花，赔得血本无归，被迫贱卖兰花种苗，仍然无人问津。马在舟看这家人蛮可怜，花钱买下了他家所有的兰花种苗，又把屋后的一小块空地开辟出来，种上了密密麻麻的兰花。最初，他只是种着玩玩，后来，他竟深深地爱上了兰花，兰花成为他生命中不可或缺的一部分。他给每一株兰花都取了名字，这十多年来，他就像呵护自己的孩子一样照顾它们，不管严寒酷暑，不论风霜雪雨。在他的精心呵护下，每一株兰花都迎风吐艳。

周六一大早，马在舟没有来得及为他的兰花修枝叶，就匆匆爬到六楼，敲开姜奶奶的门。姜奶奶是他的老邻居，老伴死得早，有一个儿子，五年前去了澳大利亚。最初还常常来信，后来信越来越少，到最后，杳无音信。但是姜奶奶坚持每天下楼查看信箱，年复一年，日复一日，从未停止。直到去年，姜奶奶中风偏瘫，不能行走，坐上了轮椅。好在社区成立了智慧居家养老服务中心，中心每天派人上门，为姜奶奶打理家务。

社区智慧居家养老服务中心是网络远程智慧管理和社区治理的结合，它把所有需要帮助的老人的信息录入信息库，通过采用App＋一键云呼叫模式，把志愿者、社区商家、社区老人联系起来。像姜奶奶这样行动不便的老人，在机车厂社区有二十多个，社区为这些老人都配备了专用手机，只要老人们有需要，只需要按键就能呼叫到志愿者和商家，志愿者可上门为老人提供家政、保洁、维修等服务，而社区商家会把老人需要购买的任何商品送进门。

未来二十年，我国将进入急速老龄化阶段，受传统观念的影响，社区很多老人宁愿自己单独在家生活，也不愿到相应的养老机构。社区智慧居家养老服务中心虽然能够解决老人们日常生活中缺乏照料、出行不便、购物困难等问题，但是还有更多老人存在娱乐活动缺乏、精神生活不济等情况。马在舟思考着，在社区内找一个闲置空间，再建一个居家养老驿站，打造一个让老人们能集中在一起休闲娱乐、保健运动的活动空间。

而每个周六，马在舟都会来到姜奶奶的家，把姜奶奶一层一层地背下楼，然后推着轮椅，带着姜奶奶去开信箱，看看信箱里有没有来自澳大利亚的来信。一年多来，始终没有来信，但是马在舟每个周六从未缺席。今天，他背着姜奶奶下楼的时候，姜奶奶突然对马在舟说："马书记，下周你不用来了！"

马在舟："为什么？"

姜奶奶："我不想再去看那个信箱了。看一次，失望一次，失望了那么多次，我发现，我等的不是我那个儿子，我只是想让生命多一份期待，仅仅是期待而已！"

马在舟："瞎说！不管走多远，走多久，他都是你的儿子。家在成都，根就在成都，只要你等着，迟早有一天，他会回来的！"

姜奶奶："我不要这个儿子，我没有这个儿子，你才是我的儿子！"

马在舟："是，是，是，我也算是你的儿子。对了，我得告诉你个好消息，街道已经开会批准了，咱们这栋楼要加装电梯了，等电梯装上了，你就可以直接坐着轮椅上楼下楼了。"

姜奶奶："多亏了你，马书记。这些年，你为社区做了不少好事，特别为了我，做了那么多。我想，我会用我自己的方式感谢你！”

马在舟：“说什么谢，我是社区书记，你是社区的居民，社区是个大家庭，你就是我的家人！家人和家人之间谈什么谢！”

谈话间，马在舟把姜奶奶背到了一楼。院子里正发生着一场争吵。冯老三的五菱小货车正在下货，堵住了路，汪老板的宝马车要开出去，一阵喇叭声砸来。

冯老三：“紧到摁，摁锤子啊！啷宽的路，你过不去啊？”

汪老板：“过不去！你让开，老子赶时间！”

冯老三：“你再赶时间都得等老子把货下了！”

汪老板：“老子有生意要谈！”

冯老三：“你有生意，我也有生意，你不要以为大生意才是生意，老子们的小生意不是生意？”

汪老板：“你信不信，老子把你这个五菱撞飞！”

冯老三：“试试看！”

正在剑拔弩张的时候，马在舟赶紧过来，把两人分开，然后指挥汪老板的车从缝隙里开出院落。

冯老三斜眼看着马在舟，阴阳怪气地说：“我听说这栋楼要装电梯，我先把丑话说到前头，我不得同意，我们一家老小靠这个小超市过日子，电梯挡了我的招牌，就是断了我的生路！我不晓得哪个出的馊主意！”

马在舟说：“是我的‘馊主意’！”

冯老三转过身看着马在舟，冯老三这一辈子怼天怼地怼社会，从来没怕过谁。他知道马在舟要来做他的思想工作，就率先发难，想把马在舟怼回去，没想到马在舟把话接了过去。

冯老三说：“那么大个社区，那么多老楼，哪栋楼不可以加电梯？非得加这栋，对你有什么好处，马在舟，你跟我都住一楼，你图个啥？”

马在舟："图个啥？你看看姜奶奶，瘫了，楼都下不了，你我都有老的一天，换位思考一下不好吗？就当行善积德！"

冯老三："我没你那么高尚，你是党员，我是小老百姓，我就图个一日三餐！别个的事跟我无关！"

加装电梯的事，马在舟出师不利，冯老三这步棋算是下死了。然而等着他的各种困难还不止这些。

街道上开了动员会过后，马在舟和社区工作人员也开了个会，全面分析了这栋楼里的十户居民，并以此将其分成了绿、黄、红三大类。绿色表示支持，黄色表示中立，红色表示反对。大家细化分工，包人包户做工作。马在舟捡了最难啃的骨头冯老三。一周下来，马在舟听取工作进展，十户人中，有五户签了协议，还有两户在考虑，三户反对。观望的是三楼的余大姐，二楼的老彭。反对的是冯老三和汤小金，这在预料之内。五楼的顾老师也反对，这是马在舟万万没想到的事！

"顾老师怎么回事？住五楼都不签？他在想啥？"马在舟问道。

社区主任杨媛媛说："马书记，你知道的，这个顾老师跟对门的汪老板那叫一个势不两立，水火不容。顾老师说了，只要汪老板同意，他就反对，只要汪老板反对，他就同意！"

马在舟回想起来。的确，这事儿他想简单了。顾老师是个语文老师，而汪老板是个出版商。前些年，汪老板把他公司出版的教辅资料介绍给顾老师，顾老师拿着这些教辅资料给自己的学生，没想到，教辅资料错漏百出。最让他愤慨的是，题库里居然来了一句"人生自古谁无屎"，于是有学生在后面接了下一句"哪个大便不用纸"，顾老师提着试卷去找汪老板理论，汪老板一看，开口道："恭喜你，顾老师，人家的学生还在死记硬背，你的学生都搞创作了！"顾老师赫然而怒，和汪老板大吵一架，从此二人不共戴天。

第十六章　蒋大坤另辟蹊径

随着票选日期日益临近，蒋大坤和朱晓慧的竞争也进入了白热化。虽然蒋大坤走了一条旁门左道，但是社会舆论还是站在朱晓慧一边。先后有多家自媒体采访了朱晓慧，朱晓慧以环保卫士的身份出现在了成都各大媒体头条上。蒋大坤不想坐以待毙，他决定再走一步棋，此时，他想到了一个人——关飞雪。

蒋大坤和关飞雪、马在舟都出自当年的机车厂。马在舟这个人，太正，不好说话，但关飞雪毕竟还是当年同厂同事，蒋大坤想利用关飞雪和马在舟之前的感情，帮他说说话。

“飞雪，今天我来找你，是想跟你聊聊你和在舟的事！”蒋大坤递给关飞雪一支烟，把话题引向马在舟。

“和他能有什么事？我跟他现在没有半点关系！”关飞雪接过烟，点燃，然后深深地吸了一口。

“你想不想知道，当年他为什么没有跟你去广州？”蒋大坤说。

“屄呗！他怕丢了饭碗，他以为留在厂里就保住了饭碗，还不是一样下岗了。”

“错，他不屄，他是条汉子！”蒋大坤随后说出了真相。

当年，那个除夕之夜，马在舟收拾好行李，准备和关飞雪在火车北站会合，一同去往广州。此时，机车厂的老厂长老曲敲开了马在舟的家门。

“在舟，听说你要走，我来跟你聊两句。”老曲的到来让马在舟不知所措，他让老曲进屋，俩人坐到了一起。

“我们机车厂成立于1951年，当年，国家建立这个企业是为了配合成渝铁路的建设，我从建厂开始，就在这里工作、学习、生活，一辈子都扎在这个厂里，我历经了这个厂几十年的历史，如今国家搞经济体制改革，厂里的工人一批一批下岗，我也很难受。但是，留下来的都是业务骨干，比如你！你是这个厂里最年轻的车间主任，又是党员。你有文化，有技术，有气魄，大家都在看着你，你走，大家都会走，你留，大家都会留。但是，大家都希望你能留下来，继续干，把这个厂搞活。”

马在舟听了老曲这番话，沉默了。其实，他又何尝不想留下来，这里是生他养他的地方，离开了这里，就像断了线的风筝，飞得再高，也是随波逐流。但是，关飞雪是他一生中最爱的女人，此刻正在大雪纷飞的火车北站等着他，他又怎能让她这样独自等待呢?

老曲继续说：“在舟，明年我就退休了，上面已经批准了我的退休申请，我提议你来接任厂长，上面也同意了。我知道，你在乎的不是这个职位，相反，我算是丢了个烂摊子给你。但是，我真的希望你能让我们机车厂的兄弟姐妹们重新站起来，哪怕有一天我们厂彻底改制了，我也希望你能留下来，因为我们机车厂有几千个工人，生在这个厂区，死也死在这个厂区，你一定会带着大家过上幸福的生活。”

马在舟含着泪，他感受到了机车厂工友对他的殷切期待，良久，他对老曲说：“厂长，我答应你，我不走！”

老曲听了这番话，激动地握住马在舟的手：“我代表我们机车厂的弟兄们谢谢你！”说完，老曲推开窗，院子里密密麻麻地站满了挽留马在舟的机车厂工友们。在大雪纷飞的夜晚，他们在除夕烟火的照耀下，充满了期待，也充满了迷茫。

“这就是当晚发生的事！”蒋大坤说完叹了口气，“所以，你不能怪在舟，他是个好人！虽然咱们厂最终还是没有留下来，但是他没有违背当年的承诺，他做了咱们社区的书记，这几十年来，他为了我们这个社区做了不少贡献。”

“他倒是高尚了，你们也如愿把他留下了，但我呢？我一个人在广州打拼了二十年，一个女人有几个二十年？他耽误了我一辈子！一辈子！”关飞雪愤愤地说。

“谁说这就是一辈子？你不要这样沉沦，你和在舟还不到五十岁，余生还很长。他老婆死了好多年了，你也没男人，你们曾经有过那么深厚的爱情，为什么不能在一起？”蒋大坤提高了声量反驳道。

“你不要再说了，不能！永远都不能！”关飞雪也提高了声量。

“好吧！感情的事，我一个外人不能强求。不过，我今天找你还有另外一个事情请求你！”蒋大坤见关飞雪心意已决，把话题转走。

“你说吧！”关飞雪掐灭了手中的烟。

“火锅一条街的事，你都知道了！”蒋大坤说。

“我知道，电视都报道了，你放心，我会投你们一票！”关飞雪爽快地说。毕竟这条街的经营者都是她多年前的工友。

“不止投票的事，朱晓慧到处反映，说我们的经营影响了社区的环境，其实你也跟我们的处境一样，康红玲不也一直在反映你的这个麻将馆影响了她吗？”蒋大坤把话题回归到最终目的上来。

“你不一样，你是大老板，你找大钱，而我这小打小闹，只是为讨口饭吃！”关飞雪说。

“都一样，关了我的火锅店，关了你的麻将馆，都没饭吃！”蒋大坤说。

“唉，你说得是，都不容易！”关飞雪叹息道。

“马在舟这人，犟得很，我虽然跟他多年的兄弟，但在原则面前，他不得做半点让步。大家都看得出来，他对你还是一片真心，想请你跟在舟带个话！”蒋大坤说。

“什么话？”关飞雪问道。

“他是社区书记，在社区说得起话，老百姓都愿意听他的，只要他适当表个态，为我们火锅一条街说几句话，大家都会投我们一票。”蒋大坤在这里用了“我们”这个词，已经成功地把关飞雪拉到了同一条战线上。关飞雪也知道，火锅一条街被取缔了，她的这个麻将馆也开不了多久。因为影响大小虽不一样，但性质都是一样的。

“话，我可以说。但是，事，不一定能成。马在舟的脾性，你我都是知道的！”关飞雪答应了蒋大坤的请求。

“如果这事儿能成，我的这条街给你5%的干股！”蒋大坤拿出了他的筹码。

“蒋大哥，你这就把我们这么几十年的兄妹感情搞变质了！”关飞雪说。

蒋大坤抬头环视了一遍关飞雪的家，满墙都贴着小武的各种奖状。蒋大坤深深地说：“小武这小子不错，等他考上大学了，咱们也跟着乐。但是，上大学还得笔费用吧，上完大学，将来还得讨媳妇买房子吧！你不替自己考虑，也得替小武考虑一下啊！”

第十七章　一个意外的惊喜

成都，太古里。

众多国际一线奢侈品牌、潮流服饰品牌、米其林星级餐厅汇聚于此。开放式、低密度的街区形态购物中心，尽享优越交通和人流优势，比邻的千年古刹大慈寺更为其增添了独特的历史文化韵味。纵横交织的里弄，开阔的广场空间，树立起国际大都会的潮流典范。浓郁的生活趣味、高端的休闲品位、精致的餐饮文化，与繁华的商业氛围交融互补，让人于繁忙的都市中心慢享美好时光。作为成都时尚高地，与生俱来的“网红属性”更是让它成为诸多网红的打卡胜地。很多网红运营公司都会安排网红新人在此拍摄一些短视频，用于吸引流量和粉丝。

马晓晓今天特地打扮了一番，黑色短毛衣搭配紧身牛仔裤，加上一顶复古贝雷帽，显得青春靓丽，时尚性感。这身衣服是公司替她租的，也是马晓晓穿过的最贵的衣服。公司给他配的摄像师是阿刀。公司里的摄像师跟公司里培养的网红一样，按照五个等级划分，阿刀是等级最低的一个。摄像师根据网红的粉丝数量和点击率来提成。所以，阿刀也希望马晓晓迅速走红，这样也能增加自己的收入。

太古里就像是网红们的T台，每天都有近百个专业和非专业的摄像师在此街拍。马晓晓迈着轻快的步子走在街上，时而优雅大方，时而可爱清纯，时而性感妩媚。走着走着，回头一看，阿刀不见了，她环顾四周，只见街对面拥挤的人群自然地让出一条路来，一群摄像师拿着长枪短炮对准了两个穿着前卫的女子，更让人瞠目结舌的是，她们居然剃了光头。只见两个女子迈着猫步，落落大方地走过大街，路人都被吸引过去围观，俩人还自信地向摄像师挥手。而阿刀就在这群摄像师中间。

马晓晓生气地把阿刀从那群摄像师里拉出来，质问道："你干啥子？你不是我的摄像师吗？你到底拍谁啊？"

阿刀说："你不晓得，刚才那两个美女才是这条街的大神，几百万粉丝，我今天运气好，恰好碰见了，今天拍的发到网上，点击率哗哗哗就上去了！"

马晓晓说："这也叫美女？两个光头！"

阿刀说："大姐，你才入行，你不懂，红就红在俩光头上！在太古里，像你这样的美女太多了，大家都审美疲劳了，就是想看点稀奇古怪的。你信不信，你要是去剃个光头，你也红！"

马晓晓吓得退后一步，下意识地摸着自己的头发，喃喃地说："我不干，我不剃光头！"

阿刀说："所以你就红不了！"

话音刚落，街的另一边又是一阵喧嚣。阿刀抬头一看，大叫一声，端着相机就冲了过去。马晓晓不知道发生了什么，也跟着跑进围观的人群中，只见一个穿着连衣裙的女子在奢侈品店的橱窗前摆出各种撩人的姿势让摄像师们尽情拍摄。这女子虽然性感，但相貌平平，没有什么特别之处。马晓晓百思不得其解，拉出阿刀，问他："这个美女也不咋地啊，为什么都拍她呢？"

阿刀问："美女？你以为我们就只会拍美女吗？"

马晓晓："不是美女吗？"

阿刀说："你看清楚，那是男的！男的！"

马晓晓发出一声惊叹。

这时候，东边又传来一阵路人的惊呼，马晓晓转头一看，一款粉红色的玛莎拉蒂跑车停在了路边，一位酷似明星的美女从车上下来。她的全身上下全都是国际奢侈品牌，手腕处，一款爱马仕限量款的皮包价值百万。阿刀介绍道：“她叫卡丹妮，太古里著名的‘名媛红’，花了三百万，照着明星的样子整的容。你看她那身行头，价值五百万，那辆玛莎拉蒂，价值八百万，她就是传说中所有奢侈品牌的VIP，别看她整成明星的模样，其实她过得比明星还潇洒！”

马晓晓哀叹道：“你就不应该让我到太古里来！”

阿刀问：“这话怎么说？”

马晓晓：“我这身行头，在咱们机车厂都算得上土豪了，到了太古里，就是条土狗！”

马晓晓买了一杯奶茶，一个人坐在太古里的路边，显得孤独又失落。她点开手机，拍了一整个上午，她的短视频在网上点击率还没有超过一百，她有些泄气。这时候，她听见一阵快门键被连续摁响。抬头一看，一个中年大叔拿着一款老式照相机对着自己。马晓晓说：“拍我干啥子？”受尽打击的马晓晓言语里没有一丝好气。

大叔微笑着，操着一口半生不熟的普通话说：“我观察你很久了，你在这里摆拍了一上午，老实说，你都不在状态，刚刚你坐在这里的时候，眼神中有焦虑，有迷惘，还有忧伤，呈现出最真实的你。人有很多面，但最吸引人的往往是最真实的一面。所以，我把你最真实的一面拍了下来！”

马晓晓不屑地看了一眼这个中年大叔。她不是十七八岁的无知少女，这套骗小女孩的把戏她见多了。她从牙缝里挤出一个字：“滚！”

中年大叔并没有生气，还是乐呵呵的。他收起相机，转身离去。

这时，马晓晓突然叫住这个中年大叔：“唉，你回来！”

中年大叔转身问：“还有什么事儿吗？”

马晓晓指着路面上的宣传栏，上面贴着一张海报，上面写着“提高防范意识、保护个人肖像权”。

马晓晓：“肖像权，懂不懂，什么叫肖像权！”

中年大叔：“哦，你是让我把照片删掉，还是怎么的？”

马晓晓：“把照片给我！”

中年大叔：“行！加个微信，我传给你！”

马晓晓加上中年大叔的微信，中年大叔把照片传给了马晓晓，然后转身消失在人群中。

马晓晓翻看中年大叔发来的照片，觉得还不错，不管是角度还是光线，都挺专业的，反正现在也是闲着没事，她简单处理了一下，编辑了一段视频，发到自己的账号上。

一转眼天色暗了下来，疲惫不堪的马晓晓钻进地铁站，她如往常一样，耳朵里塞着耳机，望着地铁外一片片飞驰而去的黑暗，歌声缓慢而悠扬。

还记得年少时的梦吗？像朵永远不凋零的花。
陪我经过那风吹雨打，看世事无常，看沧桑变化。
那些为爱所付出的代价，是永远都难忘的啊！
所有真心的痴心的话，仍在我心中，虽然已没有她。
走吧！走吧！人总要学着自己长大。
走吧！走吧！人生难免经历苦痛挣扎。
走吧！走吧！为自己的心找一个家。
也曾伤心流泪，也曾黯然心碎，这是爱的代价。
……

第二天早上，马晓晓还在睡梦中，一阵电话铃声响起，是猫哥打来的。马晓晓睡眼惺忪地拿起电话。猫哥在电话另一头说：“昨天那组照片拍得不错，点击率上万了，阿刀这小子有进步，今天你们再去拍一组！”

马晓晓一震，上万？她怀疑自己是不是听错了，于是急忙挂掉电话，点开手机。好家伙，昨天她发出的那组中年大叔拍摄的照片点击率果然上万了，粉丝攀升到了两千，留言也上了几百条。

她尖叫着从床上跳起来，高兴得又蹦又跳。

突然，卧室的门咚咚咚地响起来。

马在舟在门外问了一句："咋子了？"

马晓晓停下来，没好气地说："没事！"

自从马晓晓的工作搞砸了，父女俩一个月没有说一句话。

马在舟隔着卧室的门说："没事你蹦个铲铲！"

马晓晓隔着门说："关你屁事！"

马在舟说："我上班去了！"说完，马在舟穿上外套，转身关门而去。

马晓晓从窗户里看见马在舟走了，才穿上衣服，走出卧室。定眼一看，客厅餐桌上摆放着马在舟为她准备的早餐。

第十八章　汤小金的协议

对于加装电梯的事，摆在马在舟面前的有三道难题：二楼A号的汤小金，五楼A号的顾老师，一楼B号的冯老三。

冯老三是最硬的硬骨头，顾老师和汪老板有仇，这两户人最难搞定，相对来说，汤小金倒是一个突破口。但是，该怎么突破呢？

汤小金三十来岁，单身汉，曾经是一名计算机高级编程员，在一家信息公司里干得风风火火，后来看上了公司里一个女同事，但那个女孩拒绝了他，至此便一蹶不振，辞掉工作，每天窝在家里玩电脑，整整大半年没出门，不跟任何人打交道，也就是我们常说的“社交恐惧症”。据统计，当今城市里13.3%的年轻人患有社交恐惧症。要让汤小金签署安装协议，首先要解决的便是治好汤小金的社交恐惧症。其实，对于马在舟来说，后者好像还更重要些。

马在舟坐在办公桌前，手里摁着1995年的茶盅。一份加装电梯的协议书摆在他的面前。时钟嘀嗒嘀嗒地响个不停，他的心也嘀嗒嘀嗒地上下跳动。此刻，楼下的图书馆里，从美国威斯康星大学毕业归来的苏妙小姐正在和她的病人汤小金交心谈心。苏妙小姐是心理学专家，从美国回到成都后就职于成都市某高校，多次受邀开展心理学讲座。成华区卫健委邀请她做心理学顾问，主要是为了解决基层社区工作人员的心理问题。基层社区工作人员身处各类矛盾纠纷的最前沿、第一线，这要求他们必须得承受更大的心理压力。这次苏妙小姐来到机车厂社区开展实地调研，马在舟想，何不借此机会让苏妙小姐来看看汤小金的症状呢？

于是他安排社区工作人员，费尽周折，把汤小金从他的家里给“撬”了出来。汤小金很久没出门了，脸色苍白，四肢僵硬，头发也乱蓬蓬的，当他走进社区图书馆，就像是刚被阳光照射过的吸血鬼一样。这么严重的症状，苏妙小姐能够搞定吗？马在舟忐忑不安，眼看时间一分一秒地过去，他终于忍不住了，端起茶盅，起身下楼，往图书馆走去。

走到图书馆门口，门口已经挤满了社区的工作人员，他们试图从门缝中偷窥俩人的谈话。这是一个海归高知和社区屌丝的对话，马在舟走到他们背后，一脚踢在小李子的屁股上，小李子“哎哟”一声，大伙儿一回头，看见马在舟一副严肃的神情。马在舟呵斥道：“看什么看？该干吗干吗去！”一群人一哄而散。

等人走光了，马在舟躬下腰，偷偷地从门缝间向里望去。只见苏妙小姐和汤小金对坐着，热烈地交流着，不时响起欢快的笑声。马在舟用尽力气去听他们的对话，我的天，马在舟心里咯噔一下，他们居然在用英语聊天！马在舟脑子里一阵嗡嗡作响。虽然听不懂他俩在说什么，但是马在舟从他俩对话的频率、放松的表情、时不时传来的爽朗笑声中，能感受到俩人似乎有种相见恨晚的感觉。

这是什么状况？

马在舟回到办公室，来回踱步，今天这是什么情况？是苏妙小姐把汤小金彻底治好了，还是汤小金把苏妙小姐整疯了？马在舟满腹狐疑。过了一会儿，门被敲响，苏妙小姐走了进来，脸上还挂着笑容，她好像还没有从刚刚妙趣横生的谈话中恢复过来。苏妙小姐坐到马在舟面前，掏出一张测试单。

“这是刚刚我让汤小金填的一套心理测试，这是美国著名心理学博士Rosenthal制作的心理测试，从测试情况来看，汤小金除了智商高于一般人以外，其他方面严重正常！”苏妙又拿出一张测试表，对马在舟说，“这是一张正常心理和非正常心理标准对照表，你看到了，在正常一栏都是画钩的，说明汤小金根本没有什么心理疾病！”

马在舟说：“难道是我们搞错了？”

苏妙一耸肩膀：“I don't know!Where's the problem?”（我不知道问题在哪？）

苏妙小姐蹦出一串英文，好像还没从刚才的语境中回归正常。

马在舟送走了苏妙小姐，回到办公室，发现汤小金坐在他的座位上。马在舟气呼呼地走到汤小金面前。他心想，这小子是病情加重，走火入魔，导致心理学教授都被整疯了，还是根本就没病，这大半年就一直在装。

只见汤小金把一份文件推到马在舟的面前，马在舟一看，居然是那份加装电梯的协议。汤小金说：“马书记，今天把我带到社区来，目的就是让我签这个协议吧？”

马在舟没想到汤小金会这样直入主题，一时之间不知道该怎么回答。如果回答“是”，显得自己多么功利，如果说“不是”，显得自己多么虚伪。其实，治好汤小金的“社交恐惧症”是马在舟的根本出发点，但是这话真不好说出口，难道要对一个看起来没病的人说“我认为你有病”？

面对马在舟的尴尬表情，汤小金倒显得轻松自如，他说：“刚刚在你办公桌上看到这份协议，我没意见，已经签了。”汤小金伸手把协议递给马在舟。

马在舟说：“噢，谢谢！”

当他刚伸手去接的时候，汤小金突然把手缩回来。

马在舟心想，你这又是在搞什么鬼？于是生气地说：“汤小金，我真是看不透你。是，我承认，我让苏妙教授来，是想让她治好你的病，你别生气，不是我擅自认为你有病，而是这半年来你看起来的确有病！”

汤小金："是的，我承认我过去是有病，但是现在病好了！"

马在舟："好得这么快？"

汤小金："因为有特效药！"

马在舟："什么特效药？"

汤小金："爱情！"

马在舟一阵心绞痛。爱情？汤小金找到了爱情，这小子看上了苏妙小姐？

果不其然，汤小金继续说："马书记，我现在爱上了苏妙教授，我要追求她！"

马在舟支支吾吾地说："额……这是你们之间的事，作为外人……我不能发表意见，你去追求她，我不反对，但是，一定要保持良好的心态！"

汤小金说："把她电话号码给我，我就把这份协议给你！"

马在舟还能说什么，只好把苏妙小姐的电话号码给了汤小金。汤小金高兴极了，留下协议便准备离开马在舟的办公室。

马在舟喊道："站住！"

汤小金："还有什么事？马书记。"

马在舟欲言又止，好半天才从嘴里重复刚刚说过的那句话："你一定要保持良好心态！一定！"

汤小金："好嘞！"

这么久以来，马在舟从未看见汤小金如此快乐过，这当然是好事。但是他又隐隐地感到不安，甚至是不祥的预感。苏妙小姐，她是那样青春时尚，那样端庄优雅，她家庭条件优渥，自身又气质非凡，她能接受这个穷屌丝的追求吗？如果追求失败了，汤小金会不会再次重蹈情感覆辙，如果真是那样，对于汤小金，那真是一个万劫不复的深渊啊！

但是不管怎样，目前看来，汤小金的问题已经解决了。

第十九章　关飞雪的摊牌

烟雾弥漫的麻将馆里，小武成了一个明星。晚自习一下课，他就匆匆赶回家，放下书包，直接坐到麻将桌上，每当这时，周围就会围上一群人，有的为他助阵，有的学习他的牌路，有的纯粹就是图热闹。

这时候关飞雪总会坐在小武的背后，叼着烟，悠然自得地看着小武打牌，观察牌局。有时候她的心思会跳出牌局，静静地看着小武。这个孩子已经十八岁了。

这段时间，小武替她赢了不少钱。有天晚上，关飞雪一边数着钱，一边问小武："说实话，你真喜欢打麻将吗？"

小武没说话。

关飞雪说："你长大了，应该有自己的想法。"

小武说："我非常喜欢打麻将，我认真观察过你们打麻将，我觉得打麻将的意义不在于和牌。"

关飞雪说："打麻将不和牌，乐趣在哪里？"

小武说："两个乐趣，第一个，不管拿着一手多么烂的牌，可以通过摸牌和出牌来改变现状，一步步实现我们不可预知的未来，就像漫长的人生。"

关飞雪说："另一个呢？"

小武回答："在混乱中缔造秩序，就像我们这个世界！"

关飞雪诧异地看着小武，没想到这个十八岁的少年居然从麻将牌中领悟到如此深刻的哲理。

十八年来，她用一种复杂矛盾的心理把这个孩子抚养长大。一方面，她爱小武，小武的身体里有她的基因，是她生命的传承。他的成长带给她很多快乐，哪怕这十多年颠沛流离。但是另一方面，她又恨他，因为他总会让她想起被欺骗、被背叛、被抛弃的伤痛。准确地说，她恨的不是小武，而是小武带给她的记忆，因为小武总会让她想起那个罪孽深重的东北男人。

一想起那个东北男人，她又会想起马在舟。如果没有马在舟当年的临阵脱逃，她就不会有此不幸的遭遇。但是，当那天蒋大坤找到她，告诉她当年的真相，她的内心起了一丝波澜。她似乎原谅了马在舟。因为当时马在舟的确是有苦衷的。

看着小武渐渐地长大成人，如同一株小树苗成为参天大树，关飞雪意识到，其实现在拥有的一切都是假象。这个少年还会继续成长，总有一天他会飞离巢穴，展翅翱翔，一飞冲天。今后的人生，注定还是她一个人孤独终老。

正在这时候，麻将馆的门突然被踢开，马在舟提着鸡汤站在门口。原来，今天上午小武的班主任碰到马在舟，对马在舟说，这几天小武上课有点精神恍惚，打电话给关飞雪，关飞雪说没事，但班主任总觉得这孩子有点什么事。马在舟以为小武身体上有什么不适，熬了一锅汤，提着在路口等小武，等了大半天，没等到，然后匆匆赶到关飞雪的麻将馆。在麻将馆的窗口，马在舟看见小武坐在麻将桌上，和大叔大妈们打着麻将，关飞雪在小武背后叼着烟，一副事不关己的模样。马在舟气不打一处来，他一脚踢开门，怒气冲冲地看着这一群人。这群人都是几十年的街坊邻居，知道关飞雪和马在舟的往事，见马在舟这副模样，知道俩人有事，便自觉地一哄而散。

“小武，你在干什么？”马在舟质问道。

“打麻将！”小武回答。

“你知不知道离高考还有好多天？”马在舟俨然一个父亲。

小武不说话。

“是我让他打的。”关飞雪把话接了过去。

“你这是害他！”马在舟说。

“我是他妈，你是谁？有什么资格说这话？”关飞雪硬怼回去。

“我……”马在舟突然词穷了。是啊，他该怎么回答？难道说他是社区书记！

这时候，小武接话了。

“你要是说，你是我爸，我倒没什么意见！就看她了！”小武说。

关飞雪听到孩子这么说，有点尴尬，呵斥道：“滚回去睡觉！”

小武知趣地钻进了自己的小屋。

关飞雪见小武离开，就把话摊开了：“我听说当年老曲到你家挽留你，你才没有跟我走，有没有这回事？”

“是的。”马在舟回答。

“为什么？”关飞雪继续问。

“我以为留下来就能把厂子保住，结果厂子还是破产了。”马在舟回答。

“如果再给你一次机会，你会跟我走吗？”关飞雪问出了这么久以来她最想问的那个问题。

“不！”马在舟的回答让关飞雪感到意外。

“但我会把你留下来。”马在舟继续说，关飞雪一颗悬吊着的心终于落了下来。这倒是一个可以接受的回答。

马在舟说：“我们这批人当中，绝大多数都出生在机车厂，生活在机车厂，结婚生子也在机车厂，机车厂包容我们的喜怒哀乐和生老病死。直到那几年大伙儿陆陆续续地下岗，一个个就像是流落到人间的孤儿，断掉脐带过后，举目无亲，茫然失措。但是，经过这么多年，大伙儿都挺过来了，靠着自己的努力，在这个时代里找到了属于自己的位置，虽然身份变了，但是生活反而更好了，依旧能在各个行当为国家和社会做出贡献。回过头来想想，如果没有当初的改革，或许我们的一生也就那样，没有波澜，死水一潭。是改革激活了我们这代人的创造力，让国家变得更加繁荣昌盛，也让我们自己的人生变得丰富多彩！所以，如果能够回到二十年前，我会把你留下来，一起见证机车厂的新生以及这个城市的变迁。”

关飞雪：“那是你，我和你不一样，我只是个女人，我需要一个家，一个温暖的拥抱，我要的并不多，但是仍然遥不可及。我可以接受你的这份情怀，但我不可能再经受岁月的沧桑，我们都快五十岁了！上周蒋大坤来找我，跟我说起你。大坤是我们多年的老朋友，火锅一条街的弟兄姐妹们都是当年我们在机车厂的工友。当年你口口声声说要带着大伙儿把厂子保住，让大家过上好日子，但你还是没有实现这个承诺。现在，大家遇到了难题，火锅一条街前途未卜，到了你兑现承诺的时候了！”

马在舟：“蒋大坤来找过你？”

关飞雪：“是的！”

马在舟：“他还说了什么？”

关飞雪：“你是社区书记，你在社区有威望，大家都说，你投谁，他们就跟着投谁，只要你表个态，街坊邻居都会跟着你。蒋大坤希望你支持他。他说，火锅一条街如果能够保住，他们给我们5%的干股！”

马在舟：“我们？”

这个词让马在舟感到极其意外，关飞雪的意思很明确了，她和马在舟可以组成“我们”，那就是一家人，这是马在舟一直以来所期盼的。同时，“我们”还可以接受5%的干股。这可不是个小数目。火锅一条街一晚上的营业额少说也在百万以上，这个数字可以让“我们”赚得盆满钵满。但是，这可是严重违纪的啊！

马在舟板起了脸：“你去告诉蒋大坤，票，依据大家个人的意愿来投，我不会表这个态，更不会收受他的干股。我们实行实名制投票，不允许搞团伙拉帮结派。作为社区书记，我会最后一个投票。”

第二十章　汪老板的臭棋

汤小金的问题解决过后，剩下顾老师和冯老三还在固执地反对。当然，三楼的余大姐和二楼的老彭态度也非常模糊，这也让马在舟非常不安。不过，有一个人好像比马在舟还关注加装电梯的事，那就是汪老板。

汪老板是个精明的出版商，靠着卖教辅资料赚了些钱，正准备卖掉老房子，换一套新房。这些年成都飞速发展，房价也不断攀升，但是机车厂社区是个老小区，虽然配套设施完善，但毕竟是八十年代的老旧房屋，房价一直被摁在一万上下，没有一丁点儿上升的迹象。这次加装电梯让汪老板看到了希望，按照他的计算，如果老旧宅院装了电梯，房价至少会升到一万五左右，到时候再出手，肯定会卖得更高。于是他悄悄地替马在舟做起了思想工作。其实，这也并不是什么思想工作，就是谈钱，简单粗暴。他首先找到余大姐，这是一个爱贪小便宜的中年妇女。汪老板说只要签了协议，就给她五千块。余大姐二话没说，接过钱，立马就签了字。然后他又找到老彭，依葫芦画瓢。老彭说老伴不同意！汪老板又加了五千！老彭想了想，就把协议签了。

汪老板替马在舟拿到了两户人的签字，马在舟并不知情。汪老板来到马在舟的家，把两份协议拍到马在舟的桌子上。

“余大姐和老彭，我都替你搞定了。你是不是该请我吃顿饭？”汪老板跷着二郎腿，得意扬扬。

马在舟看见签好的两份协议，惊讶地看着汪老板：“你是怎么做到的？”

汪老板：“我给你讲，你那套老观念早就落后了，现在的人现实得很。现实的人就得来点现实的东西，我给了他们钱，他们就签了！你们社区的人费了那么多口舌，做了那么多工作，还不如我，分分钟搞定！”

马在舟：“你给了他们多少钱？”

汪老板：“余大姐五千，老彭一万。这是我个人的意思啊，不需要社区替我报账，就当我为社区做点贡献！”

凭借多年的工作经验，马在舟感到一丝不安：“这不是钱的问题！”

汪老板：“这就是钱的问题，没有钱解决不了的问题！”

话音刚落，二楼老彭家就传来一阵争吵声，原来老彭的老伴坚决不同意加装电梯，老彭私自收了汪老板一万块，把协议签了，让老彭的老伴知道了，老两口激烈地争吵起来。

这一阵争吵打破了小区的宁静，大家都知道了出钱签字的事。

第二天，余大姐找到汪老板，说：“昨天签的字，不算！”

汪老板说：“为啥啊？”

余大姐说：“你给老彭家一万，怎么才给我五千？这不公平啊！你也得给我一万，不然昨天签的字作废。”

汪老板：“你得讲信用啊！”

余大姐：“不是我不讲信用，是你不讲信用，明明签一个字是一万，为什么你给我说签一个字五千。”

汪老板一听，头都大了。

马在舟的家里，来访者也是一个接一个，堵住了他的门。当初支持加装电梯的住户现在都反悔了，他们要求补偿钱，不然的话就撤销原来的协议。马在舟一再解释，那是汪老板私自给的钱，不是社区给的钱，但是大家还是非常不满。好不容易熬到中午，人散了，马在舟的门又被敲响了。马在舟打开门，六楼B号的老张站在门口。马在舟心想，老张不会也是来说这事儿的吧！

不出意料，老张坐到沙发上，低声说：“我听说，加装电梯有签字费？”

马在舟说：“什么签字费？没有签字费，都是汪老板给的！”

老张低着头说：“我都知道了，余大姐有签字费，老彭也有签字费，我也要签字费！”

马在舟：“我说过了，钱是汪老板给的，跟社区半毛钱关系都没有！”

老张：“我不管是社区给的，还是汪老板给的，反正我签了字，我就要签字费！”

马在舟生气地质问老张：“老张，你得讲点良心，你可是住在六楼啊！这电梯装上了，最受益的，最方便的，就是你家，你怎么好意思开口要签字费？”

老张依旧固执地说：“我就要签字费！”

马在舟气不打一处来，心想，这是什么世道，人心怎么就这样了。他生气地转身面向窗外，不再理睬老张。

老张还在喃喃着：“我要签字费……我就要签字费……我就要签字费……”

马在舟心里对汪老板一顿臭骂：汪老板啊汪老板，你看你，明明大家都高高兴兴地把字签了，你背着我下了这么一出臭棋，搞得楼上楼下乌烟瘴气，所有努力都前功尽弃！你叫我怎么收场啊！

他转过身，看着老张。老张也看着马在舟。马在舟发现今天老张和往常有点不一样。

马在舟：“老张，你我做邻居这么多年了，我了解你，你不是个贪便宜的人，你今天是怎么了？有什么事我们好好摆一摆！”

老张沉默了一分钟，哇的一声哀号出来，一个铁骨铮铮的汉子，在马在舟面前情绪失控了。

老张的妻子患了宫颈癌，这些年为了给妻子治病，他花光了所有积蓄，借遍了所有亲戚朋友，搞得家徒四壁。昨晚，在病床面前，妻子握住老张的手，对老张说："老张，我知道，我这个病，没得救了。这些年为了治病，家里的钱都花光了，你不说我也知道，你不用瞒着我。这辈子，你为了我，做了你能做的全部，现在我唯一要你做的，就是在那张病危通知书上写四个字——放弃治疗。然后签上你的名字。医院里的生生死死我见得多了，只有最爱的人才有资格签这个字。你就是我最爱的人。我这一辈子能嫁给你这样的男人，是我的福气，是我最幸福的事。你如果真爱我，就叫医生来，把我这一身的管子给拔掉，让我慢慢死去。我死了，你给我们买个双棺，等你哪天入土了，跟我合葬一起，我们是两口子，活着是夫妻，死了也是夫妻。"

在这个城市里，每天都能见到很多平庸的人。他们会出现在拥挤的地铁上，学校的门口，医院的候诊室，深夜的路边大排档。也许他们大腹便便，把衬衣扎入裤子，屁股上吊着一串钥匙；也许他们双目无神，表情呆滞，满脸胡楂，或者秃顶；也许他们圆滑世故，言不由衷，词不达意，保温杯里泡枸杞。在我们的眼中，他们如行尸走肉，一举一动都十分呆板。但是，他们并非没有思想、没有情感、没有灵魂。他们和我们一样活着，只是比我们活得更加艰难。他们往往是家庭的唯一支柱，有最沉重的责任，所以才更加隐忍。他们不能笑，是因为没有什么值得他们笑，他们不能哭，是因为他们不敢哭。快乐、悲伤、期待、失落、疲惫、胆怯、无奈、沮丧、窘迫、寂寞……人类内心深处的所有情感与体验，在他们的脸上都会化作沉默。沉默，能够为一个家庭带来安稳，为每个家庭成员带来精神上的庇护。

老张，就是这样的中年男人。

他的妻子躺在病床上，命若悬丝，行将就木。妻子最后的夙愿是要一个双棺墓地，将来跟丈夫合葬在一起。但是，就是这样一个小小的愿望，也让老张窘迫不已。因为他实在拿不出钱来买一块双棺墓地。

三天后，老张的妻子在医院的病床上停止了心跳。她如愿被安葬在关岭公墓的一块双棺墓地里。买墓地的钱是马在舟和社区的工作人员共同筹集的。墓碑上镶嵌着妻子的照片，她微笑地面对着这个世界，音容笑貌栩栩如生，仿佛从未离开。而老张手抚着墓碑，看着妻子的照片失声痛哭。马在舟和社区的工作人员，以及老楼的邻居们都赶来送葬，在场的每个人无不感伤。棺椁是一生的归宿，尘世间一切功名富贵终将化为尘埃，唯有人间大爱得以长留永生。

我怕来不及我要抱着你，
直到感觉你的皱纹，
有了岁月的痕迹。
直到肯定你是真的，
直到失去力气，
为了你，我愿意。
动也不能动，也要看着你。
直到感觉你的发线，
有了白雪的痕迹。
直到视线变得模糊，
直到不能呼吸，
让我们形影不离。
如果全世界我也可以放弃，
至少还有你值得我去珍惜。
而你在这里，
就是生命的奇迹。
也许全世界我也可以忘记，

只是不愿意失去你的消息。
你掌心的痣，
我总记得在哪里。
……

老张的妻子去世后，那些决意撤销协议的户主也不再提签字费的事了。顾老师找到马在舟，主动签下了协议。虽然他和汪老板水火不容，但在经历了这场风波之后，顾老师不再在这件事情上和汪老板较劲。毕竟不能拿两个人的私人恩怨和大伙儿的利益过意不去。

第二十一章　魏家老茶馆的新生

谷雨之后，阳光温煦的初夏，魏家老茶馆传来一阵鞭炮声。随着一张红布落下，牌匾上“魏氏戏舍”四个字赫然而列。赵旗带着他的团队入驻了魏家老茶馆，魏家茶馆改了名，以焕然一新的面目重新呈现于机车厂社区。周边的居民都纷纷赶来，看看这老茶馆变成了什么样子。

在一番简单的设计和装修过后，老茶馆变得更显格调，那些老物件都还在，原先看起来毫不起眼，但经过设计师的重新摆布后，散发出新的光芒。还有那个戏台，保留了原来的裂痕，上漆过后，复古之味更加浓郁。最大的变化是这个茶馆的节目表演，在以传统川剧为主的基础上，穿插了现代时尚的街舞表演，现代和传统的结合吸引了更多的观众慕名而来。

重新开业当天，人们在观看了川剧和街舞表演过后，接下来的重头戏乃是一场传统的川剧拜师仪式。赵旗，这个都市青年，今天要正式拜魏霆为师，成为川剧的传承人。台下，成都川剧界的名家，街舞界的玩家，还有一众老茶客都成了见证人。川剧界泰斗左近贤宣读了拜师帖，然后赵旗按照行规，向魏霆敬茶，并行拜师礼。

在大家的欢呼声中，魏霆换上戏装，给台下观众表演了川剧中最具特色的技艺——变脸。变脸，用于揭示剧中人物的内心及思想感情变化，即把不可见、不可感的抽象的情绪和心理状态变成可见、可感的具体形象。看着魏霆的表演，台下的赵旗震撼不已，激动不已。如果能够把变脸这个绝活放到街舞表演中，对于他的舞蹈来说，将是一种创新和突破，更加具有观赏性和艺术性。

魏氏戏舍的改弦更张让原来的老茶馆焕发出勃勃生机。随后的日子里，客人络绎不绝，门庭若市。为了回馈当年那些默默支持魏家老茶馆的茶客们，魏霆始终把最靠前的位置留给那些老人们，而且一碗茶的价格仍然是五块。一场川戏，加上这些知天命年古稀的老茶客到场，魏氏戏舍展现出了独特的成都味道，甚至吸引了很多外国游客。他们喝着盖碗茶，听着这些老成都的龙门阵，体验着掏耳朵、打川牌，不停地拍照留念，把成都的市井生活与人间烟火通过网络传播到世界各地。

青春炫目的街舞表演也是魏氏戏舍的吸睛之处，招引来一大批忠实的街舞粉。有时候，魏霆也会换下戏服，穿着一身宽松的T恤，戴着棒球帽，粉墨登场。他才二十九岁，当年的牢狱生活洗净了叛逆和不羁，但他并没有沉沦，外表依旧帅气阳光，舞姿仍然潇洒脱俗，眉宇间英气十足，节拍中收放自如，赢得一大批女粉丝的喜爱。

魏家老茶馆的新生给机车厂社区增添了一道亮丽的风景线，但是又带来了新的问题。原计划老茶馆所在的那块地拆迁之后打造一个社区康养中心。因为老茶馆的旁边就是一个养老院，养老院的规模太小，只能入住十几号老年人，完全不能满足社区需求。全国人口普查数据显示，成都市六十岁以上老年人口有两百四十九万，占成都市区总人口的20.6%，养老负担极其沉重。要实现“老有所养”的宏伟目标，加快构建养老保障体系和发展养老产业势在必行。然而，当前成都养老机构的设施管理和老年人的需求还存在着极大差距。所以，成华区计划在机车厂社区打造一个规模更大的康养中心。规划图倒是已经出来了，就是没能解决好拆迁安置的问题。归根结底，问题还是出在魏家老茶馆这里。

虽然马在舟和他的同事们多次上门做思想工作，但是魏霆始终拒绝在拆迁协议上签字。不过，有的人目睹了魏家老茶馆惨淡的经营状况，滋生了一线希望，觉得魏家老茶馆这样下去支撑不了多久。然而，没想到魏家老茶馆面目一新，红火了起来，还产生了不小的社会影响力。社区的同志们感到“压力山大”。

“难道就不能重新调整一下思路吗？”马在舟在社区的工作会上质问参会的同志。

“怎么调整？难道政府的规划还能变？”有同志反问道。

“我觉得其实不用拆，建设这个康养中心是为什么？不就是为了容纳更多的老人养老吗？老人们除了日常吃穿住行，还得有娱乐生活啊。魏家这个老茶馆摆在那里，恰好可以丰富老人们的娱乐生活，平时没事喝喝茶，聊聊天，看看戏，不是很好吗？我们完全可以保留魏家老茶馆，让它存在于康养中心的某一个局部，让一个独立的局部去服务整体，难道不行吗？”马在舟说出了他的计划。

“行倒是行，就是不知道上面同不同意！”有同志对此表示担忧。

“这个事，我去说！”马在舟斩钉截铁，看起来信心满满。

第二天，马在舟找到街道办事处主任董上义，把他的计划给董上义叙述了一遍。董上义听后，一拍大腿：“老马呀，你真是个天才，你这个计划很好嘛！我前几天听说这个魏家老茶馆现在红火起来了，社会关注度也高了，我正在愁这个拆迁工作怎么办。你这个计划，既解决了拆迁的问题，又解决了康养中心的布局问题，这叫什么？这叫化敌为友，一石二鸟。好，非常好，这个事我支持，我这就去向上面汇报！”

马在舟得到了董上义的支持，开心极了，看来事情的转机真要来了。然而，一周后，等来的却是一个不好的消息。董上义告诉马在舟，上面没同意。

“为什么？”马在舟问道。

“养老服务从福利性事业向市场化产业方向转变，这是大势所趋，这些年，政府一直致力于从顶层设计、政策规划、政策执行和政策配套等多个方面来推进养老服务的市场化改革。”董上义说。

“市场化改革跟我思路不矛盾啊！”马在舟说。

“但你的思路和市场化改革主体的思路有些矛盾。”董上义说。

“这话怎么讲？”马在舟问道。

“政府优先考虑市场化运作，通过公建民营、委托管理、购买服务等多种方式引导市场主体参与，提升养老服务的质量和效率。上面对你的这个提议很重视，所以咨询了很多家从事养老服务行业的企业，但是他们都反对保留魏家老茶馆。”董上义说。

“为什么？”马在舟继续问。

“一般来讲，专业化、规模化的养老服务机构，它们的设施非常健全，架构非常科学，你提到了为老人预留一个娱乐生活空间，其实这些在专业养老服务机构的设计规划里都是有的，并不需要另外再布局。”董上义说。

“这是所有机构的意见？”马在舟问道。

“是的！”董上义回答。

“难道就没有一家企业提出可以保留的方案？”马在舟问道。

董上义沉默了很久：“要不，去找安康集团谈一谈？我觉得他们可能会接受你的提议。”

“为什么这么说？”马在舟问道。

“安康集团是成都乃至全国养老服务行业内的龙头企业，如果能提出一个保留魏家老茶馆的方案，也许还有一线生机。”董上义说。

“好，我去！”马在舟毫不犹豫地回答。

第二十二章　神秘的“蜡笔人”

马晓晓又一次来到了太古里。

两天前，她发布的短视频获得了两万多的点击率，粉丝数量暴涨，这让她看到了成为网红的希望。她逐条翻看了视频留言，有的人留言：“从你的眉宇间看到了一个生动的成都女孩，而不是千篇一律的网红脸。”有的人留言：“疲惫和忧伤，本来就是生活的一部分，何须掩饰，贵在真实。”有的人留言：“你就是隔壁班的女同学，你不是一个没有故事的女同学！”还有人留言：“这张素面朝天的脸，是成都女孩的终极肖像，没有任何一个网红可以驾驭！”

归根结底，对这一组照片，几乎所有人的看法都惊人一致，就是真实，无以复加的真实。这些来自网友的评价让马晓晓感到前所未有的自信。她在微信里回复那个中年男子，约他在太古里见一面。那个中年男子的微信昵称叫作“蜡笔人”，她约见“蜡笔人”，一是对他表示感谢，同时也希望他能成为自己的摄像师。至于阿刀，让他见鬼去吧！这个吃里爬外见异思迁的东西。

马晓晓坐在当天和“蜡笔人”相遇的那张长椅上，焦急地等待着，“蜡笔人”一直没有回复她，也没有出现。一个小时过去了，两个小时过去了，三个小时过去了，整整一个上午都不见踪影。马晓晓有些失落，也许当天的无理得罪了那个“蜡笔人”。如果他是个小气鬼，也没什么值得一等的。想到这里，她起身离去，走了几步，又走回来坐下，她对自己说：“要不，再等等看！”

正在这时候，一辆金黄色的法拉利跑车驶入太古里，一个手持路易威登限量款手包的时髦女子从车里钻了出来，一身奢侈，光艳动人。没错，还是卡丹妮，她每隔几天都会驾驶不同的跑车，穿着不同的名贵时装，带着各式限量手包出现在街拍者的镜头前。闪光灯不停地闪烁，整条街的路人都蜂拥而起，成为她的行星，围着她转动。

当卡丹妮迈着曼妙的步伐走来，经过马晓晓的身边，一路追拍的摄像师们喊着“丹妮，丹妮，转一个，转一个”，卡丹妮停下来，一个温婉的转身，摆出一个优雅姿势，摄像师赶紧抓拍。突然，一个摄像师从镜头后面伸出脑袋，对着马晓晓喊：“嘿，那个谁，起开！起开！”马晓晓没有注意到自己已经被摄像师们放进了镜框里，她有些发蒙，一时不知道该做什么。另一个摄像师喊起来：“闷起咋子，就是说的你！”马晓晓一听这话，倔脾气立即上了头。原本已经打算起身的她又坐了回去，把目光放向一边。摄像师们开始起哄，要求马晓晓立即让开，不要抢镜。

此时，卡丹妮把食指放到了嘴唇上，意思是让大家不要起哄了。她走到马晓晓的身边，然后坐到了长椅的另一边，把一个路易威登手包放到了两个人中间。

“妹子，你在我身边待一分钟，都可以让你飞速涨粉！”卡丹妮微笑着面对摄像师的镜头，对马晓晓说着话，却没有转身看马晓晓一眼，“但我不介意你蹭我的热度！”

“谁蹭谁的热度，还不一定呢！”马晓晓面无表情，针锋相对。

“给你百万粉丝，你也不是我的对手。”虽然马晓晓一副不服输的模样，但是卡丹妮泰然自若，“你和我之间的距离，就是这个包的距离！”说完，卡丹妮把手放到包上。

“你放心，你有的，我都会有！”马晓晓一副坚贞不屈的样子。

“整个太古里都是我的T台。我走，聚光灯就跟着我走，我留，聚光灯就跟着我留。”卡丹妮说着，依旧没有给马晓晓一个正脸，“你看，我们面前那么多镜头，我现在走开，如果还剩一个人，只要剩一个人还在拍你！算我输！”

“好啊！”马晓晓毫不示弱，两千粉丝的马晓晓现在要挑战两千万粉丝的卡丹妮。

卡丹妮笑了笑：“祝你好运！”说完，起身离去，一群摄像师立即尾随卡丹妮的背影而去。长椅上留下马晓晓孤孤单单的身影。她就像一个被抛弃的孤儿，没有一个人留在身边。

过了几十秒，卡丹妮忽然转身，对着马晓晓做了一个枪毙手势，然后潇洒地转身而去。一头乌黑靓丽的头发，在初夏的风中，留下一股让人迷醉的幽香。

网络，就是江湖。

今夜的太古里又上演了一出菜鸟被秒杀的好戏，很不幸，马晓晓就是那个菜鸟。她拖着疲惫的身体，带着失落的灵魂，钻进地铁站，那背影就像一个无人看押的俘虏。

“不就是一个名牌包包嘛！有什么了不起！”马晓晓暗自嘀咕着。但她转眼又想，“要是那个包是我的该多好！要是那辆车是我的该多好！要是那一身珠光宝气的奢侈品是我的，该多好！”可惜这些都不是她的。她不得不承认，她输了，哪怕是输给了这些看似毫无生命力的商品，也是输。没有这些商品，也许她永远达不到卡丹妮的高度，猫哥的公司永远不会为她配备这些东西。来时她所高涨的自信，在这一刻瞬间消失得无踪无影。

此刻，手机突然响起了信息铃声。居然是那个“蜡笔人”发来的：“其实，你没有输！”

马晓晓百思不得其解，这是什么意思？难道他在现场？接着，信息不断发来。那是一张张马晓晓孤独地留在长椅上的照片，从时间来看，恰好是在卡丹妮走后。很明显，这是一组用长焦镜头拍摄的画面。那个“蜡笔人”应该在两百米以外，像一个狙击手一样用镜头对着马晓晓，只是她没有发觉。

是的，马晓晓没有输。马晓晓意识到，尽管那些附势的摄像师像舔狗一样拥随卡丹妮而去，但仍旧有那么一个人在远处默默地关注着她。马晓晓马上回复“蜡笔人”：“你在哪里？你是谁？”可是“蜡笔人”没有回复她。

“你在哪里？你是谁？”马晓晓又重复了一遍信息，“蜡笔人”还是没有回复。

“你在哪里？你是谁？”

“你在哪里？你是谁？”

“你在哪里？你是谁？”

“你在哪里？你是谁？”

……

漫漫长夜，留下马晓晓一次次的追问和永无回应的沉默。

第二十三章　蒋大坤再次出手

火锅一条街第二次全体会议在蒋家老火锅的大厅里召开，参加会议的有邱三妹火锅的老板邱三妹、灯管串串香的罗胖子、游毛肚火锅店的游老五、杨氏鸭肠火锅的杨大哥以及老街坊火锅店的侯老二等人。主持会议的，依旧是他们的天才领袖蒋大坤。

虽然蒋大坤想通过关飞雪取得马在舟支持的路没有走通，虽然对于取缔还是保留，网络上依旧存在不同的声音，但是火锅一条街的话题持续发酵，引起了社会的广泛关注，这让蒋大坤看到了另一个逆袭的契机。他的一只脚依旧踏在凳子上，像一个意气风发的将军。

“第一步，我们走得很好，很成功，这个七五折计划赢得了很多社区居民的支持，但是，我们不能就此乐观。朱晓慧这股势力依旧强大，局势并不明朗。距离全民投票还有最后两周的时间，据我观察，敌我双方的实力对比难分伯仲。所以，我们必须还有动作！”蒋大坤发表了他的重要讲话。

“大哥，你说下一步唧个办？”蒋大坤的忠实拥趸侯老二发问。

“趁现在网上对我们火锅一条街的关注度持续攀升，我决定，我们下一步打一出怀旧牌！”蒋大坤目光坚毅。

“怀旧牌？”大家面面相觑，这么久以来，他们始终没有跟上蒋大坤的思路。他们永远都看不透蒋大坤的脑袋里到底装了多少锦囊妙计。

“我们曾经都是机车厂的人，对不对？”蒋大坤问道。

“是！”大家回答道。

“我们机车厂是新中国第一座自行设计建造的机车车辆工厂。

那个年代，没有厂房，就自己建厂房；没有设备，就自己造设备；没有技术，就自己学技术，半个世纪来，为我们国家的机车事业做出了卓越的贡献。一个时代有一个时代的故事，一个厂有一个厂的精神，自力更生，艰苦奋斗，就是我们机车厂的精神。九十年代，国家改革了，我们下岗了，我们不怨天不怨地，工作没了，但是精神没有垮。我们自力更生，艰苦奋斗，打造出了全成都有名的火锅一条街。如今，社会舆论正在关注着我们，我们要趁此机会，打出当年的机车记忆，让大家都看到，我们是机车厂精神的传承人。我们要用怀旧的方式激发社会舆论对我们的支持！”蒋大坤带着大家回顾了机车厂半个世纪的历史。

“具体讲，怎么整？”侯老二还是那么迫不及待。

“从今天起，我们这条街所有的火锅店，把当年机车厂的老照片都挂起来，把那些老物件都摆出来，把当年我们穿过的工装都穿起来，生是机车厂的人，死是机车厂的魂。搞，就要搞得悲情一点，苦难一点，催泪一点，让全成都都知道，取缔了火锅一条街，就是切断了一代人的记忆！”

“好，要得！”大伙异口同声，转身就开整。

“电视机前的观众朋友们，今天我们再一次来到机车厂社区火锅一条街，就在最近两个多月的时间里，我们栏目组持续关注和报道火锅一条街的去留问题。那么，两个月后，这里又发生了哪些新的变化呢？让我们跟着镜头来看一看！”

记者走进杨氏鸭肠火锅店，火锅店的墙上挂满了机车厂时期的老照片，杨大哥指着其中一张黑白照片上的一个老人，神情凝重：“这是我的父亲，他是机车厂的老工人，他在机车厂干了一辈子，为国家奉献了一辈子。现在，他走了，只剩下我们一家几兄弟，我们是‘厂二代’，原本以为，我们会像他们一样，在机车厂干一辈子。结果，我们下岗了，但是兄弟几个没有泄气，没有向命运低头，我们开了这家火锅店，自力更生，艰苦奋斗，就像歌里唱的，心若在，梦就在，天地之间还有真爱，看沧海，人生豪迈，只不过是从头再来……”说着说着，杨大哥就唱了起来，眼睛里闪烁着晶莹的泪花。

记者走出杨大哥的火锅店，对着摄像机的镜头说：“看来，我们这火锅一条街不仅仅是一条美食街，更是一条充满人情味的街，它的一头连接着历史，一头连接着未来。也许，每一家火锅店都有自己的故事。”

说着，记者又走进了侯老二的老街坊火锅店，火锅店的墙上也挂满了旧时的老照片，侯老二指着其中一张黑白照片上的老人，依旧神情凝重：“这是我的父亲，他是机车厂的老工人，他在机车厂干了一辈子，为国家奉献了一辈子。现在，他走了，只剩下我们一家几兄弟，我们是‘厂二代’，原本以为，我们会像他们一样，在机车厂干一辈子。结果，我们下岗了，但是兄弟几个没有泄气，没有向命运低头，我们开了这家火锅店，自力更生，艰苦奋斗，就像歌里唱的，心若在，梦就在，天地之间还有真爱……”

“行了，行了，别演了！”记者打断侯老二的煽情。

眼泪还没有酝酿出来，就被记者打断了，侯老二有些不爽：“别急，还没到高潮部分。”

记者说：“你这张照片跟隔壁那家挂的照片一模一样！”

侯老二：“老照片嘛，大家都会留几张！”

记者说：“人家说，这是他爸！”

虽然这事闹出了一些笑话，但是，一张张老照片、一个个老物件、一件件旧工装唤醒了人们对那个时代的记忆，舆论逐渐偏向了有利于蒋大坤的一方。但就在这个时候，一个事件的发生又改变了局势，让未来更加扑朔迷离。

那是一个清晨，王大妈出门晨练，一不小心踩到了火锅店门口一个啤酒瓶子，摔了个四脚朝天。送到医院一检查，多处软组织挫伤，更要命的是，腿骨骨折，王大妈坐上了轮椅。在记者的跟踪报道下，一些支持者又回到了朱晓慧的一边。但是朱晓慧决定再乘胜追击一把。环境保护主义者把骨折的王大妈推到了马在舟的家门口，向马在舟施加压力。

“马书记，你得拿个说法。王大妈都这样了，你还坐视不管吗？”

“马书记，你得为民做主啊！”

“马书记，你要是不管，我们就把这事捅到上面去！”

马在舟好说歹说，整整一个上午，总算是把这群人给劝走了。等大家走了，他立马给蒋大坤打了个电话。

“这事儿你得处理好了！医药费，该付的要付，护理费，该给的要给！”马在舟在电话里呵斥蒋大坤。蒋大坤知道这事儿事关重大，一个劲地给马在舟承诺，会把王大妈的事办好。

第二十四章　冯老三最后的要求

马在舟在电话里处理完王大妈的事儿后，突然听到门外一阵喧嚣，披上外套出门一看，原来是烟草专卖局例行检查，发现冯老三的小超市里存有大量假烟。冯老三和他老婆垂头丧气地站在一边，眼看着烟草专卖局的执法人员把假烟一箱一箱封存拍照，然后装上了车。想到即将面临的处罚，冯老三的老婆哇的一声哭了起来。

这些年，冯老三也不容易。他要抚养两个孩子上学，而家庭收入全部来自这个小超市。不宽裕的家境让冯老三贪图蝇头小利，为人处事尖酸刻薄。即便是马在舟多次上门做冯老三的思想工作，冯老三也始终拒绝在加装电梯的协议上签字。其实，马在舟也理解，加装电梯对住在一楼的冯老三来说，不仅毫无意义，还会挡住他的门店。换成谁，谁都不愿意。

这次，冯老三的假烟被没收，损失十分惨重。根据《烟草专卖法实施条例》规定，主管部门不仅要将非法销售的烟草公开销毁，而且还要没收违法所得，并处违法销售总额20%以上50%以下的罚款。冯老三在调查笔录上签了字，被通知第二天到烟草专卖局接受处罚。根据没收假烟的数量来看，这次罚款至少在一万到三万左右。

第二天，冯老三早早地来到烟草专卖局。他忐忑不安地走进大厅，摁了电梯按钮，电梯缓缓下来，门打开，从电梯里面走出来的居然是马在舟。冯老三看了看马在舟，马在舟也看了看冯老三，两人没有说话。冯老三一溜烟钻进电梯，心想，马在舟到这里干什么，难道他还想整我。我不是已经被处罚了吗？带着疑问，冯老三来到稽查科交罚款，稽查科倪科长说："你就是冯老三？"

冯老三：“是，是，是，我就是冯老三！”

倪科长：“刚刚你们社区马书记过来了一趟！”

冯老三：“啊？”

倪科长：“他来给你说情，说你家庭比较困难，希望我们从轻处罚！”

冯老三：“哦！”

倪科长：“既然社区书记都替你说话了，我们科里也集体研究了一下，念在你这次认错态度好，积极配合执法工作，我们在规定的尺度内给你最轻的处罚，就缴纳一万块的罚款吧！”

冯老三一听，一颗忐忑不安的心落了下来，连忙说：“好！好！好！”

当天夜里，冯老三敲响马在舟的门。马在舟看见冯老三站在门口，说：“进来坐吧！”

冯老三没有客气，走进马在舟的家，一屁股坐在沙发上。

马在舟：“罚了多少？”

冯老三：“一万！”

马在舟：“不要再卖假烟了！”

冯老三掏出一支烟，递给马在舟，马在舟犹豫了一下。

冯老三：“放心，这是真的，不是假的！”

马在舟接过冯老三的烟，点燃，深深地吸上一口，然后把烟放在面前仔细地端详了一番，点点头：“真的就是不一样！”

冯老三：“你分得清真烟假烟啊？”

马在舟：“老子抽了三十多年的烟，不用抽，光捏在手里都知道是真是假！”

冯老三沉默了。

马在舟：“这十多年，你都卖假烟给老子抽，老子早就晓得了，只是给你留个面，不说破而已！”

冯老三：“我今天来，是跟你说个事儿！”

马在舟：“你说！”

冯老三："装电梯的事，我可以签协议，但是有个条件！"

马在舟一听，眼睛放出了光芒。他心想，冯老三能够签协议，那就万事大吉了，不管什么条件都同意。

马在舟连忙说："快说，啥子条件？"

冯老三说："我那个小货车一直没得地方停，你把你屋后的花园清理出来，让我停车，我就把协议签了。"

马在舟一听，沉默了。

马在舟的花园是他十几年来的心血，里面的每一株兰花他都如数家珍。这么多年来，马在舟就这么一个爱好。而今，冯老三看中了这块花园，想把它夷为平地，作为他的停车位。马在舟怎能答应。在他看来，每一株兰花都是他的儿女，他能叫得出名字。每当工作中遇到什么不顺心的事，生活中遇到什么不开心的事，他就会独自来到花园，一边给兰花修剪枝叶，一边和它们说心里话。这块花园是马在舟的精神家园，是他的心灵寄托，是他的灵魂之舟。

整个夜晚，马在舟辗转难眠。

第二天，天空中下起了瓢泼大雨。顾老师在阳台上收衣服，低头一看，楼下的花园里出现了一个身影，那个人正挥舞着锄头。顾老师马上叫出老婆，指着楼下的那个人说："你看，那个人是谁？他在干吗？"顾老师的老婆低头一看："哟，这不是马书记吗？种得好好的花，干吗要挖掉呢？他疯了吗？"

马在舟没有疯，他只是难受。在这大雨中，他不停地挥舞锄头，挖出他多年来栽种的兰花，每一锄挖下去，都像是挖在他身上一样，痛，血流不止。他的衣服已经被大雨完全淋湿了，他的眼泪在雨中默默地流淌，雨水浸湿了他的身体，泪水浸湿了他的心。他要挖出这些兰花，为冯老三腾出一块地方当停车位，只有这样，冯老三才会签署协议，为这栋老楼装上电梯。只要能为街坊邻居们做点事，为他们提供便利，这点痛，他受得起。

第二十五章　“蜡笔人”的现身

与此同时，太古里也下着瓢泼大雨，整个成都都陷入了雨水的冲洗中。太古里失去了往日的喧嚣和拥挤，人们大都在屋里躲着雨，只有极个别的人打着伞，在大雨中快步行走。一辆又一辆车在大街上穿梭，溅起一路水花。

在太古里的广场中央，一个白衣年轻女子打着伞，她在等待谁，谁又在等待她，路人无从知晓，也没有人想知晓，只有她的心中无比明了。她的名字叫马晓晓。

半个月来，马晓晓每天会都来到太古里，她不是来街拍的，她在等待那个“蜡笔人”的出现。这半个月，马晓晓粉丝急剧增长，粉丝们亲切地把她命名为“成都女孩”。从最初走在太古里的人群中无人问津，到现在逐渐引起了一些街拍摄像师的关注，她的粉丝数量逐渐赶超了公司另外两名和她走同一路线的网红，猫哥对她的表现非常满意，她也由此上升到了第三等级。但是，猫哥还是毫不留情地指出，她的路线走偏了。

“虽然你的粉丝数量攀升得很快，但是，你不能走亲民路线，这条路容易走死。你不要以为接地气就能吸粉，那是暂时的，平凡的女孩子遍地都是，你算老几？现代人，说来说去，还是喜欢仰望云端上的人，那是他们的终极理想。他们想成为什么，就爱看什么。所以，必须走高端路线，必须要大气，必须上档次，必须要抓住粉丝的欲望，让他们欲罢不能。”猫哥毫无隐讳地指出了马晓晓的发展方向。

马晓晓深知猫哥说得不无道理，但是她毕竟出身平凡，两个月前，她还是机车厂社区医疗卫生服务中心的一个普普通通的实习护士，现在已经成了一名准网红。这一路来得并不容易。她也深知，这里面有“蜡笔人”的功劳。这个“蜡笔人”在默默地支持着她，她很想找到这个人。所以，在这个下着大雨的下午，她再一次来到太古里，神秘的“蜡笔人”会出现吗？

马晓晓在彷徨中期待，在期待中张望。这时一个人远远地向她走来，随着步子越来越近，他的身影在雨中逐渐清晰，他打着伞，穿着得体。是的，没错，马晓晓认出了他，他就是期待已久的“蜡笔人”。到现在，她才开始认真地打量这个中年男子。四十来岁，留着一小撮胡须，成熟稳重，器宇不凡。

他走近马晓晓：“你，是在等我吗？”

马晓晓上前一步，一拳打在他的肩膀上：“为什么偷拍我？”然后又一拳，“知不知道偷拍犯法？”紧接着，又是一拳，“为什么给你发信息你不回？”马晓晓本打算再来一拳，“蜡笔人”伸出手，抓住了马晓晓的拳头，他的力量足以让马晓晓的拳头动弹不得，但又不至于把马晓晓捏痛，这分寸拿捏得非常到位。马晓晓用力挣脱“蜡笔人”的手。

“我叫帕特里克·皮埃尔，中文名叫沈锐！”那个中年男子用一口生硬的普通话说出了自己的名字。

“你不是中国人？”马晓晓惊诧地问。

“我出生在法国，我是法籍华人。但是，我是中国人，你可以叫我沈先生！”沈先生说道。

马晓晓愣了一下，随即趁沈先生不注意，一拳打在他的肩膀上：“躲着我是什么意思？”

沈先生猝不及防又挨了一拳，但是他并不生气，这个女孩还那么小，以他的年纪，没必要跟这样一个调皮的小女生较劲。

马晓晓接着说：“你是摄像师？”

沈先生：“不是！”

马晓晓：“那你干吗的？”

沈先生：“我是一个设计师！”

马晓晓：“设计师？！”

沈先生带着马晓晓走进太古里一家名叫“锦花”的时装店，这家店在太古里众多的奢侈品牌服装店中并不起眼，但是推门而入，里面却别有一片洞天。灯光温和典雅，陈设时尚考究，四周的橱窗里陈列着各式时尚女装。马晓晓被橱窗里的女装深深地吸引了，这些女装设计得端庄大气，既充满现代气息，又沿袭经典，不拘一格的廓形加上精美的图案，让每一件衣服都显得独特不凡。马晓晓在每一个橱窗前流连忘返，就像被抓住了魂似的。

“这些都是我的作品。”说完，沈先生停顿了几秒，然后补充道，“失败的作品！”

“失败的作品？！”马晓晓大惑不解。

“你跟我来！”沈先生带着马晓晓上了一层楼，推开门，这是沈先生的设计室。一间非常大气的设计室，里面摆放着各种材质的面料和图案，桌面上还有各种画板、笔、尺子、圆规，更吸引眼球的是设计室中央垂下来的一大幅锦缎。

“这叫浣花锦，在古代被叫作‘落花流水锦’，盛唐时期居住在浣花溪的妇人根据溪水荡漾的波纹变化设计出相应的花纹，在锦织成后，多数在锦江上游的浣花溪洗涤，所以人们又叫它浣花锦。”沈先生介绍道。

“你真是一个时装设计师？”马晓晓问道。

“我毕业于巴黎狄德罗大学艺术学院，毕业后从事时装设计，先后在Louis Vuitton、Dior、Hermes做过设计师。三年前，我辞职来到成都，创办了我的独立品牌‘锦花’。”沈先生回答道。

“为什么偷拍我？”马晓晓回到原来的话题上。

“你来看。”沈先生把马晓晓带到设计室的落地窗前。马晓晓一眼望去，窗外雨已经渐渐地小了下来，太古里的广场和街道慢慢清晰了起来。从这个角度看去，刚好能够看到当天她坐着的那张长椅。原来，沈先生就是从这个地方拍摄她的。“三年来，我从未设计出一款能够真正让自己满意的作品。直到有一天，我站在这个窗口，看着人来人往的太古里，我从人群中发现了你，你和所有的女孩一样，又和所有的女孩不一样。当时你就坐在那里，有一丝寂寞，有一丝彷徨，有一丝疲惫，有一丝忧伤，你是一个典型的成都女孩，你的温柔里有倔强，你的坦率里有善良，你的出现拓宽了我的思路，我觉得我的设计应该从一个普通人的故事里摄取灵魂，让流行和传统相融合，然后获取新生。”沈先生说道。

“说得那么高级，但我……我还是不太懂！我有那么具备代表性吗？”马晓晓一屁股坐到了沈先生的桌子上。

沈先生走到马晓晓身边，伸手向马晓晓摸去，马晓晓大惊失色，难道沈先生要对自己图谋不轨？她赶紧跳下桌子，躲到三米开外，而沈先生只是把手伸向了桌子上方的一个按钮，一摁，一张巨幅照片从空中缓缓降落下来。马晓晓一看，居然是那天她坐在长椅上喝奶茶的照片。这是一张没有美颜、没有滤镜、没有修光的照片，马晓晓的嘴里嚼着一根吸管，跷着二郎腿，慵懒地靠在长椅上，以一副玩世不恭的表情望向远方，眼神迷离而动人。

“这就是你，你的粉丝说得很对，你很真实。太古里每天都会走过许许多多的时尚女孩，也许你只是她们中的一个。但是，那一刻的你用最真实一面诠释了什么叫返璞归真！”沈先生说。

马晓晓望着眼前的巨幅肖像，她的目光一刻也没有挪动，她从未发现自己还有另一种美。这是一种任性的美，一种消极的美，一种随性的美，一种散漫的美。马晓晓看着照片中的自己，良久，回头对沈先生说：“明天我带你去个地方！”

第二十六章　马晓晓的十二岁

大雨过后，信鸽飞过天空，温暖的阳光抚摸着大地。人们从各自的故事里走出来，重复每一天的剧本，抑或遭遇生活中的另一种可能。但是，无论如何，他们永远也回不到大雨滂沱的昨天。

这是机车厂最好的季节，梧桐树叶缓缓落下，满地都是岁月的痕迹。树上的风筝，脚下的石板，窗前的旧球鞋，倒在一旁的共享单车，还有路边下象棋的老邻居，无不诉说着一段不为人知的往事。马晓晓带着沈先生来到机车厂社区，她扎着马尾辫，穿着牛仔裤、白衬衣，依旧还是当年那个放学回家的小女生。沈先生拿着相机，不停地拍摄。这个法籍华人去过全世界很多繁华喧嚣的城市，见过不同肤色和语言的人，识别过人世间的各种真相和假象，这一刻，他来到成都最深处，眼前的人间烟火让他深深地感受到这个城市的体温。

三年前，辞职后的时装设计师沈先生游历世界各地，直至来到成都，被一种新兴的时尚生态吸引了。在和成都人的交往中，他发现成都人骨子里为这个城市的潮流与时尚而骄傲。和北上广深不一样，成都人的骄傲来自自己的土壤。他们并不盲目随从、趋炎附势，他们很自信，这种自信源于对生活状态的满意。他们开放而包容，接受一切新的可能，乃至于有一种非凡的能力，能把一切外来的文化转化为自己的精神内核，把异己的艺术融入自己对未来的想象中。成都是一个真正意义上的生活之城、艺术之城、活力之城。

特别是当沈先生第一次进入太古里，他被这里的年轻人深深地吸引了。他发现成都的年轻一代不仅具有强大的购买力，在这购买力背后，并非对各种奢侈品牌盲目崇拜，而是有着一种发自内心的对品质生活的热爱。他们享受成都创造的价值，太古里在他们眼中并非一个不可企及的时尚高地，而是一个拥抱时尚生活、与世界沟通的桥梁。于是，他决定留下来，并在太古里租下了一个门店，创造了“锦花”这个时尚女装品牌。蜀锦是他打开这道门的钥匙，他深入地研究了蜀锦的千年历史，从中汲取精华。但三年来，他总是对自己的作品不满意，觉得缺少了一点什么。

如今，马晓晓带着沈先生来到机车厂社区。这里是她从小长大的地方，是她的土壤，有她全部的记忆。沈先生被这里的一砖一瓦、一草一木深深地吸引了，从这个社区的街道、路灯、砖墙、自行车、报刊栏、梧桐树，以及提着暖水瓶穿过大街的老人、拿着篮子走过菜市场的中年男人、背着书包蹦蹦跳跳的小学生这些或静或动的景象中，一个成都女孩的成长体验在沈先生的心中逐渐成形。但这不是全部，一定还有一些东西是他还没有感受到的。

两人一路走一路交谈，一转弯，他们来到了一座废弃的老楼面前。这是一座废弃的社区卫生院。二十年前，它还是机车厂的厂医院，机车厂改制后，成了社区卫生院。后来国家拨款建设了一所设施更加完善、功能更加全面的社区卫生服务中心，这座老旧的社区卫生院便结束了它的历史使命。老旧的卫生院已经人去楼空，大门上依稀可见一个红十字。马晓晓带着沈先生走进了这座破旧的房子，里面残破而衰败，一片狼藉。而马晓晓的眼中却充满了神往，似乎有很多画面在她的脑海中反复播映。

“为什么带我到这里来？”沈先生问道。

“这里有我一生中最刻骨铭心的记忆！”马晓晓回答。

马晓晓带着沈先生来到了一个房间，这个房间是原来的卫生院会议室，会议室的墙面上贴着很多老照片，其中有一张是卫生院全体医护人员的合照。时间定格在2008年9月。

马晓晓："这张照片是2008年汶川大地震后，机车厂社区卫生院到灾区支援回来后拍摄的照片，但是里面少了一个人。"

沈先生："对你来说，那一定是最重要的人。"

马晓晓："你说的没错！"

这是一段隐藏在马晓晓心中十多年不为人知的秘密。

马晓晓生于1996年，现在也仅仅二十三岁。当年，关飞雪离开成都之后音信全无，一年后马在舟和厂里另一个女工结婚，生下了马晓晓。机车厂改制后，厂区医院随之改制为社区卫生院。在马晓晓十二岁那年，社区卫生院来了一个男护士，大家都叫他小丁。然而，在机车厂的大老爷们眼中，男护士就是娘儿们。他们认为男人就应该上战场、进工厂、开大货车、干大事业，而一个大男人和一群女孩子一起做护士，匪夷所思，活像一个怪胎。这批社区医院招录的男护士忍受不了工人们的冷嘲热讽，一个个地辞职而去，唯有小丁不顾风言风语，坚持留了下来，成为社区医院唯一一个男护士。

那年，马晓晓在社区小学上六年级。有一天上体育课，体育老师带着全班同学做双杠翻滚，马晓晓一不小心从双杠上跌落下来，脚踝严重扭伤，无法动弹。班主任和校长听闻后赶来，见马晓晓伤势严重，怀疑是骨折，立马打电话到社区医院寻求急救。小丁带着几个女护士来到学校里，校长一看，一个男护士带着女护士，气不打一处来。

"我要的是医生，来几个护士干吗？"校长呵斥道。

"社区没有骨科，也没有骨科医生。"医护人员回答道。

"没有骨科，就送到有骨科的医院去，没有骨科医生，就去找骨科医生。"班主任反驳道。

双方争执不下，只有小丁在认真观察马晓晓的伤情。良久，他站起身平静地说："只是关节错位，用不着去医院！"

"你说的什么话？没有CT，没有检查，你能代替医生下结论吗？"校长反问道。

小丁并不生气，虽然那时候他刚刚从卫校毕业，年仅二十来岁，但是在校期间他并不局限于护理专业，而是刻苦研读各类医学书。走上工作岗位后更是穿壁引光，勤学苦读。一有时间，他就会脱下护士服，到各大医学院校去旁听专家教授讲课，好几次被保安给撵了出来，但是他一直刻苦钻研，并立志考研。

小丁知道自己现在的身份和年纪不足以让校长和班主任相信他的判断，只有寄希望于眼前这个痛得满头大汗的小女孩。他镇定地说："我观察了这个同学的伤，的确只是关节错位，如果你们相信我，让我试试，我想我能让她恢复过来！"

"你只是一个护士，出了问题谁负责？"校长说。

"我负责！"小丁坚定地说。

"凭什么相信你？谁会相信你？"班主任问道。

"我相信他！"小丁没有回答，一旁的马晓晓说话了。

小丁转头看着地上的马晓晓，马晓晓的眼神中充满了信任和鼓舞。在马晓晓的坚持下，校长和班主任同意让小丁试一试。小丁脱下马晓晓的鞋，认真观察马晓晓错位的关节，他的手触碰到马晓晓的足部时，马晓晓感觉他的手是那样柔和。这么多年，父亲马在舟一心扑在工作上，对她的成长缺少关怀和爱护，当小丁出现在她的面前，抚摸她的疼痛时，她的心中升起了一股暖流。此刻，小丁并没有注意到这个女孩的内心变化，在他看来，这只是一个还在上小学的孩子。他握住马晓晓的足部和小腿，用力一拉，腕部转动，马晓晓啊的一声，痛得大叫起来。

校长立马推开小丁，呵斥道："叫你不要试，你非得试，你看，现在严重了吧！你要我们怎么跟学生家长交代！"

班主任也慌了神："天啊，这可怎么办啊！你要负责，你要负全责！我要跟你们院长告你去！"

"不用去了！"校长和班主任回头一看，马晓晓站在他们的背后，"我好了！"

第二十七章　一场不为人知的生离死别

此后，马晓晓总会在放学后独自绕一大段路，偷偷地来到社区卫生院，躲在梧桐树背后，等待小丁下班。下班后，小丁的腋下总是夹着一本厚厚的医学书。马晓晓每天都会尾随他，穿过社区的广场，去食堂吃饭，然后目送他回到居住的小屋。直到夜色来临，亮起了灯，她知道再不回家就会被罚了，才恋恋不舍地离开。

她还小，不知道什么叫爱情，只是不断地幻想，如果小丁是她的哥哥该有多好。

有时候她会看见社区卫生院的其他护士故意挑逗小丁，老一点的护士会在他面前谈及他的感情生活，踊跃地给他介绍女朋友，年轻一点的护士会主动向他示好，约他吃饭和唱歌，但都被小丁拒绝了。虽然小丁每次都善意地拒绝了，但每每听到这些消息，马晓晓还是会有一种莫名的难受，这种难受像针一样刺着她的心。她每天都给小丁写信，上课也写，下课也写，回家也写，她几乎把成长中所有的心事向这个哥哥倾诉，即便他只是一个男护士，在社区里总会被那些粗鄙的老工人讥笑嘲讽，她也愿意和他分享心中的秘密，乃至于承受人生所有的坎坷和风雨。

但是，想那么多有什么用？一觉醒来，她还是那个十二岁的小姑娘，依旧只能躲在卫生院外的梧桐树后面，偷偷地看着他下班，依旧只能在他屋外的路灯下，等着他的窗户在夜色中亮起。她写了那么多的信，一封都没敢送出去，埋了那么多的心事，一个可以诉说的人都没有。她甚至希望自己能够生一场大病，然后住进卫生院的病房里，让小丁每天为她护理，这样她就不用去上学，不用每天尾随他，也能让他每天陪伴在自己的身边。也许是这样的愿望太过于强烈，终于有一天，她病了。

一天早上，她醒来，感觉到嗓子疼痛，全身无力，大汗淋漓，高烧到三十九度，吃了药，还是不见退。中午时分，马在舟把她背到社区卫生院。在父亲背上，那所卫生院离她越来越近，她的心狂跳着。

小丁来到她的病床前，把手心放在她的额头上："哎哟，烫手啊！"

马在舟："怎么样？严不严重？"

小丁："没问题！"

马在舟："这孩子，一早起来就发高烧！"

小丁："马书记，要不你忙你的，这里有我呢！不用担心，这算不了什么，比这更严重的都见过！"

马在舟："但我还是不放心啊！"

"爸，你忙你的去吧！我没事儿，我感觉已经好多了！"马晓晓催促马在舟离开。

马在舟："真没问题？"

马晓晓："哎呀，你就快去吧！"

马在舟："那好，我先走一步，小丁，拜托你了！"

社区卫生院其实也就十来号人，马在舟是社区书记，和社区卫生院的医护人员打过很多次交道，和小丁彼此也熟悉。他从卫生院院长的口中得知小丁虽然只是一个护士，但业务能力非常了得，所以放心地把马晓晓交给了小丁，便转身忙去了。

马晓晓终于能和小丁单独相处了。这一刻，她期盼了好久，但是当小丁出现在她面前，她反而不知道该说什么。小丁此刻正背对着她，忙着为她配制药水，完全没有意识到身后的这个小女孩多么渴望能够和他说一句话。

当马晓晓反复地欲言又止，小丁开口了。

“你的脚现在没事了吧？”小丁背对着马晓晓说。

“我的脚？”马晓晓一阵意外，“没想到，他还会记得我，记得几个月前为我治过脚伤。”

“说起来，我还要谢谢你！”小丁继续说。

“谢谢我？”马晓晓感到更加意外。

“那是我第一次尝试徒手整骨。其实，当时我也没有百分之百的把握。”说到这里，小丁转过身来，面对马晓晓，“是你给了我信心。”

“额，我……是我应该……谢谢你！”马晓晓有点语无伦次。

“徒手整骨是有风险的，如果技术经验不足，复位不到位，很可能会造成二次损伤。你的校长和班主任希望找一个骨科医生是对的，他们不想冒险，但是我真的很想试试，我很少有这样的机会。希望你别生气。”小丁说。

“我现在很好，跟之前一模一样，你的技术没有问题。”没想到小丁会跟她说这么多话，这么几个月来，马晓晓从来没有想到会有这样的机会和他说话，高烧给她带来头晕和乏力烟消云散。

“来，小朋友，伸出你的手。”小丁准备给马晓晓输液了。

“小朋友？”马晓晓猛然回过神来，在他的眼中自己还仅仅是个“小朋友”。她一阵心酸，但这又有什么办法呢？毕竟小丁已经是成年人了，自己还在上小学。她听从小丁的命令，伸出手。小丁用左手两只手指找到血管，右手食指和中指间夹着消毒棉签，中指和无名指之间夹着注射器。他的手法极其熟练老到。消毒过后，他把针头迅速扎进马晓晓的血管中。

看着小丁，马晓晓多想叫他一声哥哥，但是她说不出口。

扎完针，小丁正要转身离去，突然一阵地动山摇，输液瓶猛烈摇晃。地震！是地震！小丁一瞬间反应过来。他把输液杆递给马晓晓，大喊一声“拿着”，马晓晓握住杆子，小丁从病床上抱起马晓晓就往屋外跑。马晓晓的手死死抓住杆子，躺在小丁的怀里，像一只受惊的小兔子。小丁抱着马晓晓飞快地下楼，冲到空旷处，气喘吁吁。

是的，这天是2008年5月12日，四川汶川发生了8.0级地震，震中离成都市区仅有两百公里。社区卫生院外的坝子里已经挤满了病人，小丁还在不断地往病房里跑，他要把病人一个个背出来。因为整个卫生院只有他一个男护士，只有他才有力气背上病人飞快地奔跑。一趟接着一趟，汗水浸湿了他的衣衫。马晓晓看着小丁来回奔跑，眼泪夺眶而出，她多想帮他一把，哪怕只能为他擦一擦额头的汗水也好。

随后几天，马晓晓被安置在临时搭建的救灾帐篷里继续治疗。这天下午是马晓晓最后一次输液。小丁已经连续鏖战了几个晚上，眼睛里全是血丝。看着这个男人如此疲惫还在为她治疗，马晓晓心里矛盾极了。一方面，她希望自己马上恢复健康，这样就能够稍稍减轻小丁的工作负担，另一方面，她又希望自己一直就这样病下去，只有这样，她才能每天和小丁如此近距离地接触。

就在小丁为马晓晓配制药水的时候，卫生院刘院长走进了帐篷，他兴高采烈地拍着小丁的肩膀：“行啊，小丁！”

小丁莫名其妙：“怎么了？刘院长！”

刘院长故作神秘：“给你带来一个好消息，你猜猜看？”

小丁：“好消息？什么好消息？”

刘院长从身后拿出一个信封：“你被华中科技大学同济医学院录取了！”

刘院长把信封递给小丁，小丁打开信封，里面是一份录取通知书。小丁的手颤抖着，这些年来，他一直梦想着成为一个真正的医者，如今梦想终于要实现了，能不激动吗？

刘院长再一次拍拍小丁的肩膀，说：“好样的，小丁，你算是咱们院里的骄傲啊！可惜啊可惜！咱们机车厂社区卫生院最后一个男护士也要离开了！”

小丁：“刘院长，能不能让我把这批病人送走再说？”

刘院长：“不用了，街道卫生院决定全面接手这批病人！”

小丁：“全面接手？那我们呢？”

刘院长：“按照抗震指挥中心的安排部署，从明天起，我们机车厂社区卫生院所有的医护工作人员赶赴灾区，参与抗震救灾！”

小丁：“我呢？”

刘院长：“你？你去收拾你的行李，准备去学校报到！”

小丁：“不，我不能走！”

“你傻呀，”刘院长掏出一份文件，“你看，这是参加救灾的人员名单，你的名字已经被划去了。你现在已经是华中科技大学同济医学院的学生了。学生就应该好好念书，支援灾区的事，我们去了就行了！”

小丁：“不行，我一定要去！卫生院只有我一个男护士，救治伤员我能够发挥更多作用！”

刘院长：“你说得有那么一点道理！这样吧，我先跟上面汇报一下。不过，前提是你不能错过入学报到时间。抗震救灾是医护人员的责任，但不能让这个事耽误了你的前途。”

小丁：“好的！”

刘院长转身出了帐篷。小丁配制好药剂，一转身，泪流面目的马晓晓出现在他眼前。马晓晓在一旁听到了小丁和刘院长的谈话，每一句话都深深地刺痛了她的心。她知道，这个让她难忘的哥哥就要离她而去，从此再也不能躲在梧桐树后面看到他下班回家的身影，再也不能看到他的屋里亮起一盏寒窗苦读的灯光，再也不能躺在他的怀里感受到被保护的温暖。她的泪水夺眶而出，但嘴里却说不出一句她内心深处想说的话来。

“哟，小朋友，怎么了，怕痛啊？”小丁完全不知道，此刻，马晓晓眼中每一滴泪水都是为他而流。

“前几天都挺勇敢的，今天怎么了？来，小朋友，把手伸出来！”小丁对这份切肤之爱依然毫不知情。

马晓晓伸出手，拳头紧握，青筋凸起。

“不要紧张，放松点！”小丁拍打着马晓晓的手臂。

马晓晓的拳头几乎要捏碎了。难道自己就那么不值得关注？马晓晓的牙紧紧地咬合着，发出吱吱的摩擦声。当小丁发现她神态异常，关心地问了一句：“嗨，小朋友，你是不是有什么话要说？”

马晓晓的眼睛凝视着前方，从喉咙深处挤出了一个充满愤恨的低吼声：“请不要叫我‘小朋友’！”

第二十八章　梦醒时分

“后来呢，你见过他吗？”沈先生被马晓晓这段不为人知的感情经历给深深地吸引住了，他没想到，这个看似普通的女孩心中竟然会深埋着如此刻骨铭心的记忆。

“没有！”马晓晓回答。

“为什么？”沈先生问道。

“那天我输完了液，疯狂地跑回家，从家里翻出给他写的信，我决定当面交给他，但当我手捧着这些信回到卫生院的时候，我看见所有人都围着他，向他表示祝贺！他站在人群中央，接受着他们的祝福。那一刻，我退缩了，我收起了冲动，回到家里，哭了一整个晚上！”

“后来呢？”沈先生迫不及待地想知道结局。

“后来他跟着医护队去了灾区，三个月后他们回来了。他们在这个卫生院的门口合影留念，但是，没有他！”

“为什么？”沈先生问道。

“后来我听说，他到灾区救治伤者，过了一段时间就失踪了。有人说他死了，也有人说他怕死，临阵脱逃了。我不相信他会临阵脱逃，他不是那种怕死的人。但是，我又发自内心地希望他真的临阵脱逃了，那样他就还没有死！但是，无论哪个结局我都无法接受，我不敢去想，只能把这段记忆深深地埋在心里。”马晓晓深深地叹了口气，“直到现在，我连一张他的照片都没有，只有这张合照挂在这里，虽然这张合照里没有他，但是我能感受到他的存在！”

“这段记忆给你后来的生活带来了什么影响？”沈先生继续追问道。

“后来我想成为他，我报考了医学院校，但是没考上，我只是上了一个卫校。这十多年来，有很多男生向我表达爱意，我都无法接受，因为我还没法剪掉这段记忆！”

“你怎么处理你写给他的信？”沈先生问道。

“我把那些信封存起来，放在箱底。在我中学毕业的时候，我又翻出了那些信，想起当初他是考上了华中科技大学同济医学院，我就把这些信寄了过去，但是事到如今我也没有收到回信。他一定是死了。我以为随着时光的流逝，我会忘记他，就在记忆已经慢慢淡去的时候，我居然又鬼使神差地被分配到机车厂社区卫生服务中心，成了这里的一个护士，我每天在这里上班，重复着当年他做的工作，我总会想起当年点点滴滴。什么悬壶济世，医者仁心，与我何干？这十年不过是做了一个长长的梦而已。我再也不想在这里做护士了。”马晓晓低下头。

“所以，你现在的理想……”沈先生似乎明白了马晓晓的改变。

“当然是做一个网红！”马晓晓马上回到了当下，“我这么年轻漂亮，一辈子做护士，我不甘心。我要成为网红，我要做独一无二的自己，我要所有的人围着我转。”

“也许我能帮得上你一点忙！”沈先生说。

“那我得好好感谢你！”马晓晓舒展了眉锁。

“你怎么感谢我？”沈先生笑了笑。

“我请你吃火锅！”马晓晓回答道。

夜晚，火锅一条街。马晓晓和沈先生来到蒋家老火锅，马晓晓向蒋大坤介绍了自己认识的新朋友沈先生，蒋大坤热情地招待沈先生。在火锅一条街，沈先生看到了成都人的悠然自得。这种悠然自得并不是生活节奏慢，而是他们永远能够找到生活的乐趣，这是成都的民间智慧，也是成都人的灵魂所在——聪明豁达，与人友善，刚柔相济，外圆内方。无论是这个城市，还是生活在这个城市的人，似乎都带着一股灵气。

“说说你吧，为什么来成都？”几杯酒下肚，两人话题转到了沈先生这边。

“三年前我从公司辞职，游历了世界上的很多城市。我去过加拿大蒙特利尔，去过阿根廷布宜诺斯艾利斯，去过南非约翰内斯堡，去过澳大利亚墨尔本，去过印度加尔各答，去过匈牙利布达佩斯。后来，我来到中国，来到成都，我被这个城市的气质打动了。这是一个包容的城市，成都人接受一切潮流和时尚，但不是单纯地接收，任何外来的异域的东西到了这里，都会被赋予成都人自己的气息。其实，这是一种自信，一种文化自信，精神自信，生活自信。都说成都是一个‘慢城市’，其实，成都的‘慢’，不是慵懒，不是闲逸，而是成都人对生活的细嚼慢咽，对生命的充分吸收和真切体验。”

“你好像比我还了解这个城市。”马晓晓笑道。

“有这么一首古诗：好雨知时节，当春乃发生。随风潜入夜，润物细无声。野径云俱黑，江船火独明。晓看红湿处，花重锦官城。”沈先生用他生硬的普通话朗诵道。

“这是杜甫的《春夜喜雨》。这个锦官城指的就是成都。”马晓晓说道。

“你知道这锦官城是怎么来的吗？”沈先生问马晓晓。

“这倒是不知道！”马晓晓笑了。

“战国时期，秦灭蜀国后，在成都夷里桥南岸设‘锦官城’，置‘锦官’管理织锦刺绣，因此成都也被称为‘锦官城’。这里制作的蜀锦是丝织品中最为精致、绚丽的珍品。因其制作工艺复杂，耗时费力，所以有‘寸锦寸金’的说法。我是从事时装设计的，我知道世界上最知名的奢侈品牌得具备两种特质，一是深厚的历史底蕴，二是精湛的工艺技法。这两点蜀锦都具备。为此，我探索如何把蜀锦融入我的设计当中，所以创办了‘锦花’这个品牌，虽然卖得不错，但我一直没能设计出真正让自己满意的作品。”沈先生说起来，无不充满遗憾。

“没想到，你这人还挺浪漫！”马晓晓笑道。

“成都是一个充满机遇和挑战的城市，我不惧怕挑战，因为我坚信有指日可待的机遇。”沈先生说道。

“我也一样！”马晓晓对未来也充满了信心。

“你的梦想是做一个网红？”沈先生重复了一遍马晓晓的梦想。

“那当然！”马晓晓斩钉截铁地回答道。

第二十九章　马在舟的设计图

安康集团成都总部会议室里正在召开安康集团年度工作汇报会，董事长于总坐在正中，来自全国的八家分公司负责人分列两边。

广州分公司的负责人汇报了阳江岛国际养生度假区项目推进情况："阳江岛国际养生度假区是一个集康复养生、养老集居、休闲度假为一体的综合性低碳生态项目，包括世界顶级医院、国际组织基地、高端购物中心、特色体验居住区四大功能区。整个建设项目共分四期，总投资一百四十亿。一期项目总投资达三十二亿。投入运营一年多来，已经有国内外两万多名客户前来疗养。"

北京分公司负责人也对北戴河康养中心的建设情况做了介绍："中心总规划面积六百亩，总建筑面积十二万平方米。项目共分为养生体验区、休闲游乐区以及度假疗养区三大功能片区，项目整合合作方资源，共同打造精准医疗生态康养国际化全产业链，提供最顶尖的医疗康养服务。保龄球馆、沙滩排球场、羽毛球场馆、高尔夫球场等基础配套设施已经全部竣工，整个投资总计八十亿，预计在年底投入运营。"

成都分公司的负责人潘总显得局促不安。一年多来，他所负责的成都二仙桥现代化养老医疗服务中心一直没能启动，其原因就是机车厂社区魏家老茶馆的拆迁工作没有取得任何进展。

与此同时，马在舟也来到了安康集团。

"你好，我想找一下公司的于总！"马在舟向前台小姐咨询道。

“请问，你有预约吗？”前台小姐问道。

“没有！”马在舟回答。

“对不起，于总正在开会，他今天的日程已经安排满了！”

而会议室里，于总最终还是把话题拉回到了成都。

“来，老潘，你来介绍一下二仙桥现代化养老医疗服务中心的情况。”

“这个项目现在还没有启动，没有启动的原因是政府还没有把这个地块拿出来拍卖！”潘总不安地回答道。

“两年了，为什么还没做好土地整理？”于总问道。

“据我所知，是拆迁出了点问题，其中有一个老茶馆，业主一直不愿搬迁，拒绝签字。”

“政府那边有没有什么说法？”于总追问道。

“前段时间政府征求过我们的建议，提出了一个新的供地方案，就是在保留那个老茶馆的基础上进行土地拍卖。他们认为老茶馆保留下来可以作为养老医疗服务中心文化娱乐设施的一部分。”潘总回答。

“那怎么行？这不是扯淡吗？咱们安康集团是上市公司，所有的建设项目都是经过精心设计和科学布局的，要什么不要什么，怎么由政府说了算？”有人立即表示反对。

“这个项目策划了很久，方案也一改再改，到最后政府拿不出一个具体措施，两年了，我们可不能这样拖下去。”有的人表示担忧。

“要不，把这个项目撤下来得了，反正这个项目也赚不到什么钱！”有人向于总建议。

“老潘，你怎么看？”于总把问题抛给了潘总。

“其实，我个人觉得，政府提供给我们的新方案还是有一定的可行性。据我了解，那家老茶馆有一定的历史渊源，经营得挺好，在成都小有名气，如果能够囊括到咱们的布局当中，也算是一种创新选择。就怕不能通过公司的董事会。”老潘回答道。

“又不赚钱，做这个项目干吗？”有人反对老潘的说法。

这时候于总发言了：“天下兴亡，匹夫有责。这句话讲的就是每个人都应该对国家和社会有一种责任感。咱们做企业的也一样，除了赚钱之外，还应该服务社会、创造文化、提供就业机会，把高质量的产品和服务以最低的价格提供给消费者，这些都是企业应该具有的品质，也可以说是企业的使命。纵观全球，那些世界知名企业发展到了一定阶段，都不是以盈利为自己的最终目标，而是以服务社会、造福人类、改变生活作为企业文化的核心。这个项目不赚钱，我是知道的，但是我们回想一下，咱们安康集团从筹建到壮大，从集资到上市，哪一步没有党委和政府的政策扶持，哪一步没有社会和民众的鼎力相助。现在，我们要建设的这个二仙桥现代化养老医疗服务中心，就是我们安康集团对这个城市，乃至这个国家的回馈。这是一个企业应该具备的社会责任感……”

话音未落，会议室的门哐当一声被推开，一个人跌跌撞撞地闯了进来。随即，几个保安也跟着跑了进来，拼命地拉扯着那个闯入者。秘书小张气喘吁吁地跑进会议室连忙道歉：“对不起，对不起，于总，这个人趁我们一不注意就溜了进来，我们几个人拦都拦不住！”

“于总，我有话要说！”那个人挣扎着呼喊。

“哦？”于总有些意外，这个闯入者是为他而来的。

“我是机车厂社区书记，我叫马在舟！”马在舟抬起头，望着于总。

“放开他吧，让他把话说完！”于总发话，几个保安退到了一边。

“于总，我是机车厂社区的书记，之前我向你们公司递交了一个方案，是关于二仙桥养老医疗服务中心的供地方案，今天我就是想来跟你再谈谈这个方案的。”马在舟说道。

“咱们公司的高层都在这儿，正好谈着这事儿。你说说你的想法。”

“我今天想说的就是老茶馆的事儿。我知道，这家老茶馆并不在你们公司的设计方案里面，但它却在所有社区居民的记忆里面。成都老街巷五百余条，茶馆四百余家，几乎每条街巷都有茶馆。闹市有茶楼，陋巷有茶摊，院内有茶座，街角有茶园，处处有茶馆。成都的茶馆是解读成都的一把钥匙。但是现在，我们城市改造的步伐实在太快了，很多老茶馆转眼就不见了，竹靠椅不见了，小方桌不见了，三件头茶具不见了，还有那堂倌和跑堂也不见了，这不能不说是一种遗憾。魏家老茶馆源于清末民初，是目前为数不多具有老成都味道的茶馆，我们真心希望能够保留它，把它保留下来，既是对一段历史的尊重，也是一个时代对另一个时代的包容！”

“说得很好。但是保留这个茶馆与我们公司的整体布局有冲突，这个事儿，你怎么看？”于总的问题直对核心。

“其实这段时间我考察了你们公司在成都创办的所有养老医疗服务中心，也研究了你们公司的设计理念，认真地思考你们的方案中对各个功能区的设置和布局。我产生了一些大胆的想法，不妨跟大家分享一下。”说完，马在舟拿出一张图纸，缓缓地展开。这是一张养老医疗服务中心设计图，这张图纸马在舟在家里画了一个星期。

马在舟画得并不专业，很多概念都混淆了，甚至一些度量单位也用错了，参会的公司高层看了过后，很多人都暗地里发笑。但于总的表情却凝重了起来。他站起身，走到马在舟面前，接过这张图纸，再次慎重地展示给参会者。大家瞬间收起了刚才不屑一顾的神情。

“各位，这是一个社区书记为养老医疗服务中心设计的图纸。我知道，用专业的眼光看来，这是一个非常业余可笑的设计。但是，它凝聚了一个社区书记对这个城市最深切的人文关怀，凝聚了一个基层工作者对社区居民最质朴的精神抚慰。在我看来，这不是一张普通的设计图，这是一个共产党人为我们老百姓绘制的美好未来！”

话音落处，掌声四起。

第三十章　姜奶奶的公证书

一阵热烈的鞭炮声响起，经过一个多月紧锣密鼓的施工，机车厂社区22栋老旧住宅新加装的电梯终于建成了。楼前的小院落外挤满了参加竣工剪彩仪式的街坊邻居，马在舟和街道办事处主任董上义站在中间，为新加装的电梯剪彩。这栋楼最有文化的顾老师作为居民代表，发表了热情洋溢的讲话。

“尊敬的各位领导、社区的街坊邻居，今天是咱们机车厂社区22栋加装电梯竣工的日子，这是一个值得大家铭记的日子。这些天来，经过大家的共同努力，相互的理解，相互的包容，咱们终于达成了共识，并取得了最终的成功。这要感谢党和政府的大力支持，感谢国家的好政策。在我看来，这座电梯就是党和群众的连心桥，就是干部和老百姓的连心桥。希望我们大家的生活在今后的日子里，就像这部电梯一样，青云直上！”

顾老师的话音一落，大家都鼓起掌来。

此时，董上义偏过头来对马在舟说：“干得漂亮！”

马在舟说：“嗨，客气了，这还不是靠街道的支持。”

董上义说：“我指的可不是这个。”

马在舟说：“那你指的啥？”

董上义说：“你给安康公司做的方案，他们采纳了，并同意了政府的供地方案，接下来，政府将按照程序进行土地公开拍卖。”

马在舟说：“这么说来，魏家老茶馆留下来了！”

董上义说：“留住了！”

马在舟说：“这太好了！”

剪彩仪式过后，董上义和马在舟进入电梯。作为领导，他们要首次启用电梯。董上义按下六这个数字，电梯扶摇而上，缓缓升起。两人脸上洋溢着成功的喜悦。马在舟心想，这回姜奶奶可以自由上下楼了。

然而，当电梯到达六楼，电梯门缓缓打开，马在舟发现姜奶奶的门是开着的，他走进屋喊了几声，没有人应答。马在舟隐隐约约有一丝不祥的预感。他来到卧室，卧室没人；来到厨房，厨房也没人；他到阳台和厕所也去看了，都没人。姜奶奶到哪里去了？出什么事了？

这时候电话响了，社区主任杨媛媛在电话里对马在舟喊道：“马书记，你快来医院，姜奶奶出事了！”马在舟和董上义立即赶到医院。姜奶奶躺在病床上昏迷不醒，冯老三坐在旁边。

原来今天一大早姜奶奶通过社区配制的电话，拨打了冯老三的超市电话，请冯老三送一对电池上来。冯老三气喘吁吁地爬上楼，怎么敲门也没人开门，打姜奶奶的电话也没人接听，冯老三感觉情况不对，一脚踢开姜奶奶的门，只见姜奶奶已昏倒在了客厅里。冯老三赶紧背起姜奶奶往医院送。在背姜奶奶下楼的时候，冯老三感到力不从心，想到这些年马在舟也是这样背着姜奶奶上楼下楼的，这一路多么地不容易，他突然就对马在舟肃然起敬。当初，为了得到马在舟的花园做自己的停车位，以签字要挟马在舟，这真是昧良心啊。

“这是脑梗，老年人的常见病，如果短期能够醒过来，说明还有救。如果长时间不能醒过来，可能就没救了。”医生说。

看着昏迷不醒的姜奶奶，马在舟心里难受极了。当初他大力支持加装电梯，就是为了有一天能够方便大家，特别是方便姜奶奶。没想到电梯建成当天，姜奶奶却病倒了。

董上义看出了马在舟的难受，安慰道：“别往心里去，脑梗不是绝症，有得救！”

马在舟说：“其实，我难受的不仅仅是姜奶奶的病，而是姜奶奶这些年那么想见到她的儿子，到现在，病倒在家里，昏迷不醒，儿子却不在身边。”

冯老三在一旁狠狠地说：“我知道这个臭小子在哪里！”

原来，姜奶奶的儿子叫陆易斯。早年间跑到澳大利亚倒卖假人参，被澳大利亚警方抓住，遣送回国。回国后依然好逸恶劳，坑蒙拐骗，干各种见不得人的勾当。特别是这几年，他凭借高大英俊的外表骗得几个富婆包养。有次冯老三开着小货车出去进货，在路上和一辆宝马车发生了擦剐。只见宝马车上下来一个中年妇女和一个年轻小伙，中年妇女一看穿着打扮就知道是个富婆，那个小伙一看就是富婆包养的小白脸。小白脸气势汹汹，蛮不讲理。冯老三也是个浑人，俩人吵得天昏地暗，不可开交。冯老三说：“以老子当年的脾气，老子三拳打爆你的头！”那个小伙子摘下墨镜，嚣张地把头凑了过来，指着自己的脸：“来呀，你打呀，有种你打呀！”当这张脸凑近了冯老三，冯老三才发现，这就是从机车厂社区消失多年的陆易斯。他喊出了陆易斯的名字，陆易斯也认出了冯老三，当即灰了下来。他恳求冯老三不要告诉母亲自己在成都。冯老三借此机会狠狠地敲了陆易斯一笔。冯老三是个贪小便宜的人，在后来的日子里，时不时地打电话给陆易斯，找陆易斯“借点钱”。为了能够长期敲诈陆易斯，冯老三也昧着良心没有告诉姜奶奶这一切。

听到这些，马在舟气得七窍生烟。这些年姜奶奶为了得到儿子的消息，每天下楼打开信箱，开一次，失望一次，直到下半身偏瘫也未放弃，改为一周一次，每周都是马在舟背着姜奶奶下楼，这一背就是好几年，不管刮风下雨，严寒酷暑，巴望着有一天能够得到大洋彼岸的消息。然而，这个不肖子孙居然一直就躲在成都。马在舟恨不得一把撕碎这个陆易斯。

正在这时，病房的门哐当一声被推开了，一个男人冲了进来，扑通一声跪在地上，哀号起来：“妈呀！我的妈呀！儿子不孝啊！我真该死啊！我……我……”说着，这个男人撑起身子，然后伸出手，猛扇自己的耳光，响亮的耳光在病房里回荡。这个人正是陆易斯。

董上义拉了拉马在舟的衣服，低声说：“走吧，这是她儿子，你不是！”

马在舟没有动。

董上义说：“你还指望他把自己打死？”

马在舟愣了一下，狠狠地说：“走！这戏，老子看不下去！”

陆易斯总算出现了，可姜奶奶已经不省人事了。她盼望已久的儿子回来了，戴着虚假的面具和拙劣的表演回来的。但是，不管有多伪善，多卑劣，毕竟是她儿子。马在舟想着姜奶奶这一生，一夜没有睡好。第二天一大早，他的家门被敲响了。马在舟起身打开门，陆易斯就站在门口。

“马书记！早上好啊！”陆易斯的语气有点轻佻。

“是你小子？”陆易斯的突然来到让马在舟有点意外。

“马书记，这些年你对我妈做了些什么？”陆易斯的话有点阴阳怪气。

“你这话什么意思？”马在舟有点莫名其妙。

“什么意思？别揣着明白装糊涂啊！”陆易斯的话越来越让马在舟摸不着头脑。

“有话就摆明了说，别阴阳怪气的！”马在舟怒了。

陆易斯掏出一份文件拿给马在舟，然后说：“你们这些当官的，就是这样欺负咱们老百姓的？”

马在舟接过文件一看，这是一份公证书，内容是，如果姜奶奶去世，她位于成华区二仙桥街道机车厂社区22栋六楼A号的房产由马在舟继承。马在舟当场头晕目眩，回想起几个月前姜奶奶对他说：“我不要这个儿子，我没有这个儿子，你才是我的儿子！”还对他说，

“我会用自己的方式感谢你。”他恍然大悟。原来从那个时候起，姜奶奶就已经决定了死后把房子留给马在舟。可这是多么荒唐的事啊，马在舟脑瓜子一阵嗡嗡作响。而此时陆易斯已一溜烟跑到院子里大喊大叫了。

“大家快来看呀！这就是咱们的马书记，咱们的好书记！这个道貌岸然的伪君子，欺骗我妈，糊弄我妈，让我妈把房子给了他！你们大家快来看啊！这就是你们的好公仆，他真的是阴险狡猾，卑鄙下流啊……”

陆易斯的叫喊声引来了一大群人，大家把他团团围住，认真听他到底在说什么。看着这么多人把自己围住，陆易斯掏出那份公证书，出示给众人看。

“你们看，你们看，这个马在舟每周都来我家，说是照顾我妈，其实是别有用心，趁我妈糊涂，就骗我妈把房子给他，这才是他的真实目的。这个老奸巨猾的东西，我妈怎么就没看透他？你们怎么就没看透他？”

正当陆易斯挑唆众人的时候，人群中突然冲出一个人，一记左勾拳打在陆易斯的脸上，陆易斯踉踉跄跄退后几步，定眼一看，原来是冯老三。冯老三恶狠狠地说：“这一拳，是你妈的！”然后，冯老三又一记右勾拳，打在陆易斯的下巴上，陆易斯又一次摇摇晃晃地后退几步，“这一拳，是马书记的！”最后，冯老三一记直拳，打在陆易斯的面门上，陆易斯当即倒在地上，鼻血直流，“这一拳，是老子的！”

冯老三终于兑现了当年三拳打爆陆易斯的诺言，这三拳也打出了一片叫好声。陆易斯从地上爬起来，摸着自己肿胀的脸，带着哭腔说：“你等着，你们给我等着！”说着，转身便逃出了人们的视野。

三天后，一封举报信送到了董上义的办公桌前。董上义看完过后狠狠地摔在桌上：“这个人渣！混账！烂眼儿！”

街道纪工委书记老郑说：“我们怎么办？”

“查！”董上义斩钉截铁地说。

“查？”老郑有点糊涂，怎么查？这摆明了就是陆易斯的诬告陷害。

“给老子查，查得越清楚，马在舟就越清白！”董上义坚定地说。

“我懂了！”老郑拿着举报信转身而去。

当天下午，老郑就带着调查组来到机车厂社区。调查组首先要询问社区干部，马在舟一直扶持帮助姜奶奶的真实动机是什么？马在舟是不是唆使欺骗姜奶奶把房产继承给他？姜奶奶办理这个公证是不是自己意志的真实体现？马在舟有没有瞒天过海达到自己不可告人的目的？这一个个尖锐而无情的问题问得大家愤愤不平。

杨嫒嫒说：“郑书记，马在舟的为人你还不清楚吗？他是那种假仁假义的人吗？”

老郑说：“当然知道，我相信他不是，但是举报人不相信啊！”

杨嫒嫒说：“你可以去问问咱们社区的老百姓啊！”

老郑说：“当然要问！”

杨嫒嫒站起身，推开窗，对老郑说：“郑书记，咱们社区的老百姓都来了，你现在就可以问！”

老郑来到窗前一看，窗外的广场上，炎炎的烈日下，已经汇聚了一大群人。他们是听说上面在调查马在舟，主动来到社区，要为马在舟澄清正名。老郑看着这一群从四面八方赶来的人，他感到无比欣慰。老百姓的眼睛是雪亮的，是不是好党员，他们一眼就能辨别出来。老百姓的心里有杆秤，干部在他们心中的重量他们清楚得很。

第三十一章　一场残酷的牌局

机车厂的这条小巷子，一头连接着车来车往的大路，另一头连接着灯火闪烁的小街。迎面走来两个人影，一个是小武，一个是小苗。老孙的车坏了，这几天没有车接送机车厂社区的学生。小武和小苗从学校出来，避开了其他归家的孩子，走这条偏僻无人的小巷是小苗提议的。

阴暗的巷子中，小武有点局促不安。这两个多月来，经过小武的辅导，小苗的成绩提升很快，但同时，小武能感受到小苗看他的眼神有越来越多的异样，他感觉到小苗在试图向他表达什么，只是一次又一次欲言又止，但眼中的那种温存却袒露无遗。小武，这个十八岁的少年，他又何尝不期待这份温存。这个文静的姑娘留着一头长长的秀发，每一次靠近，小武都能闻到让人迷醉的发香。他多想能够抚摸这一头秀发，多想能够把这个漂亮的姑娘拥在怀中，哪怕没有一句话，就静静地让她的头靠在自己的肩膀上，哪怕一分钟、一秒钟也好。小武的手颤抖着，小苗的手就在他身旁，几次都轻轻地触到了手背。此刻，只要他稍稍一伸手就能握住它。他们没有说话，沉默仿佛是为了铺垫什么。也许只有这样的一段路程才能让他鼓起勇气，去握住小苗的手。小武是如此的不安，如果小苗把手缩回去，他该怎么办？如果小苗从此和他一刀两断，他又该怎么办？

高考就要来了，高考之后，两个人就会奔向各自要去的地方。这是一个多么敏感的夜晚，一条昏暗的小巷，一路阑珊的灯火，两个孤单的身影，一段千言万语却难以发声的沉默。路口就在前方，不足百步。99、98、97、96、95……眼看巷子就要走到头了，小武终于拿出了勇气，伸手去抓小苗的手。然而，就在他还未触及小苗的时候，小苗的右手已经主动伸了过来，一把抓住了他的左手。两个人同时停了下来，心里一阵悸动。是的，他们都感受到了对方的主动，还有那种不约而同的心情。空气凝固了，此时，两个人什么都没有说，却什么都说了。

“就要考试了，你不要再去打麻将了！”小苗说。

“嗯！”小武还没有从刚才的悸动中反应过来，下意识地回答了一下，但从小苗淡定的语气中，他能够感觉到，此刻两个人的心灵早已契合。这段时间，他靠近小苗时每一分、每一秒心中的不安和颤动，小苗早就感受到了，她也早就为这一刻做好了准备。

“你晓不晓得你亲生父亲的事？”小苗问道。

“嗯，大概知道一些。”小武回答。这十多年，他只是在母亲关飞雪的抱怨中隐隐约约听出了亲生父亲的一些事，他只晓得他的亲生父亲死了，是在抛弃了怀孕的母亲过后死的，他的亲生父亲是一个东北男人，是母亲口中的“杂种”“人渣”“烂眼儿”……

“你知不知道他是怎么死的？”小苗又问。

“不知道！”小武的确不知道，这么多年，虽然关飞雪总在他的面前咒骂父亲，但是从未提及他的死因，这是关飞雪不愿提的，也是小武不想听的。

“大家都说他是个赌鬼，被澳门的人追债，不敢出门，没有钱，躲在房子里饿死的！”小苗说。

“你怎么知道的？”小武被父亲的死因震了一下。

“街坊邻居都这样说的。”小苗说，“你最近跟人打麻将赢了很多钱，但你不知道人家是怎么议论你的。他们都说，你的父亲魂上身了，你是赌鬼缠身。”

“别听他们瞎说！”小武回答。

“我当然不相信，但我妈说，从明天起，不要你给我辅导功课了，怕你把我带坏了！”小苗说。

“哦！”小武有点失落，其实小苗也很失落。两个人的失落聚到了一起，就是另一段沉默。

突然，一柱手电筒的灯光从二人身后亮起，小武和小苗一回头，灯光亮得让二人睁不开眼。他们下意识地把眼睛眯成一条缝，但手还紧紧地握在一起。

“手放开！”一个声音传来。从他们下了公交车起，康红玲就一直偷偷地尾随在他们背后。直到俩人把手握在一起，康红玲怒不可遏地走到小苗的面前，一个耳光扇在小苗的脸上，然后转头对小武说，“还以为你是个老实人，小看你了！”说完，康红玲一把抓住小苗的手向前走，走了几步回头对小武说，“从今天起，不许你们在一起，我的女儿我管，用不着你来教，回去跟你妈说，你家那个麻将馆最好不要再开了，再开，我就到法院告你们去！”

小武看着康红玲拉着小苗一路咒骂着走出巷子，刚刚的那份温暖的感觉荡然无存。他沮丧不已，这下事儿搞大了。他知道，一直以来康红玲和母亲关飞雪水火不容，是马在舟从中协调斡旋，才让二人平息下来。今天晚上的这个事闹大了，以后将永无宁日。

小武带着忐忑不安的心回到家。只见关飞雪叼着烟，坐在麻将桌边，若无其事地打着麻将。关飞雪见小武回来了，立即说：“怎么才回来，快过来，替我打两把！”小武愣了一下，没有拒绝。刚刚承诺了小苗不再打麻将，但是当关飞雪一声令下，他还是不由自主。这么多年，他一直逆来顺受，从未拒绝，从未反抗，从未大胆地对关飞雪说出一声“不”。

今天的对手是钱大爷、霍老师、罗大妈。这三个人原本不是小武的对手，但小武心事重重，刚才让他心惊肉跳的一幕在他心中反复出现，他心神意乱，心不在焉，连连出错，连连放炮。坐在他对面的罗大妈是个心直口快之人，赢了几把牌，有点得意：“唉哟，小武，你今天咋个了？这么简单的牌你都打不来了嗦，你看你这个二筒，打得好撇嘛，我都不想和你的牌！”

关飞雪在一旁也有点坐不住了：“你怎么了，有心事啊？”

“没有！”小武低声回答。

“行不行？不行你就去休息！”关飞雪关切地问。

这时候，罗大妈插话了：“耶，换到来整嗦！你们家小武看到我们年纪大了，故意让几把，你就坐不住了嗦！”

这句话把关飞雪怼了回去。关飞雪在一旁不好说话，毕竟小武这段时间赢了他们不少钱，几个人心里也不爽，她也不好得罪。

小武试图振作精神，但还是心神不定。这时候，楼上突然传来一阵哭声，这是小苗的哭声，其间夹杂着康红玲的咒骂。他能隐隐约约地听到小苗一边哭一边反抗。

“我就是喜欢他，怎么了？是我主动勾引他的，跟他没关系，是我不要脸，是我下贱……”然后，又是一阵哀号。这声音深深地刺痛了小武，小武想起了小苗对他说的话，他们说他是赌鬼缠身，眼前又出现了父亲饿死的模样，他的面目渐渐地变得狰狞起来。

“自摸！”小武一把自摸清一色，立即扭转了败局。关飞雪在一旁拍拍小武的肩膀，没有说话，但已经表达了欣喜。

“和了！”第二把，小武再次乘胜追击，又和了一个大对子。

“和！”第三把，小武自摸七对。

小苗的哭声依旧在他耳边回荡着，父亲的惨死画面也依旧在他眼前回荡着。人们总是在他面前称赞他的聪明，羡慕他的才华，现在他才知道，在他身后，人们对他的身世有如此多风言风语。恨和羞辱占据了他的灵魂，他把所有的痛苦和挣扎都融入了牌局，像个杀红了眼的狂徒。

“自摸！”小武再胜一局。一边倒的局势让刚才和谐的画面荡然无存。大家不再像刚才那样轻松自在，表情变得严肃起来。小武凭借自己精密的计算，加上手气回升，气势如虹。

在麻将桌上，一般情况下，如果有人赢的太多，到最后往往都会打几把让手。但今天小武过于疯狂了，把把牌都做大，把对手往死胡同里逼，有点穷追猛打的意思。关飞雪在一旁都有点过意不去，轻轻地拍了拍小武的腿，意思是让小武让着点，不要这样赢下去。但小武全然不顾，一副赶尽杀绝的气势。一转眼，三个人都输到所剩无几。

罗大妈刚刚的气焰完全被压了下去，她现在兜里只剩八十块钱了，打麻将打到付不起现金，要微信转账，确实是丢脸的事情。罗大妈主动提出，打最后一把。她心想，再输一把，不至于再输个极中极吧，哪怕就是输个极中极，这八十块钱也刚刚够付。于是这一局她计划以防守为主，如果能以一个小牌出局，就最好不过了。

但是事与愿违，罗大妈起手的牌乱得一塌糊涂，下叫都很难。前两手牌一出，她就点了霍老师一个大对子，霍老师出局。她口袋里只剩六十块了。“不能再点大炮了。”罗大妈心里默念着，但是她能感到小武没有收手，最后一把，小武还在往大了做，看似又是一个清一色极品。随后钱大爷也出了局，只剩小武和她了。罗大妈依然没有下叫。凭借牌局，罗大妈已经看出小武应该是和四筒。最后只剩一张牌了。万一最后一张是四筒，小武自摸的话，那就得海底加翻，从一个极品变成极中极，她要付八十块。要是这样的话，她已经没有足够现金了。

罗大妈是个老麻将了，在牌桌上也是个爱面子的人，从不欠钱。她不想出现打到最后付不起钱的状况。现在，她的手上有一张四筒，只要打出这张四筒，小武和了，就是一个极品，她还能付得起这个钱。要是小武自摸最后一张牌，那就得付八十，那就丢人了。在反复纠结过后，罗大妈投降了，她唠叨着：“唉，算了嘛，这个炮我点了！”说完，她打出了那张四筒。大家都在等着小武和牌。

小武冷笑了一声："不要！"

"不要？"关飞雪一听，心里咯噔一下，"这小子要干吗？一个极品不要？明显罗大妈已经是在主动求饶了，为什么不要，他要做什么？"

罗大妈心想："难道是要放我一马？还是……"

只见小武伸手去摸最后一张牌，完全没有看牌，直接拍在桌子上："自摸，极中极！"

空气凝固了，尴尬的气氛充斥着这个房间。小武已经算准了最后一张是四筒，故意没有要罗大妈的主动点炮，活生生地把一个极品做成了极中极。霍老师过意不去，提出把罗大妈不足付的那一部分付了，关飞雪推辞着。只见罗大妈从椅子上站起来，盯着牌面，哐当一声，晕了过去。

大家手忙脚乱地把罗大妈扶起来，为罗大妈掐人中，喂热水。关飞雪一边救护罗大妈，一边低声骂了小武一句："你过分了！"小武没有答话，转身走进了自己的小屋。

夜，无比地宁静。小武躺在床上，凝望着窗外的星河。他的人生就是一把烂牌，他要把握每一手牌的变幻，在混乱中缔造自己的秩序，从而彻底扭转自己的人生。

第三十二章　马在舟的选票

这是一个阳光明媚的午后。

蒋大坤和朱晓慧的拉票战历经一百天，终于到了一决胜负的时候了。机车厂社区外的广场上聚集了从四面八方赶来的居民，今天，他们要投出代表自己真实意志、代表自己利益诉求的一票。这个广场好久都没有这么热闹过了。社治委的许主任和街道办的董上义各自带着同志也来见证这场盛况空前的投票仪式。电视台的记者闻讯也早早地赶来，架起了摄像机。

董上义主持了这个投票仪式，他上台做了讲话。

“机车厂社区的各位居民们，今天，是我们社区投票决定火锅一条街去留问题的日子。这在咱们社区，乃至咱们二仙桥街道，都是头一回。我代表街道办事处感谢大家的积极参与，正是因为有了你们大家的参与，才让我们民主议事、公民自决更加地严肃严谨，也让我们街道党委和政府更能深入地了解到群众心中最真实的诉求，为我们今后的工作提供了更多的参考，有助于我们更准确地判断，并做出科学的决策。在这个仪式开展之前，我先要向大家报告两个好消息。第一，我们机车厂社区第42号地块，通过公开招标，顺利地进行了拍卖，上市公司安康集团高价中标，接下来，一年之内，咱们机车厂社区将会建成一个现代化的、高规格的养老服务中心，咱们社区老人的养老将不再是问题！”

台下一阵热烈的掌声。

董上义接着又说：“这个第二个好消息，就是经过医生的抢救治疗，住在咱们社区22栋的姜奶奶已经苏醒过来了，过一段时间就可以康复出院了！”

台下又是一阵热烈的掌声。

“姜奶奶告诉我们，她把房产过继给马在舟书记，是自愿的，并不是如举报信中所说的，是马在舟欺骗她。因为这些年，在舟同志就像儿子一样，帮助她，关心她，照顾她，在舟同志把她当成自己的父母，当然她就把在舟同志当作了自己的儿子。在舟同志的确是个好儿子，他不仅是姜奶奶的好儿子，也是人民的好儿子。”

台下再度响起热烈的掌声。

“所以，经我们调查，举报信反映的问题是不属实的。今天，在这个场合，我代表组织为马在舟同志澄清是非。我们坚信，我们的共产党人，只要是心系群众，心系人民，咱们老百姓心里是有数的，他们是绝不会冤枉一个好人的。你们说，对不对？”

“对！”台下参会的群众集体起立，鼓掌欢呼。

“好，那么现在就正式启动我们的投票仪式。大家看到了，我的左边是一个绿色投票箱，右边是红色投票箱。投绿色代表取缔，投红色代表保留。大家的手上分别都拿着一张选票，每张选票上，你们都要写上各自的名字。待会儿，咱们每个人都依次排队上台，把各自的选票投进投票箱。每人只有一票，大家根据自己的意愿投出自己的这一票。最后我们会公开唱票，以少数服从多数的原则，决定最后的结果。好，下面我们就开始。”

大家开始拿着选票排队，依次上台投票。在这些投票的居民中，我们看到了很多熟悉的身影。

冯老三最先上台。冯老三最近变化挺大的，现在的他已经是马在舟的忠实粉丝。火锅一条街是去是留，并不关系到他的切身利益，但他还是来了，多一份参与，也是对马在舟的一种支持。他投了蒋大坤一票。他跟蒋大坤是一个厂出来的，而且都是生意人，只有生意人才能体会生意人的不易。

顾老师上台了。他投了朱晓慧一票。他和朱晓慧都是当过老师的人，都算知识分子。知识分子必须要有知识分子的坚持和原则。对了就对了，错了就错了，不能因为任何理由而模棱两可。

关飞雪上台了。在马在舟拒绝了她发出“我们”的邀请之后，她真正地理解了马在舟。这种理解比年轻时的理解更为深刻。年轻时的关飞雪希望马在舟是她的马在舟，现在的关飞雪明白了马在舟应该是所有人的马在舟。她谅解了马在舟。她投了蒋大坤一票。占干股的事违背了马在舟的原则，自己只能以自己的那一票对蒋大坤予以支持。

康红玲上台了。康红玲投了朱晓慧一票，她对朱晓慧全力支持，因为她也是噪声污染的受害者。最让她难以忍受的不是火锅一条街，而是楼下关飞雪的麻将馆。她的这一票是投给朱晓慧的，也是投给自己的。她相信，总有一天关飞雪的麻将馆也会被取缔。

老张上台了。自从妻子去世后，老张沉默了很多，时常一个人去公墓看望去世的妻子，同时也是去看自己的棺椁，那将是他一生最后的归宿。他投了蒋大坤一票，主要是看在马在舟的面子上。马在舟替他解决了大问题，他知道蒋大坤是马在舟的好兄弟，这也算是支持了马在舟。

汤小金上台了。对于汤小金来说，投谁都不重要，他现在深深地陷在爱河之中。是的，人生就是这么奇妙。当他爱上苏妙小姐，人们都以为这是他的一厢情愿，没想到苏妙小姐也接受了他。一个白富美和一个屌丝成了不可思议的一对，他们向所有人证明了爱情的伟大。

随后，蒋大坤和朱晓慧的团队也分别上台投票。从整场投票形式来看，局势并不明朗，支持和反对各占一半。最后一个上台的是马在舟。他的登台引起了全场的关注。他拿着票走到了两个投票箱中间。这是最后的压轴，人们都盯着他看。他的一边是蒋大坤，曾经的师傅、工友、兄弟，代表了一个时代的情怀和记忆；他的另一边是朱晓慧，代表了整个社区所有热爱生活、保护环境的积极分子。只见马在舟拿起手中的票走到绿箱面前，把票投了进去。台下发出一阵唏嘘。朱晓慧的团队立即欢呼起来，发出热烈的掌声。而蒋大坤这边沉默了，有人在蒋大坤耳边低声地骂道："这个叛徒！"

"叛徒"这个词在蒋大坤的耳边反复回响。蒋大坤深知，没有所谓什么"叛徒"，马在舟只是遵循自己的内心投出了这一票，对于他本人来说，他并非"叛徒"。所谓"叛徒"只是基于蒋大坤和他们的工友而言。马在舟和他们一样，都是机车厂的下岗工人，有着同样的命运和人生。只是一直以来，他们将马在舟视为自己阵营当中的一员，一旦做出了相反的决定，那就是一种叛变。但马在舟毕竟是马在舟，蒋大坤他们考虑的是自己的未来，马在舟考虑的是整个机车厂社区的未来。

在马在舟这一票投出之后，投票环节正式结束了。计票员们当着大家的面开始统计票数。趁着这个时间段，董上义邀请社治委许主任上台讲话。许主任走到台子中央，他没有拿稿子，他要对社区的老百姓说心里话，说这样的话是不用稿子的。

"今天是一个好日子，我看到了我们机车厂社区的老百姓上台投出了自己的选票。在我眼中，这不仅仅是一张轻飘飘的选票，还是一颗沉甸甸的心。我们党委和政府一定会好好掂量这份心的重量，从而把工作做得更好，让老百姓过得更好。新世纪以来，我们提出构建社会主义和谐社会的战略任务。什么叫'和谐'，'和'是一个禾字旁加一个'口'，表示什么？表示每个人都有一口饭吃！'谐'是一个言字旁加一个'皆'，表示什么？表示每个人皆能畅所欲言。如果我们的老百姓都能像今天这样，吃饱饭，还能拥有表达自身诉求的权利，那我们这个社会就是和谐社会。今天看到这一幕，我感到非常自豪，非常欣慰。我想，火锅一条街是去是留，不管结果如何，希望大家一定要相信，我们党委和政府一定能拿出有效的措施，尽可能地让每一方的诉求得到最大的满足！”

台下再次响起热烈的掌声。

随后唱票开始了。在计票员的唱票中，红绿双方的票数交替上升，不相上下。最后红绿双方的数字定格在了599对599，两边持平。这太巧了，难道两方到最后的选票一样吗？这下怎么办？董上义也急了，他在台下喊：“再检查一下票箱，看看还有没有选票！”计票员认真地检查了一遍两个票箱。哟，还真有！几个计票员从绿箱的箱底抓出了最后一张选票，这下绿方600票，以极其微弱的优势赢得了最后的胜利。

朱晓慧和她的队员们从座位上跳起来，尖叫着，拥抱着，跳跃着，欢呼着，那画面犹如北京成功申办了2008年奥运会。而蒋大坤他们沉默了，他们从座位上站起身来，默默地走出会场。迎接他们的将是一个怎样的未来。

马在舟望着蒋大坤他们离去的背影，心里一阵五味杂陈。他是最后一个投票的人，虽然他的这一票只是一千多张选票中普普通通的一票，但是，万万没想到，就是这普通的一票决定了整个票选结果。蒋大坤他们的未来在哪里？等待他们的命运是什么？这些问题在马在舟的心里反复回荡。此时，许主任来到马在舟身边，拍了拍马在舟的肩膀。许主任知道马在舟在想什么，他深知马在舟此刻的怅然若失，便微笑着看着马在舟，意味深长地说了一句：“不要难过，老马！这不是最后的结局！”

第三十三章　魏霆的“变脸”

恩爱夫妻怎忍分离，
又何必假装不晓，
为仙郎羁留金山道，
心碎形销。
我与他海誓山盟，
结伉俪情深好。
你何忍隔断夫妻两下抛？
奴这里，善言相告，
望禅师，发慈悲，放郎君恩义高。

这是川剧剧目《白蛇传·金山寺》，这幕戏前前后后登台二十多人。自从父亲魏振海去世过后，剧班便散了。魏霆回来过后，经过多方游说才勉勉强强组建起一个小小的戏班子，平时只能唱一些简单的戏。戏班子人手不够，要唱一台《白蛇传·金山寺》这种大戏绝无可能。随着魏氏戏舍的兴起，一些流落民间的川剧行家们闻讯而来，戏班子又热闹了起来。他们当中有业余的爱好者，也有行家大师。沉寂多年的大戏《白蛇传·金山寺》，在大家的努力下再度推了出来。

这幕戏中，魏霆亲自饰演了“饶钵”。“饶钵”在该剧中是扮演法海收服青白二蛇的法器，川剧大胆地将其拟人化，通过变幻的脸谱展现诡异的性格，为剧情的神话色彩增添了魔幻魅力。只见魏霆手持金钵登台，面部由红转绿，由绿转黄，由黄转蓝，手法干净利落，一连七变一气呵成，并两次变回本脸。

在魏霆的记忆里，每当演到这一幕，台下总会掌声雷动。然而今天他演完这一幕过后，台下没有丝毫掌声，在他的余光中，满满一院子的看客们各自聊着天，喝着茶，嗑着瓜子，心不在焉，几乎没有正眼看过他的表演。是他的表演出了问题，还是其他什么原因？

不，其实魏霆表演得很完美。多年的苦练，魏霆的变脸技艺早已炉火纯青，能在十几秒内，无须转身背对舞台，只用手在脸上轻轻扫过，瞬间就能变出十多张截然不同的脸谱。只是近年来，火锅店、茶楼和各大商业庆典屡屡出现水平参差不齐的变脸表演，甚至网上有数千元“包学会”的变脸速成班。其中多数水平拙劣，粗制滥造。在魏霆看来，这些都是山寨、地摊，是对川剧变脸的亵渎。不明就里的观众看不出其中门道，他们只图个乐，并不能分清真伪和奥妙。看得越多就越麻木，觉得这跟普通的魔术表演没两样。

魔术怎么能和变脸相提并论？魔术是为了变而变，并不依照剧情。而变脸要融入整个剧情之中，表现剧中人物的情绪和心理状态的突然变化——或惊恐，或快乐，或绝望，或愤怒，或阴险，达到相随心变的艺术效果。川剧变脸讲求精、准、美，需三者皆具。当年，曾有人邀请魏振海开设变脸速成班，成批量教学生，轻松赚钱又省心。魏振海拒绝了，他不希望把川剧中的变脸技艺当作一件商品来卖。其实，要教人变脸，如果只是让人变得出来，一个星期就足够了。但那样掌握不了川剧变脸真正的精髓，绝不是真正的传承。魏振海坚守了对川剧这个国粹的尊重和敬畏，魏霆也是。

坚守，总是寂寞的。

魏霆从台上走下来，心里有点失落。下一个节目是赵旗的街舞团队带来的舞蹈。欢快的音乐加上动感的节拍，瞬间就改变了刚才的沉闷气氛。Dancer们穿得五颜六色，舞步青春时尚，在音乐中不断随着律动转身、跳跃、翻滚。这一群生龙活虎、朝气蓬勃、意气风发的帅哥美女立即吸引了观众的眼球。他们欢呼雀跃，掌声四起。

这几个月来，魏霆能够感受到魏氏戏舍之所以日渐红火，并不是因为他的戏班子的壮大，而是因为赵旗带来的另一种潮流文化。大多数的茶客是冲着赵旗来的。虽然魏霆自己也曾在国际迪诺街舞大赛中国赛区拿过冠军，是这个领域的翘楚，甚至于川剧行当里，他是赵旗的师傅，街舞圈子中，他是赵旗的前辈。但是，现在这样一种状况并不是他想看到的。他一直致力于把川剧这样一门艺术通过魏氏戏舍这个招牌传承下去，而现在，显然路子走偏了。

第二天一大早，赵旗就起床在院子里练功。这段时间，每天赵旗都起得很早。作为一名川剧传承者，他的确是一个正派、踏实、勤奋的徒弟。魏霆从房间里走出来，一袭白衣，玉树临风，温文儒雅。他在一旁认真地观看赵旗练功，并时不时地指点一下。训练结束后，赵旗一边擦着脸上的汗，一边说："师傅，跟你商量个事儿！"

"哦？"魏霆不知道赵旗要跟他商量什么。

"我看最近这段时间，观众对街舞的兴趣要浓厚得多，要不我们把戏舍的剧目单改一改？"

"怎么改？"魏霆问道。

"我觉得街舞表演可以适当增加一些，这样大伙儿可能更喜欢！"赵旗直言不讳，在他的心中，最迫切的愿望就是把魏氏戏舍经营得更好。但他没有察觉到此时魏霆脸上的一丝变化。

"不行！"魏霆冷冷地拒绝。

"我觉得街舞可以吸引更多的顾客……"赵旗试图说服魏霆，但话没有说完，魏霆就打断了他。

"我说不行就不行！"魏霆依然固执地拒绝了赵旗的提议，然后转身离去，没有给赵旗说服他的机会。

"为什么不行？"Dancer阿豹很生气。

"凭什么他说不行就不行？"另一个Dancer小凯也心存不满。

“大家都看得出来，观众明明更喜欢我们的表演！”Dancer迪迪也说。

“大旗，我们难道不能自己做主吗？”美女Dancer安娜问赵旗。

“好了，都别说了。我知道你们都很棒，但他是我师傅，我得听他的！”赵旗最后用强硬的姿态压下大家的不满。

第四天，又是一大早，赵旗依旧早早起床练功。师傅魏霆出门，手里拿着变脸的道具。

“师傅早！”赵旗问候了魏霆。

魏霆走下台阶，走到赵旗面前：“川剧变脸的种类很多，方法也不少。概括起来有拭、揉、抹、吹、画、戴、憋、扯八种。以拭而言，就有单手拭，双手拭，还可以分为单手独指拭、两指拭、三指拭等。但今天我要教你‘扯脸’，‘扯脸’是所有手法中技术性最强、难度最大的一种。以前，每逢三伏、三九，戏班营业都很惨淡，但是只要挂出《归正楼》就座无虚席，为什么？因为只有在《归正楼》这出戏中才有‘扯脸’。”

说完，魏霆手把手地教赵旗如何运用“扯脸”，赵旗学得很快，短短一个多小时就基本掌握了要理门路。虽然手法还有些生硬，但毕竟能够完成全套动作。

随后，魏氏戏舍开门营业。也许是为了让赵旗更好地见识一下“扯脸”全过程表演，魏霆选择了演一出《归正楼》。《归正楼》讲述的是义盗贝戎劫富济贫，遭到官兵追捕，以变脸巧妙脱身的故事。以往，扮演贝戎的演员用草纸绘制脸谱，依次粘贴脸上，临场以烟火或折扇掩护，层层揭去。脸谱一般为三张，俗称“三变化身”。而魏霆传承了著名川剧前辈康子林的技艺，将一种带有韧性的夹皮纸剪成三张大小不同的脸模，分别彩绘后，即将湿润未干的脸谱夹入线装书里，带到后场贴脸演出。不用烟火，不假道具，变化神速干净。随着梆子敲响，贝戎粉墨登场。

那高楼住它做啥？跍桥洞免得漏渣渣；
那牙床睡它做啥？坝地铺免得拌娃娃；
高头大马骑它做啥？打狗棍拄遍千家；
绫罗绸缎穿它做啥？穿襟襟挂绺绺风流潇洒；
那嘎嘎吃它做啥？喝稀饭免得卡牙巴。

激昂的堆山锣鼓打出雄壮魁梧的贝戎，只见他面呈五彩，圆眼大口，红眉赤髯大花脸。先是掌盘式口、虎爪手姿、熊势步伐，一番登打，紧接着“扯”下五彩面具，现出满额皱纹、白眉银须的老叟相，转眼又躬背弯腰、老态龙钟地缓行，半登鼓由猛敲转为慢打，继后是逐一“扯脸”，锣鼓也随之变换。

一出《归正楼》演下来，除了几个老者献出稀疏的掌声外，其他观众并没有太大的反响。想当年，父亲和爷爷上演这出《归正楼》，观者如织，座无虚席。观众是何等如痴如醉。

魏霆失落地下台。和他擦肩而过的是赵旗团队朝气蓬勃的Dancer们。赵旗走在这群Dancer中间，回头看了看师傅的背影。随着音乐节拍的响起，赵旗和Dancer们先是背对观众，一个重拍，大家齐转身，此时的赵旗，居然带上了用于“扯脸”的脸谱。观众一阵尖叫。这尖叫声让魏霆转身注目。他看到了赵旗的装扮，惊讶得说不出话来。

这是一次特别的表演，赵旗把“扯脸”的技艺用在了他的街舞表演中，只见他身子一转，样子说变就变，眼睛一眨，瞬息之间，他的面部先由绿、蓝、黄、棕、黑各色脸谱相互转换，然后现出本相，再变金脸。赵旗的天赋不容置疑，短短几个小时，经过反复的揣摩和演习，他不仅逐渐掌握了“扯脸”的要领，还把它设计到了自己的表演中。观众一边看一边鼓掌，一个个从座位上站了起来，他们是第一次看到这样新奇的街舞表演，掀起全场高潮，掌声雷动，经久不息。

而此时，魏霆的心中微微一怔。这一片掌声，这一阵叫好，他已经多年没见过了，这画面也仅仅存留于他年幼的记忆中。他想起很多年前，炎炎烈日下，父亲教年幼的他如何变脸。当他真正掌握了变脸，父亲却语重心长地对他说："变脸的手法很多，有拭、揉、抹、吹、画、戴、憋、扯八种，但是，不管用什么手法，脸谱上所呈现的，都是人物内心最真实的喜怒哀乐，是人性深处最具象的善恶美丑，所以，观众所看到的每一张脸谱都是有灵魂的，你要向观众展示的是人物的灵魂，而不是手法！"

"师傅！"赵旗的一声招呼，把魏霆从当年的记忆中拉回到现实。他一转身，看到的是刚刚从台上下来的赵旗。

赵旗一边擦着汗，一边对魏霆说："师傅，其实这变脸也没想象中那么难，你看，我就练了半天时间，这一扯一拉，是不是很溜？"说着，赵旗又在魏霆面前表演起了变脸，"唉，师傅，你看今天这个创意怎么样，我们把变脸这个绝活设计到我们的舞蹈中，怎么样？"

魏霆冷冷地问："你想表现什么？"

赵旗回答："表现什么？不表现什么啊？就是酷！酷毙了！"

魏霆冷冷地说："不行！"

第三十四章　马晓晓和卡丹妮的 PK

猫哥对面坐着卡丹妮，卡丹妮将手中的续约合同扔在猫哥面前。

“这些年，我为公司赚了多少，你知道，我也知道。”卡丹妮愤愤不平。

“我代表公司感谢您做出的贡献。”猫哥双手一摊。

“这份续约合同是不是草率了？”卡丹妮冷冷地说。

“哦？草率？这是咱们之前就说好的！”猫哥说道。

“现在的卡丹妮可不是原来的卡丹妮！我有千万粉丝，公司这几年从这些粉丝里赚了多少钱，你没数吗？”卡丹妮说。

“你看到的只是表面的数据，你看不到的是这些年公司的后台运作！”猫哥说。

“整个天府新区有多少家网红运营公司，有多少公司老总想挖我过去，我都拒绝了。为什么？还不就是因为咱们干这行讲个有情有义！”卡丹妮说。

“你这是在威胁我？”猫哥问道。

“不是威胁，是奉劝。”卡丹妮当仁不让。

“劝什么？”猫哥继续问道。

“如果想要我们保持良好的发展关系，把合作继续下去的话，我建议，我账号上的平台分成，我七，你三！”卡丹妮直言不讳。

“如果我不答应呢？”猫哥问道。

“那这份续约合同你先自己留着吧！”说完，卡丹妮提着包，准备转身离去，到了门口，卡丹妮突然转身，“对了，咱们的合同还有一个月才到期，你还有一个月时间考虑，下周的颁奖仪式我会照例参加。把奖杯送给你！”

等卡丹妮出了门，猫哥一把抓起办公桌上的合同，撕得粉碎。卡丹妮说的颁奖仪式，是指在成都举行的网红庆典。这是由几个大型网络公司联合运作的一年一度的网络盛会，凭借卡丹妮的人气，基本内定了最具人气奖。有了这个奖，卡丹妮将会带走公司一大半的代言合同。这又怎么能不让猫哥焦躁。

“既然捧得起你，也就砸得烂你！”猫哥愤愤地说道。此时，助理把分析报告放在了猫哥的桌子上。猫哥认真地看了一会儿。

助理在一旁说：“马晓晓最近势头有点猛，一个星期涨粉十万。可能是找到什么人在后面运作。”

猫哥说：“谁？”

助理说：“听说是一个时装品牌的创始人在挺她！”

猫哥说：“这姑娘不简单啊！要不，咱们重点培育一下？”

助理说：“马晓晓才五十万粉丝，卡丹妮有一千多万，一个星期内能超过卡丹妮？”

猫哥说：“让五十万涨上去很难，但是让一千多万跌下来却很简单！”

数天后，卡丹妮的负面信息如雨后春笋般冒了出来。几个4S店的店长出来证实，网红卡丹妮的豪车都是租的；还有网友晒出朋友圈的对话框，有个“名媛拼拼群”，二十多人拼一个五星级酒店豪华套房，轮流拍度假照，而网红卡丹妮就在这个“名媛拼拼群”里面；还有网友曝光了卡丹妮坐的飞机头等舱图片是经PS修的。最诛心的是，有人发出了卡丹妮整容前的照片，照片上的女人与卡丹妮判若两人。

网上开始掀起一股鉴别真假名媛的热潮。特别是一张真假名媛朋友圈对比图。如下：

类型	假名媛	真名媛
出行	晒头等舱	晒日程表
投资	晒购房合同	晒理财团队
吃	晒高端下午茶	晒路边摊
旅游	晒环球旅游	晒结伴辟谷
聚会	晒假面姐妹	晒商学院同学会
车	晒豪车	晒共享单车
穿	晒奢侈品牌	晒定制和自己设计的服饰

此图一出，卡丹妮的账号每天掉粉无数。卡丹妮成为众矢之的，简直就是假名媛的标本。而与此同时，另一个网红新星引起了网友的关注。那就是马晓晓，她现在的昵称叫作“蜜妮苏珊”，蜜妮苏珊所穿着的时装既彰显气质又极具特色，市面上几乎找不到同款，这些都是沈先生为她量身设计的。太古里的街拍界刮起了一阵旋风。每当蜜妮苏珊出现，都会引起一阵喧哗，年轻的她在雍容尔雅中透露出一丝小清新，在高端华贵中又彰显出文艺范。她的出现吸引了众多街拍者的摄像镜头。网红界开始传言，蜜妮苏珊是某国际著名时装设计公司总裁的女儿，在亚太地区创办了独立服装品牌。传言流传迅猛，很快就得到了粉丝的确认。在网络界，谣言皆如此，传着传着就成了事实。蜜妮苏珊的粉丝量迅速蹿升。

“谢谢，谢谢波波兄弟的兰博基尼，谢谢！”

“谢谢黄瓜先生，谢谢你的disco，谢谢！”

“谢谢重金求子，谢谢你的转圈圈！”

这个夜晚，一万多粉丝在线观看马晓晓的直播。屏幕左下角，粉丝的礼物此起彼伏地升起。每一个礼物都是由虚拟货币购买的，而虚拟货币可以兑换为人民币。

“请问，你平时所穿的服装都是自己设计的吗？”网友。

“是的！”蜜妮苏珊回答。

“人家都说，你有你的独立时装品牌，是这样吗？”网友。

“是的！”蜜妮苏珊回答。

“你设计的时装品牌叫什么名字，我和我的闺蜜非常喜欢你的设计！”网友。

“我设计的时装品牌叫作‘锦花’。”蜜妮苏珊回答。

“哪里能够买到和你同款的时装！”网友。

“我的设计没有同款，每一款都是独创的。如果你喜欢我的风格，那就到太古里‘锦花’体验馆做私家定制！”蜜妮苏珊回答。

“私家定制，哇，太高端了。”网友。

沈先生原本只打算让马晓晓作为“锦花”时装的代言人。然而，猫哥为了炒作马晓晓，把马晓晓设计为一个时装设计师，没想到这个人设得到了粉丝的认可，很快成了“事实”。沈先生干脆就退到幕后潜心做设计，而把所有设计作品嫁接到蜜妮苏珊这个年轻貌美的女设计师身上，猫哥和沈先生这一唱一和，让蜜妮苏珊人气暴涨。

直播中，马晓晓突然收到一个PK邀请。PK是短视频网站推出的一种主播和主播之间对战的游戏，由双方的粉丝所刷的礼物数额做标准，决定胜负。马晓晓正在宣传她的设计作品，便拒绝了这个PK邀请。过了一会儿，这个邀请再次发了过来，并附上留言：“怎么？怕了？！”

马晓晓一看，居然是卡丹妮发过来的。一个人气爆棚的网红居然主动向她发起了挑战。一般情况下，人气旺的主播是不会对人气弱的主播发起挑战的，因为这会导致“甩粉”，也就是粉丝被人气弱的一方吸收。卡丹妮向马晓晓发起挑战，证明此刻双方已经势均力敌了。

马晓晓当然不会拒绝这个挑战，这是一个机会，彻底击败卡丹妮的机会。马晓晓摁下了“接受挑战”。这应该算是她和卡丹妮的第二次挑战。第一次是在太古里的广场上，所有的摄像师都被卡丹妮带走了，只剩下远处的沈先生。而现在，挑战从线下转到了线上。马晓晓从容应战。

“最近表现得不错啊！”网红卡丹妮出现在了屏幕前。

“你最近也很有话题哦！”马晓晓针锋相对。

“我记得你，你就是在太古里抢镜的那个！”卡丹妮说。

“我也记得你，你租的跑车，好炫酷啊！”马晓晓冷嘲热讽。

“看到现在的你，就像看到曾经的我！”卡丹妮说。

“我可不想成为曾经的你，整容之前的你确实不咋地！”马晓晓这话忒毒，而卡丹妮看起来好像并不生气。

“三分钟过后见分晓！”卡丹妮说。

“好啊！”马晓晓显得信心十足。

三分钟，二分钟，一分钟。PK开始……

“来，家人们，热气球升起来，搭把手，搭把手，谢谢兄弟姐妹们，谢谢可可西里的香槟酒，谢谢，谢谢上海奥特曼的皇冠，蜜妮苏珊在这里祝大家生活幸福，工作顺利！好的，谢谢叮叮当当，谢谢你的火龙盾！兄弟姐妹们，支持一下，我是你们的蜜妮苏珊，你们是我的家人，我爱你们……”在蜜妮苏珊激情煽动下，她的礼物数额直线上升。

然而，卡丹妮这边却非常沉默，她的沉默引起了马晓晓的注意。她怎么了？这不是她的风格啊！之前马晓晓看过她的直播，激情四射，生龙活虎，今天却判若两人。良久，卡丹妮掏出一张纸巾，慢慢地拭去脸上的妆容。怎么？她在卸妆？

是的，卡丹妮在卸妆，她一边卸妆一边说话。

“直播间的粉丝们，我是卡丹妮，其实这么久以来，我很想跟你们说，我并不是你们认为的名媛。我只是一个普通的女人，我今年已经三十八岁了，你们看到的跑车，的确是我租的；你们看到的酒店套房，是我拼的；你们看到的头等舱，也是我P的。我整过容，还加了十级美颜，你们看到的我，不是真实的我，今天我就让大家看看我真实的样子。”

马丹妮用纸巾沾着卸妆液，擦拭着自己的脸。她的脸逐渐清晰了起来，那是一张被整容后遗症摧残的脸，局部塌陷的鼻梁，暗黄的肤色，眼角有鱼尾纹。这是一张非常怪异的脸，能够看得出卡丹妮曾经在镜头前的轮廓，但是却有无数经不起推敲和凝视的细节。

卡丹妮的直播间集体沉默了，她的粉丝们纷纷撤退。

“妈呀，吓死人了，这是什么东西？”

“见鬼了，被你骗了一年多，把礼物还给我！”

“你这是要退出网红界了吗？”

“出来混，迟早是要还的！”

……

随着粉丝们的退出，卡丹妮继续说。

“这两年，我一直在直播间用一张虚假的脸骗取你们的信任。我现在要告诉你们的是，我的真名叫李代英。我来自农村，初中毕业后来到成都，卖过手机，卖过保险，当过服务生和出租车司机，后来做了酒吧歌手，再后来做了主播，转眼已是二十多年。这两年能得到你们的喜爱，我很满足。今天是我最后一次直播，过了今晚，我将关掉我的直播间。卸了妆，关了美颜，就像解开沉重的枷锁，我觉得轻松多了，再也不用在谁面前伪装自己。每一次伪装都让我觉得无法呼吸。从明天起，我走在大街，不再会有注视和簇拥，不再会有摄像头和聚光灯。是的，你们看到了，我只是一个普普通通的女人，不要问我值不值得，也不要问我伤不伤心，我会努力过好今后的每一天，去找一个真正爱我的男人，嫁给他，为他生孩子，这才是我要的生活，这才是真实的我自己。”

说完，卡丹妮拿起吉他，弹唱了一首歌，歌的名字叫《当真》：

如果谁能记得，记得未必深刻，
深刻地记得那个我，快乐不快乐。
如果谁还不舍，未必有舍有得，
得到了什么别问我，吝啬不吝啬。
别太当真，暧昧是感性留的后遗症，
是追根刨底始终没结论，
颓废得像尊瘟神，
伤了自尊就向我注射几针。
我当了真，爱你是惯性慢慢在延伸。
是路口及时亮起了红灯，
才显得我多么蠢。
这种才能只配做个过路人，过路人。
……

第三十五章　一场被化解的战争

票选过后，火锅一条街的店主被要求在7月1日前集体撤出这条街。不知怎么的，蒋大坤彻底消失了。人找不到，电话也打不通，蒋家老火锅关门歇业了，但是剩下的二十多家还在苦苦支撑着。市民们知道这些火锅店即将搬走，来光顾的人越来越少。风吹过这条街，卷起路上的树叶和纸片，冷清的街道显得愈加冷清，门可罗雀。

一转眼到了7月1日，人们都以为火锅一条街会集体歇业。然而，这天整条街的火锅店居然都开了。原来，当蒋大坤不再露面，他的忠实拥趸侯老二成了这条街的实际领导人。对于这次票选结果侯老二并不买账，他组织其他店家在这一天开门营业，集体抵制社区的决定。

“如果强行让我们搬，我们就跟他们干！”侯老二气势汹汹地说，一副宁死不屈、视死如归的样子。在他的煽动下，各个火锅店店主都在店内准备好了棍棒、砖头等武器，就像要备战一场即将到来的战争，他们要对付随时准备入侵的敌人。

然而，这一天敌人没有来，客人也没有来。从上午营业到傍晚，整条街一桌客人都没有。这是二十多年来从未有过的景象。侯老二不禁仰天长叹，这是天要亡我吗？有人来到侯老二身边，对他说：“老二，咱们出尔反尔，不道义，你看嘛，到现在了，一个人都没有，看样子老天爷都不站我们这边，要不咱们关了得了。”

侯老二冷冷地说：“不，老子不服！就算天老爷不站我这边，老子也要干！”说完，他转身招呼身边的员工们，“弟兄们，把锅端上来，把火烧起来！发消息出去，今晚免费！”

话说着，员工们把锅端上桌，点上火，准备好菜。每一桌都热气腾腾，锅里滚着汤，冒着青烟。其他店家也纷纷响应，发出免费吃火锅的邀请，端上锅，点燃炉火，等待客人的光临。这时候远处开来一辆车，下来几位男女，侯老二立马亲自上前迎接。

“几位帅哥美女，吃火锅吗？”侯老二笑脸相迎。

“听说今天免费，是不是？”客人回答。

“对头，今天免费，哥老倌敞开吃！”侯老二说。

“那好，我们四位。”客人欣喜入座。

“好嘞，8号桌，四位！”侯老二吆喝。

“对了，老板，网上、电视上都在说，你们这条街今天要关门歇业了哇，咋个还开起呢？”其中一位客人问道。

“没得这回事，火锅一条街要一直开下去！”侯老二信誓旦旦地说。

“如果政府要你们搬，你们怎么办？”客人问道。

“只要有人来砸场子，我们就跟他们干！”侯老二斩钉截铁，青筋暴露。

四个客人面面相觑，然后转身就溜：“算了，我们走，待会儿打起来，血溅一身。”

侯老二尴尬地留在原地，这时候突然有人跑来对侯老二说：“老二，不好了，马在舟来了。”

“马在舟来干吗？”侯老二心里咯噔一下。说着，他跟着走出门，一看，马在舟站在街中央。灯光照亮了他的身影，他的表情冷漠而坚定。

侯老二走到马在舟的面前，冷冷地问：“马书记！你来这有何贵干？”

马在舟说：“听说你们今天免费，我就来了！”

侯老二笑了笑：“谁都可以，你不行！”

马在舟说："为什么？"

侯老二说："老子不欢迎！"

马在舟说："你不欢迎我，那你欢不欢迎他们？"

话音一落，马在舟的背后走出了几十号人。

侯老二心想，马在舟呀马在舟，你终究还是带着人来砸场子了。

侯老二说："马在舟，你这个背信弃义的家伙，你当年也是我们厂的一员，跟着我们一起下岗没着落，我以为你会支持我们，没想到却投了朱晓慧一票，你这一票直接把我们整下课了。老子敬你是条汉子，不跟你计较，你居然带着人来砸场子。我就把话说到明处，老子今天谁都不认，当年的工友情分就此一刀两断。弟兄们，操家伙！"说完，各家火锅店里的店家带着员工操着棍棒、板凳、砖头冲了出来，两帮人在街上相对而立，剑拔弩张，一场恶斗即将开始。

"住手！"一个声音从黑暗中响起。原来是蒋大坤。多日不见的蒋大坤出现在了两帮人中间，他走到侯老二面前，猛的一记耳光扇在侯老二的脸上。

"混账！"蒋大坤骂道，"愿赌服输，你还是不是男人？"

侯老二挨了一记耳光，但没有任何反抗。他这一生中最佩服的人就是蒋大坤。当年是蒋大坤出面筹资，让他还上了赌债，才保住了他的店。这个情，他一辈子都不会忘。

蒋大坤接着怒骂侯老二："输了，就要认账，是男人，就堂堂正正来，堂堂正正走。你这样带弟兄们干一架又能怎样，到最后受伤的受伤，坐牢的坐牢，大家都是上有老下有小的人，你对得起他们吗？对得起他们的家人吗？"

蒋大坤的怒骂让侯老二以及侯老二背后的人都沉默了。他们也不想把事情搞到这个地步，谁的家里没有父母和儿女，谁的背后没有兄弟姐妹呢？

"别说了，大坤！"马在舟解释道，"你们误会了！"

蒋大坤转过身，面对着马在舟。那场票选过后，两人都有很多话想说，但是谁也没有主动约对方。

马在舟继续说：“侯老二，你看清楚，我身后的这些人都是多年的街坊邻居，都是当年的老工友。他们今天不是来砸场子的。在上次的投票中，他们是你们的支持者，投了你们一票！今天他们最后一次来光顾火锅一条街。他们舍不得你们走，我也舍不得。这条街有他们的记忆，有他们的生活，更有他们的故事，希望你们给个面子，把路让开！”

侯老二已是泪流满面，他抬起头，仰望星空，漫漫黑夜，他看不到未来的方向，然而满天的星光却给了他一丝温暖。此刻，火锅一条街的每一家店里都热气腾腾，锅里滚着汤，冒着青烟。良久，他转过身，对着背后几十号人大喊一声：“兄弟们，上酒！”一场看似要打起来的架，瞬间化为了一桌桌热气腾腾的火锅。两帮人融合在了一起，火锅一条街恢复了多日不见的热闹场面。

三国时期，曹丕写信给钟繇：“昔有黄三鼎，周之九宝，咸以一体使调一味，岂若斯釜五味齐芳？”意思就是，黄帝有三鼎，周朝有九鼎，但一个锅一个味儿有啥意思？哪比得上老子的火锅五味俱全。

所以，只有火锅才更能让人体味出百般滋味。当我们围坐在一起，哪怕彼此有不同的性格、不同的来历、不同的职业、不同的学历、不同的身份、不同的身世、不同的话题、不同的目的、不同的过去、不同的未来，但终究有着同一套仪式：上菜、下锅、倒酒、举杯、起菜、蘸料，然后开吃。这套仪式拉近了彼此间的距离，消解了所有的不同。在火锅哲学里，我们因此看到了传承、秩序、包容、圆融。

每一顿火锅都是一个完整的故事，有酝酿，有开头，有铺垫，有高潮，有结尾。火锅就是社交，没有什么问题是一顿火锅解决不了的，如果有，就再来一顿。火锅一条街的问题就是在火锅里解决的。那一夜，蒋大坤和马在舟在一顿火锅里解决了所有的矛盾和龃龉，又是个一醉方休的夜晚。时光回到1997年同一天，那一夜香港回归，蒋大坤和马在舟也是这样相对而坐，也是这样泪流满面。而今这一幕再次重演，只是当初的那两个热血汉子如今已是满鬓风霜。黑夜里，马在舟放下酒杯，突然问了一句：“还记得夏露吗？”

“夏露？”蒋大坤内心一震，这是一个让他又爱又恨的女人。

第三十六章　一场隔着车窗的重逢

夏露是蒋大坤的老婆。当年，她是机车厂的会计。这个年轻的女孩明眸皓齿，活泼开朗，深得机车厂单身小伙的喜欢，其中就包括蒋大坤。蒋大坤本来在众多的追求者中并不起眼，作为机车厂篮球队队长，他唯一能引起夏露注意的，就是打得一手好球。某个夏天的晚上，机车厂和隔壁灯管厂打了一场篮球友谊赛，两个厂的工人都拥入了灯光球场，把整个球场挤满了。那天晚上蒋大坤在球场上表现特别抢眼，一个人拿下了38分，十二个篮板，成为机车厂取胜的英雄。赛后，厂长把代表胜利的鲜花交到蒋大坤手上。蒋大坤拿着鲜花，拨开簇拥的人群，径直走到夏露面前，单膝跪地，把鲜花献给了他最爱的女人。人群中发出阵阵欢呼。面对这个大汗淋漓的小伙子散发出的青春气息和强烈的荷尔蒙，夏露陶醉了。她欣然接受了蒋大坤。

然而，炽热的爱情之后，婚后生活变得平淡，两个人不同的个性让生活充满了矛盾。直到有一天，厂里分配来了一个名叫孟军的大学生。厂里大学生凤毛麟角，孟军一来就得到了厂领导班子的高度关注，成为重点培养对象，很快就从车间到了行政，然后提升为副厂长，分管办公室和财务科。于是，孟军成了夏露的上级。孟军有知识，有文化，处事得体，如谦谦君子，和蒋大坤完全不同。在朝夕相处中，孟军和夏露逐渐产生了情愫。

夏露的移情别恋没能逃出蒋大坤的眼睛。直到某一天晚上，蒋大坤一脚踢开办公室的门，出现在这对男女面前，手电筒强烈的光线把两个人的恐慌照得一览无遗。那天晚上，强壮的蒋大坤将柔弱的孟军揍得七窍流血。但孟军自始至终没有吭一声。第二天，这桩风流艳事便传遍了整个机车厂。面对人们的指指点点和风言风语，夏露变得沉默忧郁。孟军也受到处分，被免去了副厂长的职务。两个人从此形同路人。

蒋大坤并没有把这事放下。绿帽子一旦被戴上，就永远摘不下来。他常常借酒浇愁，然后提着酒瓶回到家，趁着酒劲，把夏露狠揍一顿。再后来，蒋大坤下岗了，他和马在舟被安置到社区工作，蒋大坤把唯一一个工作名额让给了马在舟。两个人在成都街头喝了一整夜的酒，说了一整夜的话。也是那一晚，马在舟说出了一个让蒋大坤为之震惊的秘密。原来，蒋大坤发现夏露和孟军独处的那个夜晚，是夏露主动约孟军见面的，她想跟孟军说分手，因为经过辗转反侧的思量，她相信她爱的是蒋大坤，是穿过人群向她献出鲜花的那个蒋大坤。那晚，孟军也接受了这个现实。然而，蒋大坤的突然闯入让这场诀别产生了完全不同的结果。

当蒋大坤得知事情的真相，他几近崩溃，醉意全无。在那个凌晨，蒋大坤穿过空荡荡的大街，冲回家，他想抱住夏露，把心中的自责和愧疚化作一个深深的拥吻，然后告诉她，他依旧是那个不惧世人目光的男人。然而，当蒋大坤推开门，夏露已经没了踪影。经过几年来精神和肉体的折磨，夏露终于选择了在这个夜晚离开家，离开蒋大坤。跟她一起走的还有孟军。

这事儿一眨眼就过去了二十二年。这二十二年，蒋大坤从一个下岗工人变成了火锅店老板，生意蒸蒸日上，事业一帆风顺。但他始终没有释怀，他的爱情被打了个死结，没人解得开。人们渐渐遗忘，他也不愿再提及。然而这个夜晚马在舟突然提起了夏露，他的心再一次揪了起来。为什么？为什么还要提起这个让他爱恨交加的女人？难道这二十二年的痛苦还不够吗？

二十二年后，在一个阴沉的下午，马在舟开着一辆车，搭着蒋大坤，驶向成都市郊。车子穿过一条条喧嚣拥挤的大街，穿过一个个时而模糊时而清晰的红绿灯，来到这个城市的西南角。这是一段僻静的路，车辆很少，路边有一家简陋的修车铺，旁边竖了一个牌子，上面歪歪扭扭地写着“洗车补胎”四个字。马在舟把车开到这家修车店门口，没有下车，只是摁了一下喇叭，修车店里走出一个二十出头的小伙子。小伙子一身油污，走到车前。

“老板，洗车哇！”小伙子问道。

“简单外洗！”马在舟说。

“十块！”小伙子干净利落地报价。

马在舟递出十块钱给了那个小伙子。小伙子转身朝店里喊：“妈，有人洗车！”这时候，从店里走出一个面目憔悴、脸色蜡黄的中年妇女。她两鬓斑白，步履蹒跚，提着一个水桶向他们走来，每一步都走得艰难坎坷。当她走近车前，蒋大坤认出了那个中年妇女，夏露！是的，她就是夏露。虽然岁月带走了她年轻时的容颜，但那明眸善睐的双眼还在，只是多了一些沧桑和忧郁。这个二十多年前从他生活中突然消失的女人，今天如行尸走肉一般回到了他的眼前。蒋大坤，这个中年男人，从喉咙深处发出了一声痛苦的呻吟，他的嘴唇在颤抖，眼泪在眼眶中涌动，他伸手想要打开车门，却被马在舟摁住了，他转过头看着马在舟，仿佛在质问马在舟：“为什么这么多年你不告诉我？”马在舟只是凝视着前方。此刻，夏露苍老的身躯趴在车窗上，用一张抹布艰难地擦拭车窗。蒋大坤在车内，夏露在车外，两个人只隔着一层玻璃，却分隔于两个不同的世界。那些真与假、是与非、对与错、爱与恨、追寻和等候、期待和绝望、拥有和失去、耻辱和光荣，统统被冲刷得干干净净。

“三年前我来到这里，偶然认出了夏露。当年她和孟军逃离了机车厂，却发现自己怀孕了。她怀上的是你的孩子，孟军并没有嫌弃，他让夏露生下这个孩子，并承诺要把这个孩子养大。然而，当孩子生下来后，孟军被查出患上肝癌，没过多久就撒手人寰，留下夏露独自抚养这个孩子。”

这时候，那个年轻的小伙子从店里探出头，对夏露说：“妈，药熬好了，你记得喝啊！”夏露没有吭声，她艰难地撑起身，捶打着自己的腰，仿佛为了擦洗这辆车，她已经用尽了力气。

“看到了吗？那个小伙子就是你的儿子！那一天我叫出‘夏露’这个名字，她是那样地惊恐，又是那样地惊喜。但是，她不能说话！”马在舟说。

“为什么？为什么不能说话？”蒋大坤问。

“她儿子告诉我，多年的精神压抑让她的神经中枢出了问题，导致她失去了说话的能力。”马在舟无奈地说。

“她哑了？”蒋大坤张大了嘴。

“是的，大坤，这就是现实。”马在舟说。

“她还记得过去吗？”蒋大坤问。

“当然记得，我和她讲话，她能听见，我跟她讲你的近况，她知道你现在过得很好，她由衷地高兴，但是她祈求我不要告诉你关于她的消息，她说她对不起你，希望你能忘了她，彻底忘掉这个世界上还有一个名叫夏露的女人。只有这样，你才能开启新的生活，走出那段记忆的阴影。我答应了，所以这些年一直没有告诉你真相。原谅我！”马在舟说。

此时，夏露拿着抹布来到蒋大坤的一边，埋下身子俯身擦洗车门的下方，她的手就留在车窗上，蒋大坤伸出手，隔着车窗，把自己的手和夏露的手贴合在一起，眼泪再也无法控制，夺眶而出，蒋大坤发出嘶哑的抽泣声。

当车子被擦洗干净，夏露退后一步，朝着车里的蒋大坤和马在舟鞠了一躬，表示车已经洗干净了，可以走了。

“现在，你可以推开车门和她相认，也可以就此而去，从此和这个女人一刀两断。不管你做什么决定，我都理解，今天的事我不会跟任何人讲。”马在舟说。

蒋大坤收起了眼泪，望着前方，良久，他从嘴里咬出一个字：“走！”

于是，马在舟发动车子驶离这个修车店，把夏露远远地抛在身后。车子穿过一路的梧桐树和斑驳的树荫，仿佛穿越了一轮又一轮的春夏秋冬，穿越了一夜又一夜的月光和星河。关于青春，关于爱情，关于情仇爱恨，飞快地掠过蒋大坤的内心。当时光悄然流逝，当泪水潸然落下，时间可以带走的都已经被带走了，带不走的是那段记忆。

心是一个容器，不停地累积，
关于你的点点滴滴。
虽然我总守口如瓶，
思念却满溢，溅湿了我眼睛。
因为我太想念你，所以才害怕，
这孤独大得不着边际。
若此刻能奔向你，
紧紧拥抱你，我会毫不迟疑。
直觉我们应属于彼此，
否则我不会每次无法停止。
……

马在舟突然说：“大坤，我还要带你去一个地方。”

“还要去哪里？”蒋大坤的回答有气无力。今天这一幕够扎心了，他还没有缓过劲儿。

“去一个你我都无比熟悉的地方。”马在舟说。

于是车辆再次穿过城市，兜兜转转，又回到了机车厂社区。马在舟和蒋大坤下了车。马在舟带着蒋大坤走进原来的厂区，穿过当年的灯光球场，在一个车间面前停了下来。马在舟问蒋大坤：“这里，你还记得吧？”

“当然记得，这不就是当年我们的车间吗？”蒋大坤回答。

这是一座废弃多年的车间，当年，一辆辆火车头就是从这个车间里面被造出来，驶向全国各地的。那个时候，上百名工人在车间里挥洒汗水，为铁路交通事业奉献着青春和热血。如今大门紧闭，门上上了一把大锁，锁住的是机车厂的前世。马在舟走上前，掏出一把钥匙，打开锁，然后推开大铁门，熟悉的场景让蒋大坤感慨万千。

“这就是我们当年奋斗的地方！”马在舟说。

“对啊！说到这里，你还得叫老子一声师傅！”蒋大坤说。

“你想这里吗？”马在舟问道。

“想，做梦都想！很多次我都梦到我们在这里干活的画面，那时候你我都还那么年轻，可惜一转眼咱俩都快步入晚年了！”蒋大坤说。

“如果给你一个机会，你愿意回来吗？”马在舟问道。

“回来？”蒋大坤对马在舟这句话百思不得其解。

马在舟翻身爬上机车厂操作台，高高地站在蒋大坤面前，张开双臂大声说：“师傅，机车厂社区的火锅一条街没了，但并不代表没有火锅。一车间、二车间、三车间，加起来五千平方米，再隔空搭建一层，就有一万平方米，外面的篮球场有八百平方米，这一万零八百平方米换你一条街，够不够？”

“你这意思是……”蒋大坤仿佛明白了什么。

“社治委和街道办对火锅一条街的兄弟姐妹们的去处早就考虑好了。上个月政府已经把水和电接通了。只要你蒋大坤看得起，这就是你们的。将来这里就叫机车厂火锅城！这是你们年轻时奋斗过的地方，现在你们可以回到原来的地方继续奋斗！蒋大坤，你整不整？”

“整！”蒋大坤壮志凌云。

第三十七章　一个数学家和一个哲学家的对决

法院的传票终于还是来到了关飞雪的手中。这次康红玲是认真的，有照片，有录音，有证人证言，还有环保部门的鉴定，她要求彻底取缔关飞雪的麻将馆。关飞雪拿着法院的传票，坐在椅子上傻傻发呆。她感到孤立无助。如果有一个男人，她会靠在他的肩膀上痛痛快快地哭一场，但是她没有男人。马在舟？马在舟能够为她做什么？那么大的火锅一条街，那么多年情谊的工友，他都没保住，更别提她这个小小的麻将馆了。何况马在舟是一个有是非观念的人，他永远不会为了自己的私情而改变原则。

没了这个麻将馆将来怎么生活？小武就要上大学了，上大学需要一大笔开支。这些年她省吃俭用，但毕竟收入微薄，她的积蓄对于小武上大学的开支来说，杯水车薪。辗转反侧过后，她回到屋里，找到房产证。卖了房子就能得到一笔钱，至于卖了房子自己怎么办，她唯一能够想到的就是尽快嫁人，嫁给谁？马在舟？她知道，只要她愿意，马在舟一定会答应。但是，一定要到走投无路才嫁给马在舟吗？这对马在舟来说公平吗？如果当初答应了马在舟，她可以堂堂正正地卖掉房子，和马在舟一起生活。而如今，穷途末路，她怎么开这个口。当初她恨马在舟，只是因为他的失约，现在不恨了，她知道马在舟的失约并非懦弱，而是有更大的担当。算了，走一步是一步吧！

“妈！”小武出现在关飞雪的身后，他已经看出了关飞雪的焦虑，“我知道你在想什么，我上大学的事你不用担心，钱，我自己有办法！”

“你能有什么办法？你毕竟还是个孩子！”关飞雪苦笑着，“好好念书，啥也别想，还有最后一个月，我能处理！”

小武转身走进自己的小屋，一边走一边说：“上大学，我不会要你一分钱。”

最近一家房地产公司在城北开发了一个新楼盘，为了给开盘造势，公司举办了一场大型麻将比赛，这场比赛冠军将获得三十万奖金，亚军和季军的奖金分别是二十万和十万。这是一笔不菲的奖金，吸引了来自全成都的上千名麻将高手。小武所谓的办法，就是赢得这次比赛，获得这笔奖金。

小武背着关飞雪报名参赛。因为报名人数众多，所以这次比赛连续安排了三天的赛程，分别是预赛、半决赛、总决赛。最后的总决赛安排在6月6日，恰好是高考的前一天。

6月4日是第一轮预赛。比赛场地设在城南一处售房中心。在众多的选手中，小武显得并不起眼，然而当比赛开始，人们才发现，这个貌不惊人的少年是如此地深沉老练，一登场迅速秒杀对手。随着预赛结束，小武顺利地拿到了进入半决赛的名额。这一轮他赢得非常轻松，看来那些所谓的高手也不过如此，他顿时对赢得最后的冠军充满信心。当他迈着轻快的步伐走出赛场，一个女孩正站在不远处看着他，也是在等着他。

“你答应过我不再打麻将！”小苗质问小武。

“这是我的事，你别管！”小武回答。

“我知道，这一切都是因为我妈。希望你不要介意。”小苗有点哽咽。

“这不怪她！”小武说。

“还有两天就高考了，这会影响复习功课的！”小苗心里担心着小武。

“我又不考北大清华！随便考个什么学校都行。”小武对自己的成绩还是非常有信心。

“这怎么行，你这样会辜负所有人对你的期待！”小苗说。

“你打算考哪里？”小武问小苗。

“我报考了华中师大，我想做一个老师。”小苗回答。

“那我也考华中师大。”小武说。

“为什么？你明明可以有更好的选择。”小苗对小武的这个选择感到无比诧异，她又惊又喜。惊的是小武放弃了报考更好的学校，这不能不说是一种惋惜，喜的是，小武心里有她。

“因为我喜欢你，我要和你一起上大学。”小武坚定地回答。

“我觉得考华中师大对于你来说一点问题都没有，可是对于我来说就太难了。”小苗看起来没有信心。毕竟从近期的模拟考试成绩来看，的确还差得太远。

“没事，相信自己，你能行的。”小武鼓励道。

两个人在人群中再次走到了一起。

第二天的半决赛如期举行，作为种子选手，小武再一次延续了第一天的良好发挥，过关斩将，一路闯进总决赛。而这一天，马在舟来到了关飞雪的家。

“你要卖房子为什么不跟我说一下？”马在舟问关飞雪。

“麻将馆开不下去了，小武上大学要钱。”关飞雪回答道。

“这里有二十万，钱不多，先用着。”马在舟从兜里掏出一张银行卡，放在关飞雪的面前。

“你觉得我会要你的钱吗？”她反问马在舟。

“我知道你不会要我的钱，这钱不是送给你的，也不是借给你的。”马在舟对关飞雪的脾性太熟悉了。

“这算啥？”关飞雪看了看桌上的卡。

“你的房子我买了，剩下的钱我后面陆续给你。”马在舟回答道。

“你拿什么给我？”关飞雪知道，这是马在舟这几十年的全部积蓄。除了这张卡里的钱，他已经一无所有了。

“你别管！”马在舟转身离去，走出门的那一刻，他突然回头说，“对了，密码是730403。”

关飞雪一愣，这密码是她的生日。

总决赛是高考前一天。小武乘坐地铁来到赛场。今天的总决赛只有四位选手，分别是高小姐，陆先生，岳大爷，还有小武。比赛的规则是以十盘为一轮，连续打三轮，以最终手中筹码最多的一方获胜。

第一轮第一局，小武起手的牌不错，看来很容易做大。但是，随着牌势的推移，小武发现，虽然牌面不错，却很难碰牌或者摸到自己想要的牌，到最后居然没有下叫。这是这几天来从未遇到过的局面。第二局依然如此后，随后的几局盘盘如此。小武注意到了坐在他对面的岳大爷。岳大爷这几局好像手气也不怎么样，也是没怎么下叫。小武回想岳大爷的牌路应该是能下叫的，但是为什么他总下不了叫呢？难道是打错牌了吗？不会的，能够进入决赛的选手不一定会赢，但是绝对很少出错。

第一轮下来，高小姐和陆先生以7800分和6100分位列前两位，小武4000分，而岳大爷只有2000分。比赛暂停十分钟。岳大爷静静地坐在那里，好像在思考着什么。

“你是故意的！”小武走到岳大爷面前，打断了岳大爷的思考。岳大爷抬头看着这个孩子。

“第一局，第五张牌，你可以打六筒下叫，但你打了三筒，你的目的是不让我碰，我虽然没碰到牌，但是你也打乱了；第四局，第八张牌，你拆掉连子给上家做牌，然后又拆掉对子给下家做牌，你让他们做大，反查我们俩；最后一局，最后一张是八万，你知道我摸八万下叫，但你拆掉叫，打出二万给后家和牌，然后你摸八万没打。我没下叫，你也没有。”小武冷静地复盘，把刚才的牌路都回顾了一遍。

“小伙子，你牌算得不错，那两个人不是你的对手。”岳大爷好像已经看破了牌局和对手。

“你是做什么的？”小武问。

“我是一个大学教师。”岳大爷问答。

“数学教授？”小武问。

“哲学教授。”岳大爷说。

“干吗要针对我？”小武把事摊开说了。这一轮岳大爷压根儿就没想赢，一直在背后拖着他。

“麻将就像名利场，牌桌上的人从摸第一手牌开始，就在给对方挖坑，这叫‘做叫’，挖好坑等着别人掉坑里，这叫‘放炮’。每个人都在算计对方，也防备着对方的算计，每个人都设法迈过别人的坑，让别人掉进自己的坑。其实算计得越多，失去的也就越多！麻将不是数学，是哲学！”岳大爷好像对麻将钻研得很深。

“难道你不想赢？”小武冷冷地问。

岳大爷没有回答，只是微微一笑。

第二轮，小武改变了上一轮试图一举奠定优势的战略。他不再一味强求做大，他放弃碰牌，甚至拆掉对子来赢得更多主动摸牌进张的机会。他知道，岳大爷始终在背后牵制着他，就像要在牌局上和他同归于尽。这样一来，做大的机会没了，但是自摸的机会多了。他连续自摸几把，把分数赶了上来。然而他同时发现，岳大爷也在发力，第二轮最后两局，岳大爷连续做了两个极品，把高小姐和陆先生的分数拉了下来。第二轮结束，四个人的分数居然都在5000分到6000分之间，形势异常胶着。

第二轮暂停时，小武静静地坐在自己的位置上，反复回想刚刚那一轮的牌路。他知道，最后一轮才是一决胜负的时候，如果照刚才的趋势发展下去，胜负完全无法掌控，只能靠运气，而运气始终没有站在他那一边。

“为什么一定要赢？”这次，岳大爷主动来到小武身边，他对上一轮暂停期间小武提出的问题给出了一个反问。

“我想赢得一个改变命运的机会！”小武回答。

“世间万物，相依相存，相互联系，你可以改变自己，但是不应该去伤害别人！”岳大爷明显话里有话。

“你是谁？”小武敏锐地感觉到一种不祥。

“你还记得一个月前你在机车厂社区的麻将馆里打麻将的事儿吗？当时你的对面坐着罗大妈！”岳大爷问道。

“记得！”小武回答。

“罗大妈是个爱面子的人，她输了钱，不够付，感觉没面子，晕了过去。其实那一局你可以放过她，但你没有。她现在身体很不好。”岳大爷说。

“你怎么知道？”小武诧异地问。

“她是我老伴！”岳大爷回答。

小武震惊得说不出话来，他终于明白岳大爷为什么总在背后牵制他。岳大爷的目的不是赢，而是不让他赢。这不是比赛，而是复仇。

第三轮，小武变得更加谨慎。他的对面坐着岳大爷，这是一个无比强大的对手，他从未遇到过这样的对手。牌桌上的玩家一旦上场，目的就是赢。正是因为你清楚他的目的，所以才能分析手中的牌，判断他的出牌规则。但是，如果一个人的目的不是赢，那就很难判断他手中有什么牌，从而无从下手。战况愈加激烈，四个人的比分交替上升。直到最后一局，岳大爷居然领先了。他的分数是6800分，高小姐6000分，陆先生5800分，小武只有5700分。陆先生一把自摸，升到6400分出局。然后岳大爷主动点高小姐一炮，高小姐以6100分出局。留在牌局上的是6500分的岳大爷和5700分的小武。虽然分数悬殊，但是小武如果做出极中极，就能升至6500分，而岳大爷的分数会下滑到5700分，这样一来，小武就能从最后一名跃居第一，获得最后的冠军。

小武是这样想的，也是这样做的。此刻，他单吊一筒，只要能打掉手中的这个一筒，就能做成带双杠的万字清一色。但这个一筒并不好打，他从牌面能够判断出岳大爷现在不是和一筒就是九筒。这张一筒捏在手上，出，一旦岳大爷和牌，整个比赛就结束了；不出，他只是个平和，即便和牌，也是输掉比赛。他别无选择。

“一筒。”小武放下牌，静静地等着岳大爷做出反应。好在岳大爷没有反应。小武放心了，现在他已经做成了带双杠的万字清一色。熬过了这一把风险，转眼就一马平川。岳大爷手上是条和筒，他是不要万的。所以这把牌不是小武自摸，就是岳大爷点炮。小武感觉胜券在握。

然而，他想错了，岳大爷开始不断地打筒子，他连续打掉了三个九筒，这怎么回事？难道他要重新做成条子和万字？

是的，小武没有猜错，岳大爷连续摸起三张万，他都没有出，而是打掉了手中的筒。看样子，岳大爷是要死守到底。然而，守是守不住的。小武现在占据着绝对优势，他手上的叫很多，随时可能自摸。但是，当岳大爷打出一张一筒，小武震惊了。从刚刚岳大爷打出了三张九筒和一张一筒来看，小武其实在打一筒的时候已经点炮了。岳大爷是单吊一筒。小武的思绪被彻底打乱了。这是什么意思？这是什么意思？这是什么意思？

牌局尾盘，岳大爷且战且退，步步为营，走得非常稳，居然退掉了所有筒子，留住了万字，还顺利下叫。而小武始终没有摸到自己要的牌。当最后一张牌落地，这局牌打和了。为时三天的麻将比赛到此结束，岳大爷以微弱的优势获得了此次比赛的冠军。

在人们的欢呼声中，岳大爷登上了颁奖台，拿起了三十万奖金的牌子。主持人递上话筒，要岳大爷发表一下获奖感言。岳大爷拿起话筒，扫视了一下台下密密麻麻的观众，他在人群中寻找着小武的身影。小武并不在这，他正一个人孤独而沮丧地走出赛场。最后一局牌，岳大爷先是放了他一马，让他在绝望中找到希望，然后又泰然自若地变幻结构，以守为攻，消解他强大的攻势，最后打成了没有成王败寇的和牌。这场比赛他位居第四，没有奖金，只有一个纪念奖——迪拜七日游三千元代金券。此刻，他的身后传来了岳大爷的获奖感言。

“麻将是怎么来的？对于麻将的起源，有很多种说法，但是最终的规律只有一个，那就是在起初的混沌中缔造最后的秩序，在随机的变化中寻找未来的生机，这无关胜负，更不能计较得失，打出一场和牌，要比赢得一场比赛更难。当你们得到了一些，就一定会失去一些，当你什么都放下了，就拥有了一切！”

岳大爷的这番感言搞得台下的观众一头雾水，他们都不知道岳大爷在说什么，主持人也愣了，过了好一会儿才想起该自己说话了，立马大喊一声：“说得好！”然后带头鼓掌。台下的观众也懵懵懂懂地跟着鼓掌。只有缓缓离开赛场的小武才知道岳大爷在说什么。麻将不是数学，是哲学。这个下午，岳大爷给他上了人生中最深刻的一课。

第三十八章　魏振海的承诺

月光下，心事重重的赵旗一个人坐在戏台边仰望星空。师傅魏霆拒绝了他把变脸融入街舞中的这个设计，他开始怀疑自己的选择是否正确。对于师傅魏霆，他是由衷地钦佩，但是，如果要从街舞和川剧中做出一个选择，他还是更愿意选择街舞，毕竟他是一个二十多岁的时尚青年。

正在这时，阿豹走了过来，他背着一个包，看样子是要离开。

“老大，今天伍哥给我打电话，他说他们那个团队缺个人，让我过去。”阿豹低声地说。

“你去吧！”赵旗并不意外，仿佛早就知道阿豹要离开。

阿豹转身而去，离开了魏氏戏舍。

过了一会儿，小凯也来了。

“大旗，我受不了了，我要走！”小凯直截了当地说。

“你走吧！”赵旗低声地说。

“我不知道你是为了什么？你已经不是原来的你了。”小凯有点气愤。

“你走吧，我知道。”赵旗依旧没有一丝表情。

小凯愤然而去。紧接着，安娜和迪迪也来了。

“大旗，小凯走了，阿豹走了，他们都走了。”安娜说。

“所以，你们也要走？”赵旗看着二人。

“我们团队为了这个戏舍付出了那么多，他怎么就看不到呢？”迪迪愤愤不平地说。

“跟我们一起走吧！留下来还有什么意思？”安娜问赵旗。

“好了，别说了。你们都走吧！”赵旗站起身，站到戏台上，月光倾斜而下，把他的影子薄薄地摊在地上。

安娜和迪迪彼此看了一眼，什么也没说，转身离去。

赵旗站在空荡荡的戏台上，心也空荡荡的。风吹过他的发梢，他感觉到这个夏夜的一丝凉意，不禁收紧了双臂。一转身，他发现师傅魏霆站在他的面前。师徒二人就这样站在戏台中央，和当初他们PK时的场景一模一样。

“你应该跟他们一起走！”魏霆说话了。

“我不能走，你是我的师傅！”赵旗说。

“我们可以断绝师徒关系！”魏霆说。

“我不走！”赵旗说。

“十多年前，我跟现在的你一样，面对两难的选择。但最后，我选择了离开。离开前的那个晚上，我也是站在这里，站了很久很久。”魏霆说。

“你最终还是选择了离开？”赵旗问道。

“是的，每个人都有自己的梦想，为了梦想去追逐，没有错！”魏霆说。

“那你为什么回来？”赵旗继续深问。

“想知道吗？”魏霆说。

“想！”赵旗回答。

“那是因为我父亲的遗嘱。”魏霆说出了答案。

一阵风吹来，月亮被云层掩盖，城市陷入了深深的黑暗中。魏霆带着赵旗走出戏舍，走进对面的一栋小楼。在微弱的灯光的照射下，魏霆熟练地爬上三楼，掏出钥匙打开门，进入一个小小的房间。他摁下开关，灯亮了，一个白发苍苍的老人坐在轮椅上，这是一个没有下肢的老人，他已经睡着了。魏霆用力将老人抱上床，为他脱衣，盖上铺盖。有一刹那，老人醒了，睁眼看见了魏霆。魏霆轻声地在他耳边说：“孙伯，睡吧！晚了。”孙伯点了点头，又倒头继续睡去。

魏霆从房间里搜出孙伯穿过的衣服装进盆子，然后去屋外清洗。赵旗不明白这一切藏着什么秘密，他感到无比惊讶。他跟着师傅一起走了出去，帮着魏霆清洗孙伯的衣物。

“他叫孙孝辉，是我父亲的战友！”魏霆缓缓地讲起了孙伯的故事，“那一年，父亲还在部队文工团唱川剧，中越自卫反击战爆发，他糊里糊涂地被编入战斗序列，上了前线。打仗之前，父亲连枪都没有怎么摸过，突然就进入了前沿阵地，枪炮连绵，伤员和尸体一具一具地被抬着经过他的面前，血淋淋的画面让从未经历战争的父亲吓得脸色苍白。战争间隙，枪炮声停了下来，一个声音从他耳边传来。”

“嗨，孬种，你还活着吗？”

魏振海一抬眼，班长孙孝辉出现在他的面前。孙孝辉也是成都人，两人是老乡。

“孬种！听说你是个唱戏的，来给弟兄们唱一曲，唱好了，明天你躲老子后面，唱不好，明天你给老子冲前面去！”

魏振海被这番挑衅激怒了，他站起身，拿起枪：“老子不唱，老子要打仗！”

孙孝辉哈哈大笑：“耶，你狗日的，胆子小，脾气还多犟！”

魏振海说：“哪个说我胆子小？”

孙孝辉说：“上级安排明天穿插，你敢不敢？”

魏振海说：“敢！”

孙孝辉说：“要得，你要是跟上，老子给你请功，你要是敢跑，这仗打完了，你给老子唱一辈子的戏。老子跟你讲，我这个人没什么爱好，就喜欢听戏！”

第二天，孙孝辉带着全班执行穿插任务，他们潜伏着走了几里路，刚开始，魏振海还走在部队的中间，突然一颗子弹从丛林深处射来，射倒了魏振海前面一位战友，随着一阵枪声大作，战斗激烈地打响。敌人已经包围了他们，子弹嗖嗖地从魏振海耳旁穿过，他被压得不敢起身。这时，他突然感觉到手上有一个湿漉漉的东西，拿起来一看，吓得浑身发抖，原来是战友的眼球。这个唱了十多年戏的文工团团员哪里见过如此血腥的场面，他吓得撑起身，飞快地往回跑。子弹在他身边穿梭，手雷在他身后响起，他居然完好无损地逃离了敌人的包围圈。

跑了几里路，身后的枪炮声停歇了。他想起孙孝辉对他说的话，想起了自己的承诺，他羞愧难当。不管怎样，自己不能就这样逃跑了，跑了还是个男人吗？他转身又向战场跑去。

战场硝烟还未散尽，地上全是尸体，魏振海努力地寻找伤员和生还者，但不幸的是，一个都没有幸免。此时，一颗子弹突然射来，击中了魏振海的大腿，他转身一看，还有个敌人趴在地上，临死前朝他射了一枪。他忍住剧痛，拿起冲锋枪朝那个敌人扫射，把他打成了一团肉泥。

这是敌后，敌人随时会回来，战友们的尸骨不能留在这里。魏振海强忍着腿伤的剧痛把战友的尸体往回背，就这样来来回回走了十几趟。但他没有发现孙孝辉的尸体。这次穿插，除了魏振海，全军覆没，但敌人也死伤无数。这是一场残酷的胜利。

一个月后，战争结束了。这场穿插战虽然惨烈，但是取得了很好的效果，越军的部署被打乱，为主力部队主攻提供了有利条件。作为全班唯一的幸存者，魏振海被表彰为战斗英雄，戴上大红花，回到成都。腿上的枪伤就是最好的证明，证明他实实在在地参与了那场战斗，而且还冒着生命危险把十多具战友的尸体背回来。他的英勇事迹被传扬开来，大家都把他视为战斗英雄。而只有他自己知道，其实自己就是个孬种！贪生怕死，临阵逃脱。但是，他不能跟任何人提及这个事，部队表彰他，让他到营地里去做演讲，讲了几次，他实在讲不下去了，主动要求退伍。上级要给他安排一个工作，他也拒绝了。他复员回家，干起了他的老本行，唱戏。他希望随着时间的流逝，所有的人都忘记自己，让自己也忘记那段不堪的经历。

很多年以后，中越双方交换战俘，魏振海惊喜地在战俘名单上看到了孙孝辉的名字。班长孙孝辉居然没有牺牲，他感到无比振奋。他通过各方途径打听孙孝辉的下落，却无人知晓。一转眼十多年过去了，魏振海成了家，有了一个孩子，那个孩子就是魏霆。一次偶然的机会，他了解到孙孝辉在昆明，他赶紧起身奔赴昆明，终于见到了一别十多年的老班长孙孝辉。当他见到独居的孙孝辉时，他惊呆了，孙孝辉失去了双腿，坐在轮椅上，面容苍老。孙孝辉也看到了魏振海，质问他："你来干什么？"

魏振海泪如雨下："我来兑现我们的诺言。"

"什么诺言？"孙孝辉似乎已经忘了诺言，对于那场战争，也许他已经不想再去回忆。当年，他在那场突围战中踩到了地雷，被炸断了双腿，当场晕了过去。等他醒来，就成了战俘。

"我说过，我要是跟不上队伍，我要给你唱一辈子戏。那天我㞞了，我跑了，我对不起你，现在我就是来兑现我的诺言的。"魏振海哭着说。

随后，魏振海把孙孝辉带回成都。他试图把真相反映给军区，希望组织上取消他的英雄称号，为孙孝辉记上一功，但被孙孝辉阻止了。孙孝辉说，打仗总会有人死，自己能活下来已经很幸运了。现在，你是人们心中的英雄，是我们班的唯一的英雄，你就好好地做英雄，你代表的是我们整个班，以及所有牺牲的弟兄们。你在，我们班的光环就在，你不能成为一个临阵脱逃的孬种，你要从大局出发，为了这个班的荣誉，必须把这个英雄当下去。魏振海再次被这份真挚的情谊打动了。剩下的，只有兑现当初的承诺，为孙孝辉唱一辈子的戏。

他背着所有人，在机车厂社区魏家老茶馆的对面买下一处房子，把孙孝辉安置在那里，白天，他在茶馆唱戏，其实不是为了经营好这个茶馆，因为茶馆的收入只能勉强解决温饱而已，他每天登台唱戏只是为了能够把这戏唱给对面的孙孝辉听。到了晚上，他就独自来到孙孝辉的家，照顾孙孝辉的起居。

一晃几十年，直到后来，魏振海病逝。魏霆回到机车厂社区，回到魏家老茶馆，当他看到魏振海的遗书，了解了当年的真相，才知道这几十年父亲为什么一直坚持唱戏，也明白了当年父亲为什么坚持不拆迁，对于他的牢狱之灾也置之不顾。他瞬间原谅了父亲。他找到孙孝辉，像父亲魏振海一样照顾他。此时的孙孝辉已经年近耄耋，魏霆每天都如同照顾自己的父亲一样事无巨细地关心他的起居。

“现在，你知道这些年我为什么要坚持唱戏了吗？不能不唱，这是为了兑现父亲的承诺！谁又不曾年轻过？谁又不想让自己的人生充满荣誉和光环？但是，我不能违背父亲的承诺，只要孙伯还没有死，我就要为他唱戏，唱一辈子。”魏霆对赵旗说。

“师傅，我不走，我愿意跟你！”赵旗坚定地说。

“别傻了，这事儿跟你无关，你的梦想是什么？是得到国际迪诺街舞大赛的冠军！你应该为了你的梦想去努力。上次我没有同意你在街舞中运用变脸，当时我认为变脸是川剧中的精华，街舞和川剧是两种完全不同的文化，我不希望你们做没有灵魂的嫁接。但是后来我看了你的舞蹈，我觉得你的作品很好地体现了变脸的精髓。我思考了很久，改变了想法，我赞成你在街舞里运用变脸。其实你们的表演也是对川剧的弘扬和传承。放心地走吧！希望有一天你能实现你的愿望。”魏霆拍了拍赵旗的肩膀，眼神中充满了期待和鼓励。

第三十九章　爱的小屋

高考结束后，小武表情严肃地走出考场。而母亲关飞雪正在校门外等待着小武，这是她这几年来第一次到学校等待小武。

小武走在人群中，显得有些落寞。

“小武！”人群中传来小苗的声音。小武一转身，小苗已经蹦蹦跳跳地来到了他的身边。

“考得怎么样？”小苗看起来很开心。

“一般吧！你呢？”小武这次考试发挥得不太理想。

“我还行！”小苗回答。

两人走到了一起。

关飞雪透过校门依稀看到小武和小苗的身影，她似乎明白了什么。小武长大了，已经是个小伙子了，迟早有一天会离开自己。而自己呢？何去何从？一个月前马在舟找到关飞雪，拿出所有的积蓄，提出要购买她的房子。她明白，这是一种含蓄而真挚的表白，但她仍旧拒绝了。她是一个倔强又好强的女人，不愿意在穷途末路的时候接受一个男人的表白，即便她也爱着这个男人。但这事儿过后，她恢复了一个女人应有的温柔，这是多么久违的温柔。她原以为她的生活已经失去了意义，生命也变得毫无价值，但当马在舟再次走进她的世界时，她突然觉得，其实这么多年一直有一个男人默默地站在她身后，为她撑起一把伞。

小武和小苗走到一起的时候，校门外等待女儿的康红玲恰好看到了这一幕。她走上前，横在两人之间。两人停下脚步。

“小苗，你考得怎么样？”康红玲沉着脸，瞪着小苗。

“我……我……”小苗被母亲康红玲的这副架势给镇住了，吓得抬不起头。

“我家小苗就一个技校的，怎么好意思跟你这清华北大的高才生走一起，你丢得起这个人吗？”康红玲把话锋一转，对小武发招。

“你言重了，我不是什么高才生，我报考的是华中师大，跟小苗填报的志愿一样。我喜欢她，我要跟她上同一所大学！”小武突然变得勇敢起来，他的声音里没有一丝胆怯，像一个真正的男人一样勇敢地表达了自己的爱意。小武的镇定让康红玲变得愤怒，她没想到这个孩子居然敢这样对她说话。

“小子，你听着，你不要认为你成绩不错，想考哪里就考哪里。不管你考哪里，只要你敢找我女儿，我跟你没完！”康红玲指着小武的鼻子一顿怒火。

“我家的孩子我管，用不着别人来教训！”关飞雪走到小武面前，询问道，“小武，你刚才说什么来着，你报考哪里？”

“华中师大！”小武回答。

关飞雪怒斥道：“这是什么破学校，你居然报考这个学校！为啥？就为了她？你有点出息好不好？”

康红玲也怒了：“关飞雪，你这话什么意思？你觉得小苗不配跟你们家小武是不是？随便他考哪里，就算他考上天，我也不会让小武接近小苗半步！我不稀罕！”

关飞雪对康红玲说：“你是不是担心咱家小武考上华中师大，你家小苗就跟小武走了？康红玲，你多虑了，小苗是考不上的！”关飞雪一语击中康红玲痛处。的确，以小苗的成绩考上华中师大够呛。康红玲让小苗第一志愿填报华中师大，也只是为了碰碰运气而已。康红玲气得说不出话来。她拉着小苗的手：“咱们走，从今天开始，绝不允许你跟他在一起！”

康红玲拉着小苗走远后，关飞雪转过身，啪的一记耳光扇在小武的脸上，狠狠地说："谁叫你填报华中师大！"

机车厂社区三楼是一个漂亮的花园，里面有一个温馨的房间，粉红色的墙，天蓝色的灯，淡紫色的桌子，上面摆满了各式各样的郁金香、紫罗兰、薰衣草。这个房间名叫"爱的小屋"，也充满了爱的气息。这是机车厂社区委员会为社区单身男女建立的相亲场所。为了省下装修的钱，马在舟走遍了周边所有的装修公司，吸取各方意见后，在家里伏案工作一个星期画出图纸，然后请来施工队照图施工。他每天亲临现场把关，经过一个多月的施工，最终在一个春暖花开的季节竣工。

据统计，整个成都适婚年龄人群中，单身者占到了42.8%，这是多么庞大的群体。从大局来看，家庭是这个社会最基础的细胞，也是维护社会稳定的最基本元素。没有稳固的婚姻，没有幸福的家庭，整个社会也将变得焦躁不安。从个人来看，大多数单身男女面临着独身而带来的压力和恐慌，从而对事业、未来产生迷惘和无助感。马在舟深知这个社会问题，于是他组织社区建立了这样一个平台。"爱的小屋"收集了全社区所有单身男女的信息，并组织各种相亲活动，解决他们的婚恋问题。三年来，"爱的小屋"运行日趋成熟，慢慢地形成了从相亲到婚纱摄影、婚庆餐饮、蜜月旅游一条龙服务模式，为社区单身男女解决了很多难题。

这天，马在舟假装若无其事地闲逛，负责"爱的小屋"服务项目的邱姐看到马在舟来了，连忙起身："马书记，您怎么来了？"

"没事儿，上来随便看看！"马在舟似乎有点慌乱。

"那您请坐！"邱姐热情地邀请马在舟入座。

"我就想了解一下，这半年，咱们这个小屋到底成功了多少对男女？"马在舟问。

“大概二十多对吧！虽然不多，但是您想啊，这可是一辈子的终身大事啊！只要促成一桩婚事，那可是幸福两个人啊。大家都感谢您呢！”邱姐高兴地介绍道。

“哦！”马在舟听了过后，没有说话，其实他的心思并不在这里，但是邱姐没有发现。

“这个城市发展太快，年轻人都忙于工作，忙于事业。忙就意味着社交时间和社交圈的缩减，这样一来，大家都在各自的圈子里活动，自然就很难接触到和自己相匹配的人，剩男剩女越来越多。我们把全社区的单身男女都录入我们的相亲系统，然后根据性别、身高、年龄、星座血型、兴趣爱好、性格特征进行分类，做相应的匹配，然后主动牵线搭桥。现在的年轻人都羞羞答答的，不愿意主动，他们不主动，我们主动。”邱姐积极地介绍着工作的成效。

“对，他们就是不主动！”马在舟还是心有所思的样子。

“你看，我们这小屋，这三年成功的案例逐年上升。影响力越来越大，最近就连其他社区的人都到我们这里来登记了。”邱姐高兴地说。

“是不是每个单身男女信息都要登记啊？”马在舟想把话题转到自己的目的上来。

“当然不是，那得征求人家的意见。”邱姐说。

“除了年轻人，咱们社区的单身中老年人有没有登记？”马在舟问。

“有，但是很少。其实咱们社区单身中老年人还真不少，但是说起主动去找对象，大家好像都还很拘谨，很保守。”邱姐说。

“哦！其实，我……”马在舟吞吞吐吐，欲言又止。

“你……你怎么看这个问题？”邱姐似乎看出了马在舟的异常。

“中老年人其实还是应该放开一点，是吧？”马在舟还是没敢说出自己来的目的，但是邱姐已经从马在舟欲言又止的神态中看出了端倪。

“马书记，你也是单身，都十多年了，要不你带个头？”邱姐直接把话说明了。

“也是，不管怎么说，这个小屋也是当年我创办的。作为创办人，我是应该带个头！”马在舟给自己找了个冠冕堂皇的理由。

“好，来，马书记，我给你登记！”邱姐坐到了电脑旁，开始录制马在舟的信息。

马在舟，男，汉族，1967年4月生，四川成都人。婚姻状况丧偶。家庭成员有一女儿。家庭住址四川省成都市成华区二仙桥街道机车厂社区球场巷22栋一单元一楼A座。职业是机车厂社区书记。爱好种花。擅长烹饪。

“来吧，说说你对对方的要求！”邱姐说。

“我嘛，也没什么要求。首先，最好是咱社区的。”马在舟有点羞涩，说话很小声。

“好，从数据来看，咱社区的单身女性有两百零九人。”邱姐在电脑上做排除法。

“年龄在四十五岁到五十岁之间！”马在舟继续说。

“四十五岁到五十岁，咱社区单身女性只有十二人。”邱姐说。

“最好呢，也有一个孩子！”马在舟说。

“有孩子的，目前有三个！”邱姐看着电脑，继续做排除法。

“我呢，已经有个女儿了，如果对方有个儿子，那就再好不过了！”马在舟说。

马在舟的话音一落，邱姐从电脑背后伸出头，摘下眼镜，看着马在舟。看了好一会儿，看得马在舟心里发毛。电脑屏幕上只有一个名字：关飞雪。

“马书记，绕那么大个圈子干吗？你就把话挑明了吧！你今天来，就是让我替你跟关飞雪再说说！是不是这个意思？”邱姐直截了当地问。

“嗯！”邱姐的这一出单刀直入让马在舟不好意思地低下头，像是个认错的孩子。

“我说你俩也是，兜兜转转大半辈子，你怎么就不能勇敢一点！直接表白不好吗？”邱姐严肃地教育起他的上级马在舟。

“你说得对，但是我觉得她还是不会接受。”马在舟说。

“她心里有你！”邱姐说。

“你怎么知道？”马在舟问。

“上个月她做了登记，她的信息要不要看看？”邱姐问。

“哦，看看！”马在舟忐忑不安。

邱姐把电脑屏幕转过来，对着马在舟。马在舟一看，在要求一栏写着：“没什么要求，是个男的都行，除了马在舟！”

“她这是什么意思？是个男的都行，除了我！”马在舟气不打一处来。

“我说你这个书记怎么当的啊，你怎么就一点不懂女人！”邱姐当场数落马在舟。

“我……我马在舟到底怎么了？她怎么就这么恨我！”马在舟欲哭无泪。

“这不叫恨，叫爱，她把你和别的男人都区分开来，可见你在她的心里有多重要！”邱姐循循善诱。

“唉，怎么说呢？最近她遇到一点问题，她那个麻将馆被关了，小武马上要上大学，学费成了问题。她决定卖房子，这房子一卖，她住哪儿啊！我要给她钱，她肯定不收，我就跟她说，我把房子卖了，买她的房子。话说到这儿，也算是表白了。”马在舟把前几天发生的事儿娓娓道来。

“你这也算表白？你这顶多算救助困难大学生！这叫同情，不叫爱！你要真有心，你就大胆告诉她，你爱她！你要跟她一起过！”邱姐愤愤不平地说。

“这，我……”马在舟有点儿为难。

“相信我，我在这儿干了三年了，男女之间那点事儿我见多了。我告诉你，你现在就去买件像样的衣服，你看你穿的这身，这么多年都没变过，㞞不㞞啊！买件新的，然后买束花，买个戒指，去找她，给她跪下，让她嫁给你。我太了解你俩了，你俩的事儿就隔着一层窗户纸，你不捅，等她来捅吗？只要你肯说，她就肯嫁，你信不信？”邱姐一顿数落，让马在舟仿佛看到一丝希望。

“可是……我还有个女儿！”马在舟说出了他的另一番顾虑。

“嗨，马晓晓迟早要嫁人，她还管你跟谁？你真是多虑了！”邱姐不屑一顾。

“你说得也是，不过我还是得回去跟她说说！”马在舟刚准备出门，邱姐突然叫住了他。

“马书记！”邱姐站起身。

“还有什么事儿吗？”马在舟回头问。

“‘爱的小屋’是你一手创办的，我在这里工作了三年，也等了你三年，等你能够走进来，敞开心扉，开启你的婚姻之锁。这些年你过得不容易，我们全社区的人都知道。‘爱的小屋’促成了很多单身男女，他们都过上了幸福的生活。我希望你也能够和他们一样，有一个完整的家，完美的婚姻！”说这话的时候，邱姐的眼神中充满了祝福和期待。

第四十章　李红的生日

第四届网红庆典在水碾河路锦城艺术宫举行，这次庆典邀请到的不仅有当前最热门的网红，还邀请到了一些明星。马晓晓挽着猫哥的手，缓缓地走过红地毯，在签名板上签下名字——蜜妮苏珊，然后和其他明星一起先后走进会场。这一刻，她终于感受到成为一名网红而带来的荣耀和光环。是的，这是她梦寐以求的时刻。在沈先生的支持下，在猫哥的运作中，她赢了和卡丹妮的PK——蜜妮苏珊取代了卡丹妮，获得了第四届网红庆典最具人气网红奖。

网络上，她是某国际著名时装设计公司总裁的女儿，才貌俱佳的女设计师，拥有自己的时装品牌，背后有无数拥趸。当初，她对不可一世的卡丹妮说"你有的，我都会有"，这话兑现了。这是多么厉害的一次逆袭。而在这个身份的背后，她只是二仙桥街道机车厂社区一个普普通通的成都女孩，和其他的成都女孩别无二致。

在这两个身份中，她当然喜欢前者。网红身份能够带给她无上的荣光和财富，能够让她在聚光灯前赢得掌声和欢呼。然而后者才是真实的自己。每当黑夜降临，每当她在镜子前独自卸妆，她才发现，自己是那样地孤独寂寞。她总是化着浓妆、穿着漂亮的衣服出现在镜头前，与此同时，她不能见朋友，不能见同学，不能回社区，不能见马在舟。她不能让网友发现她的真实身份，一旦被发现，所有关于她的人设就崩了，她会成为第二个卡丹妮。那天晚上卡丹妮在PK中卸下妆容，泪流满面，粉丝纷纷取关的场景历历在目，她不能重蹈卡丹妮的覆辙，她必须和真实的自己一刀两断。

这两面人生真的好累。那天早上，马晓晓一边吃着父亲马在舟给她做的早餐，一边默默流泪，吃完过后，她拉着行李箱离开了机车厂社区，正式开启了她的网红之路。她给马在舟留了一封信，信中告诉马在舟，她要离开这个家，开启一段新的生活和事业，至于什么时候回来，她也不知道。马在舟回家看到马晓晓的信，一把撕得粉碎，把杯子摔了一地，然后指着窗外大骂："回来？你有脸回来？老子没得你这个女儿，你最好死在外面！"第二天一早，马在舟起床做了一份早餐，留在餐桌上，才想起昨天马晓晓已经走了。

此时，马在舟正在网红庆典现场寻找马晓晓。他从街坊邻居的口中隐约得知马晓晓现在成了网红，于是他打听到马晓晓会来参加网红庆典。他以为马晓晓只是来看看热闹，然而，当他抬头一望，马晓晓居然站在聚光灯下，被无数镜头簇拥着。手里拿着奖杯，向无数粉丝挥手。有好事的记者开始提出尖锐的问题。

"你好，蜜妮苏珊，网传你是国际著名时装设计公司总裁麦迪·唐的千金，是真的吗？"

"这不重要！"马晓晓微笑着打着太极。

"你真的是服装设计师吗？"

"是不是设计师，我说了不算。可以让我的作品回答你的问题！"马晓晓回答。

"'锦花'这个品牌都是你的作品吗？"

"是的！"马晓晓回答。

"但是我们听说这些作品都不是你设计的！"

"不是我的作品，是谁的？是你的吗？"马晓晓反问道。

"有人说你是一个护士！"

"护士？"这个问题深深地击中了马晓晓的痛处。她曾经因为小丁而成了一名护士，而经过十多年的情感煎熬，她熬够了。她要断然切断这段情感经历，切断所有和小丁有关的记忆，首要的就是要和这个该死的职业一刀两断。她恨透了这个职业，一提到护士，她就想起当年小丁如何离去。那一身白大褂跟裹尸布有何区别？她的爱情，她的灵魂，她的青春，就裹在这张裹尸布里。如今，她好不容易爬出来，获取另一种生活，却偏偏有人会在这个时候再提及她的过去，这怎能让她不恼羞。她指着那个提问的记者说："请你不要胡说八道，我不是护士！过去不是，现在不是，将来也不会是！"

马在舟此刻正站在台下，看见这一幕，气不打一处来。他原本打算不管用什么方法都要把马晓晓带回家，但听到马晓晓面对记者的这一席话，他才发现，现在的马晓晓已经不是从前的马晓晓了。这还是他的女儿吗？不，她就是一个爱慕虚荣的演员而已，她叫什么来着，蜜妮苏珊？去他的蜜妮苏珊，什么鬼名字！

当庆典在一场欢歌热舞中缓缓落幕，灯光渐渐熄灭，人群慢慢散尽，马晓晓从剧场后门出来，正要进入一辆法拉利跑车。突然，一个声音从背后传来。

"马晓晓！"这是一个多么熟悉的声音。马晓晓回过头，马在舟从黑暗中走出来。

"你……你怎么来了？"马晓晓有些慌张。

"找你商量个事儿！"马在舟说。

"什么事儿？"马晓晓问。

"我想把房子卖了！"马在舟说。

"为什么？"马晓晓问。

"我打算另外买套房子！"马在舟回答。

"谁的房子？"马晓晓问。

"关飞雪的房子。"马在舟回答。

"你果然和那个寡妇搞在一起了！"马晓晓冷笑一声。

"什么叫搞在一起了？"马在舟气不打一处来。

"你要跟那个寡妇在一起，我不管，但是卖这个房子我绝不同意！”马晓晓坚决地说。

“为啥？”马在舟问。

“这房子有我妈的一份，你要跟关飞雪在一起，得问问我妈同不同意！”马晓晓说道。

马晓晓的母亲李红已去世多年。在关飞雪离开成都后的第二年，李红走进了马在舟的世界。李红和马在舟同属一个车间，虽然相貌平平，但温柔贤淑，内向文静。她和马在舟是机车厂最后一批下岗工人。厂没了，马在舟感到恍然无助，他原本以为留下来就可以保住这个厂，但时代的洪流滚滚而来，一个人的力量又怎么能和这个时代相抗衡。坚守在机车厂的马在舟，不过是大风刮掉的最后一片树叶罢了。下岗是马在舟人生中受到的最大挫折，更让他感到迷惘的是，前半生积累下来的所有工作经验都失去了用武之地，未来的路一片黑暗。

这个时候，厂里开始处置剩下的资产。单身职工可以分得三十平方米的单身宿舍，已婚家庭可以分得九十平方米的两室一厅。一天夜里，李红主动敲响了马在舟的门。马在舟打开门，看见李红站在门口，还没来得及请她进屋，李红就说：“马在舟，我们结婚吧！”马在舟吓了一跳。这姑娘平时在车间里沉默寡言，斯斯文文，怎么今天一来就这么凶猛。李红接着说：“你跟我结婚，咱俩就能分到更大的房子，谁都不亏！”马在舟说：“为什么是我？”李红说：“他们都不娶我，你人心好，肯定愿意娶我！”马在舟知道李红在说谎，机车厂是一个男多女少的厂子，厂里有多少光棍他心里有数。李红虽然长相一般，但温柔可人，是很多男工追求的目标。今晚，内向沉默的李红敲开他的门，开门见山地说要嫁给他，这该是累积了多久的勇气啊！

是的，马在舟没有猜错。不管有多少人向李红表达过爱意，但在她的心中只有一个男人值得一嫁，那就是马在舟。可是马在舟已经有了心上人——关飞雪。关飞雪和马在舟当年在厂里是多么让人羡慕的一对。李红不知道偷偷哭了多少次，直到她知道关飞雪离开成都，和马在舟不再有联系，她才从这种失落中走出来。她多想能够成为马在舟的女人。然而，作为一个传统女性，她始终不敢表达这份眷恋。直到厂里处置房产，她才找到了一个机会。分房子说白了就是一个借口，她的目的就是嫁给马在舟，哪怕没有房子，流浪街头，她也愿意跟马在舟在一起。

见马在舟还在犹豫，李红直接把话挑明了："我知道你喜欢的是关飞雪，不是我。但关飞雪已经走了，厂子也没了，感情和事业你都无依无靠，我也一样。你如果不嫌弃我，我们就一起过，再苦再难，我们一起熬过去。如果有一天关飞雪回来了，你要跟她一起过，我可以走，房子留给你。如果她不回来，我就跟你一辈子！"李红的这番表白把马在舟深深地打动了，需要多么大的勇气、多么大的牺牲精神才能说出这样的话！这话她不知想了多久，憋了多久。眼前的李红让他感到如此陌生，但这份直白的表达击中了马在舟。第二天，俩人就去民政局办理了结婚手续，第二年，在分得的新房里马晓晓出生了。

婚后几年里，马在舟和李红相敬如宾，勤劳贤惠的李红把这个家里里外外操持得井井有条。马晓晓也在二人的关怀下渐渐长大。两个人是因为房子走到一起的，李红把房子装扮得漂漂亮亮，让房子有了家的气息，马在舟在这样的家里也慢慢地找回了自信和力量。他成了社区干部，然后成长为社区主任、社区书记，一步步找到了自己的身份和角色。直到有一天，这一天是3月4日，马在舟回到家，看见李红坐在椅子上沉默不语。马在舟关切地问："今天怎么了？"

"在舟，我跟你说个事儿！"李红说。

"说啊，有什么事儿你说！"马在舟一边说，一边脱下衣服挂在衣架上！"

"我们结婚多少年了？"李红问道。

"八年了！"马在舟一边整理着衣架上的衣服，一边回答。

"这八年，你幸福吗？"李红继续问。

“嗯？”马在舟停下动作，回头看着李红，他觉得李红有点不对劲，“今天你怎么了？”

“我问你，你幸福吗？”李红再次重复她的问题。

“看你说的什么话？我怎么不幸福了。我很幸福啊！你今天是不是有什么心事儿啊？”马在舟觉得李红有什么事儿要跟她说。

“不，你不幸福！我也不幸福！”李红埋着头，用手拭去眼角的眼泪。是的，她流泪了。这些年两口子相持相助，从没吵过架，从没闹过别扭，但是今天这事儿好像有些严重。

“这话怎么说呢？”马在舟坐下来，抓起李红的手。

“我知道，这些年你一直爱着关飞雪，从未忘记过她，你一生中最大的遗憾就是没能够和一个自己真心喜欢的人共度一生。这是你的不幸福。而我，我不能和一个真心爱我的男人共度一生，我们虽然一同生活，但你并未真心爱过我！这是我的不幸福。我们就这样不幸福地过了八年。”李红的眼泪缓缓地流了下来，像一只即将干死的鱼。

“你瞎想些什么？”马在舟不知道该怎么安慰李红，但他心里清楚，李红说的话句句属实。

“你记得我的生日是哪一天吗？”李红问。

“记得啊！4月3日嘛！我每年的这天不都送你生日礼物，还给你庆祝生日吗？每次给你庆祝生日，你都感动得眼泪直流，干吗今天突然说起这些话？”马在舟说。

“其实你记错了，我的生日是3月4日，我跟你说过很多次，但是你还是记错了。4月3日不是我的生日，是关飞雪的生日！这八年来，我总是在关飞雪的生日那天收到你的生日祝福，但是我从未说破。你的每一句祝福都不是给我的，而是给关飞雪的。因为你爱的是她，不是我！每当我收到你的生日祝福，流着泪，不是感动，而是难受。这八年，我多希望有一天你能突然记起我的生日，但是从来没有！我想，我没有力气再坚持下去了！”李红哭着说。

马在舟惊讶了。原来这些年他努力地扮演着一个好丈夫的角色，却全然不知自己已经演砸了，只是观众李红没有道破而已。马在舟的每一次祝福都是对李红的一次伤害。李红默默地看着这场煞有介事的表演，无论多么尴尬而痛苦，都不曾离席。

“对不起，李红，我……哦，对了，今天不就是3月4日吗？今天是你的生日对不对，我去买点菜，给你好好过一个生日好不好？”马在舟心怀愧疚，希望能够得到李红的谅解。

“好吧！走，咱们一起去！也许这是最后一次了！”李红擦干眼泪。

“好！……不对，你刚才说什么来着？最后一次？什么意思？”马在舟突然感觉到事态不对。

李红的身边放着一张报告，她用手指缓缓地把这份报告推到马在舟面前。马在舟拿起那份报告一看，这是一份体检报告，报告的最后写着五个字——宫颈癌晚期。

那年，马晓晓七岁，已是一个懂事的女孩了。她躲在房间里，透过门缝，听到了他们的对话，明白了这个看似美满幸福的家庭，有一个深爱着别人的父亲，还有一个深爱着父亲的母亲。她恨马在舟，更恨关飞雪。以至于很多年后，无论马在舟为这个家付出多少，为自己付出多少，但她始终认定，在情感上，父亲早已背叛了母亲，母亲直到死也没有得到他真正的爱。而关飞雪，这个寡妇，是这个家庭貌合神离的根源所在，更是无法原谅，也无法接受。

“你想把房子卖了，去跟那个寡妇！你想得美！我不同意，房产证上有我的名字，我不签字，谁也别想卖！”马晓晓说。

“既然这样，那就算了！”马在舟转身而去，独自走进黑夜深处。

马晓晓看着父亲远去的背影，她的眼泪默默地流了出来，她默默哭泣的样子像极了当年的李红。但是，她并不知道后来的事。那天是李红的生日，两个人在厨房，一个人切菜，另一个人洗菜；一个人煮饭，另一个人炒菜。两个人一言不发，但一举一动却那样默契。这是八年生活积累下来的默契。很多婚姻都如这般，没有爱，却彼此依赖，相依为命。就像一棵树和另一棵树，在泥土深处，没有交错的根茎，但是它们相互依靠，在大风大雨来临时，为彼此遮风挡雨。李红和马在舟的婚姻就是这样。

半年后，李红的身体已经无法对抗癌细胞的扩散。病逝之前，李红握住马在舟的手，说出了她最真诚的心里话："在舟，我知道，我从不曾得到你的爱，但和你一起共同度过的这八年时光依然是我一生中最好的时光，我要谢谢你给了我这八年。如果有一天关飞雪回来，你要娶她，和她一起，只有你们在一起了，你才会幸福。你幸福了，我就放心了，你不幸福，我不会瞑目。"李红说这话的时候，马在舟紧紧握着她的手，越握越紧，他多希望能够挽留下李红的生命。

这个夜晚，马在舟独自走在太升北路，风吹过他的脸颊，吹散了他的影子，他像一只流离失所的老狗，凭借嗅觉寻找自己原来的家，灵魂深处的家。当马晓晓再次提及李红，他被深深地触痛。原来，在女儿心中，关于母亲的记忆从未随着时光的流逝而淡去。而此刻，坐在车内的马晓晓望着车窗外的霓虹和奔走的人群，关于母亲的记忆一幕幕地在她眼前划过。无论现在的她拥有多么华丽的外壳，在这外壳下面，依然是一颗一碰就会痛的柔弱的心。

这对父女，一个向南，一个向北，各自走在各自的路上，迈着疲惫的步伐，流着泪，痛着心。

如果没有遇见你，我将会是在哪里？
日子过得怎么样，人生是否要珍惜。
也许认识某一人，过着平凡的日子。
不知道会不会，也有爱情甜如蜜。
任时光匆匆流去，我只在乎你，

心甘情愿感染你的气息。

人生几何能够得到知己，

失去生命的力量也不可惜。

所以我求求你，别让我离开你，

除了你，我不能感到一丝丝情意。

……

第四十一章　一场穿越时空的篮球赛

经过一个多月的装修，机车厂社区火锅城正式落成。开业前一晚，火锅城门前的篮球场灯光亮起，一场篮球赛即将开赛。机车厂的老职工们从社区的各个角落里钻出来，奔赴球场。这是一场久违的比赛，机车厂的篮球场已经有二十多年没有举行过球赛了。原先的看台长满了野草，球场布满青苔，篮板也残缺破损。蒋大坤带着火锅城的弟兄们用了三天时间，换上灯泡，接通电源，清理看台，重新画线，换上新的篮板，刷上光亮的油漆。当人们来到这里，看到修葺一新的球场，瞬间就把记忆拉回到了二十多年前。那个时候，这里就是整个机车厂的中心，每当遇到球赛，对于整个机车厂来说，就像一场盛大的节日。那是属于机车厂人独有的记忆。时光流逝，时代更迭，不管多少人曾经离开，又不管多少人回来，只需要一点点火星，就能点燃他们极易怀旧的情绪。

蒋大坤带领的火锅城代表队对阵马在舟带领的社区代表队。蒋大坤已经有二十多年没有碰过篮球了，马在舟也一样。当年他们堪称这个球场上最生龙活虎的年轻人，而现在，他们只能带领着一群大腹便便的油腻中年。随着一声哨响，比赛正式开始，红白两队在球场上展开了激烈的争夺。看得出来，这群油腻中年虽然上了些年纪，奔跑缓慢了，拼抢也没那么激烈了，但球感还在，技术还有，配合还行。观众席上不时传来阵阵叫好，每一个入球都会赢得阵阵掌声。随着比赛深入，比分交替上升，这群油腻中年开始支撑不住了，有的人主动申请下场，马在舟也不行了，他也主动申请替换下场。到最后，几乎所有的首发队员都下了场，换上一批年轻队员。这批年轻人朝气蓬勃，龙精虎猛，但是，他们当中仍然有一个老迈的身影在坚持着，那就是蒋大坤。此时的蒋大坤已经筋疲力尽了，弓着腰，扶着膝盖，大口大口地喘着气，汗水浸湿了他的球衣。马在舟远远地朝他喊着："大坤，你还行不行啊？不行就下来吧！"蒋大坤抬起头，朝着马在舟摆了摆手，表示自己还不想下场。

是的，蒋大坤还不服老，他要坚持打下去，哪怕他已经不再是当年那个年轻的蒋大坤，哪怕他已不再是球场上那个英勇无比的蒋大坤，但是他依然要坚持下去。因为他知道，看台上有一个他所熟悉所眷恋所期盼的身影正看着他。

那就是夏露！

此刻，一个年轻人扶着一个中年女人，在观众的欢呼声中悄无声息地来到了球场，没有人注意到他们的到来，也没有人认出他们。那个中年女人就是夏露，而那个年轻人叫孟志远，既是夏露的儿子，也是蒋大坤的儿子。马在舟在某一个下午找到了他，告诉了他的身世情况，他才知道自己的名字应该叫作蒋志远。经过激烈的思想斗争，他接受了这个现实，接受了自己还有一个父亲的现实。今夜，他带着母亲夏露来到这个球场，就是为找回她随风飘落的青春，找回她失散多年的爱情。

带着疲惫的身躯，夏露回到机车厂，回到这个球场，当年的一幕幕画面在她脑海里反复重播。似乎一切都变了，似乎又没变。在观众的欢呼声中，在明亮的灯光下，她认出了球场上的蒋大坤，尽管他已不再那么孔武有力，但依旧在奔跑，在跳跃，在拼抢，哪怕筋疲力尽也不肯离场。对于命运，他从不服输，也不服老。他还是当年那个血气方刚的男子，只是两鬓多了些白发。

夏露看着蒋大坤的身影，眼含泪花。良久，她转身看着儿子，用眼神问儿子："为什么带我到这里来？"孟志远知道母亲想问什么，他回答道："我想知道我的亲生父亲是谁。"夏露看着儿子，儿子已经长大了，眉宇之间尽是蒋大坤年轻时的模样。答案如此明显，母子俩也心照不宣。此时的蒋大坤还在球场上拼搏，他似乎用尽了一生的力气来奔跑，他要赢得这场球赛，赢回一个失散多年的家。现在的比分是62：64，火锅城代表队落后两分，还有最后一分钟，在山呼海啸的助威声中，火锅城队对社区队发起了最后的猛攻，社区队为了保住胜果，全力防守，火锅城队几次试图突破，都被拦截了下来。眼看时间一点一点地流逝，比赛即将结束，球落到了蒋大坤的手中。此时他站在三分线外，看着篮筐，举起球，用尽最后的力气向篮筐投去。球飞向篮筐，在篮筐上旋转了几圈，掉入篮网。三分球！一声终场哨响，火锅城队以65：64反败为胜。观众起立鼓掌，对手也为蒋大坤报以友好的掌声，火锅城队的队员们高兴地围着蒋大坤跳了起来。一个孩子从观众席上走下来，把鲜花送到了蒋大坤的手中。蒋大坤拿起鲜花，拨开人群，走进观众席，径直来到夏露的面前。蒋大坤看着夏露，夏露也看着蒋大坤，多少年的沧桑和无奈，此刻化为暖暖的爱意。这短短的相互凝视仿佛穿越了二十多个春夏秋冬，蒋大坤为夏露献上鲜花，深情地说道："我们回家吧！"

这是一句迟到了多少年的"回家"，曾经流过的泪，受过的伤，走过的坎坷，在这一刻化作了云烟。蒋大坤，这个饱经风霜的中年男人，缓缓地向夏露伸出手，夏露也伸出手，两只手穿越时空握在了一起。一个曾经流离失所的家，在这一刻破镜重圆。在场的人都沉默了，这沉默中饱含着满满的祝福。

马在舟就在这默默祝福的人群中。这是一场精心准备的球赛，是他和社区的同志们专门为蒋大坤和夏露准备的球赛。在他的心中，家是构成这个社会的最基础元素，家的和谐构建了社会的和谐，只有在幸福的家庭中，才会有幸福的人，只有幸福的人越来越多，这个社会才会变得暖意如春。

可是自己的幸福在哪里呢？马在舟举目环视，在看台的某一个角落看到了关飞雪，关飞雪也看到了马在舟。关飞雪远远地站在那里，目睹了这一温馨场景，心里不断掀起波澜。那一刻，她也想到了自己，想到了马在舟，想到了两人之间那若即若离的情感历程。如果此时此刻自己就是夏露，而马在舟就是蒋大坤，该多好。不需要任何观众，只要在某个夜晚，马在舟能向她伸出手，她定会毫不犹豫地还以一个拥抱。但是马在舟此刻在想什么呢？想着他们之间的现在，还是他们之间的未来。两人的目光穿越人群，在空中触碰，多少欲言又止，多少难以言说，全部化作满天的星光。

第四十二章　段小强踢馆

在一阵鞭炮声中，机车厂社区火锅城开业了。整个火锅城由三个大型老车间改建而成，这三个老车间每个都有近两千平方米，挑高近二十米，为了充分地运用空间，每个车间都用钢木架空，做成上下两层，可利用面积达到一万多平方米。火锅城呈品字形，大门相对而开，中间是篮球场。迷信的说法，这叫聚宝盆，能够聚集人流。这些都是按马在舟之前的想法设计的，大家佩服得五体投地。有一天蒋大坤问马在舟："你这样为工友们着想，大家都很感激你，你有什么问题需要我们解决吗？你说，大家一定会竭尽全力帮你。"马在舟说："我能有什么要你帮我的，这不就成了以权谋私了吗？你可别让我犯什么错误。"蒋大坤哈哈一笑。马在舟转身就走，走了几步，他又返回到蒋大坤身边："不过，我一想，还真有个事儿想请你们哥几个帮忙！"蒋大坤说："那还不快说！"马在舟说："我们社区还有一批4050人员，就业困难，这火锅城开起来规模也扩大了，每家火锅店解决两到三个就业岗位应该没有什么问题吧？"蒋大坤说："那能有什么问题！开业过后，马上就招人！"马在舟掏出一张名单，拿给蒋大坤："就这些人，一个都不能少哦！"蒋大坤看都没看，直接揣进兜里："开业一个月内，你叫他们来报到！"

局布好了，就是内部格局的问题了。曾经有人提议把二十八家火锅店整合为一个，组建一个股份公司，提升市场竞争力。但是蒋大坤拒绝了这个提议。火锅一条街，二十八家火锅店各有各的特色，各有各的风格。虽然彼此存在竞争，但恰恰是这样的竞争促使各家提升服务品质和管理水平，从而推动了整个业态向上发展，这也是火锅一条街当初能够在成都这样一个城市打出一片天地的原因。火锅一条街虽然已不复存在，但是火锅城建立起来了，它必须尽可能地保持当初火锅一条街的风貌，这样才能唤醒成都人对火锅一条街的记忆。

蒋大坤的蒋家老火锅位于二车间正中，这是火锅城的最大招牌，邱三妹的邱三妹火锅、罗胖子的灯管串串香、游老五的游毛肚火锅、杨大哥的杨氏鸭肠火锅等都在火锅城找到了自己相应的位置。大家对这个新的营业点非常满意。一是空间变得更大了，原先三四十平方米的小店，人一多起来，转个身都困难，现在横竖都有道，方便了客人也方便了自己。二是环境更好了，原来的店，房屋低矮，油烟没处走，现在每层楼挑高四五米，冬暖夏凉，给人感觉神清气爽。三是配套设施更完善了，原来的店电源线路老旧，经常出故障，下水道也常常被堵，搞得污水横流，现在电源科学分布，下水道规范排列，再也不用花费精力来处理那些烦心事儿了。虽然这次搬迁历时两个多月，这两个月营业停顿加上一笔不菲的装修投入让大家都有所损失，但大家毫无怨言。毕竟这是一个新的开始，大展宏图的日子还在后面。

条幅挂满了车间四周，来自各方祝贺的花篮摆在道路两边。在人们的拥簇中，马在舟和蒋大坤手持剪刀，为火锅城的开业剪彩。随着两把剪刀同时“咔嚓”一声，一朵大红花掉入托盘中，人群中响起了一阵热烈的掌声。夏露和孟志远也站在人群中。不，这个孩子现在应该叫蒋志远。现在，蒋大坤一家终于在这个特别的日子团圆了。这是火锅城新的开始，也是这个家庭的新生。幸福的感觉洋溢在这个夏天。在未来的日子里，这一家三口将同舟共济，患难与共。

火锅城入口挂着一个牌匾，牌匾被红布遮挡着，十分显眼。大家都在猜测这个牌匾上写着什么字。蒋大坤也很想知道。因为这是马在舟送的牌匾，这个牌匾在头一天晚上才架上去，蒋大坤也不知道写的什么。马在舟受邀上台讲话，他清了清嗓子。

“今天是咱们火锅城开业的日子，老蒋让我讲几句，讲点什么呢？我就讲讲前两天的事儿吧。老蒋说，火锅城要开业了，是不是看看皇历，选个开业的好日子。我说不用选什么好日子，火锅城哪天开业，哪天就是好日子！”马在舟的话音一落，下面立马响起了掌声。

“咱们机车厂创建于1952年，距今已经过去了半个多世纪。我们两代人，甚至三代人，都在这个厂子里生活、工作、学习，厂就是家，家就是厂。曾经以为我们会和机车厂相依相伴一生，安居乐业，生老病死。但是，到了九十年代，国家经济体制改革，厂子改制，咱们下岗了，一生所依的这个机车厂，我们生活工作、并肩战斗的机车厂，一下子说没就没了，每个人心里都空荡荡的。但是，我们没有服输，我们自己靠自己，下岗再就业，开创了火锅一条街的奇迹，又重新站起来了。当我们站起来，认为生活就是一片坦途的时候，问题又来了，随着时代的进步，随着城市的发展，随着人们对生活品质要求的提升，我们这种业态已经不适应规范管理和环保要求了，所以才有了后来的去留之争。是的，多年经营起来的火锅一条街没了。但是，咱们还是不服输，在这里又开辟了新的天地，找到了新的出路。今天来的很多兄弟姐妹原先都是咱机车厂的老工友，咱们机车厂的人骨子里就是有一股不服输的劲头。不管风吹雨打，不管山摇地动，不管日月更替，咱们就是不服输。只要不服输，就不用看老天爷脸色，咱们什么都不怕，什么困难都能熬过去。咱们凭自己的努力，把日子过得红红火火。这样的日子，哪一天不是好日子？”话音一落，台下再次响起热烈的掌声。

“所以，不服输精神就是咱们机车厂的精神，虽然厂子没了，火锅一条街也没了，但是精神还在，只要这个精神在，咱们的厂子就没有倒，它将永远地存在于我们的记忆里！”马在舟说完这话，把手一挥，红布缓缓落下，牌匾上写着“机车记忆”四个大字。这就是马在舟为这个火锅城命的名。这四个大字在灯光的照耀下闪闪发亮，在岁月的洗涤中光芒四射，瞬间把人们的思绪带回到那个火红的年代。音乐响起，人们随着音乐群情激昂，放声高唱：

我们走在大路上，意气风发斗志昂扬。
共产党领导革命队伍，披荆斩棘奔向前方。
向前进，向前进，革命气势不可阻挡。
向前进，向前进，朝着胜利的方向。
革命红旗迎风飘扬，中华儿女奋发图强。
勤恳建设锦绣河山，誓把祖国变成天堂。
向前进，向前进，革命气势不可阻挡。
向前进，向前进，朝着胜利的方向。
我们的道路洒满阳光，我们的歌声传四方。
我们的朋友遍及全球，五洲架起友谊桥梁。
向前进，向前进，革命气势不可阻挡。
向前进，向前进，朝着胜利的方向。
我们的道路多么宽广，我们的前程无比辉煌。
我们献身这壮丽的事业，无限幸福无限荣光。
向前进，向前进，革命气势不可阻挡。
向前进，向前进，朝着胜利的方向。

这首振奋人心的歌唤醒了大家对机车厂深深的记忆。当年，无论在机车厂哪个角落，大家总会听到这首《我们走在大路上》。今天，当这个熟悉的旋律再次响起，大家饱含热泪，齐声歌唱，唱出了意气风发、斗志昂扬的精神状态，也唱出了永不服输的坚强信念。

当歌声停止，大家还没有从群情激昂的情绪中缓和下来。突然从远处走来十多个人，每个人手中都提着一个塑料凳子。这是一群什么人？当这群人慢慢走近，大家才发现，为首的是段小强。

段小强？他来干什么？显然不是来祝贺的。他的眼神中有一股邪气，满满地不怀好意。段小强带着这群人来到火锅城的入口，然后一声号令，这十多个人放下手中的塑料凳子，坐在了火锅城门口，把门堵得死死的。

马在舟和蒋大坤走上前去。蒋大坤说："段小强，你来了，里边坐啊！"

"我不去，饭都吃不起了，还吃火锅，吃铲铲！"段小强抄着手，没有转头看蒋大坤，而是把头朝向另一边。

"见外了，都是一个厂的，一家人不说两家话，我请你！"蒋大坤说。

"哎哟，我的妈，好大一个老板，好大一个口气！你都是这么大的老板了，请我吃一顿算啥子？敢不敢请我们大家吃一辈子！"段小强阴阳怪气地说。

"可以，"蒋大坤眼中露出了一股怒气，"但是有个条件！"

"啥子条件？"段小强转头看着蒋大坤。

"叫我一声爹！"蒋大坤说。

段小强嗖的一声从凳子上撑起身，其他十来人也撑起身，看样子是要动手。蒋大坤身后的弟兄们也拥了上来，眼看就要武斗了。马在舟突然站到了两堆人中间。

"段小强，有什么话摆明了说！不要阴阳怪气拉稀摆带！"马在舟呵斥道。

"马书记，我今天找的就是你！"段小强说。

"有话一边去说，带着人堵别人的门，你想干啥子？"马在舟质问道。

"你不给我们个说法，这门我就堵定了！"段小强说。

"那你说！"马在舟说道。

"马书记，我问你，这三个车间是哪个批准给他们的？"

“是社区和社区代表开会研究的，监督委员会全程监督，结果上报街道办事处批准。”马在舟理直气壮地回答。

“这三个车间是咱们机车厂的，社区凭什么处置？”段小强厉声问道。

“这车间是政府交给社区管理处置的！”马在舟回答。

“依据在哪里？”段小强追问道。马在舟被这个追问给问住了。

是啊，依据在哪里？马在舟依稀记得，机车厂改制过后，这些厂房作为闲置资产进入破产清算程序，经过几轮拍卖，没人出价，最后流标了。谁肯出钱来收购这些破厂房呢？流标过后，当时的清算组召开了个会议，议定这些废旧厂房作为社区集体资产，由社区管理和处置。但是，时隔二十多年，社区办公点多次搬迁，很多档案文件都丢失了。这份重要的会议纪要在哪里呢？

段小强见马在舟愣住了，知道已经抓住了问题的关键，他得意地对大家说：“弟兄们，厂房是我们机车厂的厂房，马在舟私自拿给蒋大坤他们做火锅城，这叫什么？这就叫官商勾结，以权谋私。马在舟今天不拿个说法，这个火锅城就别想开业！”话音一落，段小强的弟兄们一脚踢在火锅城的门柱上，之前门楣上写着“机车记忆”四个大字的牌匾摇摇晃晃，最后啪的一声掉落在地上，摔成了两半。

第四十三章　遗失的会议纪要

当年机车厂改制的时候，没有一个人、一个单位愿意接收这些破旧厂房。这些厂房一直就闲置在那里，直到被人们遗忘。随着这些年城市的发展，机车厂社区从城市的边缘渐渐地成了核心，那些厂房车间的区位价值渐渐地凸显出来了。但是鉴于厂房破旧，配套设施不齐全，经过多轮对外招商，也没有人接手。马在舟一直在思考如何盘活这些闲置资产。直到火锅一条街被取缔，他突然冒出了把这些厂房拿给蒋大坤他们来做火锅城的想法，这个想法得到了街道办事处董上义的支持。街道办事处出钱接通了水电，经过社区集体研究，确定了由蒋大坤他们来经营，年租金三十万，租金收入将作为社区公益基金。

这几天，从机车厂社区到二仙桥街道办事处，再到成华区档案局，马在舟带着他的同事们冒着炎炎夏日，四处奔走，只为找到当年那份丢失的会议纪要。一连找了三天，都没有任何结果。没有这份会议纪要，社区把厂房处置给蒋大坤他们做火锅城，就没有任何政策支撑。

而此时，段小强的团队开始四处散播关于马在舟私自处置机车厂车间的谣言，接着网络上也开始有人散布这些谣言，越来越多的人开始信以为真。这种信以为真的背后，既有不明真相的盲从者，也有个别人的利益驱使。这种被动的局面让马在舟一连几个夜晚都失眠了，他怎么也没想到，当初这几个破旧车间无人问津，而一被利用起来，就会有人在背后闹事。

段小强就是整个事件的发动者。没有收入的他，四处寻找一夜暴富的机遇。这回终于让他给逮住了。他召集了一部分机车厂老工人，组建了一个所谓的“机车厂资产处置委员会”，宣扬这是机车厂的资产，蒋大坤他们要在这里开火锅城，必须每年缴纳八十万租金。八十万租金？蒋大坤和社区经过谈判，签订了五年的租赁合同，年租金也不过三十万。段小强直接要价八十万，简直就是狮子大张口。然而，在段小强的煽动下，不断有人加入这个所谓的“机车厂资产处置委员会”，他们也想从这个租金收入里分一杯羹。段小强每天都带着人来堵门，火锅城被搞得灰头土脸。但是大多数机车厂老工人坚守着道德的底线，存留着内心的良知。比如，段小强的父亲段武。虽然他也是这个厂的老工人，但他始终没有加入儿子建立的这个组织。

问题还是出在会议纪要这里。一定要找到这份会议纪要，马在舟暗自下定决心。而此时，董上义比马在舟还焦急。社区集体研究决定了厂房的处置意见过后，按程序报给了街道办事处，董上义一高兴，大笔一挥，签上了“同意”二字。现在问题出来了，他脱不了干系，擅自处置机车厂资产这顶帽子，他也有份。他怀着忐忑不安的心情来到区社治委。他要为机车厂社区这事儿向许主任做汇报。与其说是做汇报，不如说是做检讨。然而，他到了社治委许主任的办公室外，却被通知在外等候。

此刻办公室里，媒体的摄像机和麦克风对准了许主任。

记者：“请问，许涛同志，市委设立城乡社区发展治理委员会是基于怎样的考虑？”

许涛：“推进基层治理体系和治理能力现代化建设，是全面建设社会主义现代化国家的一项重要工作。市委专门设立一个负责统筹推进城乡社区发展治理改革工作的职能部门，这是一个新的创举，在全国也是首创……”

记者：“刚刚你提到了我们这个城市城镇社会结构日趋多元、群众利益诉求复杂多样导致基层治理难度加大。有没有具体的体现？”

这个时候，社治委的一个工作人员走进来，俯下身，在许主任身边低声说：“二仙桥街道办的董上义等你很久了！”许主任笑了笑：“让他进来！”

董上义随即进入许主任的办公室。看见满满一屋子的摄像机、麦克风和记者，董上义一时之间手足无措。许主任笑着说：“老董，怎么了？坐啊！”

董上义说：“对不起，许主任，我不知道您在接受采访！”

许主任说：“正好，刚刚记者朋友问我基层治理难度大，有什么具体体现，这个问题你来回答，怎么样？”

董上义一听，有点蒙，他是来跟许主任汇报工作的，突然让他接受记者采访，他有点慌张：“啊……这，我也没什么准备啊！”

许主任说：“不用准备，我知道你是来给我汇报机车厂社区火锅城的事儿，你就当着记者朋友的面，把这事儿说一说！”

董上义一听这话更加着急，他是来跟许主任做检讨的，现在看来，是要当着媒体做检讨，这事儿就闹大了。但是，话已经说到这个份上了，他只好原原本本地就火锅城的事儿讲了一遍。最后，董上义说：“许主任，其实火锅城这个事儿，我是有责任的，没有把事情搞清楚就草率地决定了，没想到出了这么一档子事儿，今天来，我的目的其实是来做检讨的，我……”

许主任伸出一只手，意思是不用再说了，但是董上义心里始终忐忑不安。许主任微笑着对记者说：“董上义同志说的，大家都听到了。刚刚大家问我基层治理难度大，有什么具体体现，难在哪里？我可以这样总结一下。我们的基层工作者所做的一切，是要解决群众的困难，维护群众利益。但是，在实践操作中我们发现，要维护群众的利益不难，难的是平衡所有群众的利益。有时候，我们凭着对党和事业的忠诚，凭着对这个城市的发展考虑和对老百姓的关怀，去解决一部分群众的问题，却会引起另一部分群众的不理解，反而会激化一些社会矛盾。这样的矛盾，我们需要客观地看待。这不是干部的政治立场和思想态度问题，而是方式方法的问题。机车厂社区火锅城的设立符合政策方针要求，我们是支持的。但是，咱们得把工作做得更细，打好‘提前量’。首先，要把这三个车间的权属问题搞清楚，向社会公布；其次，应该更广泛地征求一下社区群众的意见，搞一个公示。这样就不会出现这个所谓的‘资产处置委员会’。我们的基层干部有时候急于解决问题，反而会忽略一些程序和步骤，造成一些矛盾，这是不可避免的。怎么看待这个问题？那就是要学会用‘三个区分开来’。上义，我考考你，什么叫‘三个区分开来’？”

董上义硬着头皮对着记者的镜头背诵：“一是要把缺乏经验先行先试出现的失误与明知故犯行为区分开来，二是要把国家尚无明确规定时的探索性试验与国家明令禁止后的有规不依行为区分开来，三是要把为推动改革的无意过失与为谋取私利的故意行为区分开来。”

许主任哈哈一笑：“这就对咯！‘三个区分开来’是形势任务发展变化的客观要求。从某种程度上说，新形势越复杂、新任务越繁重，干工作出错率就越高。你看，你跟老马这不就在干工作的时候摔一跟头？但是，这符合唯物辩证法所主张的事物在曲折中前进的一般规律，也符合咱们中国特色社会主义建设中‘摸着石头过河’的特殊规律。你啊，不用跟我检讨，回去过后，先把事情搞清楚！马在舟他们这么做，叫不叫明知故犯？算不算有规不依？是不是谋取私利？你要相信，上级组织、广大群众和各方新闻媒体一定会本着正确的、客观的、公正的态度来看待这个问题。”

第四十四章　一张 1995 年的老照片

夜里，蒋家老火锅的阁楼上，蒋大坤和儿子蒋志远也在商议着。

“你要跟段小强谈判？”蒋志远问道。

“对，跟他狗日的谈！”蒋大坤回答。

“段小强摆明了无理，狮子大张口，你还跟他谈？”蒋志远不服。

“这事儿，不能再连累你马叔了，最近网上炒得厉害，说我们是官商勾结，说他是以权谋私。你马叔压力很大！咱们跟段小强谈，谈好了，这事儿就过去了！”蒋大坤回答。

“八十万啊！这可不是个小数目！”蒋志远实在咽不下这口气。

“大伙儿花了不少钱，好不容易把这个火锅城给办起来，这样拖下去也不是办法。我大概算了一下，只要能够顺利开业，咱们这二十几家店付这点年租金完全没有问题！”蒋大坤说。

“我知道，我是咽不下这口气，让段小强这帮小子白捡便宜！”蒋志远说。

“儿子，我年轻时跟你一样，干什么都要讲个理，现在我突然发现，其实这世界没有什么理不理的，很多事看似不合理，但是仔细一追究，其实存在就是合理的。”蒋大坤说得有些深奥，但是蒋志远没有听懂。

“我还是不明白。”蒋志远摇摇头。

“段小强他们这帮人，在社区，要么没有收入，游手好闲，要么贪图小便宜，无事生非。这帮人要是没个着落，不是在这里闹事儿，就是在那里惹事儿，始终是咱社区的一个麻烦！我们火锅一条街能走到今天，得益于社区街坊邻居的支持，得益于你马叔的帮助，我们跟他们谈，谈妥了，这帮人兜里有着落了，就不会闹事儿惹麻烦了。”蒋大坤解释道。

“你的意思，就等于把这帮人给养起来？”蒋志远问道。

“也算吧，就当做了个公益，帮你马叔把麻烦给解决了。”蒋大坤说。

“我倒是懂了，就怕侯老二那边不干！”蒋志远回答道。

与此同时，火锅城二车间的阁楼上，侯老二背着蒋大坤正在组织一场秘密集会。十多个血气方刚的小伙子围在侯老二的周围。

“只要段小强明天带着人来堵门，你们看我眼神，我一眨眼，就冲上去跟他们干！打倒一个算一个！”

“好！”大家异口同声。

其中一个小伙子颤颤巍巍地问了一句：“对方报警怎么办？”

“放心，我早有准备！”

“什么准备？”大家异口同声。

侯老二从兜里掏出一大把丝袜，问大家：“这是什么？”

“丝袜？”大家相互看着。

“对，丝袜，咱们把头套起来，逮住他们，一顿胖揍，打了我们就跑，到时候警察问起来，谁也不承认是自己动的手，警察拿我们没办法！”侯老二阴笑着。

“就像电影里面抢银行那样！是不是？”另一个小伙子问道。

“对了，就是！”侯老二斩钉截铁地回答。

“好，照你说的办！”弟兄们应和着。

“先说好，谁都不许㞞！谁㞞谁是龟儿子，今后见人都叫爹！”侯老二压低嗓门说。

同一天晚上，董上义在办公室里约见了马在舟。

“我把成华区都翻了一遍，就没找到当年那个会议纪要！”马在舟焦急地说。

“别着急嘛！”董上义说。

“没有这份会议纪要，谁能说得明白那几个厂房归谁？我要说不清楚，这厂房也租出去了，我不就真被段小强给踩着尾巴了吗？”马在舟焦头烂额地说。

“咱们可不可以换个思路？”董上义问道。

“什么思路，你说说看。”马在舟盯着董上义。

“如果会议纪要找不到，咱们想想看，当初开会的人还在不在。只要开会的人在，把他请来做个证明，当初会上是怎么研究的，事情不就清楚了吗？”董上义说。

“哎！我怎么没想到这一出？”马在舟恍然大悟。

“所以我让你把思路打开嘛！”董上义说。

“你这么一说，我倒是想起来了点。当时清算组和社区开会商量这事儿我没参加，但听说社区的老书记老廖、老陈都在，清算组那边有曲厂长，可惜曲厂长、老廖、老陈都过世了，还有谁我就不知道了！”马在舟反复回忆。

董上义从抽屉里拿出一本书放在桌子上，缓缓地说：“这几天我也在找那份会议纪要，会议纪要没找到，但是找到这么一个东西。”

马在舟定眼一看，书的名字叫《机车厂的回忆》。这是当年曲厂长根据自己在机车厂四十多年工作经历编撰的一本回忆录。书页泛黄，封面破旧。

“我的天，你从哪里找到这么一个东西？”马在舟惊讶地说。

“你先翻到最后两页看看！”董上义说。

马在舟翻到最后两页，上面写着：“1995年11月19日，成都机车厂破产清算组和社区进行了最后一轮会议，将拍卖流标的原机车厂社区第一、第二、第三车间交由社区管理处置。至此，我厂破产清算工作到此结束，清算组也完成了它的历史使命。从此，成都机车厂将不复存在，只有记忆长留于我们机车厂人的脑海中。”

“这不就有了吗？这书里写得明明白白的，原机车厂社区第一、第二、第三车间交由社区管理处置！”马在舟一拍大腿，高兴地说。

“你别高兴得太早，老曲已经去世那么多年了，能做证的人已经没有了，这回忆录只能代表他一个人的记忆，证明不了什么。”董上义说。

“那怎么办？”马在舟的心一下又跌到了谷底。

“你再看看倒数第一页！”董上义又一次提示马在舟。

马在舟翻到最后一页，那是一张照片，照片的下方写着“1996年11月19日，成都机车厂破产清算组和社区干部在厂门前的合影”。马在舟再认真一看，照片上有十一个人，但是，由于这本书很残旧，照片很模糊，能够从照片上辨认出来的，除了去世的曲厂长、社区的老廖、老陈以外，还有厂里的邹副厂长、何会计，社区的邓会计。

董上义说：“这照片上的人应该就是当时参加会议的人，如果能够找到他们其中的某一个人出来做证，咱们那个事儿就能说得清楚了！”

马在舟遗憾地说：“唉，这几个人恐怕都找不到了吧！”

董上义说：“哦？”

马在舟说：“邹副厂长也过世了，何会计和社区的邓会计，人都不知道到哪里去了。其他人，有的看不清楚，有的我认不得。”

董上义说：“你再认真看看，还有没有认得出来的？”

马在舟再一次认真辨认，几乎要把照片里的每一个人都抓出来，洗干净，认个明明白白。

终于，马在舟指着照片里最边缘的一个人说：“是他？！”

董上义问：“谁？”

第四十五章　一场悲凉的棋局

天刚亮，段小强就带着人，提着塑料小板凳来堵门了。蒋大坤看着段小强远远地走过来，也提起一张小板凳向他们走去。一个蒋大坤面对十多个“段小强”，像是一个孤胆英雄，单刀赴会，走向敌军的阵营。

蒋大坤站到了段小强他们面前，双方相互凝视了一分钟，各自放下手中的凳子，然后坐了下来。此时，侯老二带着他的弟兄们躲在车间的门后，注视着这一切。原计划，段小强一来，他们就该冲出去，打对方一个措手不及，但他们万万没有想到，蒋大坤在这个时候出现了。侯老二觉得这事儿来得突然，让大家先镇定一下，看看事态的发展。

“蒋大哥这是怎么了？”一个小伙在侯老二的身后问道。

“好像是在谈判！”侯老二说。

“谈？有什么好谈的。”另一个小伙子已经摩拳擦掌蠢蠢欲动了。

“别慌，先看看事态。我们还是照原计划，大家看我的眼神，我一眨眼，就冲出去，跟那些杂种干！”

“好。”大家异口同声。

另一头，段小强已经和蒋大坤搭上话了。

“八十万，是不是多了一点？”蒋大坤说。

“蒋老板，你别以为只有你们能算账，我也能算账。我就跟你算一算，咱们这里二十几号人，当年都是准备接替父母到机车厂上班的。没想到机车厂轰的一声，说垮就垮了，我们这代人生活没有着落，现在厂房归你们了，我们下半辈子的生活费是不是算一下！”

“你是怎么算的？”蒋大坤问。

“咱们二十几号人，八十万一年，平均每人三万，多吗？”段小强理直气壮地说。

“不多。不过咱们这火锅一条街的弟兄们当年也是生活没了着落，二十多年靠自己打拼出来的，每一分钱都是辛苦钱，看在大家都是同一个厂里出来的，多少得少一点！”

“好吧，看在咱蒋老板的面子上，七十万一年！怎么样？”段小强回头看看自己的弟兄们。弟兄们都点点头，以段小强马首是瞻。

“四十万！”蒋大坤比出四个指头。

“六十万！”段小强看到蒋大坤出价，他已经欣喜若狂了，他也知道，自己是占不住理的，这租金，能敲诈一笔算一笔。蒋大坤出到了四十万，已经是意外收获了，他恨不得马上答应下来。但他还是煞有介事地还价，只是为了显示他还有理。

“五十万！”蒋大坤比出五个指头。蒋大坤知道，段小强一生都没见过这么多钱，心都飘起来了。

“成交！”段小强几乎要跳起来了，但他压抑住了欣喜，既要强装勉强，又要强装干脆，一张脸被三种心态扭曲得不成样子。

“但是，我有个条件！”蒋大坤说。

“什么条件？”段小强问道。这时候段小强已经迫不及待地想要拿到这笔钱了，只要能拿到这笔钱，别说其他什么条件，就是真让他叫蒋大坤一声爹，他都愿意。

“每年给你们五十万，你们不许再到社区滋事生非，不许再跟马在舟他们添任何麻烦！”蒋大坤义正词严地说。

“好！”段小强这回极其干脆。

“那我们签协议！”蒋大坤说。

“行！”段小强回答。

说完，蒋大坤站起身，向回走。

侯老二看见蒋大坤向回走，背后两个小伙子说话了。

“回来了，是不是谈崩了？”一个问。

“好像是！”另一个答。

话音刚落，只见侯老二头戴丝袜，两腿飞速转动，哇哇叫着奔向段小强，一骑绝尘，屁股后面卷起尘烟，瞬间就冲到了段小强面前，一拳打在段小强的鼻梁上，打得段小强一个趔趄，倒在地上，鼻血直冒。段小强的弟兄们见这架势，一哄而上，把侯老二摁在地上，撕掉他头上的丝袜。侯老二从丝袜中伸出脑袋，放眼一看，居然冲上来的只有他一个人。

段小强从地上爬起来，一边捂着鼻子，一边指着被摁在地上的侯老二：“你谁啊你？信不信老子打死你！”侯老二眼中一股悲凉，发出凄惨的哭喊：“啊……我的妈呀！你们这些年轻人，不讲义气啊，说得好好的，看我眼色行事，你们一个都不动……”段小强气得举起手，要一巴掌给侯老二扇过去。

“住手，不许打人！”蒋大坤回到段小强一伙人的面前，大喝一声。随即侯老二的人也陆续从车间里转出来，围到他们身边。侯老二见他的人来了，气不打一处来，呵斥他的弟兄们：“你们这几个狗东西，我给你们说，我一眨眼就冲出去干，你们怎么一个都不动？”

“老二，你戴个丝袜在头上，我们怎么看得到你眨没眨眼？”

与此同时，机车厂社区的一栋老楼里，段武的家门被敲响了。段武打开门，门外站着的是马在舟。

“小马？”段武有点诧异。马在舟的到访让他有点措手不及。这么多年了，他还是叫马在舟“小马”，因为当年马在舟在他车间年纪最小。

“段师傅！”马在舟笑意盈盈。

“你怎么来了？”段武问道。

“找你下盘棋。”马在舟回答。

“下棋？”段武再次诧异。当年段武是厂里的象棋大赛冠军，前些年整个机车厂社区无人是他对手，段武颇有种独孤求败的孤独感。这次，马在舟居然主动上门挑战，简直没谁了。既然来了，那就开始吧！

一盘棋摆上桌，俩人的话匣子就打开了。

“还记得曲厂长吗？”马在舟问道。

“当然记得！”段武回答。

“当年，你们那场决赛真是精彩啊！”马在舟把话题推到了三十多年前厂里举办的那次象棋比赛。

“这事儿你都还记得啊！”段武回答。

“当然记得，全厂各路高手都被你们淘汰了！你俩是一路杀进决赛。”马在舟回忆过去，当年他就是那场决赛的目睹者。

“可惜啊，老曲走得太早了，你不知道那种棋逢对手的感觉，高山流水啊！”段武感叹道。老曲去世后，段武便很少出现在棋场上。

“其实，当年那局棋是可以下和的，到了尾盘，曲厂长错走一步，他就被动了！”马在舟说。

“他想保马，走马三退五，这一招保住了马，但局面丢了，如果他弃马，走后车平六，我想他应该赢！”当年那局棋段武历历在目，这几年在他脑海里不断复盘。

“人生如棋，不能只顾一步一子的得失，还得顾全大局啊！”马在舟感叹道。

“你这话是在说我家小强吧！”段武听出马在舟的话端。这个上午，马在舟突然拜访，他就知道，马在舟是为了段小强来的。段小强这段时间在社区兴风作浪，段武是知道的。这十多年来，段小强游手好闲不务正业，沉溺于网游不能自拔，没有一个正经工作。没工作没收入，只能啃老，四处寻找一夜暴富的机会。段武只有这么一个儿子，他只能像保护巨婴一样保护这个儿子，三十多岁了，给他吃，给他住，给他钱花。段武越来越不愿出门下棋，其实不是因为没有对手，而是因为每次出门，听到别人谈论各家的儿女，某某出国了，某某考研了，某某升职了，好像个个都有出息，而只有自己的儿子一事无成，他感到空前的压抑和痛苦。

大多数人，年轻的时候比拼自己，努力实现自己的梦想和抱负，但到了晚年，褪去一生的光环和荣耀，比拼的就只有各自的儿女，这是人之常情。段武觉得自己就是一个彻头彻尾的失败者。当年，他是车间主任、全国劳模、象棋冠军，他的爱人梅姨则是受人尊重的厂医院医生、三八红旗手、优秀共产党员，现在他们都老了，他们和老人们在一起，发现别人谈论的不再是当年各自取得的成就，而是各自的儿女。谈起儿女，当初那些不如自己的人，现在个个都眉飞色舞。他能说什么，他只有一个不肖子孙，他恨自己当年的溺爱害了孩子。有一年梅姨上街买菜，那个卖菜的婆婆高兴地对梅姨说，明天她就不来卖菜了，儿子考上了公务员，她要去照顾儿子，梅姨回来偷偷地哭了一场。他知道爱人为什么哭，但他没有问，只是静静地坐在她的身边，和她一起共同承受这份自卑和不堪。怨谁呢？他们只有这么一个儿子，他们不能离开这个儿子。

对于段武梅姨老两口内心的纠结和痛楚，马在舟再清楚不过了。当他翻开老曲的回忆录，看到了最后一页合照，仔细辨认，他终于认出来了，站在最边缘的那个人就是段武。只要段武能站出来，说出当年那场会议的真实情况，问题就解决了。但是段武愿意说吗？毕竟这是跟儿子段小强针锋相对的事儿啊！哪怕段小强再不成器再没出息，毕竟是他们的儿子。老两口没有加入儿子建立的“资产处置委员会”，已经算是坚守底线了。

“不，我说的不是小强！”马在舟说。

“那你是说谁？”段武问道。

“我是说你！”马在舟回答。

“我？我都老了！还有什么可说的？”段武说。

马在舟拿出老曲的回忆录，翻开最后一页，拿给段武看。

“还记得这张照片吗？”马在舟问段武。

“记得，我知道你来的目的，当年那场会议我是见证者！我知道你们社区最近一直在找当年那场会议的会议纪要。”

“段师傅，你被将军了。”马在舟微笑着说。这话一语双关。

段武一看，他已经被一个重炮对帅了。“重炮”是在象棋里很少用的绝杀，因为太明显，容易被识破。但这个重炮就在不经意间做成了。段武的帅，左也不是右也不是，被将死了。是的，这个上午，马在舟的目的太明显，太容易被识破了，但段武还是没有躲过。

“好久没输过了，输的感觉，其实蛮好。也许认输也是一种解脱！”段武苦笑着说。

“你现在这个局面，跟当年曲厂长那个局面是一样的，他太在乎那匹马，所以输了全局。你如果太在乎你儿子，你就输了人生。”马在舟说。

“一定要让我们父子相对吗？”段武抬起头，看着马在舟，老泪纵横。

“我希望你以大局为重！”马在舟回答。

“我们没有必要再骗自己了。”此刻，卧室门被打开，躲在卧室里哭了很久的梅姨从里面走出来，手里拿着一份文件。只见她缓缓地走到马在舟和段武的中间，把文件放到了棋盘中央。这就是马在舟找了很久的那份会议纪要，上面有所有与会者的签字和手印。

“他是不是我们的儿子，你还不清楚吗？”梅姨对着段武说。

第四十六章　段小强最后的倔强

火锅城的阁楼里，协议很快就起草好了。蒋大坤和段小强双方几十号人分列于两方。双方过目后，就是签字程序。段小强掏出笔，一本正经地签下了自己的名字，然后通过戴着白手套的中间人递给了蒋大坤。蒋大坤再一次认真检查协议，心情十分忐忑。这一次的妥协，完全是为了马在舟，从火锅一条街到火锅城，这一路太折腾了，如果把字一签，就能解决掉所有问题，他会毫无顾忌。然而，马在舟会怎么想？蒋大坤太了解马在舟了，这个人丁是丁，卯是卯，什么都不认，就认这个理，如果签了这个协议，实际上就认同了段小强他们的合理合法性，马在舟一定会怪罪于他。但是为了马在舟，为了这个社区不再有更多的纷争，即便马在舟怪罪他也无妨。想到这里，蒋大坤提起笔，准备签下他的名字。

“住手！”一个声音传来，大家举目一看，马在舟气喘吁吁地站在门口，手扶着门框，大口大口地喘着气。看来，这一趟小跑累得够呛。他歇了口气，对段小强说：“你的戏演完了。”

“你什么意思？”段小强预感到事态不对。

“会议纪要，我找到了。”马在舟掏出那份会议纪要，展示给段小强看，段小强一看傻眼了。

“假的，一定是假的！”段小强大声地说。

“那是真的！”马在舟坚定地回答。

“谁可以证明？”段小强嘶吼道。

“我可以证明！”一个声音从马在舟身后传来。马在舟让开身，段武和梅姨出现在了众人的面前。

“爸，妈，你们怎么来了？”段小强诧异了。

“我来就是要告诉大家，这份会议纪要是真的！”段武说道。

“爸，怎么可能？你没记错吧！”段小强绝望地质问段武。

“那场会议我在现场，我是会议的记录员，会议纪要是我亲笔写的！那场会议确定了这三个车间由社区接管。”段武坚定地说。

话音一落，蒋大坤和他的弟兄们高兴得跳了起来，大家欢呼着，相互击掌庆贺。

“爸，你这是干什么？你为什么要替外人说话？为什么要帮着外人来对付我？”段小强走到段武和梅姨的面前质问道。

“我不是替外人说话，我不会替任何人说话！我只说实话，说公道话！”段武回答。

“我可是你儿子啊！我这么做还不是为了你们！”段小强说道。

“你要真是我儿子，就干点儿正事！别给我们丢脸！”梅姨说道。

“妈，你怎么也这么说？你俩都觉得我没出息是吧！你俩都觉得我给你们丢脸了是吧！那好，从今天开始，我段小强不再是你们的儿子！”段小强叫嚣着。这些年，他一直都以这种方式威胁段武和梅姨，逼迫他们给他钱。只要一用这一招，老两口立即就范。然而这一次，他想错了。

“其实，你本来就不是我们的儿子！你想怎么做就怎么做，你想去哪儿就去哪儿吧！”段武镇定地说。

“没想到你会这么绝情！”段小强悲愤交加。

“你爸说得没错，你不是我们亲生的，我们从来就没有儿子，你是我们抱养的！”梅姨淡淡地说，脸上没有一丝表情。而此时，突然大家都安静了，全场的空气迅速凝结。

“我们没有生育能力，这才抱养了你，把你当亲生儿子，宠你，溺爱你！希望有一天你能有出息。现在我们啥也不指望了！你好自为之吧！”段武道出了实情。

“不可能，不可能，我不相信！”段小强收起了绝望的神情，表情变得凶狠狰狞。他不相信他们会对一个抱养的孩子那么宠爱，要啥给啥，容忍他的百事无成，容忍他的好逸恶劳，“你俩合伙来骗我，我不相信！”段小强念叨着，转身疯狂地跑出了人们的视线。

两天后，机车厂社区会议室召开了一场内部会议。会上，马在舟检讨了自己在处理机车厂厂房的事情中过于冒进，让社区的同志们也跟着受了委屈。但这不是会议的主题，会议的主题是探讨在未来如何对社区实施科学治理。

“总书记说：‘让老百姓过上好日子是我们一切工作的出发点和落脚点。’大家经历了这次机车厂厂房问题的风波，对总书记的这段话一定有更深的理解。咱们社区的党员和干部天天同居民群众打交道，有经验，有认识，有想法。今天，咱们就畅所欲言，说说看，怎么样才能解决社区各种复杂纷繁的矛盾。”马在舟做了提议。

“我觉得，我们基层社区所做的事都是为了服务于老百姓。我们曾经理所应当地认为，我们做了这么多工作能够得到大部分群众的支持。但从实际的情况来看，并不是这样。一些群众并不理解我们的付出。”邱姐说出了社区干部的心声。

“对！就拿这次厂房事件来说，我们召开了会议进行集体决议，也邀请了社区代表和群众代表进行监督。按理说，程序走到了，但为什么还会有段小强这样的人组织一个‘资产处置委员会’来发出反对的声音呢？抛开会议纪要来看，是因为他们不承认这样一种自治模式，他们认为社区代表不能代表整个社区，群众监督也只是流于形式。”老汪对厂房事件仍然心有余悸。

“社区代表和群众代表都是选出来的，而我们选出的社区代表和群众代表都在六十岁以上。为什么？因为只有这个年龄段的人才有时间来参与社区的共同治理，虽说这些老人有热情、有公心、有精力，但毕竟还不足以让人重视和信服。而绝大多数年轻人和中年人都忙于各自的工作和家庭，几乎没有时间来参与社区治理或者发表意见。我们这支自治队伍里面，有在校的教师吗？有在职的医生吗？有专业的律师吗？没有，一个都没有。”社区志愿队的小石提出了他的意见。

“说得对，而往往这部分人对政策法规的理解力、对事物的判断力具有科学性、客观性、前瞻性。只有让这部分居民加入自治的队伍里面，充分发表观点，充分表达立场，才能让社区自治更有权威性、科学性。试想一下，咱们社区代表由这样一群社会中坚力量构成，那些怀着一己私利的人还有理由反对吗？”社区干部曹大姐说。

“我觉得问题本身就出在群众没有参与感上。应该让群众参与到社区治理中来，成为主体。时代在发展，社会在进步，我们应该带着一种与时俱进的思维来看待这个问题。我个人觉得，信息化、数据化、网络化是历史发展的必然趋势，我们可以探索一下利用网络搭建社区全民参与的自治平台！利用网络实现全民参与，就能摒除个别群众代表没有权威性的弊端，同时也能提升自治的效率。”社区主任杨媛媛提出了她的看法。

“利用网络搭建社区全民参与的自治平台？”马在舟对杨媛媛这个提议非常感兴趣。他的脑子里也曾有过这样的想法，但是没有具体的概念和现成的经验，“来，你详细说说，这个全民参与的网络自治平台具体是怎么样的。”

“社区居民网络自治平台是通过网络对本辖区具体事务进行提议、讨论、决策、监督的平台。我的设想是社区每个居民通过手机下载网络自治平台App程序，通过App对社区范围内的具体事务提出意见建议。就拿这次厂房处置的事儿来举例吧！如果社区做出这个提议，就发布到平台上由相关辖区内的居民充分讨论发表观点，最后发起网络投票，按少数服从多数的原则做出决策。这样一来，每个人都能适时参与，既能保证大家都参与到决策中来，又能保证公开透明，消解反对的声音，而且不需要聚集在一起开会，一定程度上提高了工作效率！”杨媛媛说出了她的设想，赢得了一片掌声。

“你这个设想太好了！但是，好像实施起来挺复杂的，开发这个App得花不少钱吧。”掌声之后，马在舟冷静下来，点到了问题的核心，这是操作层面的问题，这个问题应该怎么解决呢?

“有这么复杂吗？给我一个月时间！”汤小金的声音从会议室门口传来。

第四十七章　汤小金的爱情

是时候回过头来讲一讲汤小金和苏妙的爱情了。

汤小金并不是成都人，他出生在川南一个偏远的小乡村。2007年高考落榜后，他原计划再复读一年。这时候，一个所谓的大专招生组来到他的家里，说服他的父母，让他去成都就读一所电脑专科学校，许诺毕业后给予大专文凭，并在成都包分配就业。汤小金的父母是老实本分的农民，啥也不懂，听说能够在大城市就业，还发文凭，二话没说就答应了。汤小金知道那是一所不靠谱的学校，但是迫于家庭压力，只好背着包跟着招生组走了几十里山路，搭上火车，来到成都。

电脑专科学校在市郊土龙路一带，学校只有一栋简陋的教学楼和一栋陈旧的办公楼，几百号学生挤在一个拥挤的厂房改装的宿舍里，三十多人一个房间。学生们大都来自全川各地农村，也就只有农村的孩子才会就读这样的学校。从山里走出来的汤小金之前连电脑都没有见过，当他走进教室，第一次接触到电脑这个陌生的事物，立刻就被这神秘的玩意儿给吸引住了。虽然那些电脑都是从各个网吧回收来的旧电脑，属于被淘汰的产品，但是就在这些被淘汰的电脑中，汤小金找到了属于他的世界。他如痴如醉地学习电脑技术，废寝忘食。

其他同学没有像他那样专注于学习，他们怀着梦想，从农村来到城市，来到这所学校，发现校方曾经鼓吹的优质教学资源，原来就是一大批旧电脑，曾经标榜的包分配就业，其实就是送到磨子桥卖电脑或者到网吧当网管，他们被现实闷了一记重拳，有些失望，甚至绝望。被骗来的孩子们表情麻木，心中全是对未来的迷惘和恐慌。只有汤小金全身心地倾注在学习上，拥有了一片属于自己的精神花园。

毕业之后，毫无意外地，汤小金被安排到磨子桥一家电脑公司卖电脑。公司每个月的销售指标都摆在那里，达不到指标就滚蛋，除了汤小金，没有一个同学能够在公司待上半年。老板心想，这孩子看起来呆呆的，口齿不利，怎么能有这么高的销售业绩。细心观察过后，发现原来汤小金卖电脑靠的不是嘴，而是心。从卖电脑、装电脑、修电脑、网络维护，他能为客户提供一条龙的服务。哪怕客户家里的私人电脑出了什么问题，只要一个电话，不管刮风下雨，他也会第一时间赶到客户家里。这样的孩子并不多得，老板决定给汤小金一些公司股份，把他留住。在一个下着雨的午后，老板看见汤小金一个人坐在窗前，他觉得是时候跟他谈一谈股份的事了，于是悄悄走到汤小金背后，却发现汤小金正在看书。老板定眼一看，是一本英语书，汤小金正在用力地读着英语课文，完全没有意识到老板就在他的身边，而老板想说的话也止于喉舌。看到汤小金孜孜不倦的样子，他深知这样的孩子迟早要走，他这个小公司是留不住的。

不出所料，不久后汤小金就被天府新区另一家更大的公司挖走了。到了新的公司，他和许多名牌大学的毕业生一起工作。起先，由于学历和家庭背景原因，他总是受到歧视和排挤。后来，随着时间的流逝，凭借专业的技术能力和勤奋努力，汤小金脱颖而出，得到了上司的赏识，成了部门负责人，反过来成了那些名牌大学生的领导。他每个月把多数薪水寄回老家，孝顺父母，存下剩余的钱，凭借不懈努力，汤小金终于在机车厂社区买下了一套老住宅，成了马在舟的邻居，在成都有了自己的驻足之地。

此时汤小金有了成家的打算。公司一个漂亮的女孩走进了他的世界，他们热烈地恋爱。这段恋情持续了五年，到了谈婚论嫁的日子，汤小金带着女孩回老家见自己的父母。他们乘坐火车，翻山越岭回到那个偏僻的小山村，女孩被眼前的一幕惊呆了。原来世界上还有如此贫穷的山村。女孩没有说什么，第二天汤小金醒来，她已经不辞而别。汤小金顿时明白了，不管他再怎么努力，城里人对农村人的成见依旧根深蒂固。受到感情的打击过后，汤小金像变了个人似的，他辞掉了工作，躲在家里，浑浑噩噩，长达一年时间。后来的事我们都知道，苏妙小姐出现了。

苏妙是土生土长的成都人，母亲是医生，父亲是政府公职人员，良好的家庭教育让她行为举止落落端庄。留学归来后，她顺利地进入一所大学，成为讲师，无数男士为她倾倒，而她却总觉得这些男人缺点什么，具体缺点什么，她难以言说，那是一种心灵深处的轮廓，不是具象。用这个轮廓来做标准，那些看似优质的追求者没有一个符合她的要求。直到那天她遇到了汤小金，她觉得这个男人似曾相识，但又想不起在哪里见过。当她对汤小金进行心理测试的时候，汤小金微微一笑，说："Rosenthal博士的心理测试，我已经自己给自己做过了。"苏妙惊讶极了，没想到这样一个窘迫、萎靡的男人，居然一眼识破了自己的治疗方案，还能用一口地道的英语跟自己交流。他是谁？他来自何方？苏妙反复搜寻这些年的记忆。

带着这样的好奇，她决定跟汤小金谈一场跨越世俗观念和社会阶层的恋爱，探究汤小金是个怎样的"珍稀动物"。当她走进汤小金的世界，她才真正明白，汤小金没有病，他严重正常！在失恋的日子里，汤小金躲在自己的屋子里思考的不是自己的人生，而是所有像他这样的农村孩子的命运。汤小金回顾这十年在成都奋斗的历程，想起当年背着行李一路颠簸来到电脑专科学校，想起学校里那些农村孩子一张张麻木呆滞的表情背后透露出的自卑、迷惘、惶恐不安。这些年农村已经发生了翻天覆地的改变，但仍旧不能消除城里人对农村的偏见和傲慢。他深深地感受到，农村要脱贫，不单单是物质上的脱贫，还有精神上的脱贫，思想上的脱贫，素质上的脱贫，境界上的脱贫。他要让世人看到，农村人并非下里巴人。

这一年，他把自己关在家里，博览群书，查阅资料，并建立了一个公众号，从自己的角度解读成都这些年的发展变化，以及这个城市的新事物、新理念、新动向。同时，他还把城市生活的细节和经验进行传授，具体到如何购买地铁票，如何办理天府通，如何使用共享单车和网约车，如何通过手机线上办理各类事务，都逐一进行介绍，并制作成视频图像。他联系上了数百名偏远地区支教的老师和当地的村干部，把这些东西通过学校的课堂和农民夜校传授给农村的孩子和农民。他希望不管是进城求学还是务工的农村人，一旦进入这个城市，不要像电脑专科学校的孩子们那样，对这个城市感到陌生和恐慌，没有归属感和安全感。他要搭建一座农村通往城市的桥梁，他认为，只要能够为这个城市做出贡献，就是这个城市的主人，理所应当拥有自信，也理所应当得到尊重。

当苏妙第一次来到汤小金的房间，看到满满一屋子的书籍，以及他制作的视频影像，了解到他正在做的事业，她心中的那个轮廓突然清晰起来。原来这么多年，她一直要寻找的另一半，不是要多么高的学历，多么厚的家底，多么帅的外表，而是一个能心怀天下、博施济众的男人。那一天，汤小金得到了苏妙的倾心一吻。

第二天，苏妙提出要到汤小金的老家看一看。汤小金想起当初抛弃他的那个女孩，有了片刻的犹豫和顾虑，但他还是答应了。他知道，要想得到真爱，早晚得过这一关，苏妙应该了解他的故乡和身世，知道他的根在哪里。于是，他们驱车几百公里，来到那个偏远的小山村。走到一半，苏妙突然对汤小金说："你能让我走前面吗？"汤小金问："你认得路吗？"苏妙说："试试看咯！"苏妙笑着转身，一路快步，仿佛对这个山村特别熟悉。汤小金尾随苏妙，心中充满了疑惑。当他们来到一所农村中学，学校刚好放学，孩子们在操场上快乐地玩耍，汤小金走到操场中央，向苏妙介绍道："我曾经跟他们一样，也是这所学校的学生！"苏妙转过头，微笑着说："我曾经是这所学校的老师！”汤小金简直不敢相信自己的耳朵。只见苏妙爬上旗台，在国旗下对汤小金说：“留学回来后，我在这所学校支教了一年。这所学校有一个传说，说是很多年前，有一个孩子从这里去了成都，在那里打拼多年，终于在大城市里有了自己的事业。所有的学生都以这个孩子为榜样，发奋学习，努力读书，希望有一天也能像他一样走出山村，在城市里打拼出自己的一片天地。你大声地告诉我，那个孩子是不是你？”汤小金眼中满含热泪，大声回答道：“是我！”苏妙说：“汤小金，你现在向我求婚，在你的故乡，在你的母校，在所有孩子的面前，只要你敢向我求婚，我就嫁给你！”

事已至此，水到并未渠成。

几天后的一个晚上，苏妙和父母在家正吃着饭，苏妙突然说：“妈，爸，我要嫁人！”老两口停下碗筷，相互看了看。

“谁啊？”苏妈问道。

苏妙把认识汤小金的全部经过介绍了一遍，老两口沉默了好一会儿。

“他人在哪？”苏爸问道。

“就在楼下。你们要是同意，我让他进来，你们要是不同意，我现在就出去！”

“农村的？”苏爸又问道。

“嗯！”苏妙点头。

“大专生？”苏爸继续问。

“嗯！”苏妙点头。

苏妈突然放下手中的碗筷，转身离去。苏爸看了看苏妈的背影，然后回头对苏妙说：“你这孩子，看把你妈气得！我倒是没什么意见，听你这么一说，我还挺喜欢这孩子。但是，估计你妈那一关过不了！”

“不同意我就走！”苏妙倔强地说。

“走什么走？”苏妈拿着一副碗筷走回来，放到桌上，“叫他进来！”

此刻，马在舟的办公室，汤小金和马在舟相对而坐。

“你该没骗我吧？”马在舟问道。

“没骗你，一个星期就能搞定！”汤小金自信满满。

“那我得代表社区好好感谢你！”马在舟高兴地说。

“其实，我今天来是想请你帮个忙！”汤小金说。

“尽管说，你都帮咱社区干了这么大一件好事了，你有什么需要的，我要能做到，还能不答应？”马在舟干脆地回答。

汤小金从兜里掏出一个信封，递到马在舟面前，马在舟拆开一看，里面有两页纸，纸上写满了端端正正的字。信纸的上方写着五个字：入党申请书。

“你要入党？”马在舟惊喜地问。这样一个优秀的年轻人居然主动提出入党，马在舟感到无比欣慰。

党的十九届四中全会对党的建设和组织工作提出新任务新要求，要用党建工作引领基层治理，把党的组织优势转为治理优势。然而，最让马在舟头痛的就是社区党组织的自身建设相对薄弱，发展党员难度较大，真正能让社区党支部发展的党员后备人选少而又少。拿机车厂社区为例，三十五岁以下的支部党员仅占到15%，而六十岁以上支部党员占到了58%。社区治理工作的舞台上，年轻人如果不能唱主角、做顶梁柱，未来社区治理工作将步履维艰。这时候汤小金向社区提交入党申请书，让马在舟意外又惊喜。这是多么好的年轻人啊！有知识，有文化，有素质，有技术，有干劲，有担当。马在舟看着眼前这个年轻人，仿佛看到了年轻时的自己，也看到了党建引领下的社区的未来。

“说说看，为什么要入党？”马在舟压抑住内心的惊喜，假装镇定。

“我是一个农村孩子，我来成都十年了，从一个一无所知的少年，一个举目无亲的蓉漂，一路走到现在，历经了无数坎坷和磨难，但这个城市始终没有嫌弃我，抛弃我。它是公平的，也是包容的。在这里，我找到了自己的事业，找到了自己的爱情，也找到了自己的梦想。我觉得我应该为这个城市做点什么，哪怕是微不足道的贡献。我要扎根在这个城市，用我的亲身经历告诉所有的年轻人，只要肯打拼，只要肯努力，这个城市一定会有我们的一席之地。我今天正式向组织提交入党申请书，我知道，党员有党员的标准，在这里，我要向组织表态，我会用党员的标准来要求自己，让自己成为一名合格的中国共产党党员。”

马在舟从座位上站起来，伸出双手握住汤小金，眼中饱含热泪：“欢迎你的加入，汤小金同志！”

第四十八章　高考成绩

7月22日是公布高考分数的日子。晚上八点，康红玲早早地坐在电脑面前，等待查询小苗的分数。小苗坐在客厅沙发上，看似平静，其实心里忐忑不安。她不敢去看自己的高考成绩，虽然她觉得这次考得不错，但不确定的东西总会让人不敢面对。

楼下恰恰相反，关飞雪不敢查询小武的成绩，倒是小武显得非常平静，他拨弄着手机，等待成绩公布。关飞雪抽着烟，在房间里走来走去。小武报考华中师大这个事儿让她非常生气，她没想到小武会为了小苗去报考一所普通本科院校。高考结束过后，母子俩因此发生了无数次争吵。关飞雪甚至一度希望小武落榜，但是，等到要公布高考分数的时候，她又紧张起来了，怎么可能期待自己的儿子落榜呢?

而此时，马在舟正提着自己做的菜和一瓶酒赶往关飞雪的家。一天前，华中师大已经事先公布了录取分数线——547分，以小武平时的成绩来看，应该远远超出这个分数线。马在舟要给小武庆祝一下。虽然华中师大不如清华北大那样赫赫有名，但华中师大毕竟也是一所不错的学校，能考上华中师大也是值得庆祝的事。

半个月前，那一场篮球赛让蒋大坤一家破镜重圆。在欢呼的人群中，马在舟和关飞雪的目光穿过祝福的人群，在夜空中碰撞，那是一种久违而默契的对视。那一夜的幸福气氛深深地刺激到了马在舟，他决定，在一个合适的时候勇敢地向关飞雪表白，说出心中深埋的爱，消解这么多年的恨和抱怨，在二十年后再续前缘

马在舟想了很久，终于想到了7月22日这一天，因为这一天公布高

考分数，小武考上大学是值得庆祝的事，关飞雪一定会很高兴，趁关飞雪高兴，他向关飞雪表白，应该十有八九水到渠成。而此时，关飞雪的麻将馆已经关闭了一个月了，她的家不再像之前那样门庭若市。冷冷清清的院落里，一盏灯显得特别耀眼。

“咚！咚咚！”关飞雪的家门被敲响，关飞雪熄灭手中的烟，打开门，马在舟站在门前，笑意盈盈。

“你来干什么？”关飞雪问。

“今天晚上公布高考分数，我来预祝一下！”马在舟把酒提起来，展示给关飞雪看。

关飞雪没有说话，让开一条道，意思是让马在舟进屋。马在舟一进屋，就喊：“小武，马叔来给你预祝一下！”小武在屋里没有应声，马在舟没有客气，一屁股坐在餐桌前，从保温瓶里拿出菜，摆了一桌，一边摆一边说：“我看你挺紧张的，有什么好紧张的，小武成绩那么好，没问题的。”

“这臭小子，背着我填报的志愿是华中师大！气死我了！”关飞雪愤愤不平地说。

“我听说了，华中师大也不错，也是重点本科，小武立志要当老师，值得表扬嘛！”马在舟一边斟酒一边说。

“你以为他想当老师？这小子就是为了楼上康红玲家的那姑娘才报考的华中师大！”关飞雪说起这事儿，气不打一处来。

马在舟一愣，原来小武和小苗有这么一出。他回想起当初他带着小武去向康红玲求情，小苗主动答应小武替她补习功课，那坚定而决绝的眼神，其实已经为后面的情愫埋下了伏笔。这小武，怎么能为懵懵懂懂的感情自断前程呢？马在舟心里嘀咕着，但是他又想，连小武这样一个十七八岁的男孩子都能有勇气去追求爱情，而自己年近五十了，却还在情感面前畏畏缩缩，自己连小武都不如。

今天他鼓足勇气来向关飞雪表白，现在，酒也斟满了，菜也上桌了，关飞雪就坐在他的面前，他却不知道怎么开口。只见关飞雪掏出一张银行卡，推到马在舟的面前。马在舟定眼一看，就是那天他给关飞雪的银行卡。

“你来了，正好，本来我也想去找你。”关飞雪说，“卡，我还给你，里面的钱我没动！”

“为什么？”马在舟问道。

“昨天有人给我打电话，说房子她要了！所以你也不用卖你的房子了。何况，你家的房子还有马晓晓的一份，你要卖，马晓晓同意吗？”关飞雪一句话点中了要害。

是啊！马晓晓明确表态不答应卖。马晓晓不答应卖房子是其次，更要命的是，她从内心反对关飞雪和马在舟的感情，这段感情存在的本身是母亲李红不幸的根源。马在舟只好说：“你的房子不能卖！”

“明天对方就来跟我签合同了！”关飞雪说。

话音刚落，窗外突然传来康红玲的一声尖叫。原来，高考分数出来了。小苗以559分的成绩跨过了华中师大的分数线。康红玲跑到窗口，对着黑夜大喊：“考上了，我家小苗考上了！”此时的小苗看到母亲如此兴奋，知道自己顺利考上了华中师大，眼泪夺眶而出。这是多么幸福的眼泪，寒窗苦读多年，终于换回今夜的喜悦。虽然高考不足以给人生做出结论，但是它给年轻人所带来的悲喜却是人生中最为刻骨铭心的。

听到康红玲的呼喊，关飞雪和马在舟知道小苗考上了，同时转头望向小武的房间。只见小武从屋里走出来，淡淡地说：“房子不用卖了！”说完，他把手机放在桌子上，走回自己的房间，关上门。马在舟拿起手机一看，546分，差一分上线！关飞雪顿时瘫倒在椅子上。

是的，小武这次考砸了！

这些年来，几乎所有的街坊邻居都认为小武将来不是北大就是清华，这是关飞雪在现实生活中的唯一荣耀。而现在小武居然连华中师大都没考上。明天早上一出门，每个人碰到关飞雪都会问，小武考得怎么样？考上北大清华没有啊？她该怎么回答？

马在舟也惘然若失，原本他想的是，如果小武能够考上大学，如果关飞雪答应了他的表白，他就跟关飞雪一起供小武上大学。然而在这个夜晚，随着这个不幸的消息降临，马在舟的一切希望都化为泡影。原本想好的表白哽在喉里。

马在舟撑起身，走到门口，敲了敲小武的门。他知道，小武是不会开门的，他隔着门对小武说："小武，这次没考好，不要紧，明年咱们继续考！明年咱们考北大清华！"说完，马在舟回到桌前对着一言不发的关飞雪说，"不要难过，年轻人嘛，发挥不好，正常的，明年继续来！"关飞雪拿起桌上的酒杯，举起杯子一饮而尽，然后啪的一声把酒杯拍在桌子上，狠狠地说了三个字："我不服！"

而另一头，魏霆和赵旗的"高考"才刚刚开始。

在一个凉风习习的午后，一群鸽子飞过蓝天，遍山的松柏在风中摇曳，为小道铺上一层厚厚的绿荫。云岭公墓深藏在山野之中，无人的山坡上，两个年轻人站在墓碑前，他们的身前还有一架轮椅，轮椅上坐着的是战争硝烟中幸存下来的老战士孙孝辉。三个人望着魏振海墓碑上的遗照，遗照上的他微笑着面对这烟火人间，仿佛从未离去，而人世间的荣辱悲欢早已远隔阴阳。

"爸，孙伯来看你了！"魏霆看着父亲魏振海的墓，一边说，一边弯下腰，把一束菊花放在碑前。孙孝辉还穿着当年的旧军装，戴着当年的旧军帽，他已经老得说不出话来了，但眼神中依旧透露出一个军人的坚毅。他用颤抖的手摘下头上的军帽，然后缓缓地抬起右臂，向魏振海的墓碑行了一个庄严的军礼。

这是一个穿越四十年光阴的军礼。当年魏振海的确临阵退缩了，但他没有逃，他回到战场，拖着受伤的腿，把战友的尸骨一具一具背回我军阵地。他不是孬种，却背负了半生的愧疚。现在，他死了，他的骨灰被永远埋在这里，在他心中，只有死，才能算完成了当年“要为孙孝辉唱一辈子戏”的承诺。

而孙孝辉早已原谅了这个战友，每当他拖着半截身躯坐在窗前，听到魏振海在楼下的老茶馆里唱《定军山》，他的眼中就满含泪光。这出戏，他听到的是当年的边关明月，当年的戎马生涯，当年的战火纷飞，当年的岁月峥嵘。他脑海中不断浮现的是老黄忠在定军山下，搭臂张弓射苍穹，千军万马入汉中的画面。这一曲《定军山》唱出的是两个老战士不惧沙场刀光，宁可马革裹尸的家国情怀。当硝烟散尽，这一个阴阳两隔的军礼，诉尽人间沧桑。

夕阳西下，晚霞漫天，魏霆和赵旗推着孙孝辉，走在回家的路上，在机车厂社区的小道上，魏霆对赵旗说：“明天就是国际迪诺街舞大赛报名的日子。”赵旗叹了口气：“迪诺街舞大赛是团队赛，可现在只有我一个人！”话音刚落，他们已经走到了魏氏戏舍的门口，抬头一望，门口蹲着几个人年轻人，仔细一看，原来是阿豹、小凯、安娜和迪迪。阿豹撑起身，走到赵旗面前：“老大，我们组了个队，差一个领头的！”

“明天报名，就等你了！”小凯说。

“我们给我们的队取了个新名字！”安娜说。

“就叫‘机车少年’！”迪迪说。

魏霆和赵旗相视一笑，赵旗一个接一个地拍了拍大家的肩膀，然后转身对魏霆说：“师傅，你跟我们一起吧！”

魏霆看了看孙孝辉，摇了摇头：“你们去吧！我还是在这里唱戏算了！”

第四十九章　火锅城的分裂

机车记忆火锅城的牌子重新挂了起来。经过半个月的折腾，蒋大坤他们终于顺利开业了。但开业并不意味着一切顺利，开业的第一个月，火锅城生意凋敝。之前在火锅一条街的时候，每家火锅店都会翻台三四遍，而现在，别说翻台，上座率都不到三成，有的店甚至一天不开张。蒋大坤想来想去，出什么问题了，按照事先的预想应该不会是这样啊！最终总结出三个原因：第一，这是夏天，本来就是火锅的淡季；第二，头半个月，经过段小强一闹，很多原本要来的食客也被折腾走了；第三，成都火锅界的竞争太激烈了，就在歇业到开业这几个月的空档期，整个成都不知道又新开了多少家火锅店，火锅一条街的名气在这几个月内已经被人们淡忘了。怎么办？只能熬，也许熬到冬天生意就火起来了。但是，他曾向马在舟许下过承诺，一个月之内，解决社区一批4050人员的就业问题，这个承诺不能变啊！蒋大坤向来是个说话算话的人。

其实，如果让蒋大坤的蒋家老火锅接收几名4050人员是没问题的，但是几十号人平均分配到各家去，问题就来了。现在各家都经营困难，都在想着怎么缩减人员，压缩开支，怎么还能再添人手呢。为这事儿，蒋大坤决定召开一个会议来研究一下。

“我不同意！”会上，杨大哥第一个发言就提出了反对意见，“一个店二十多人，一天下来八个都闲着没事儿干，这生意怎么做？生意都做不下去，还让我添人手，这不找事儿吗？”

“我也不同意。”邱三妹也附和杨大哥的意见，“你都看到了，火锅城现在生意这么萧条，自己都顾不了自己，还管别人，我没那个本事！”

“这个店我投资几十万，等了一整天，就等来一个人，结果是来借卫生间，一天下来，我啥都没赚着，就赚了一坨屎，还倒贴卫生纸！”罗胖子的生意最惨，几天都没有开张。大家一听他的话，哈哈大笑，但这笑中无不透露出一丝悲凉。

“马在舟这个龟儿子把我们害惨了，在火锅一条街，咱们经营得好好的。现在他把我们撵到这个破地方来，生意一天不如一天，他不管我们的死活，我们还要替他解决问题，想得美！”侯老二把矛头转向马在舟。

“你给老子闭嘴！”蒋大坤突然发火了。火锅城目前生意不好，他允许大伙儿发发牢骚，但是绝不能说马在舟的不是。因为他知道，马在舟是铁了心在帮大家，现在走到这个境地，有困难，吐槽几句是可以理解的，但是这绝不应该怨马在舟。

“侯老二，你讲不讲良心？马在舟是什么样的人，你还不清楚吗？我们从火锅一条街搬到这里来，那是社区的人投票决定的，是他能做主的吗？投票的事儿我们是不是都答应了的，输了就输了，愿赌服输，怨得了马在舟吗？马在舟把这个地方腾出来给我们经营，他忙前忙后，接水通电，他得过一点好处没有？段小强要我们拿八十万的租金，最后是谁来帮我们搞定的，你没看出来吗？社区里4050人员就业的问题是马在舟自家的事儿吗？他明明可以不管，但是他仗义，他管，就凭这份仗义，我就觉得咱们应该兑现承诺。我看你是念完了经打和尚——昧了良心！”

侯老二一听蒋大坤这样说，也怒不可遏，他撑起身指着蒋大坤大吼：“蒋大坤，你说谁昧了良心？这些年我跟着你，你说怎么着，我就怎么着，你说怎么搞，大家都跟着你怎么搞，火锅一条街搞没了，火锅城也搞不走了，现在大家都活不下去了，你不替大家着想，还想着怎么帮马在舟，你是诚心为大伙儿的吗？我尊重你，叫你一声哥！现在你胳膊肘往外拐，我也没什么好说的。从今天起，我侯老二和你蒋大坤桥了桥，路了路，各走各的道！”说完，侯老二一拍桌子，转身离去。

蒋大坤看着侯老二离去的背影，一阵心酸，这个跟随他多年的小老弟终于说出了真心话。当他冷静下来，想想侯老二的话，其实也不无道理。现在大家都在硬撑，如果撑不下去，整个火锅城就完了，火锅城完了，大家都完了，谁还顾得了谁。当务之急是怎么把生意搞起来，但这个问题让他一筹莫展。这么多年了，这种情况还是头一次。一直以来，他都是这个团队的核心，大家都以他马首是瞻，如果找不到好的办法，这个团队很快就会分崩离析。

当大家从会场上散去，蒋大坤独自坐在大厅中央，一盏暗淡的灯光照着他，留下一个孤零零的身影。这个时候，一只手轻轻地搭在了蒋大坤的肩膀上。蒋大坤回头一看，是夏露。夏露微笑着看着蒋大坤。这微笑如此温柔，足以融化蒋大坤所有的疲惫和焦虑。夫妻之间最大的爱，最真实的体现，莫过于彼此的信任和理解。正如此刻，蒋大坤和夏露的对视，夏露是如此明了蒋大坤心中的苦闷，并用这微笑表达着对爱人的信任，她坚信蒋大坤能够熬过这一关，他永远是在球场上不服输的蒋大坤。而蒋大坤也能从夏露的眼中解读所有的语言，即便她已经失去了说话的能力，但这无声的凝视传达出的默默爱意给了他无穷力量和无限希望。对于一个男人来说，家，既是在日落时停靠的港湾，也是在日出时起航的码头。

第二天，蒋大坤来到社区办公室，他想跟马在舟沟通一个事儿，就是能不能先暂时把火锅城缴纳几个厂房的年租金缓一缓。毕竟这些日子火锅城的经营状况惨淡，如果能够把应当缴纳的年租金往后拖一拖，或许能够让大伙缓口气，熬过这段艰难的日子。

当他走进社区办公室，眼前出现一片繁忙的景象。社区主任杨媛媛正在修订机车厂社区对口支援甘孜州丹巴县革什扎乡、格宗乡等贫困乡的方案。两年前，她和其他几个社区干部驱车几百公里，去往丹巴县走访慰问当地几个藏族聚居区的小学，当地贫穷落后的状况让她触目惊心。藏族聚居区的孩子们和城里的孩子完全是两个不同世界的人，他们长到十多岁，从未拥有一个玩具，甚至根本就不知道这世界上还有一种叫玩具的东西。那一次，杨媛媛为当地的孩子带了一个足球，孩子们围着那个足球看了很久，不知是何物，也不知道怎么玩。为了给孩子们演示足球是怎么玩的，杨媛媛把球拿起来，一脚踢出去，结果踢到了一个泥坑中，杨媛媛赶紧跑过去，把球从泥坑中拿起来，然后拿到水桶里冲洗干净。她指着球对孩子们说："看到了吗？这叫足球，足球就是这样玩的！"孩子们似懂非懂地点点头，于是杨媛媛把足球交给孩子们。几天过后，杨媛媛回到这个学校，发现孩子们在操场里开心地玩着足球，但是，他们每踢一脚球，都会把球拿到水桶里去洗。他们认为，足球就是这样玩的。

回到成都后，杨媛媛找到机车厂社区幼儿园的陶院长，她告诉了陶院长丹巴县藏族聚居区的小学孩子们的现状。第二天，幼儿园的墙上展示出藏族聚居区的小学和学生照片，幼儿园提议，让孩子们回去找出自己不要的玩具，送给藏族聚居区的孩子。这个提议得到了孩子们以及家长的大力支持，很快就收集到了一批玩具。其实，这里边很多玩具并非孩子们不想要，孩子们的心就像清澈的小溪。三天后，杨媛媛开着一辆小面包车来到幼儿园搬玩具，陶院长看了看这辆车，然后对杨媛媛说："你得换一辆大点的车！"说完，他推开幼儿园的库房，满满一库房的玩具，三辆小面包车都装不完。

习近平总书记在党的十九大报告中指出，要动员全党全国全社会力量，坚持精准扶贫、精准脱贫，坚决打赢脱贫攻坚战。这两年，机车厂社区也积极投入脱贫攻坚的战斗中。对口支援丹巴县的六个贫困乡，不仅仅是送送玩具这么简单，杨媛媛制定的扶持方案中，包括了党建、民生改善、物流配送、技术交流合作等多个领域的帮扶行动。这两年，她和社区大型超市联系对接，全力拓宽丹巴县农牧产品销售市场，让帮扶贫困乡的农牧产品直接进入社区超市，迈过几道中间商后，当地的农牧民直接获取了最大利润，实现了增值增收。如今，机车厂社区所帮扶的六个贫困乡已经提前一年脱贫。

蒋大坤经过纠纷调解室，里面传出激烈的吵闹声，社区支部副书记老汪狼狈不堪地从里面钻出来。蒋大坤拉住老汪，问："咋回事？"老汪摇摇头："我快被这娘儿们逼疯了！"随后，调解室里传出一个中年妇女的声音："叫你们马书记过来，这个问题不解决，我就去上面告你们！"蒋大坤又问老汪："到底咋了？"老汪说："去年社区搞老旧院落整治，把老住宅重新翻修了一遍，为了保证规划合理，调整了每户居民家门的朝向。这个设计方案是经过居民集体研究通过了的，这个王姐最近跟老公吵架吵得厉害，她怀疑老公在外面有人！就跑来找社区的麻烦！"蒋大坤大惑不解："老公在外面有人，关社区什么事？"老汪说："她去找了个算命的，算命的跟她讲，因为门的朝向变了，风水坏了，所以老公就在外面有人了。所以她就来找社区，说社区改了她的门，坏了她家的风水！要社区把门改回去！"蒋大坤说："这也怪社区？"老汪说："是啊！都来闹了几天了！"

话说到这儿，马在舟走了进去。老汪赶紧拉着马在舟："马书记，别进去，那娘儿们在里面呢！"马在舟说："我还正想会会她！"老汪说："她正在气头上，你不自找麻烦吗？"马在舟说："我自有办法！"说着马在舟走进了调解室。

"王姐，咋个了，又跟周哥闹架啦！"马在舟笑意盈盈。

"马书记，我找你几天了！"王姐抱着一条狗。

"你是来说门的事儿吧！"马在舟不紧不慢，点了支烟。

"你们搞什么院落改造，我不管，你把我门的朝向都改了，原来是东西朝向，现在改成南北朝向，你是几个意思？”王姐怒斥道。

“改门这个方案是大家集体同意了的，我记得你也是签字同意了的！”马在舟回答。

“算命的说，你们这一改，朝向变了，风水就变了。我现在不同意了，我要把门改回来！”王姐说。

“你信算命的啊？”马在舟问道。

“我一直都信！当初要是先问问算命的，我就不会答应改门了！”王姐回答。

“你晓不晓得大家为什么要一致同意改门？”马在舟问道。

“我不晓得！”王姐回答。

“18栋的张姐，你认不认识？”马在舟问。

“认识。”王姐回答。

“她跟老公从来不吵架，结果呢？她老公在外面养小三，养着养着就跟小三跑了。有没有这回事？”马在舟问。

“有。”王姐回答。

“后来她去算命，算命的说，风水不好，得改门，后来趁社区院落改造，把门改了，没多久她老公就回来了。有没有这回事？”马在舟继续问。

“好像是有这么一回事。”王姐回答。

“所以说，这个门改得好，改得及时！”马在舟说。

“你这啥意思，难道说我这门还改对了？”王姐问。

“那当然咯，你要不改门，你老公估计跟张姐的老公一样，早就跑了！现在他跟你吵架是为什么，知不知道？”马在舟问道。

“为什么？”王姐问道。

“因为现在门改了，风水变了，你老公想跑的心没了，心思都放在你身上了，所以才跟你吵架。心思要是不在你身上，他还跟你吵什么吵？你看张姐，她老公从来不跟她吵，结果呢？说跑就跑了。门一改，她老公就回来了。”马在舟解释道。

“你这一说，好像还真有一番道理。”王姐将信将疑。

“所以你要感谢党，感谢社区，好在国家政策好，出钱把院落改造了，把门也给你改了，风水也顺了。别的不说，拿数据说话，自从改了门过后，我们社区离婚率都下降了，不信你去社区派出所查查，是不是离婚率下降了。我马在舟从来不说瞎话。”马在舟得意扬扬地说。

“可是，那算命的……”王姐还是不太相信。

“你别管那个算命的，我给你讲，你现在就回去，在菜市场买一斤五花肉，今天中午给你老公炒个回锅肉。我晓得，你家老周最喜欢回锅肉了，你再给他整半斤酒。保证你们两口子从此夫妻恩爱。”马在舟坚定地说。

“那我信你。”王姐被马在舟说服了，抱着狗狗就去菜市场买五花肉了。

当马在舟从调解室出来，蒋大坤一拍马在舟的肩膀：“你还真能忽悠！”

“这不叫忽悠，社区各种人都有，不圆滑点，老练点，很多问题都处理不好。”马在舟说。

“当年我要是留在社区，可能干不了这活。”蒋大坤说。

“那你就说错了，人是会随环境和工作性质改变的，很多改变都是被逼的。你要在这里，干我这行，时间长了你一样会这样。”马在舟说。

“也许你说得对。”蒋大坤说。

“你今天来找我什么事儿？”马在舟说。

“还不是为那个火锅城的事儿。”蒋大坤说。

“我都听说了，火锅城这两个月生意不景气，不如当初料想的那样，我也很着急。你想跟我谈的是火锅城缓交租金的事儿吧。”马在舟说。

“是啊，就是为这事儿来的。”蒋大坤说。

“其实这个事儿我们昨天已经会议讨论过了，你们经营困难，大家都是知道的，经过社区研究，同意你们缓交。你回去把大家的情绪稳定下来，不要放弃，好好干！经营上你要多想点法子！”马在舟说。

“那太感谢你了！你看，你上次向我提到，解决几十个4050人员的就业问题，我没能做到，你不怨我，还给我们解决这么大一个难题。”蒋大坤说。

“这个事儿我没忘，等你们经营走上正轨了，生意兴隆了，你一定要把这事给我办妥。”马在舟说。

“那是一定的。”蒋大坤说。

“不过有一个人的就业问题你要先给我解决了。他既不是40人员，也不是50人员。”马在舟说。

“那是谁？”蒋大坤问道。

“现在先不告诉你，过几天你就知道了。”马在舟卖了个关子。

“那好，只要是你马在舟推荐的人，不管怎么样，我蒋大坤都收！”蒋大坤坚定地说。

事情谈妥过后，蒋大坤卸下了包袱。这回他可以给火锅城的弟兄们一个交代了，特别是要给侯老二一个交代，他蒋大坤不是一个“胳膊肘往外拐的人”，该为弟兄们办的事儿，他一定不会拉稀摆带。

当蒋大坤走出社区，看见一个戴着太阳帽和大墨镜的女子从社区财务室里出来。他见这女子的背影有那么一点熟悉，几步上前，在背后大喊一声：“站住！”那女子停下脚步。蒋大坤又喊，“转过身来！”那女子畏畏缩缩地转过身。蒋大坤看见女子的脸，认出了她，他喊道：“马晓晓，你还有脸回来！”

第五十章　生命的价值

让我们回过头来说说马晓晓的故事。

猫哥的办公室里，一张合约推到了马晓晓的面前。

“干得不错，马小姐！”猫哥跷着二郎腿，“你现在是全成都最红的网红。公司成全了你，打造了你！”

“这是什么？”马晓晓看着桌上的合约。

“恭喜你，这是一份季度直播带货合约。这是公司为你争取的。签了它，你就会获得交易总额16.5%的提成。”猫哥说。

马晓晓翻开合约，最后一页是商品的品牌清单，清单上全是国际知名品牌的时装、香水、化妆品、箱包。

“按照公司的预估，16.5%提成具体下来，这个季度你的收入保底在三百万左右。”猫哥继续说。

“但是……”马晓晓有些犹豫。

“我知道，你的人设是时装设计师，所有的人设都是假设，难道你只想活在假设中？年轻人，我干这行很多年了，你要知道，没有哪个网红能够一直红下去，现在你已经走到了巅峰，到了变现的时候了。”猫哥说。

“我跟‘锦花’这个品牌是有合作的，是‘锦花’成就了我。”马晓晓说。

“你要记住，是公司的运作让你获得最具人气奖，这是公司给你的名，现在公司给你合约是让你获得利。名和利是支撑我们不断奔跑的动力。‘锦花’是什么？‘锦花’只是一个小品牌，能和国际知名品牌比吗？眼光放长远一些。‘锦花’对于你来说只是一个台阶，你站上这个台阶，只为摘到树上的果实，而果实在哪里？果实在这里！”猫哥指着合约对马晓晓说。

是啊，这是多么诱人的果实，它就在马晓晓的面前，唾手可得。但是，马晓晓也深知，签下这份合约就意味着要和沈先生呕心沥血的‘锦花’一刀两断。这些日子里，沈先生一直潜心研究蜀锦的制作工艺，炼染、纹制、织造，无不深研，他希望把自己的设计完美融入作品中，然后通过马晓晓的直播，把织造技艺、设计理念、文化内涵传播给大众，让这独属成都的非物质文化遗产得到认知和传承。

那一夜，马晓晓彻夜难眠，对于猫哥提供给她的丰厚回报，她没有答应，也没有拒绝，她让猫哥给她两天时间考虑。第二天傍晚，她来到锦城公园。沈先生每天傍晚都会在环湖绿道上跑步，她和沈先生约好在这里见面。黄昏的余晖中，马晓晓站在湖边，晚风吹拂起她的长发，也吹动她心中的水波。这时候，沈先生从远处跑来，渐渐放慢脚步。他看到了站在夕阳深处的马晓晓的背影，一袭洁白的长裙和湖中波光融为一体，当马晓晓回眸的那一刻，发丝被风撩动，她轻轻地梳理眼前的刘海，素颜的她比任何时候都楚楚动人。

“嗨！”沈先生一边用毛巾擦拭额头上的汗珠，一边向马晓晓打招呼，“这么急着见我，有什么事吗？”

“我，想问你一个问题。”马晓晓说。

“哦？”沈先生有点意外，在这个时候，这么急着见他，只为问一个问题，那一定是一个非常重要的问题。沈先生走到马晓晓面前，看着马晓晓。马晓晓转过身，面向夕阳，沈先生走向前，和马晓晓并肩而立。

“有人跟我讲，名和利是支撑我们在这个世界上不断奔跑的动力。我想问你，是这样吗？”马晓晓看着远方。

“不，我不这样认为！”沈先生回答。

“还有什么在支撑着我们？”马晓晓问。

“梦想！”沈先生回答。

“梦想？”马晓晓把这个词重复了一遍。

“每一天你都会看到很多人，夜以继日的奔忙，有的人是为了维系生存，而更多的人是为了让生存更有价值和意义。”说到此处，沈先生停顿了一下，并没有说出下半句。

“是梦想让生存更有价值和意义。”马晓晓说出这句话的下半句。

话到此处，天色暗了下来，城市的灯火渐渐亮起，满城灯火照亮了整个夜空。

“你看，多么美丽的一个城市，这个城市的每一盏灯都是一个梦想，正是因为有了梦想，才让这个城市充满生机。”望着成都的夜空，沈先生满怀深情。

“你的梦想呢？”马晓晓转过身，看着沈先生问道。

“我带你去看一样东西。”沈先生回答道。

二人驱车来到沈先生在太古里的工作室。

沈先生摁开灯光，当初从设计室中央垂下来的一大幅锦缎已经消失不见了，呈现于眼前的，是十多套最新设计的时装，这些时装雍容端庄，色彩线条自然流畅，每个细节都穷工极态。这些时装震惊到了马晓晓。

“这是我最近设计的一个系列，是我这三年来最满意的作品，我想给它们取一个名字，但一直没有想好，直到今天，我看到你站在水边，夕阳照射着你的身影，晚风吹动着你的头发，我脑海中突然就想到了一个非常适合的名字，叫‘浣香临水’。”

“浣香临水？！哇，好名字！”马晓晓不由得为之赞叹。

“我已经收到了巴黎时装周的邀请，下个月，我将带着这个系列去参加巴黎时装周展示，我要把成都的蜀锦工艺带到T台上，让中国的文化在国际舞台上呈现光芒！”沈先生自豪地说。

“这就是你的梦想？”马晓晓问道。

“是的。说来我还真得好好感谢你，是你给了我创作的灵感。”沈先生说。

“为什么是我？我只是一个普普通通的成都女孩，我的梦想就是当个网红，图的就是名和利，这算什么梦想，如果这也算梦想，那么我的梦想和你的梦想比起来，是那样市侩，那样庸俗，那样浅薄！”马晓晓说。

“你的梦想实现了，你现在就是成都最红的网红，你有什么感受？”沈先生问道。

“疲惫，无比疲惫，那些围绕在我身边的光环和荣誉满足了我的虚荣。但是，每当夜深人静，我站在镜子前，我都会问镜子里的那个人‘你是谁’。我小心翼翼地隐藏着真实的自己，不敢面对我的过去，不敢承认我的现在，不敢想象我的未来。我知道，所谓身世，所谓身份，所谓生活，都是假的，虚构的。这些东西像一道道枷锁困住我，让我不能动弹。”马晓晓回答。

“而我看到的你是最真实的你，名利在诱惑你，你试图挣扎，这是你的本真。从内心来说，你是纯粹的，善良的，你不用质疑。当你站在一个更高的角度审视自己，去怀疑，去否定，去反思，这便是你的成长。这是一种只有到达了某个高度过后才能实现的成长。就像世间万物，总要经历夏天的炙热，才会结出秋天的果实，总要经历冬天的寒冷，才能生出春天的繁花。我们每个人都和世间万物一起生长，在更迭的四季中不断轮回，不断重生。所以，你现在要做的，不是做回自己，而是抵达一个更好的自己。”沈先生说。

这一夜，马晓晓和沈先生在落地窗前仰望星空，俯瞰大地，在城市的霓虹和万家灯火中聊尽人生参悟、世间苍生。直到凌晨，马晓晓突然醒来，发现自己正依偎在沈先生的肩膀上。她也不知道什么时候俩人竟然走得如此之近，而沈先生还在沉睡中，完全没有意识到马晓晓已经苏醒。马晓晓看着沈先生，他是那样地成熟、温柔、自律、睿智、专注。她发现自己不知不觉中已经爱上了沈先生。她想起十多年前，她所膜拜的那个男护士小丁，假设小丁还活着，也应该是这个年纪。原来，她一生中所追求的爱，以及爱的载体，从未改变，变的只是时间而已。

但是，她该如何面对这样的情感。她轻轻地抚摸着沈先生的头发，对于她来说，这是多么完美的一个男人。他能够给自己思想启迪，事业助力，生活关怀，情感抚慰。可是，这是她爱情的归宿吗？这是她灵魂的家吗？她不敢确定。她缓缓地从他的臂膀中起身，把一条毛毯搭在沈先生的身上，然后整理了一下自己的衣装，轻轻地合上门，悄然而去。

凌晨五点的大街上，微风轻轻地吹拂马晓晓的脸庞，她带着笑，又含着泪，这是爱情带给她的幸福，一种发自内心深处的幸福。她由衷地感到，爱一个人如此快乐，尽管她不知道这样一种默默无声的爱能不能得到对方的回应，能不能得到等量的感应。但是，爱本身是甜蜜的，她仿佛回到了十二岁那年，穿着白衬衣，戴着红领巾，穿过梧桐树荫掩盖下的街道，去等候那个对自己一无所知的男子。她曾因为这段不堪的记忆而放弃了回忆。如今，当她回想当年那段情感，突然觉得，有的爱埋在心底，不说，不是因为怕失去，而是因为更坚定。

“你还有脸回来！”蒋大坤呵斥道。

蒋大坤的这一声怒斥把马晓晓惊了一下。她摘下墨镜，低声地喊了一声：“蒋叔！”

“长脸了啊！出名了，连你爸都不认了。”蒋大坤听马在舟说过马晓晓的事，对马晓晓数典忘祖、沽名钓誉的行径非常生气。

“蒋叔，我……”马晓晓想解释，但又不知道怎么解释。

“我什么我？回来了为什么不跟我讲一声！走！”蒋大坤命令道。

“去哪里？”马晓晓问道。

“吃火锅！”蒋大坤一把拉起马晓晓就走，马晓晓的心里突然泛起了一股温暖。原来，不管自己做了多么忘本的亏心事，在蒋叔的眼中，只不过是一时的小调皮，她永远都只是个小孩子。

蒋大坤拉着马晓晓，一路走一路教训，转眼就来到了火锅城。蒋大坤招呼蒋家老火锅的伙计们：“来，把火点起，开两瓶啤酒！”马晓晓看着蒋大坤，他多么像自己的父亲马在舟啊，嘴巴上各种数落，其实心里面无比地在乎。的确，当蒋大坤认出马晓晓的时候，虽说对马晓晓一股脑的怨气，但更多的是久别重逢的欣喜。

一口热气腾腾的火锅摆上了桌，几杯酒下肚，马晓晓说：“蒋叔，什么时候搬到这里了？”

“你说你爸会支持我，支持个屁，最后投了朱晓慧一票，我们火锅一条街被取缔了。还好，你爸的良心还没有泯灭，给我们找了这么一个地方。”蒋大坤笑呵呵地说。他对马在舟当初那背信弃义的一票早已不在乎了。

“我爸就是那副德行，你别跟他一般见识！”马晓晓说道。

“马晓晓，我可要说你几句。你爸，不管再怎么都是你爸，你不要以为你当了网红，连爸都不认了。你在网上的视频我都看了，什么设计师，什么名媛，统统都是假的，看你演得有多认真，我就觉得有多可笑，什么蜜妮苏珊，别人认不出来，老子还认不出来？老子是看着你长大的！不管你加多少美颜滤镜，我都认得出来。不过，话说回来，你现在红了，你还记得你说的话吗？”蒋大坤问道。

“什么话？”马晓晓在记忆中搜索着。

“你说你红了，我要请你，你分分钟到位。这话你说过没？”蒋大坤问道。

“对，我说过，可你没请我啊！”马晓晓说。

“我现在就邀请你！”蒋大坤提出了邀请。

“好，你说，怎么做？”马晓晓很干脆，一只脚搭在了凳子上。在蒋叔的面前，她又做回了那个天真率性的女孩子。

“你看我们这个火锅城，开业到现在，生意一直不景气。”蒋大坤说。

“为什么？”马晓晓问道。

“唉，一言难尽。开业前发生了点事儿，折腾了大半个月，客人都被折腾走了。你知道，现在这个市场，竞争那么激烈，稍微扯一下拐，客人就不回头了。现在要想让生意恢复到原来的样子，只有加大宣传。”蒋大坤说。

“我懂了，蒋叔，这事儿包在我身上。不过，我不是美食主播。”马晓晓干脆地答应下来。

“你现在红了，几百万的粉丝，你要能给我们火锅城宣传一下，我们火锅城一定会火起来。”蒋大坤说。

“对了，你为什么不邀请当初你邀请过的那个美食主播大胃贝壳汉姆？”马晓晓问道。

“你还不知道他的事儿吗？”蒋大坤问道。

“怎么了？”马晓晓有点意外，预感到有什么事发生。

“上个月我邀请了他为我们火锅城做直播，他满口答应，挺爽快的。但是后来一直没来，我觉得不对劲，打电话一问才知道，事儿坏了。”蒋大坤说。

“他怎么了？”马晓晓问。

“他现在只剩半条命了。”蒋大坤回答。

此时大胃贝壳汉姆正躺在医院的病床上，氧气面罩下的他已经奄奄一息。多年来，暴饮暴食引发了胃糜烂、胃溃疡、食管癌、高血压、高血脂、糖尿病等多种疾病。现在，他的肉身成了肠胃病的标本，只能静静地躺在那里，等待死亡的来临。马晓晓站在大胃贝壳汉姆的身旁，看着他行将就木的身躯，他的美食直播停在了163期。那天晚上，马晓晓怀着崇敬的心情追随他，看到他在黑暗深处扶着电线杆呕吐。现在的他病入膏肓，或许在那时就有了不祥的预兆。他才二十八岁，这是一个多么美好的年龄，他还没有结婚，没有孩子，人生还有很多应有的体验，他还没有尝试，人生还有很长很长的路，他就已经到了终点。他有一千两百万的粉丝，但此刻，没有一个人在身边。

看着这个即将离世的生命，马晓晓的心中充满了迷惘和惆怅，我是谁？我来自哪里？我又该去往哪里？所有的问题像一张考卷一般，浮现在马晓晓的脑海中。我们一生都在探寻答案，试图揭晓谜底，其实答案和谜底都很简单，明明知道自己将要抵达前方，但眼前总是笼罩着一层厚厚的迷雾，身边总有让你困惑的路标，耳旁总有让你怀疑的声音。马晓晓走出病房，走在医院冰冷阴暗的过道中，窗外照射进来的一束阳光把她的影子拉得很长，她的身躯和灵魂在光芒中化作一段剪影。她拿出包里猫哥给她的那份合约，撕碎，随手扔进了医院的垃圾桶里。

第五十一章　短暂的相逢

九月初的一天，关飞雪的家门被敲响。关飞雪打开门，康红玲站在门口。

“关姐，在家呀？”康红玲笑意盈盈地说。

“什么事儿？”关飞雪感到康红玲的到来不怀好意。

“明天请您到咱家吃个饭！”康红玲说。

“吃饭？”关飞雪意识到了什么。

“咱家小苗过两天就要到武汉上大学了，明天我邀请了街坊邻居到我家吃个饭，庆祝一下！”康红玲说。

当康红玲说出这个请求，关飞雪一下子就明白了，这哪是吃饭啊，这明明就是让街坊邻居来看她关飞雪的笑话。这两个月里康红玲意气风发，不时地从她家窗口传来爽朗的笑声。康红玲逢人便展示小苗的录取通知书，说起当初关飞雪是如何看不起小苗，说她家小苗只能考技校，现在小苗考上了华中师大，而关飞雪的儿子小武却落榜了。这一盛一衰的反差更显得那张录取通知书光芒四射，这是康红玲的逆袭，也是对关飞雪的讽刺。

整个夏天，关飞雪和小武都沉默不语，高考失利的阴影笼罩着这个家庭。关飞雪原本打算把房子卖掉，供小武上大学，就在准备签订合同当天，买家爽约了。说来也巧，买家想买下关飞雪的房子，好让自家孩子能够就近念书，就在签约当天，突然听到街坊邻居议论，说卖家的孩子高考落榜了，觉得不吉利，于是放弃了签订合同。关飞雪想，也许这就是命吧。如今，康红玲来到她家，邀请她去参加小苗的升学宴，让原本就沮丧的关飞雪更加沮丧。面对这样的挑衅和讥讽，她狠狠地说了一句："不去！"然后啪的一声关上了门。康红玲早就预料到了可能会有这么一出，她并不生气，隔着门对关飞雪喊："关姐，你要是没时间，小武也可以来一下，他可是小苗的老师啊！咱家小苗能考上大学全赖他，要不然，咱家小苗只能上技校了！"

关飞雪靠着门，听着康红玲在另一头冷嘲热讽，眼泪哗啦啦地流了出来。但她能说什么呢，小苗考上了，小武落榜了，事实就是这样，她无力反驳。此时，小武从屋里走出来，对关飞雪说："妈，我要复读！"

此后三天，康红玲家人来人往，门庭若市。她大摆筵席，招待完了街坊邻居又招待亲朋好友，然后又招待小苗的老师和同学。金榜题名的喜庆之气洋溢在康红玲的家中。而关飞雪开始着手小武复读的事。按照政策，公立学校不再招收复读生，要复读只能去私立学校。私立学校离社区很远，只能住校，而且收费很高。关飞雪咬咬牙，决定把小武送到城南一所最好的私立中学。至于高昂的学费，总会有办法。等到小武复读，考上北大清华，她也要像康红玲一样，大摆三天宴席，邀请亲朋好友，邀请左邻右舍，邀请老师同学，她要把丢了的脸全部找回来。

三天后的一个清晨，一辆小车停在了楼下，康红玲和小苗背着大包小包意气风发地上了车，邻居们纷纷赶来，献上美好的祝福。车子发动引擎，母女俩在车上向大家挥手道别，在一派欢乐祥和的气氛中，车子驶离社区，去往双流机场。等车开远，送别的人走散了，关飞雪和小武才从家里出来，推着箱子，提着包，走出社区。母子俩一路走，一路沉默，俩人形影相顾，愈发孤单。他们在路边找了一辆出租车，钻进车里，悄然无息。

小武坐在车里，望着车窗外一闪而过的卖臭豆腐的小商贩、炒板栗的中年妇女、等候公交车的男人、骑着共享单车的年轻女子，他的心里五味杂陈。他和小苗深深地相爱，而今天他们却要去往不同的地方，进入不同的世界，开启不同的人生。出发前一晚，关飞雪和他做了一夜长长的谈话。麻将馆关闭过后，这个原本就不富裕的家庭现在还要担负一笔高昂的学费，关飞雪向所有的亲戚朋友伸手借钱，勉强筹集齐了这笔学费。关飞雪明确地告诉小武，她要小武考上北大清华，只要能考上北大清华，才能一雪这个家庭的耻辱。而小武多么想和小苗一起就读同一所大学，他无数次幻想和小苗走在校园的绿茵小道上，走在操场的跑道上，走在校园的每一个角落。但是他身上背负着另一个更为重大的使命，这便是母亲给他的使命，他只有实现这个使命才能让母亲以及这个家庭涅槃重生。这就意味着他和小苗永远不可能在同一所学校。

小武摇下车窗，让车外的风猛烈地吹拂着他的脸。他很想跟小苗发个短信，但即将去的那所私立高中不允许用手机。这时候，前方亮起了红灯，车子停了下来，风也停了下来，车辆在红灯前均匀地排列在了一起。此刻，小武旁边的一辆车也缓缓地摇下了车窗，小武定眼一看，居然是小苗。原来，小苗的车是去往城南的双流机场，而小武的车是去往城南的私立高中，两辆车在这短暂的同路中相遇在了一起。小苗望着小武，小武也看着小苗，目光在空中碰撞，近在咫尺又似远隔千里，有千言万语却不能发声。只见小苗掏出一张纸，出示给小武看，纸上用记号笔写着两个字：“加油！”小武赶紧找出纸和笔，写了两个字：“保重！”小苗眼中泛起了泪光，她埋下头，在纸上写了两个字：“坚强！”小武赶紧又在纸上写下两个字：“笃信！”小苗的眼泪已经无法阻止，她流着泪，埋下头，写下她的回应：“等你！”两个人看着对方，心潮翻滚，这份爱是离别之前唯一能给对方的慰藉和幸福。这时红灯已经变成了绿灯，车辆缓缓启动，前面就是岔路口，两个人即将在前面的路口各奔东西，驶向各自的未来。小苗赶紧埋下头，在纸上写画着什么，但是车速已经越来越快了，等她把纸出示在车窗上，两辆车已经逐渐分开，小武看不清楚小苗写的是什么，小苗把双手伸向窗外，试图让小武看清，但是车速越来越快，两辆车隔得越来越远。一阵风吹来，小苗的手一松，纸片飞向了空中，小武最终还是没有看清纸上写的是什么，车子在路口，一个向东，一个向西，分道扬镳。

此时车窗外下起了小雨，小武车里的收音机响起了一个女播音员的声音：“也许每一次分别都是为了下一场重逢，也许每一段等待都是为了更深情的相拥，当夜空斗转星移，当季节轮回更替，当我们渐行渐远，让我们再一次为彼此祝福，去相信爱，相信未来，相信在这个人来人往的城市，一定会有两个人在彼此期待。所以，祝我们一路顺风，且行且珍惜。下面这首《且行且珍惜》送给收音机前的你，送给所有的听众朋友们。”音乐响起。

迎着风向前行。
我们已经一起走到这里。
偶尔想起过去，
点点滴滴如春风化作雨，
润湿眼底。
憎相会，爱别离，
人生怎可能尽如人意。
缘字终难猜透，
才进心里，却已然离去。
没有谁能忘记，这真挚情谊，
你会祝福我，我也会祝福你。
且把泪水轻轻拭去，期待再相遇。
就算相见无期，在某个夜里，
你会想起我，我也会想起你。

默契永存你我心底，情缘系千里。

且行且珍惜。

……

一个女人带着一个孩子走在路上。一张纸从高架桥上缓缓落下，落在孩子的身前，孩子捡起那张纸一看，纸上画着：

第五十二章　一杯奶茶

迪诺国际街舞大赛成都赛区的预选赛在欢乐谷外的广场上举行，为期一周的赛事聚焦了全西南街舞爱好者的关注，吸引了来自整个云贵川渝地区七百多名选手参赛，超过一万名观众到场观赛，网络直播浏览量达到了五十万人次。比赛分为“POPPING”“LOCKING”“WAACKING”“BREAKING”等八个单项。赵旗所率领的“机车少年”一登场就以青春活力、创意十足的舞蹈设计引爆全场，很快赢得观众的欢呼，圈粉无数。最后的结果，以九个评委都打出的全场最高分赢得了进入决赛的入场券，这个局面在以往多届比赛中还是第一次出现。“机车少年”被公认是最具有冠军潜质的团队。一群记者围在“机车少年”的身边，照相机不断地闪烁光芒，一大堆麦克风摆在了赵旗面前，赵旗应接不暇。

一辆黄色比亚乔赛摩驶入广场，一个穿着黑色皮衣皮裤的女子潇洒地跨过车身，摘下头盔，长发飘然落下。她摘掉手套，把头盔放在摩托车把手上，然后整理了一下长发，走向赵旗。众人被这个英姿飒爽的女子的气场彻底征服了，所有的采访都停了下来，视线转移到这个时尚靓丽的女子身上。女子走到赵旗面前，停顿了几秒，然后说：“赵先生，接受专访吗？”

第二天，两辆赛摩奔驰在天府大道上，沿着环山景观大道，盘旋而上，一直驶向山巅的“城市之眼”。赵旗驾驶着他最心爱的豪爵H20，一路追逐前面的黄色比亚乔，他被这个叫上官潇潇的记者深深地吸引了。

两辆车先后到达山巅，在“城市之眼”最中央，赵旗和上官潇潇摘下头盔，临风而立。整个城市在他们的面前如一幅壮丽的画卷。

“你的专访就在这么特别的地方？”赵旗问道。

“只有这个高度才符合我们的话题！”上官潇潇机智地回答。

“好吧，那让我们开始吧！”赵旗说。

“你的团队为什么叫‘机车少年’？”上官潇潇问。

“我们的团队在一个叫机车厂的地方排练演出，所以取了这么一个名字！”赵旗回答。

“我能感受到，你的舞蹈设计中有一种有别于其他舞蹈团队的东西。”上官潇潇问道。

“你觉得是什么？”赵旗反问。

“底蕴，深厚的底蕴，不再是年轻人价值观的单方面输出，有情怀，有诉说，有对这个世界的关怀和期待！你的表演让我想起了一个多年没见的朋友。你说说看，你的创作有没有受到什么人的影响？”上官潇潇回答。

“我在机车厂社区遇到了一个人，他影响了我，他是一个真正的舞者，淡泊名利，恬淡安贫，如孤云野鹤。”赵旗说。

“他叫什么名字？”上官潇潇问道。

“他叫魏霆。”赵旗回答。

上官潇潇的脸上突然出现一丝异样的表情。她沉默了一会儿，然后说：“他是你的谁？”

“我的师傅。”赵旗回答。

“可不可以见他？”上官潇潇问道。

十年前，上官潇潇就读于昆明一所大学中文系。在一家酒吧，她认识了一名舞者，深深地为这个舞者着迷。每个周末的夜晚，她都会和姐妹们到酒吧看他表演。一个周末，她再次和姐妹们来到酒吧。她想好了，这一次，无论如何都要在表演结束后找这个舞者要电话。然而，出乎意料，一个服务生走过来，递给她一个烟盒，烟盒内有一张锡箔纸，锡箔纸上写着："结束后，我在街对面的奶茶店等你。"她问服务生这是谁的烟盒，服务生回答，是台上那个舞者给她的。她欣喜若狂，幻想着表演结束过后，去迎接人生中最期待的那场约会。这时候，酒吧里的一群社会青年注意到了她和她的姐妹们，他们走过来不断骚扰，要她们喝酒，酒吧的保安出面干预，他们就和保安打了起来，一个酒气冲天的男子趁机扑向了上官潇潇，试图趁场面混乱把她带走。上官潇潇拼命挣扎，大声呼救，突然，啪的一声，那个男人的头突然垂了下来，额头上的血流在上官潇潇的衣服上，那个舞者提着一个破碎的酒瓶站在她的面前，镇定地对她说："表演结束了，请你喝杯奶茶。"

就这样，两个人牵着手走出酒吧，穿过昆明最冷的街，走进对面的奶茶店。

"你叫什么名字？"舞者问。

"我叫上官潇潇，你呢？"她捧着一杯热气腾腾的奶茶，忍住泪，看着对方。

"我叫魏霆！成都人。"舞者回答。

话到此，两个人沉默了几秒钟，随即猛的一下拥抱在了一起，丝毫不顾忌周围的人。店里的顾客被这两个人给怔住了。两个人浑身带着血，肆无忌惮地拥吻。十分钟后，一辆警车驶来，带走了魏霆。

因过失致人死亡，魏霆被判了十年，他拒绝任何人的探视。而上官潇潇每周都去那家奶茶店回忆这段短暂而刻骨铭心的相逢。从国外留学归国后，她选择了在成都就业，成了一名记者，她相信，在这个城市她还能遇到这个名叫魏霆的男人。

她做到了。

当天，两辆赛摩驶入机车厂社区，在魏氏戏舍的门口停了下来。

赵旗和上官潇潇推开门走了进去，魏霆正穿着戏服在戏台上排练。赵旗走到戏台下，对着台上的魏霆喊："师傅，有个记者想采访你！"魏霆转身，看见台下站着一个长发披肩的机车女郎。他觉得好像在哪里见过这个女子，但又不能确定，记忆在脑海里反复重播。只见那个女子掏出一个烟盒，对魏霆说："我想采访一下，这些年你有没有想过请我喝奶茶？"

第五十三章　“有事说事”平台

汤小金兑现了他的承诺。

一个月后，汤小金开发的社区居民网络自治平台上线试运行，他给这个平台取名“有事说事”。马在舟和社区的工作人员入户动员社区居民注册登录“有事说事”，同时向居民介绍这个平台的使用原则。这是一个社区居民全员参与，对社区具体事务公开透明进行决策的网络平台。一是要遵循依法自治原则。但凡有法律法规明文规定的事项不再作为议事内容。社区居民必须在法律允许的范围内进行自治；二是实名注册原则。实名注册有助于公民对自身的言论负责，说出代表自身利益的诉求，避免个别人借用他人名义或者匿名发布不正当言论；三是全民参与原则。“有事说事”是一个开放的平台，是社区居民对本辖区具体事务进行提议、讨论、监督的平台，应当确保每一个公民平等地享有社区自治的权利。如只有少部分人参与，所做出的决策就不具有完全的效力和权威；四是实时纠正原则。所做出的决策，经过一段时间的实践发现不能有效地解决问题，或者因为外部条件发生了变化，造成决策失效，可随时再启动提议，再讨论，再决策。

“有事说事”试运行的第一个事项，就是在小区里推广运用人脸识别技术。在此之前人脸识别技术早已经运用于刑侦破案、摄像监控、金融支付等领域。现在，机车厂社区准备把人脸识别技术运用于机车厂社区门禁系统。把小区居民的人脸录入系统过后，小区居民不需要钥匙，也不需要证件，只需要在摄像头前一站，门就自动打开了，这能给小区居民带来很多方便。但还是有少部分居民对此表示了担忧。他们认为，把人脸录入系统后，是否能够保护人们的隐私，那些收集人脸信息的程序是否安全可靠，收集的这些数据接下来又会被运用到哪里，是否会涉及授权以外领域？

当社区提出使用人脸识别系统这个提议过后，“有事说事”将其公布于平台，社区居民通过手机就能看到这个提议，也能够直接通过手机对这个提议进行充分讨论。通过讨论，马在舟和他的同事们也收到了很多好的建议，对运用方案进行了修改完善。最后，当成熟的方案在网上公布，社区居民开始对此进行全民投票。这一次的投票不同于上一次对火锅一条街去留问题的投票，社区不用再组织大型会议，也没有什么社区代表，因为每个人都可以通过自己注册的账号来代表自己，这是最大的区别。参与这次网络投票的居民达到八千多人，占到了社区成年居民的99%。之前鉴于工作时间等原因，很多具有判断能力的居民无法参加业主大会、居民代表大会，比如教师、医生、律师、政府机关公职人员等，而往往这部分居民对事物的判断更有科学性、客观性、前瞻性，这一次，“有事说事”提供给了他们参与决策的时间和空间。所以，此次议事的参与度高于任何一次居民代表大会，真正地实现了社区治理人人参与。最后，经过投票，按照少数服从多数的原则，通过了在社区运用人脸识别系统这一提议。

人脸识别系统的问题解决过后，要解决的第二个问题是关于垃圾分类处置设备。这也是马在舟一直想干，但没有干成的事。长久以来，居民们习惯把垃圾装在一个口袋里面扔掉，而事实上，生活垃圾分为可回收垃圾、居家厨余垃圾、有毒有害垃圾、餐饮油污垃圾和其他垃圾五类。垃圾中有些物质不易降解，容易使土壤受到侵蚀，还有些废弃的电池含有汞、镉等有毒物质，会对人产生严重危害。如果能够在社区实行垃圾分类，不仅能去掉可回收的、不易降解的物质，减少垃圾数量，还能变废为宝，将一些垃圾回收利用，既环保，又节能。

这些年，虽然政府在扶持，社会在提倡，但是居民很难改变长久以来形成的生活习惯，积极地参与到垃圾分类的行列中来。从未接触过垃圾分类的居民在第一次听说要将生活垃圾分为五类，按类投放时，大多数人是拒绝的。他们第一反应是，“垃圾嘛，丢了就行，为什么要分类？好麻烦哦”。转变意识并不是一朝一夕的事。为此，社区组织居民建立了居民小组长、楼栋单元长、居民代表三级居民发动机制，上门宣传垃圾分类，上门送垃圾桶，教居民们如何分类。部分积极参与垃圾分类的小区居民组建了一支志愿者队伍，每天挨家挨户上门宣传动员。很多人白天在外上班，志愿者便晚上上门宣传讲解。慢慢地，居民们对社区工作者的工作给予了理解。每个小区大门都立着一块公告栏，上面记录了每户居民垃圾分类动态统计数据。“5-1-19，已减重89公斤；13-1-13，已减重100.5公斤……”从统计表能够看到，95%以上居民都已做到了垃圾分类。

实现了垃圾分类，马在舟想到如何在小区内直接进行处置，从而减少垃圾运输的成本以及在运输过程中可能造成的二次污染。这次，马在舟准备由社区出资为每个小区购买一套垃圾分类处置设备。这涉及了资金使用，于是，“有事说事”平台再一次启动。提议分为两个阶段，第一个阶段是要不要采购垃圾分类处置设备。采购处置设备本是好事，但还是有个别居民提出，设备可能产生噪声和气味。好在大多数居民对此是予以支持的，采购处置设备的提议很快便通过了。第二个阶段是关于采购什么品牌的处置设备。为此马在舟带着社区工作者拜访了很多厂家了解设备的价格与性能，也走访了很多社区，观摩别的社区采购设备的实际运用效果。最后社区列出了三种品牌的垃圾处置设备作为候选，同时，采购设备的单价、数量、售后服务都明确地标注在后面。社区居民投票选择自己认为更合适的设备，同时也实现了对社区资金使用的监管。

人脸识别技术在社区推广使用过后，居民的出入更加便捷，安全感也得到了提升。垃圾分类处置设备应用起来过后，人居环境得到改善，垃圾经过处置过后成为肥料，可以直接用于小区的绿化。“有事说事”平台在试运行的一个月内就很好地解决了机车厂社区的两大问题。马在舟充分感受到了现代科学技术运用于社区治理的好处。这得感谢汤小金，经过社区支部会议讨论，大家全票通过让汤小金成为一名中共预备党员。

城市的核心是人，关键是十二个字：衣食住行、生老病死、安居乐业。为居民提供精细的管理和良好的服务是社区工作重头戏。不管城市发展演进到什么阶段，“人”都是城市发展的最高价值，不以发展速度论英雄，而以宜居性和人文尺度论成败。市民的内心感受才是这个城市的尺度，烟火气、生活味、归属感才是社区治理的真正情怀与追求。从市民的生活规律看，绝大部分市民基本生活需求主要集中在以居住地为圆心，以1～1.5公里为半径的社区生活圈内。顺应时代进步和人本需求，重新审视城市建设治理的规划营造，把社区作为改善服务、优化供给、回应需求的基本平台，在服务群众中践行新时期党的群众路线，是社区工作的重点。当城市治理日益精细化，承载着生活服务的场所和设施越来越完善，并被赋予更多文化属性和审美要求，市民就会感到更方便、更舒心、更美好。成都自古就有“天府之国”的美誉，追求安逸、享受生活是这座城市的人们与生俱来的文化基因。这么多年来，成都市委坚持把“生活城市”作为回应人民对美好生活追求的具体体现，全面提高城市的宜居度和市民的认可度，让共产党人的初心使命和城市的价值表达高度契合。非成都户籍的外来人员入党，这在机车厂社区还是头一次，但是马在舟勇敢地迈出了这一步，他要释放一个信号，不管你是谁，来自哪里，只要真心为老百姓做事，全心全意为人民服务，遵守党纪国法，增强“四个意识”，践行“两个维护”，坚守初心，不忘使命，你就可以成为一名合格的共产党员。

第五十四章　马晓晓的绝境

机车厂社区火锅城，马晓晓组织了一场成都网络直播史上盛况空前的直播。

“各位观众朋友，欢迎大家来到大胃贝壳汉姆的直播间，这里是大胃贝壳汉姆第164期直播，我是大胃贝壳汉姆的忠实粉丝蜜妮苏珊。今天，我怀着无比沉痛的心情告知大家，唐龙先生，也就是我们无比熟悉的、可爱的，三年来给大家来带无穷欢乐的大胃贝壳汉姆，于2019年9月28日晚9点不幸辞世，永远地离开了我们。大胃的直播间有一千两百万粉丝，他是当之无愧的网红，在网络直播世界里，网红就像夜空中的繁星，他可能在你的生活中若隐若现，也可能在你的眼前一闪而过，他虚幻而空无，甚至你会怀疑，视频里的那个人是否真实，是否存在。但是，不管他是否真实，是否存在。请相信，有那么一个瞬间，他所带给你的快乐一定是真实存在的。今夜，我蜜妮苏珊来到大胃贝壳汉姆的直播间，就是要和所有的粉丝一起缅怀我们可爱的大胃。也许，大胃在你的生命中只是一颗一闪而过的流星，在未来的日子里，我们也会很快遗忘这个噩耗，但是，今晚，他应该是夜空中最闪亮的星。”

此刻，大胃贝壳汉姆的直播间已经聚集了将近三千万粉丝，有大胃的粉丝，也有马晓晓的粉丝，这两个成都网红的粉丝聚合在一起，近三千万粉丝纷纷点击屏幕下方的小星星，直播间变成了一道星光闪烁的银河，把这场直播推向了一个史无前例的巅峰。

“今天，我们所在的位置是成都市成华区机车记忆火锅城，这个火锅城的前身就是成都市著名的火锅一条街。大胃生前最喜欢在火锅一条街吃火锅，在这里，他给我们带来了很多美好的记忆，现在火锅一条街已经升级为机车记忆火锅城，大胃原本计划把164期直播放在这里。但很不幸，我们没有能等到这一天。不过，这不要紧，今天我就代替大胃，当着全国观众的面，挑战火锅城，二十份毛肚、二十份鸡翅、二十份鹅肠、二十份鸭血、二十份鹌鹑蛋、二十份午餐肉、二十份土豆片，喜欢大胃的，给大胃点个赞，不喜欢的，赶紧刷下一条！”

说完，蜜妮苏珊的面前摆满了各种精致美味菜肴，蜜妮苏珊大口大口吃着。从时尚名媛到饕餮达人，这反差太大了，大得让粉丝们叹为惊止，但又让人不得不停下脚步，驻足围观。各种礼物不断从屏幕下方升起，刷爆了整个直播间。

然而，屏幕的另一端，猫哥和他的助理已经几近崩溃。

“这马晓晓，简直疯了！”助理气急败坏地说。

“马晓晓啊马晓晓，你到底想干什么？你这不是自断生路吗？”猫哥嘀咕道。马晓晓是当前猫哥手中最红的网红，他想把马晓晓牢牢地抓在手中，让马晓晓替他赚钱。然而，随着马晓晓日渐走红，他发现自己已经掌控不了她了。一个月前，马晓晓拒绝了为他做直播带货的合约已经让他非常懊恼，现在又在未经他允许的情况下，替火锅城做宣传，已经违反了公司的规定。他必须要对这个事情做出反应。

第二天，马晓晓被请到了猫哥的办公室。猫哥斜坐在椅子上，一边玩弄着手中的打火机，一边盯着马晓晓。助理站在一旁。

“翅膀硬了！翅膀硬了啊！”良久，猫哥叹息了两声。

“你是说昨天的直播？”马晓晓问。

“还记得半年前你跟卡丹妮的PK吗？”猫哥问道。

“记得，我赢了！”马晓晓回答。

“你以为真是你赢了吗？你错了，是我赢了，不是你赢了！”猫哥说。

“这话怎么说？”马晓晓问道。

“动动你的脑子，卡丹妮当初有多火，你不是不知道，她会轻易输给你这个菜鸟吗？”猫哥说，“那场PK只不过是公司的一个布局。”

“你的意思是说，是公司安排的？”马晓晓大为震惊。

“没有一个网红可以永远红下去，终究有一天会被别人代替，这是网络经济的潜在规律，就像历史的车轮，谁也不可能逆转，谁也逃不过覆辙。卡丹妮迟早会被人取代，它可以是朱晓晓，也可以是牛晓晓，只不过，我们选择了你，马晓晓！”猫哥说道。

“不可能，卡丹妮那么多粉丝，怎么可能认输！”马晓晓不愿相信这个事实。

“年轻人，你太单纯了，每个人背后都有不可言说的故事。卡丹妮只是一个躯壳，只是一个叫李代英的普通女子。那天晚上，她在直播间说了她的很多事，但是有一件事她没有说。”猫哥说。

“什么事？”马晓晓问道。

“她还有一个十二岁的儿子！”猫哥说。

“什么？”马晓晓瞪大了眼睛。

“我们揭了她的老底，租的跑车，拼的套房，P的头等舱，整过容。即便是这些，都不足以让她屈服，但是，当我们告知她，要公布她儿子的身份的时候，她服了。”

“所以，她故意输给我？！”马晓晓似乎明白了。

“哪个女人愿意把自己的儿子推到网络江湖的风口浪尖上呢？毕竟她儿子还得有自己的生活，你说是吧，哈哈哈！”猫哥放肆地笑着。

“你们真够卑鄙！”马晓晓说。

“看看现在的你，和当初的卡丹妮多么像啊！假的身份，假的身世，假的职业，还有假的作品。蜜妮苏珊不是你，马晓晓才是你，你不过是一个普普通通的小姑娘，你出生在机车厂社区，你的老爸也不是什么总裁，他就一社区书记，马什么来着？”猫哥问助理。

“马在舟！”助理在一旁回答。

“对，马在舟！”猫哥不屑一顾地笑了笑。

马晓晓沉默了，她知道，猫哥像调查卡丹妮一样，把她的所有信息都调查了一遍，如果这样下去，猫哥会把父亲马在舟也推到网络旋涡中央。

“一时的冲动可以理解，但不要执迷不悟。昨天晚上，你违反公司的规定，去给火锅城做代言，我可以不计较。只要你把这份合约签了，过去的事我们就当从来没有发生过，一笔勾销。”猫哥说完，助理把一份合约递到马晓晓面前。马晓晓看着这份合约，这就是之前她拒绝过的那份合约。

“是的，我可以什么都是假的，但是，要我代言的东西一定得是真的！”马晓晓笑了笑，把合约又推回到猫哥的面前，“不要当我还是小孩子，这份合约里面都是伪劣产品。”

说完，马晓晓起身准备走出猫哥的办公室。猫哥突然又说话了：“马晓晓，既然你这么在乎真伪，不妨告诉你一件真的事！”

马晓晓停住脚步，她不知道猫哥还有什么底牌。她已经决定不再做什么网红了，还有什么可以摊牌的呢？

猫哥说：“你对沈先生的感情应该是真的吧！”

马晓晓愣住了，她不知道猫哥怎么知道她的心事。她太小看猫哥了。猫哥这些年在网络界摸爬滚打那么多年，阅人无数，每一个和他打过交道的人，他都会把背景调查得清清楚楚，而且一眼就能看穿别人的喜怒哀乐和爱恨情仇。这么久以来，她和沈先生相互支持，她对沈先生油然而生的爱意当然逃不过猫哥的眼睛。

“别怪我知道得太多，沈先生是不可能跟你有感情的，他在法国有一个妻子，还有两个孩子！法国人嘛，浪漫。但不是你玩得起的浪漫！”猫哥摊出了最后一张牌，其实，这是多么无力的一张牌，对于他和马晓晓之间的博弈毫无意义，他只是想打击一下马晓晓，从马晓晓的痛苦中找到胜利的感觉。

马晓晓笑了笑："谢谢猫哥的提醒，你可能不知道，你也永远不会知道，万物中，最坚定的守护是埋在土里的根，而不是绽放在枝头的花。人世间最真挚的爱情，是埋藏在心里的祝福，而不是说出口的承诺！"

说完，马晓晓转身离开公司，搭乘一辆出租车驶离天府新区。在车上，她掏出一本法国护照反复摩挲。这是沈先生为她办理的护照，两周前沈先生说要带着她去法国参加巴黎国际时装周，她很开心，她觉得能够跟沈先生一起去往另一个国度是多么幸福的一件事。这一去，他们两人之间有很多可能，很多期待。可是，他明明有妻子有孩子啊，他为什么要这样做呢？为什么呢？她不敢多想，猫哥的一席话在打击她，也是在提醒她，法国人浪漫，但是普通人玩不起。

随后的一周，网络被引爆了。蜜妮苏珊的真实身份被披露，什么国际名媛？她就一土生土长的成都姑娘。什么时装设计师？她只是拿别人的设计作品冒名顶替。什么总裁之女？他老爸就一机车厂下岗工人。在猫哥的运作下，马晓晓成了另一个卡丹妮。一场网络风暴席卷而来，好事的网友不断对这个网红刨根挖底。

"这个蜜妮苏珊其实就是咱二仙桥中学13级6班的同学嘛！她好像叫马晓晓，成绩一般，不知道怎么就变成了网红。"一个路人在镜头面前接受采访。

"对，就是她，没错，原来在我们社区的卫生服务中心做护士，后来没干了，也不知道人到哪里去了。什么？时装设计？她懂什么设计呀！假的，绝对是假的！"另一个路人对着摄像头。

"这不就是马晓晓嘛！我认识，这孩子从小就在社区，我是看着她长大的！他爸？他爸叫马在舟，咱社区的书记！"一个老头子提着菜走在路上，被网友拦住采访。

蜜妮苏珊的外壳被层层剥掉，一个叫马晓晓的普通女孩的身世渐渐被挖了出来。终于有一天，好事的网友来到了马在舟的面前。

“你好，请问，你是马在舟书记吗？”几个网友拿着手机拍摄着马在舟。

“你们是谁？”马在舟问道。

“我们是蜜妮苏珊的粉丝！”网友们回答。

“蜜什么珊？”马在舟装作什么都不知道。

“蜜妮苏珊！”网友们再次确认。

“找我干吗？”马在舟问。

“蜜妮苏珊是不是你的女儿？”网友问道。

“瞎说，我女儿叫马晓晓！”马在舟回答。

“有人说，蜜妮苏珊就是马晓晓！”网友继续追问。

“扯淡，瞎扯淡！”马在舟依旧否认。

“你看看，这是不是就是马晓晓？”网友们拿出了蜜妮苏珊的照片，展示给马在舟看。

马在舟假装一本正经地看了一会儿，然后说：“像，有点像，但不是！”

“你确定不是？”网友们问道。

“你这话什么意思？”马在舟突然变得严肃起来，“你这意思是我自己的女儿我还认不出来？”

“不是，不是，我们只是想确定一下，蜜妮苏珊是不是你女儿。”网友们连忙解释。

“滚！”马在舟怒斥网友，“什么蜜，什么珊，关我屁事，不要来烦我。”

几个网友狼狈而逃。马在舟看着他们的背影，点了一支烟，倒在椅子上，陷入沉思。

马在舟知道，一心想做网红的马晓晓已经从巅峰跌入了谷底。

全世界的人都在挖掘她虚假的身份、背景、身世、职业，全世界的人都来扒她皮，揭她的老底。只有他，马在舟，是唯一一个为她守护秘密的人。即便明知无法守住，但他依然坚定决绝，即便看着女儿的照片，明明知道就是马晓晓，也不承认。在狂风暴雨的肆虐中，他用自己的身躯为女儿撑起一把遮风避雨的伞。

第五十五章　小武的戒指

十月的一天。

关飞雪正坐在一家家政服务公司的大厅里，她是来参加家政服务公司面试的。和她一起参加面试的还有几十位男女，年龄都在四五十岁左右，但是只有少数的人能够留下来。小武进入私立高中后，关飞雪要承担一笔高昂的学费，为了能够支付这笔学费，她必须找一份工作。

在此之前，马在舟曾把她介绍到社区物业服务公司。社区物业服务公司是机车厂社区引进的劳务公司，为机车厂社区的居民提供各种个性化服务，从常规的打扫房间、洗衣做饭，到非常规的买菜、理疗、剪发、剪指甲，甚至陪聊天，主要针对人群就是不愿意到养老院的老人。公司为社区的老人安装了一种云呼叫服务应答系统，客户的床边、沙发边、卫生间都安装了一个红色按钮，只要一摁这个按钮，公司就能收到信号，立即通过语音了解客户的需求。这为居家养老提供了便捷快的保障。

关飞雪在这家公司工作了两个多月。突然有一天，公司收到呼叫，一个客户点名要关飞雪上门打扫卫生。这么久以来，从来没有客户点名要某人上门服务的。关飞雪也没有想那么多，按照公司的安排，提着水桶、扫帚、抹布就上门了。她按照地址走到楼下，才发现原来点名要她服务的客户是康红玲。关飞雪犹豫了，到底是去还是不去呢？她在楼下徘徊了很久，最后还是敲响了康红玲的门。

康红玲打开门，看见关飞雪来了，也没有理她，只是侧身让关飞雪进屋。此时康红玲正在跟别人打电话聊天，一边聊，一边用手指了指窗户、地板、厨房，意思是让关飞雪把窗户、地板、厨房都打扫干净。关飞雪没说什么，转身就去做，这是她的工作，她义不容辞。康红玲坐在客厅的沙发上，把脚放在茶几上，聊天过程中不时地发出爽朗的笑声，这是笑给关飞雪听的。小苗走了，她愈发无聊，她想起了关飞雪，当初关飞雪对她的侮辱，她铭记于心。当她听说关飞雪到社区物业服务公司做家政，她觉得真正报复的时机到了。当初她挑衅地来到关飞雪家，邀请她去参加小苗的升学宴，关飞雪拒绝了。这已经是一记重重的耳光了，但是康红玲还是觉得不够。这一次，她点名让关飞雪到她家打扫卫生，就是想看着关飞雪沦落到这番地步，将以什么样的面目面对她。这是康红玲多么期待的一件事啊，两个水火不容的冤家，现在一个是雇主，一个是佣工，一个女儿金榜题名，一个儿子名落孙山。

但是康红玲又担心关飞雪会不会上门，关飞雪要是不敢上门，证明她㞞了。让她没想到的是，关飞雪来了，她顶住了屈辱，来了。康红玲一边打着电话，一边用余光看着关飞雪。关飞雪一声不吭，花了整整一个上午，把康红玲的家打扫得干干净净。康红玲挂掉电话，拿出一件新衣服，对关飞雪说："飞雪，你看，这是我女儿从武汉给我买回来的新衣服，漂不漂亮？"这话里有话，但关飞雪并没有接。她只是掏出一张记账单冷冷地说："签个字！"这是一张记载工作内容和相应服务费用的单据，客户签字过后，家政据此到公司结算工资。康红玲签完字，把笔和单据还给关飞雪，继续说："听说，你家小武去复读了。复读嘛，就好好复读，别再有什么想法！"关飞雪说："你说的想法是什么想法？"康红玲说："我听说他还在跟我家小苗联系。麻烦你转告一下小武，小苗还小，不懂事，等她长大了，懂事了，她是不会和小武在一起的。即便她愿意，我也不答应。"关飞雪说："你放心，我也不答应！"说完，关飞雪提着工具离开了康红玲的家。当她走在路上，风吹过她的脸庞，两行泪潸然而下。她是一个永不服输的女人。

随后，她辞掉了社区物业服务公司的工作，转而到市中心一家更大更专业的家政公司应聘，因为这家公司开出了更高的工资，还有五险一金，但前提是要经过面试。今天是面试结果出炉的日子，她和其他应聘者在门外等待。这时候，公司经理从办公室里走出来开始宣布面试结果："下面我点到名的，就到里边去签订合同。搬运组：王刚、钟世全、陈大勇。高空作业组：刘富涛，牛正龙，王兵。家政组：张玉敏，高秋艳、万巧霞、关飞雪。其余的都可以回去了。"

关飞雪听到念到自己的名字，很高兴，连忙起身进屋去签合同。经理一边维持秩序，一边喊："家政组在左边，底薪四千，加提成，加奖金。搬运组在中间，底薪六千，加提成，加奖金。高空作业组在右边，底薪一万，加提成，加奖金。"关飞雪正要在合同上签下自己的名字，听见经理的话，她放下了笔。

"经理，你刚才说什么？高空作业多少？"关飞雪上前拉住经理问道。

"高空作业底薪一万，加提成，加奖金。"经理回答。

"我可不可以换到高空作业？"关飞雪问道。

"你？"经理上下打量了关飞雪一番，"大姐，高空作业都招男的！"

"男的能做，女的就不能做？"关飞雪反问经理。

"大姐，高空作业很危险的，几十米几百米从楼顶上吊下来，你不怕吗？"经理觉得不可思议，第一次听说有女的竞聘高空作业岗位。

"不怕，都系着安全带，怕什么怕？"关飞雪回答。

经理再一次打量了一番关飞雪，然后掏出手机："高空作业组是不是还缺个人？……有个女的想试一试，你看怎么样？……好，我知道了！"经理挂掉电话，对关飞雪说："你叫什么名字？"

"关飞雪！"关飞雪回答道。

“好吧，签合同！”经理说道。

于是，关飞雪成了公司里高空作业组唯一的女性。

另一头，学期过半，马在舟提着鸡汤来到小武的学校。小武的学校是一所封闭式管理的私立学校，马在舟只能在校门约见小武。俩人隔着铁栅栏说着话。

“半期考试考得怎么样？”马在舟问道。

“还行！第十九名。”小武回答。

“怎么才第十九名，你之前都考第一第二的。”马在舟疑惑道。

“我知道。”小武知道自己考得不算好，但这个成绩是他的正常发挥水平。这所学校不同于一般公立学校，来复读学生当中很多都是像小武一样高考发挥失常的，在众多高手中，能够取得这样一个名次已经很不错了。

“再努把力，一定要考上北大清华，你妈就靠你撑着这口气！”马在舟鼓励小武。

“我妈怎么样？”小武问。

“前段时间，我把她介绍到社区的物业服务公司，干了两个月，她自己辞了。”马在舟回答。

“为什么？”小武问。

“可能是嫌工资太低了。”马在舟回答。

小武沉默了。

“其实，她真没必要这么拼，我跟她说过多少次了，你现在上学的学费，以及你今后考上大学要花的钱，我都可以给，如果她不要，我就算借给她吧，可她就是一根筋。”马在舟愤愤不平。

“她不接受，是因为你不是她的男人，你要是她的男人，她怎么会不接受？”小武此时说起话来完全是个大人。

“你这孩子……”马在舟苦笑了一下。

小武从兜里掏出一个小盒子，递给马在舟。

“什么东西？”马在舟问道。

“打开看看就知道了。”小武说。

马在舟打开盒子，一看，是两枚戒指。

“勇敢点，向她求婚！”这话一出，小武在马在舟的面前不像个孩子，反而像是马在舟的兄弟。

马在舟傻傻地看着这对戒指，接过来，拿在手中。良久，问了一句：“哪来的钱？”

“奖学金！三等奖学金！”小武回答。

“行啊，还有奖学金了。”马在舟隔着铁栅栏拍了拍小武的肩膀。

“叫我妈不用去上班了，学校有奖学金的。这次半期考试没考好，只拿了个三等奖学金。我争取期末考进前三，到时候她就不用给我付学费了！”小武说。

“好，不过我怎么能用你的钱买的戒指向她求婚呢？”马在舟觉得不妥。

“你就是要告诉她，这个戒指是用我的奖学金买的。”小武说。

“为什么？”马在舟还是不明白。

“你用你的钱买的戒指向她求婚，她是一定不会接受的，但是你告诉她，这是我用我的钱买的，她一定会接受！”小武仿佛看透了母亲关飞雪。

第五十六章　马在舟的求婚

随着一阵鞭炮声响起，位于机车厂社区西南方的二仙桥养老医疗服务中心终于落成了，这是成都市首个建成启用的社区养老服务综合体。宽敞明亮的房间、智慧便捷的适老化设施、专业的照护人员，可为老人们提供生活照料、健康管理、精神关爱、居家养老等各类养老服务。

剪彩仪式结束过后，社治委许主任和安康集团于总进入大楼，参观这个中心各种配套设施，董上义和马在舟尾随其后。监控屏幕上，老人的身体监测数据实时显示。通过智能穿戴设备、智能床位、居家检测设备等，可实时掌握老人的心率、呼吸频率等情况，一旦发现紧急情况，二十四小时呼叫响应和专业化服务队伍随时待命。

许主任对于总说："最近，市政府办公厅印发了《关于深化养老服务综合改革提升养老服务质量的实施意见》，将全面放开养老服务市场，进一步放宽准入条件，鼓励境内外投资者在成都兴办养老服务机构。"

于总笑了笑，半开玩笑地说："得了吧，老许，你不知道为建这个中心，集团内部有多大分歧。这个项目做下来，我们估算了一下，不赔本就不错了。"

许主任说："我知道你不赚钱，你就当做了一回善事吧。下一步，我们还将精简审批流程，推行养老服务机构申办'一站式'服务，实行办理流程一次性书面告知制度，取消部分不合理的审验手续。你觉得怎么样？"

于总说："有政府支持，我们企业当然有信心，不过话说回来，你总得感谢我吧！"

许主任说："行啊，我请你喝一杯！"

于总说："喝一杯就够了吗？"

许主任说："要是不够的话，再喝一杯。再过一年，我也退休了，你这里这么好，要不我退休过后也住进来，用实际行动支持一下你。"

两人哈哈大笑。笑完过后，于总一本正经地说："其实，你要谢，就谢谢马在舟，要不是他，我是不会同意这个项目的。"

许主任说："他的事儿我都知道了，马在舟……"许主任转身叫身后的马在舟。

马在舟走上前，问道："许主任，有什么事儿？"

许主任说："这个项目能够干成，你功不可没，你说怎么奖励你？"

马在舟说："不敢当，不敢当，这是我应该做的！"

许主任说："不要客气，有什么要求可以提！只要能在原则范围内解决的，我都答应你！"

马在舟想了想："对组织上我是真没什么要求，不过有一个事儿，我想请于总帮个忙！"

于总说："哦？我帮忙，好啊，你说！"

第二天，关飞雪所在的家政服务公司接到一个业务，为二仙桥养老医疗服务中心清洗玻璃外窗。关飞雪和一群男人穿上工作服，系上安全带，从几十米的屋顶上滑下，从最高的十五楼开始一层一层地往下清洗玻璃外窗。虽然这是关飞雪第一次参加这种高空作业，但是她一点都没有胆怯，一边在半空中洗刷着玻璃窗，一边还和同事们开着玩笑。

活干了一整天，累了，关飞雪和几个男人坐在半空中的架子上休息。几个男人掏出烟，关飞雪说："给老娘也来一支。"

几个男人一怔，连忙掏出烟递给关飞雪，关飞雪熟练地点燃烟，望着天，吐了一口烟。天色已晚，天边挂着一片落霞。这时候，几个男人试图逗关飞雪玩。

"飞雪啊，你干吗要跟我们弟兄几个一起干这活儿？"刘富涛说。

"这可不是女人干的活儿啊！你男人知道你干这活儿，不心疼啊！"牛正龙说。

"我要是你男人啊，我就不让你来干！"王兵试图和关飞雪进一步打情骂俏。

"看你们几个弟兄长得帅呗！"关飞雪面对几个男人的挑逗，毫不怯场。

"咦？既然你看我们哥几个帅，要不，挑一个带回去吧！"刘富涛说。

"对啊，飞雪，听说你单着，要不，今晚就把我带回去！"牛正龙说。

"你得了吧，就你这样，人家才看不上，人家难道没有底线吗？你说是吧，飞雪？"王兵说道。

"飞雪，你说，哥几个你看得上谁？"刘富涛说。

"都看得上！"关飞雪说，"你们要是谁敢下去，在那个广场中间大喊三声'关飞雪，我爱你'，我就跟谁回去！"

关飞雪这样一说，还真把几个男人给镇住了，他们不知道关飞雪说的是真还是假，不知道该把话怎么接下去。而这时候，服务中心的广场中间突然响起一个声音："关飞雪，我爱你！"关飞雪低头一看，夜色中，广场中间站着一个模糊的身影。她还没有辨认出那个人是谁，那个人又喊道："关飞雪，我爱你！"这一次，关飞雪听出来了，那是马在舟的声音。马在舟此刻正在楼下，仰望着悬吊在半空中的关飞雪，他手里拿着一个扩音器，继续喊道：“关飞雪，我爱你！”

三声，是的，马在舟在广场中间朝着关飞雪喊了三声“关飞雪，我爱你”。不知道这是机缘巧合还是上天安排，事情就这样冥冥中发生了。这时候，服务中心传出了一首优美的音乐。渐渐地，广场上聚集起了一群人，这些都是社区的工作者和街坊邻居，他们每个人手中都拿着一支荧光棒，荧光棒将整个广场都照亮了，像是一场大型演唱会现场。大家和马在舟一起开始唱刘若英的《后来》。

后来我总算学会了如何去爱，
可惜你早已远去，消失在人海。
后来终于在眼泪中明白，
有些人一旦错过就不再。
栀子花白花瓣，落在我蓝色百褶裙上。
爱你，你轻声说，
我低下头闻见一阵芬芳。
那个永恒的夜晚，
十七岁仲夏，你吻我的那个夜晚。
让我往后的时光每当有感叹，
总想起当天的星光。
那时候的爱情，为什么就能那样简单，
而又是为什么，人年少时，
一定要让深爱的人受伤。
……

这一曲近百人的大合唱唱出了马在舟和关飞雪半生的往事，半生的离合，半生的爱和遗憾。马在舟望着半空中的关飞雪，眼泪含在眼眶中。而此时的关飞雪早已泪流满面，她放下绳索，从高空中缓缓降下，直到落到地面，然后解开身上的安全带，走向马在舟。马在舟张开双臂，关飞雪流着泪，把头靠在马在舟的臂膀上，仿佛一条漂泊的船，在历经风吹浪打过后终于找到了属于自己的港湾。这时候，马在舟掏出裤兜里的盒子，拿出盒子里的戒指，试图戴在关飞雪的手指上。这个一生都未曾浪漫过的男人，此刻显得那样紧张和木讷。他颤抖的手始终找不到一个准确的角度给关飞雪戴上戒指，还把戒指弄掉在地上，旁观的人发出一阵嬉笑。关飞雪也忍不住笑了，哪怕她的脸上还挂着未干的眼泪。马在舟拾起地上的戒指，好不容易把戒指给关飞雪戴上，在人们的欢呼声和祝福声中，两个人的手终于紧紧地握在了一起。此刻，养老服务中心的灯光亮起，楼宇上呈现一个心形。这是于总为马在舟这场求婚准备的礼物。整个夜晚都深深地陷在爱的空气中，这一刻，这个深秋变得暖意满满。

第五十七章　雾中的机场

在马晓晓组织了那场盛况空前的网络直播过后，越来越多的网红来到了机车记忆火锅城。其中绝大多数是为了纪念逝世的美食主播大胃贝壳汉姆，去完成他最后一次视频直播的遗愿。在网红们的宣传造势下，蒋大坤他们的火锅店生意越来越好，恢复了当初火锅一条街的繁荣景象。蒋大坤也开始履行当初他对马在舟的承诺，大量地吸收机车厂社区的4050人员，解决他们的就业问题。即便这样，火锅城的人员缺口还是很大。这时候，他突然想起当初马在舟向他推荐过一个人，到后来没了音信，也不知道是出了什么问题。于是他打电话给马在舟："老马，你上次说要推荐一个人到我这里，怎么就没了下文？"马在舟说："是吗？他没来吗？"蒋大坤说："没有啊！"马在舟说："好的，你等着，我让他明天来找你！"说完马在舟挂了电话。

第二天一大早，蒋大坤来到火锅城安排当天的生意，这时候一个员工跑来对蒋大坤说："老板，外面有个人找你！"蒋大坤心想：谁啊？一大早就跑来找我。他走出门，隐隐约约看到大门口站着一个人，双手伸入袖管，不停地跺着脚，来来回回，好像有点焦虑。他穿过大雾，走到那个人的面前，一看，原来是段小强。

段小强才三十多岁，这个好逸恶劳的男人，在经历了那场风波过后，显得愈发消沉。然而，就在这个时候，他的父亲段武病倒了，住进了医院。这场病来得有点突然，他被告知父亲需要做一个手术。手术前，医院出具了一张手术告知书，需要家属签字。段小强拿起笔，准备在手术告知书上签字，这时候，他看到签字栏写着三个字：监护人。这三个字深深地刺痛了他的心，三十多年来，父亲段武一直充当着他的监护人。而现在父亲老了，病了，他不得不把角色反转过来。现在，他是父亲的监护人。他突然觉得这个身份好沉重，走到这一天，他放浪不羁的前半生到了一个拐点。当他在手术告知书上签下自己的名字，他决定从这一天起，重新做人，扮演好自己在这个家庭中的角色，并承担应有的责任。在大雾弥漫的这个早晨，蒋大坤走近段小强，段小强缓缓地转过头，看着蒋大坤，良久，他说了一句："马书记说，你们这里缺人，你看，我行不行？"

与此同时，同样在这样一个大雾弥漫的早晨，双流国际机场的所有航班都因大雾延迟了起飞，其中包括汉莎航空从成都飞往巴黎的NF798次航班。从网络上消失匿迹的网红马晓晓和沈先生出现在T1航站楼。沈先生带着他的设计作品准备登上飞往巴黎的飞机，而马晓晓要在这个清晨送走她暗自爱慕的沈先生。延误的航班让两个人多了一些时间相处，但是两个人都不知道该在这个时候说些什么。沉默好像是另一种诉说。沈先生的作品在受邀参加巴黎时装周过后，"锦花"这个品牌立即引起了国际时装界的注意，有很多家跨国公司提出收购这个品牌。马晓晓知道，沈先生此去也许不会再回来了。一周前，沈先生邀请马晓晓一同跟他去巴黎参加这场国际时装盛会，但她拒绝了。她很想问问沈先生，如果我跟你出现在这场盛会上，你的妻子和孩子会做何感想。但是，她始终没有问出口。因为她没有勇气去面对沈先生的回答。沈先生是有家庭的，如果沈先生爱她，就让这份爱埋在心底吧，毕竟埋藏在心底的爱也是爱。如果沈先生只是想以此跟她有一段浪漫的暧昧之旅，只会平添一份道德的谴责和罪恶感。

然而，她所认为的真相并非真相。此刻的沈先生也陷入深深的纠结和焦虑中。是的，沈先生的确有一个妻子和两个孩子，但是早在三年前，他就已经跟妻子离婚了。猫哥故意隐瞒了这个细节，让马晓晓陷入无尽的痛苦，这也是猫哥最后的一记还击，他没有任何底牌和马晓晓做交易，除了让马晓晓痛苦。

“真的不打算跟我走吗？”沈先生问道。沈先生随身携带的行李里有一件为马晓晓量身设计的时装。在和马晓晓相处的这些日子里，他渐渐地发现自己爱上了马晓晓，而他也感受到了马晓晓的眼神中不经意间流露出来的爱意。他在想，如果马晓晓答应他去参加巴黎时装周，他就在飞机上告诉她关于他破裂的婚姻，告诉她一切真相，并向马晓晓表白。如果马晓晓能够同意，他就带着马晓晓，让马晓晓穿着他设计的时装走向巴黎时装周的舞台，并向全世界宣布他对马晓晓的爱。但是他不能贸然这样做，他觉得马晓晓如果拒绝和他同行，证明马晓晓并没有完全接纳他。所以，当马晓晓拒绝了他，他感到马晓晓对他并没有爱，眼神中流露的东西也只是自己毫无根据的假想。但他还是不甘心，在人来人往的机场，他再一次向马晓晓发出了邀请。

“对不起，我不能跟你走！”马晓晓回答道。其实，如果沈先生再坚持，她可能会动摇。但她看到沈先生眼中的纠结，这种纠结有很多不可言说的东西。这让她相信，这只是沈先生一时的浪漫。所以，她依据自己的判断做出了最后的决定。她看到了沈先生眼中的失落。此刻沈先生有多失落，就证明有多么爱她，但这点爱不足以让她决绝地跟他走。她和沈先生就像两个下棋的人，都在期待着对方先迈出那一步，可是两个人都原地未动。

此刻，航站楼的广播声响起：“搭乘NF798次航班由成都飞往巴黎的乘客，您所搭乘的航班即将在10点45分起飞，请乘客们到B19登记口办理值机手续。搭乘NF798次航班由成都飞往巴黎的乘客，您所搭乘的航班即将在10点45分起飞，请乘客们到B19登记口办理值机手续……”

听到广播过后，两人知道已经到了最后分别的时刻了。沈先生站起身，提起行李，马晓晓也随着他，一路把他送到安检口。两个人再一次停下了脚步，不约而同地给予对方一个欲言又止的眼神。最后，沉默了几秒过后，谁也没有说再见，只是各自转身，走向了不同的方向。沈先生走进安检口，接受安检，而马晓晓低着头向航站楼外走去，越走越快，她好想马上能够离开这个航站楼，离开这段迷雾般的情感纠葛，走着走着眼泪夺眶而出。成年人的情感微妙而又复杂，如果沈先生能够把他的表白提前到安检口前，如果马晓晓能够勇敢地答应和沈先生同行，也许结局完全不一样。可是，生活没有也许，爱情没有也许，命运也没有也许。

雾渐渐散了，可以开始登机了。
这一小段延误，让我们多了好多时间相处。
我觉得幸福。
珍惜吧！这每分钟多出来的幸福，
因为在此之后，每一分钟都将是痛苦。
拍了拍我肩，你穿过那道闸门。
你突然地回头，远远地隔着人群向我挥手。
我挤出笑容。
记住吧！每一个我给过你的笑容，
飞机起飞之后，我的笑容永不会再相同。
雾中的机场，人来又人往。
有人焦急等待，有人送走所爱。
雾中的机场，模糊的泪光。
而我，只是默默离开。
……

随着一架飞机飞过成都上空，马晓晓提着行李箱穿过叶落一地的街道，回到了机车厂社区。在历经事业和爱情的低谷之后，她风尘仆仆地回到了自己的家。这半年来的经历就像一场梦，现在梦醒了，她回来了。在门前，她试图平复心情，她不知道该用什么样的表情来面对父亲。门还是原来那道门，可人已经不是原来那个人了，出去时，她还是个心怀梦想的孩子，归来时，她已是个满心疲惫的女人。

良久，马晓晓伸出手，准备敲门。这时候门突然开了，马在舟站在门后。其实马在舟刚刚正在窗前晾晒衣服，突然看到一个熟悉的身影走过窗前，仔细一看，是提着行李箱的马晓晓。他看到马晓晓回来了，心里无比喜悦。当初马晓晓不告而别，他指着窗外大骂："老子没得你这个女儿，你最好死在外面！"其实，在说过这话后的每一个夜晚，他都期待女儿能够回来，现在她终于回来了。他赶紧整理了一下自己的衣服，急急忙忙地收拾了一下房间。他知道，女儿一定是遇到了什么不顺心的事，不管遇到怎样的挫折和磨难，他一定要让马晓晓感到这个家永远是她可以停靠的港湾。此刻，马晓晓看着马在舟，马在舟也看着马晓晓，两个人有太多的话要说，但又不知道从何说起。马在舟憋了半天，才冒出一句："吃饭没有？"

转眼间，马在舟便把一碗热气腾腾的面条摆在了桌上，马晓晓一声不吭地吃着面，马在舟坐在旁边看着马晓晓，他原本想跟马晓晓谈谈他和关飞雪的事，但是，话到了嘴边又收回去了。他能感觉到马晓晓心事重重，虽然他不知道马晓晓和沈先生的事，但他准确地感觉到，马晓晓的心事跟一场爱情有关，跟一个男人有关。女儿大了，应该有自己的爱情，也应该承受爱情带来的喜悦和痛苦。他决定跟马晓晓揭晓另一个故事的谜底。只见他撑起身，走回自己的房间，房间里传来翻箱子的声音，过了一会儿，马在舟从房间里走出来，手里拿着一封信。

马在舟把这封信放在了马晓晓的面前，然后点燃一支烟，对马晓晓说："打开，看看。"

"谁的信？"马晓晓问。

"小丁的信。"马在舟回答。

“小丁？！”马晓晓惊诧了。这是一个多么熟悉而又陌生的名字，间隔十多年，又突然从父亲马在舟的口中蹦出来，这之间到底发生了什么。

“给我的吗？”马晓晓问道。

“不，是给我的。”马在舟回答。

马晓晓更是一头雾水，小丁怎么会给自己的父亲写信？

“这是很多年前小丁从武汉寄来的，我一直没有跟你提起这个事儿，但是现在，我觉得到了应该给你说的时候了。”马在舟说。

马晓晓摊开信。

马书记：

您好，我是机车厂社区卫生院的小丁，现在我已经是华中科技大学同济医学院的一名大学生了。我在收到大学录取通知书的时候，四川发生了汶川大地震，我跟随社区卫生院的同志们一起去了灾区救治伤员。在救治的过程中，我被余震中的一块大石头压伤。后来，湖北武汉救援队从乱石中救出了我，我被送往医院治疗，康复过后，我就直接跟随医疗队离开了四川，直接到了大学报到。昨天，我在学校收到了你的女儿寄给我的信，很多的信。信中，她告诉了我很多关于她心中的秘密，告诉了我她情窦初开的迷惘和坚定。你知道，我在社区卫生院只是一个护士，有很多人不理解，也不尊重这份职业，但是我万万没有想到，有这样一个女孩子在背后默默地关注我，支持我。这让我既感动又欣慰。如果她是一个成年女子，有成熟的爱情观，我会毫不犹豫地接受。但是，她还是个孩子，她的爱是懵懂的，也是冲动的，我不能接受，也不应该接受。我很想给她回信，但我不能给她回信，我不能伤害她幼小的心灵。所以，我只能给你写信。你是她的父亲，你才是她这个年龄段应该陪伴她成长的唯一的男人。她是一个善良的、内敛的、敏感的女孩子，她应该有一个美好的未来。希望她能在你的呵护和养育下幸福地成长。虽然，我不能接受她的爱，但我会永远记住，在成都有这样的一个女孩子，曾经给予我无声的关注和爱。世界是大的，但也是圆的；岁月是漫长的，但四季是轮回的。也许很多年后的某一天，我和她还能在一个偶然的瞬间再相遇，但愿我们能唤醒彼此心中那段最美好的回忆。

小丁

2012年12月

第二天，冬日的阳光穿透层层浓雾，人们走上了大街，在拥挤中奔波，在秩序中忙碌，在红绿灯的闪烁中开始了一天的生活。而机车厂社区仿佛一个安详的老人，躺在历史的椅背上，享受着斑驳的宁静。马在舟提着买来的豆浆，跟买菜的奶奶打招呼，跟上班的小姑娘打招呼，跟送孙女上幼儿园的老大爷打招呼。一切如初。女儿回来了，他要像往常一样，去给女儿准备一份早餐，谁让她叫自己爸呢。哪怕她不再是当年那个背着书包、系着红领巾、穿过梧桐树荫的十二岁的小女孩，她依旧是他的女儿啊。昨夜，他在床上辗转难眠，他听到了隔壁女儿的抽泣声。他知道，她长大了，懂得了什么是爱情，也感受到了爱情带来的甜蜜和痛楚，如果有一天，她嫁人了，也许躲在房间里偷偷抹眼泪的只会是自己。那么，趁着孩子还在身边，就多给她一点温暖吧！

马在舟回到家，推开女儿的房间，他震住了。空空荡荡的房间像是被精心清理了一番，干干净净，整整洁洁。

马晓晓，她走了。

第五十八章　邱牧远的画

成都，仅你消逝的一面，足以让我荣耀一生。

——万夏

自2017年机车厂社区启动“有机更新”改造后，昔日的破旧院落得以重获新生，社区环境发生了翻天覆地的变化。社区改造以“留住机车的记忆”为主线，在人行道地面上镶嵌着铁路路徽、机车上用的齿轮和轴承，垂直于步行街的一侧，在挺拔的银杏树下，用机车上的两个齿轮箱体为基座，经过巧妙焊接，设计成路边的休闲椅，既朴实大气，又经久耐用。机车厂幼儿园外墙的机车造型，还有通往小区路旁的《机车记忆》，所有这一切，都携带着历史的气息，也让这里的居民更加有了归属感。“让过去过去，让未来到来”，这是机车厂社区老旧小区改造最温馨的愿景。近三年来，马在舟和他的同事们一起致力于社区老旧小区改造。现在，他们遇到了最后一个，也是最难啃的一块骨头。那就是位于三坪24栋屋顶的违章搭建——老邱的鸽棚。

老旧小区改造启动后，社区党委将全体党员调整成七个党支部，一对一结对共建，充分发挥基层党组织的战斗堡垒作用，同步推进小区违建治理。党员带头拆违，让德高望重的老党员做居民的工作，在社区党员干部的努力下，经过两年多的时间，社区的违建基本拆除了。唯有老邱的鸽棚孤零零地矗立在屋顶，仿佛在等待什么。

老邱是成华区鸽协会员，二十年来他先后饲养了上百只信鸽，每天鸽子成群飞舞，不但叫声和异味侵扰四邻，鸽粪也不时从天而降，令周围邻居叫苦不迭。居民投诉了很多次，老邱的鸽棚依然屹立不倒。鸽子，是老邱的精神依托，他养的一百多只信鸽在各种信鸽比赛中获奖无数。2018年，老邱最心爱的赛鸽“当归1号”参加了一次全国性的赛鸽比赛，但是一去不返。比赛的失利不足以让老邱痛苦，让老邱最痛苦的是“当归1号”从他的生活中彻底地消失了。要知道，“当归1号”是老邱一手饲养大的，在他心中，“当归1号”就是他的家人。老邱自此怅然若失，积郁成疾，半年后便撒手人寰。

老邱去世后，老邱的儿子邱牧远从中央美术学院毕业回来，继承了老邱的房产。社区干部再次上门，做邱牧远的思想工作，希望他能够主动拆掉屋顶的鸽棚，但是邱牧远拒绝了。邱牧远说，父亲生前遗愿是希望他最心爱的“当归1号”回家，它没有回来，鸽棚是绝不会拆的。社区干部反复动员，邱牧远还是坚持不拆。大家群情激奋，回到社区办公室，对马在舟汇报了情况，并一致要求对老邱的鸽棚进行强制拆除。

“太固执了！我们以为老邱固执，没想到这个小邱一样固执！这俩爷子，一个性子。”曹大姐说道。

“大家都主动拆了，就他家不拆，对那些先拆的人不公平，现在有些先拆的居民已经反悔了。这样下去恐怕不好！”小石说道。

“要不，咱们启动强拆算了！”老汪提议道。

“不行！”听取了大家的情况汇报过后，马在舟沉默了很久，拒绝了强拆的提议，“做群众工作，首先要和群众成为朋友。能不能成为群众的朋友是衡量党群干群关系的重要标尺。只有把群众当朋友，群众才能把你当朋友，群众才能信任你、支持你。你们都回去吧！我明天再去一趟！”

第二天，夕阳西下的时候，邱牧远在屋顶支起一个画板，对着远方的落霞写生。他的身后就是父亲老邱的鸽棚。老邱去世后，鸽棚也空了，但是它始终还在那里，等待着“当归1号”的归来。

“画得不错！”马在舟的声音从邱牧远的身后传来。邱牧远没有停笔，继续画着。他知道，马在舟此番还是想游说他拆掉鸽棚。

“你是美院毕业的，是专业的画家，我有一幅画想请你指教一下！”马在舟继续说。

听到这话，邱牧远停下了笔，转过身看着马在舟。

“你看，这就是我的画！”马在舟拿出一张图纸，摊开在邱牧远的面前。邱牧远一看，这是一张规划图，上面写着“机车厂社区空中花园规划图”。

“我听说你家屋顶渗水，我有一个想法，咱们把这片屋顶统一做一次防水，然后在这里打造一个全楼居民共享的空中花园，大家可以在这里栽种一些蔬菜和瓜果，再安装一些健身器材，这样大家就可以在屋顶上健身、娱乐，开辟一个属于我们自己的世外桃源。”马在舟对这个设计图进行了解读。

“马书记，我知道社区干部对我很不满，我也知道这个鸽棚属于违建，该拆。如果我父亲在世，我一定劝他拆，恰恰因为我父亲过世了，我反而不能拆，因为我父亲有遗愿，一定要等到‘当归1号’回来。”邱牧远说。

马在舟听了邱牧远的话，并没有往下接，他继续对这个设计进行阐述：“我这个设计图还是有点缺陷，比如这个屋顶的墙面，光秃秃的，好像缺点什么。”

两个人沉默了一会儿，陷入短暂思索。

“我想在这个地方画一只鸽子。”马在舟指着图中的墙面，“你是画家，你来帮我这个忙，怎么样？”

邱牧远笑了笑：“说来说去，还不是那个事儿，你回去吧。”

马在舟走到门口，又回头对邱牧远说：“我相信‘当归1号’迟早会回来的！”

三天后，马在舟在办公室写着自己的年终述职报告，小石匆匆地跑进马在舟的办公室，气喘吁吁地说：“拆……拆了，拆了……”

“什么拆了？”马在舟埋着头，继续写着他的报告。

“邱牧远把鸽棚拆了！”小石高兴地说。

“哦！”马在舟没有抬头，仿佛一切都在他的预料之中。

那天早上，小石和同事们一起在路上巡逻，抬头一看，三坪24栋屋顶老邱的鸽棚不见了。他们急忙跑上屋顶看个究竟，他们看到鸽棚被拆除了，是邱牧远自己找人拆除的。不仅鸽棚被拆除了，屋面也打扫得干干净净，屋顶的墙面上画上了一只展翅飞翔的鸽子，仔细一看，在左下角还写着一首小诗。

当我思念你，
在不同纬度的北回归线上，
每一个遥望都会触动相同的泪点。
每一次扇动疲惫的双翅，
都有同频的回声。
我在回来的路上，
你听得见。

——献给父亲

一个月后，马在舟兑现了打造“空中花园”的承诺，花园足足有一千一百平方米，还精心布置了富有特色的老物件，登上楼顶的来客无不惊叹于眼前的迷人景象。所有单元楼的楼顶连通起来，整个小区六十户居民都能上来散步。小区里上来休闲娱乐的居民越来越多，邻居们坐在一起聊家常、喝茶、看书，怡然自乐，小区活动也时常在楼顶开展，比如一起包饺子，由此拉近邻里关系。每当夕阳西下的时候，总会有一个男子支起画架，在落霞的余晖中写生。

马在舟用他含蓄、真诚、充满温度的方式解决了机车厂社区最后一处违建问题，社区支部的同事们很高兴，决定一起庆祝一下。庆祝的时间定在2019年最后一天，庆祝的地点就在蒋大坤的火锅城。自从那场直播之后，火锅城的生意转眼火爆起来，成为成都一个新的网红打卡点。蒋家老火锅专门为马在舟他们腾出了一块地方，摆上丰盛的菜品，斟满了美酒。这是一次难得的聚会，一年中，马在舟和他的同事们很少有这样的聚会机会，回想起这不平凡的一年，马在舟心中充满了感慨，他提议，每个同志都总结一下这一年中记忆最深刻的或者让自己最高兴的事。

“我今年五十五岁了，也是快步入老年的人了，但我一点都不焦虑。社区成功建成了二仙桥养老服务中心，为生活不能完全自理、日常生活需要一定照料的老年人提供了包括养老、助餐、助浴、医疗在内的日间照料和托养服务，老人们的生活有了切实保障。每个人都会老，为老人们做了一件好事，就是为自己做了好事，所以，我高兴！”曹大姐端起酒杯，站起来第一个发言。

好！大家一阵掌声。

“我是一个普普通通的志愿者。今年，我有幸作为青年志愿者协会代表参加‘喜迎绿色大运，共建和谐社区’的大会，代表所有志愿者做了发言。一直以来，我以为我的工作是平凡的、卑微的、微不足道的，但是党和政府没有忘记我们。今年，社治委颁布了《成都市志愿服务激励办法》，为志愿者在就业创业、个人保障、教育医疗、城市落户方面给予了大力扶持。我深深地感到，我们的工作是光荣的，有价值的，组织是看得到的。所以，我高兴！”志愿者小石端着酒杯一饮而尽。

好！又是一阵掌声。

“这些年，我在社区的前台办理各种事务，直接面对老百姓。之前，老百姓办事很难，各种签字填表总是耗费很长时间，一件事儿办下来要一两个星期，经常会有老百姓抱怨。每天听着各种抱怨，我的心情也不好。今年社区建立‘一站式’服务大厅，办事简单快捷了，老百姓高兴了，不再抱怨了，我工作起来也有劲了，给老百姓一个好心情，自己也会有个好心情。所以，我高兴！”社区工作者邱姐也做了发言。

好！掌声再度响起。

“这一年确实不容易，我们遇到很多困难，面对很多难题，但是，我们同心协力，同舟共济，一路走来，把一个个困难和难题都化解了。我是社区主任，这一年最让我高兴的是得到了一个领悟，那就是以基层党建引领基层治理，要把党的领导根植于基层，根植于人民群众之中，实现党领导基层治理，依靠群众加强基层治理。我坚信，有党的领导，有老百姓的支持，没有什么是办不到的！”杨媛媛说。

“说得好！”马在舟带头鼓起掌来。掌声停下后，马在舟看着身边的汤小金。此时的汤小金已经成为社区支部的预备党员了，所以也参加了这次聚会。马在舟对汤小金说：“该你了，汤小金！”

“我也要说吗？我还只是预备党员啊！”汤小金说。

“预备党员也是党员，要经过考察，今天让你发言，也是考察一下你嘛！”老党员老汪说道。

“那我就说说吧！”汤小金有点不好意思。

“快说，快说……”大家都敦促着汤小金。

“十年前我独自来到成都，四处漂泊，那时候我好想能够有一个家。这个梦想终于在今年实现了。我突然有了两个家，一个是生活中的家，我和苏妙结婚了，组建了幸福的家庭，这是我人生的一个新起点。另一个是精神上的家，我入党了，加入了社区支部这个大家庭，我和大家一样，有了理想，有了信仰，有了前进的方向和动力。这一年对于我来说真的太不平凡了，幸福来得太突然，让我几乎不敢相信这是真的。今天，趁这个机会，我想敬大家一杯！”说完，汤小金端起一杯酒站起身，大家也站起身。

“应该是我们敬你一杯！”马在舟说，“我要告诉你一个好消息。你为社区开发的‘有事说事’平台获得了全国智慧治理一等奖，得到了高度肯定，成华区将以‘有事说事’这个平台为参照，推进智慧社区建设，计划年内完成三十个智慧社区。我要代表社区敬你一杯，不仅仅因为获奖，获奖不是目的，我们最终的目的是，能够以这样一种智慧科技的方式更好地为我们老百姓服务！所以，我们应该共同举杯，祝愿我们的机车厂社区越来越好！”

大家一起举杯，齐声喊道“干杯”，在一派快乐轻松的氛围中，将各自杯中的酒一饮而尽。

“对了，马书记，是不是该轮到你了？”杨媛媛说道。

“对啊！该你了，马书记，快说两句！”大家想起马在舟还没有发言，一阵催促。

马在舟环视了一遍大家，沉默了一会儿，然后露出一丝幸福的笑容，说：“我要结婚了。”

第五十九章　赵旗的泪光

马在舟要结婚了，这是让大家多么开心的事情啊。在历经二十多年的离合之后，关飞雪终于答应嫁给马在舟了。马在舟决定还给关飞雪一场婚礼。这场婚礼被安排在1月24日，也就是2020年的除夕。这是一场迟到了二十多年的婚礼，理应得到所有人的祝福，包括马晓晓。那天，马晓晓回到家，马在舟感觉到女儿在情感上受到了挫折，他没有问为什么。他知道，作为父亲，能够给予女儿最多的就是陪伴，如果她哭了，他会替她拭去眼角的泪，但是，她始终没有当着他的面哭。越是脆弱的灵魂，就越是有着坚硬的外壳。这个时候，马在舟不能在她面前提及他和关飞雪即将到来的婚礼，他不能在女儿情感低谷的时候提起自己的婚事，但他多么希望女儿能够支持啊。

然而，马晓晓在第二天突然不辞而别，他和关飞雪找遍了社区，也没有找到马晓晓。他再次清理马晓晓留下的东西，什么都没有少，唯独少了小丁的那封信。那封信他深藏了多年，他觉得应该在马晓晓长大以后给她看，让她为自己年幼时懵懵懂懂的爱寻找到一个真实的答案。当她提着行李箱回到家，眼中含着泪，他知道女儿长大了，到了要给她答案的时候了，所以他才拿出了那封深藏多年的信。他不知道这封信会带给女儿怎样的感受，幸福还是酸楚，拥有还是失去，麻木还是感慨。当这封信消失了，马在舟突然明白了，也不再担心了。马晓晓只是去了她想去的地方。她长大了，理应去寻找一份真正属于她的爱情，就像自己这么多年来一直追寻和关飞雪的爱情一样。

这一夜，马在舟和大伙儿都喝多了。关飞雪扶着马在舟走在回家的路上，路灯把两个人的影子拉得很长很长，长得就像一段历史。当年，马在舟的失约带给她的伤害，以及伤害带给她的痛苦和恨，早已消失殆尽。其实，不管这些年历经了多少波折，她的心中，马在舟从未缺席。这个男人是一个有情有义有担当的男人，值得她用下半生去守护和陪伴。她决定，今后余生，也要这样相互搀扶，共同度过，哪怕风雨无情，沧桑无尽，岁月无声，也要在患难中紧握彼此的手，共同度过。

这一夜的酒，对马在舟来说，是幸福的酒，因为他拥有了一段再续前缘的爱情。但这一夜的酒，对于另一个人来说，却是伤感的酒，他深深地陷在纠结和缠绕中，不能自拔。这个人就是赵旗。

当马在舟和关飞雪相依相偎走过机车厂社区街道时，马路的另一端，赵旗扶着路边的梧桐树一阵胃痛，酒精在他胃中持续散发，让他感到无比痛苦。这个充满青春活力的年轻人从未感受过这样的痛苦。这些年，他在各种街舞比赛中获得各种鲜花和掌声，也赢得无数女孩的青睐，但他从未动心，直到上官潇潇从赛摩上下来，走到他的身边，自信地对他说，“赵先生，接受专访吗”，他被打动了，并深深地爱上了这个气宇非凡的女人。然而，没想到的是，这个女子并不是冲他而来的，她只是想通过他找到走散多年的魏霆。

魏霆和上官潇潇重逢后，一篇关于孙孝辉的报告文学出现在了各大媒体的头条，老英雄三十年深藏功名，淡泊名利的人生跃然纸上，由此揭开了他那不为人知的红色过往。这篇报告文学引起了党委和政府的高度关注，很快孙孝辉便被授予“时代楷模”“优秀共产党员”称号，并被表彰为模范退役军人。而这篇报告文学的作者就是上官潇潇。

当记者们来到机车厂社区采访孙孝辉的时候，他已经双耳失聪了，他也不在乎这个社会对他的赞誉和颂扬，在他的心中，作为一名边防战士，作为一个中共党员，为这个民族抛头颅洒热血是分内之事，为这个国家扛枪打仗、保家卫国也是分内之事，很多战友在那场战争中失去了生命，而自己能够活下来，已经是幸运的了。对于他来说，双耳失聪带给他的唯一不幸，就是再也不能听到魏氏戏舍传来的川剧唱段《定军山》。他拒绝一切采访，但这并不能阻止这个社会对他的认可和肯定，这是这个时代需要的精神，也是这个社会需要的正能量。随后，他被接到部队疗养院接受疗养，安度晚年。共和国给了这个老英雄最高礼遇，也算是给了历史一个回答。

孙伯被接走后，魏氏戏舍仿佛完成了历史使命，突然沉寂了下来。魏霆走了，带着上官潇潇不辞而别。有人说他们去了西藏，秘密结婚了。某一天，当赵旗推开魏氏戏舍的门，大院中央徒留一个空空荡荡的戏台，裂纹丛生的掉漆柱子似乎记录着来了又走、走了又来的人，仿佛那些人的故事都刻进了柱子里面。他的心里五味杂陈。这个舞台，曾经那样热闹喧嚣，当初他和师傅魏霆在台上表演川剧和街舞，赢得人们的阵阵喝彩，那声音依旧回荡在耳边。同时，他爱上的上官潇潇，在和师傅历经十年离散后，再度重逢，然后又无声地离去，留给他的酸楚那么刻骨铭心。他应该祝福他们，但在这祝福的背后，又有一种说不出的伤感。

此后的日子里，赵旗缺席了队友们的排练，夜夜酗酒，暴饮暴食，体重不断攀升，身材变得臃肿。他已经不能做出一个完整的托马斯回旋了。这一夜，他在寒风中扶着路边的梧桐树一阵呕吐，五脏六腑翻江倒海。当他眼含泪花，抬头望向夜空时，他分不清哪一颗是星光，哪一颗是泪光。

第六十章　天府熊猫塔上的约定

元旦过后，小武迎来学期末的最后一次测试。在适应了复读学习生活过后，他渐入佳境，连续几次模拟考试都进入了年级前十名，被学校认为是最有希望进入清华北大的考生之一。在这次期末测试之前，小武收到了小苗的信，信中小苗告诉小武，她将在一周后乘机回到成都，她希望能够见上小武一面，地点就在天府熊猫塔的最顶端。

天府熊猫塔位于成都市成华区猛追湾，塔高339米，是中国西部第一高塔，也是成都的地标性建筑。一年前，在晚自习回家的路上，当他俩仰望天空时，看见不远处的天府熊猫塔像一座天梯直入云霄，小苗问小武去过塔顶吗，小武摇摇头。小武问小苗去过吗，小苗也摇摇头。小苗说，如果有一天她能考上自己心仪的大学，一定要登上塔顶去看看。于是他们约定好，等高考结束后，拿到录取通知书就登上塔顶，去俯瞰这个城市，体验这种一览众山的感觉。后来，小苗考上大学的愿望实现了，但是登上天府熊猫塔顶的愿望却没有实现。因为小武落榜了。

小苗在信中对小武倾诉了这一学期对他的思念。这半年，在华中师大，小苗被很多男生追求，但她都坚决地拒绝了。她没有忘记小武，只有小武才是她心中最值得等待的男孩。虽然她的母亲康红玲和小武的母亲关飞雪之间有太深的怨恨，但这无法阻止她和小武在一起的信念。所以她给小武写信，告诉他，会在天府熊猫塔顶等他，不管她的母亲如何阻止她，她也要和他见面。小武收到信，立即给小苗回信，他答应小苗在1月8日下午两点和她在塔顶见面。

1月8日上午是小武期末测试的最后一科——语文。考完这一科学校就放假了，小武将第一时间赶到天府熊猫塔和小苗见面。这场考试进行得非常顺利，但是，当试卷做到最后一页，小武愣住了，最后的作文题目是“我的父亲”。我的父亲？小武迷惘了。他从母亲口中知道，他的亲生父亲只是一个赌徒，在他出生之前就死了。他死得并不光荣，甚至有点不堪。他是在躲避债主的过程中，死在一间昏暗的房间里。他不知道这样的父亲有什么可以书写的。这是他一直隐藏着的永远不想再提及的秘密。然而，这个作文题却不偏不倚地点中他心中的隐痛。他该怎么去完成这篇作文题呢？他好纠结，这该死的出题人！

他心跳加速，呼吸困难，仿佛被这个题目扼住了喉咙。他把目光转向窗外，望着窗外的天空傻傻发呆。这时候，几个人影突然从天而降，他们穿着统一的蓝色工作服，身上系着保险绳，手里拿着洗刷工具。这是学校从校外请来打扫学校玻璃外窗的工人。小武定眼一看，这几个人中有一个熟悉的身影，是的，没错，那是他的母亲关飞雪！

这是关飞雪最后一次和同事们参加高空作业。马在舟告诉关飞雪，空中作业太危险了，希望她能辞掉这份工作。关飞雪说，这份工作虽然危险，但是薪水很高，儿子小武要上大学，她必须为小武筹集一笔学费。马在舟说，你的儿子就是我的儿子，我们可以共同抚养他，直到他大学毕业。关飞雪被马在舟的这份诚意打动了，她答应马在舟，做完这最后一单活儿就辞职。

然而，这最后一单活儿居然是小武的学校。小武在窗内的教室里，关飞雪在窗外的半空中。母子俩隔着玻璃窗，小武看到了关飞雪，但是关飞雪却没有看到小武。这时候，和关飞雪一起洗刷窗户的几个男人又开始拿关飞雪开玩笑了。

“飞雪，来支烟。”刘富涛向关飞雪伸手要烟。

“没有。”关飞雪回答。

“怎么了？”刘富涛问道。

“我戒了。”关飞雪回答。

“哟，飞雪，真的准备嫁人啦？”牛正龙问道。

“那还有假？说嫁就嫁！”关飞雪爽快地回答道。

“你们还真以为飞雪开玩笑啊！你看人家手上的戒指！”王兵提醒大家。

关飞雪也不避讳，伸出手，把手指上的戒指展示给大家看，脸上不禁流露出一丝幸福的笑容。戒指在冬日的阳光下显得特别夺目。透过玻璃窗，小武看清了关飞雪手指上的戒指，是的，没错，这就是他买的那枚戒指。小武顿时明白了，母亲关飞雪已经接受了马在舟的求婚，他也突然找到了打开作文题目的钥匙。他提笔在卷子上写道：

我的父亲名叫马在舟，他是一个社区书记，他不是我的亲生父亲，但是他对我很好。他让我知道“父亲”这个词是一种责任、一种担当、一种爱。我知道，二十多年来他一直深爱着我的母亲，却没有勇气开口。这是我唯一鄙视他的一点。今天，我看到母亲的手上戴着他送的戒指。他终于有勇气向我母亲求婚了，我很高兴，这一天早就该来了，迟到了好多年。我知道，我们将有一个圆满的家庭，这是我和他，以及我的母亲都共同期待的事。这个家来得不容易，我们一定会倍加珍惜……

窗外的关飞雪并不知道儿子在写这样一篇作文，她一边和同事们说着话，一边洋溢着幸福的笑容。

“飞雪，把那戒指给我看看，真的还是假的？”刘富涛说。

“管他真的还是假的，心是真的就行。”关飞雪自豪地回答道。

“来，拿来让大家看看！”牛正龙说。

“对啊，拿出来看看。”王兵也附和道。

经不起大家的怂恿，关飞雪把戒指摘下来，递给刘富涛。

这时候，监考老师发现几个工人在窗外晃荡，她推开窗呵斥道：“你们几个在窗外干吗呢？没看见学生在考试吗？”

“好！好！好！马上走！”几人连忙致歉。刘富涛一慌神，戒指从手中滑落，从几十米高的窗口掉了下去。

关飞雪急了：“刘富涛，你怎么搞的！”

刘富涛说：“对不起，对不起！”

牛正龙说：“还不赶快下去找！”

于是四个人顺着绳索滑下去。楼下是一片草丛，四个人弯着腰在草地里爬来爬去，努力地寻找着那枚戒指，却怎么也找不到。直到中午，刘富涛说：“飞雪，对不起，我重新买一个还给你！”

“不行！”关飞雪斩钉截铁地回答。

“那怎么办？”王兵问道。

“先去吃饭，吃了饭回来继续找。”关飞雪说。这是马在舟给她的戒指，她一定要找到它。

第二天下午两点，小苗如约来到天府熊猫塔。电梯垂直升起，远离地面，到了塔顶，整个城市一览无遗。那些高楼和街道瞬间变得异常渺小，人群和车辆更是模糊不清。这是成都的最高处，小苗俯视着这个城市，那是肉体的住址，也是心灵的住址，是所有快乐和悲伤的住址。她努力地分辨着那些如工蚁一样奔波的人，不知道将来自己如他们中的哪一个。

到达塔顶后，小苗并没有发现小武。她想，小武一定是有事耽搁了，于是来到卫生间为自己补妆。上大学后，她开始慢慢学着化妆，这是一个女孩子渐渐成熟的标志。她想，等会儿出去的时候，小武一定气喘吁吁地在找她，她要以一种洋溢着青春气息的微笑出现在小武身后，让他转身的一瞬间，被这个笑容深深地打动，一辈子都不能忘怀。然而过了很久，依旧没有发现小武。这是怎么回事？难道他忘记了这个约定吗？再等等吧！

一个小时过去了，小武依旧没有出现，难道真的忘记了约定吗？小苗想打小武的电话，才想起复读之后学校不允许用电话，他的电话已经停机了。

又一个小时过去了，小武还是没有出现，是不是出了什么意外，难道小武拒绝和自己见面吗？不，不会的！在信中小武信誓旦旦，答应要和自己见面，他是不会失信的。

又是一个小时过去了，小武始终没有出现。小苗却越来越坚信小武不会失约。他一定是出了什么意外，也许是关飞雪知道了她和小武的约定，不让他来和她见面。

傍晚六点，四个小时过去了，小苗在塔顶上等了整整一下午，小武还是没有出现。天色垂暮，最后一抹夕阳已经陷入黑云中，城市的灯火渐渐亮起，照亮了夜空。小苗有点眩晕，整个人都变得疲惫不堪，可她的心却愈加坚定，她告诉自己，要等，一定要等，小武不会失约，他一定会来的。

晚上八点过后，整个城市的灯光都亮了起来，此时塔顶的游客已经渐渐散去了，只剩小苗一个人站在那里，一阵阵寒风吹来，小苗冷得瑟瑟发抖，她把衣服紧紧地裹起。一个保安走过来，对她说："小姑娘，我看你在这里等了很久了，你一定是在等你男朋友吧，我劝你啊，别等了。我天天在这上班，像你这样的姑娘我见得多了，她们也像你这样，但都没等到，哪个男朋友会让自己喜欢的女孩子等这么久？我劝你回去吧，再过一个小时我们就要关门了。"保安的一席话顿时让小苗的眼睛湿润了，是啊，如果小武真的在乎自己，怎么会忍心让自己等这么久呢。

这时沉寂许久的电梯突然动了起来，是小武吗？真是小武吗？小苗默默地祈祷着。一百米、两百米、三百米……叮当，电梯到达塔顶，电梯门缓缓打开，从电梯里走出来的不是小武，而是康红玲。康红玲走到小苗面前，小苗惊呆了，母亲怎么来了？她怎么知道自己在这里？

只见康红玲红着眼，用嘶哑的声音对小苗说：“别等了，小武……他……他死了！”

第六十一章　一场痛彻心扉的诀别

时间回到当天中午。

随着下课铃声响起，语文考试结束了，小武洋洋洒洒地完成了他的作文《我的父亲》。交了试卷，小武第一时间扑到窗口往下看。刚刚看到那枚戒指从半空中掉落下去，他的心揪了起来。他趴在窗口，想顺着掉落的地方寻找那枚戒指，终于，他在窗户的夹缝里发现了它，怪不得关飞雪在草丛中找了半天也没找到。此刻教室里空无一人，没有人能够帮助他，他只好一个人翻过窗子，努力地用手去够那枚戒指。他够到了，他把戒指紧紧地攥在右手中，生怕再次掉落。可是他的左手突然一滑，整个身子失去重心，从空中掉落了下去。

午饭过后，关飞雪和刘富涛、牛正龙、王兵匆匆赶回，准备继续寻找那枚戒指，却远远地看见一群学生围在那里，关飞雪走近一看，地上躺着一个人，血从他的身下流出。她隐隐感觉到一种不祥，那个躺在地上的人多么像她的儿子小武啊！她不敢走近，她怕这个人真的就是小武。这时候一个老师匆匆拨开人群，走到尸体面前，低下头看了看，然后转身拨打了电话："喂，校长，快……快来一下，有个学生从楼上掉下来摔死了！那个学生我认得，是复九班的，叫小武！"听到"小武"这个名字，关飞雪浑身颤抖，双腿发软，扑通一声跪在地上，天旋地转，发出一声撕心裂肺的哀号，在人群中晕厥过去。此时的小武，手中还紧紧地攥着一枚戒指。

那个午后，小苗精心打扮一番就出门了。康红玲在窗口看着小苗出门，她没有阻止。她偷偷地看过小武给小苗的回信，她知道小苗是去和小武约会。过了这么久，她对关飞雪已经没有怨恨了，反倒觉得自己当初的做法和言语有点过分，因此默许了小苗和小武的约会。其实，在康红玲心中，小武真的是一个蛮不错的小伙子，如果小苗能够和小武在一起，也是一件很好的事。然而事情发生得太突然了。当天傍晚，康红玲收到小武坠亡的消息，想第一时间赶到关飞雪身边，去安慰这个女人，都是做母亲的人，她能够体会这种痛彻心扉的悲伤。当她拦下出租车，准备赶往小武的学校，突然想起此刻小苗还在天府熊猫塔顶等待小武。她立即对司机说："师傅，去天府熊猫塔！"

在塔顶康红玲看到了眼睛通红的小苗，她不忍心告诉小苗真相，但是真相始终是瞒不住的。康红玲把衣服披在小苗身上，牵着小苗的手，小苗眼泪哗啦啦地流着。康红玲说："我们回家吧！"小苗缓缓地挪动脚步，跟随母亲向电梯口走去。突然，她甩开康红玲的手，转身就跑。她冲到一根柱子面前，抱着柱子不撒手，仰天痛哭："不，我不走，我要等他，我要等他，我要等他……"

成都的这个冬天特别冷，然而最冷的地方是在机车厂社区。这三天，整个社区笼罩在一片寒潮中，人们带着一束束菊花走向关飞雪的家。客厅里，这个天才般的少年，笑容依然那样亲切，如果不是黑白照片，没人相信他已经离开了人世。关飞雪和马在舟两眼呆滞，整整三天，他们没有合眼。最初，人们来到这里悼念小武，他俩还能撑起身，还能握住对方的手，说上一两句话。随着时间慢慢过去，他们已经在悲恸中变得麻木，当泪水流尽，他们失去了最后一丝力气，人们陆陆续续地来，他们已经无动于衷，对任何人的到来都视而不见。人们也不介意，谁都能看出这两个中年人心中的悲痛，但谁也无法去抚平这份悲痛，唯有献上一束菊花，带着一份深深的遗憾和同情，鞠上一躬。然后拍拍马在舟的肩膀，转身而去。

三天来，小苗一直陪在关飞雪和马在舟的身边，三个人呆呆地坐在客厅中间，像极了一家三口。康红玲负责给这“一家三口”做饭，小苗和马在舟还能潦草地吃两口，而关飞雪滴水未沾，一口饭也没有吃。康红玲看不下去了，她来到关飞雪身边：“飞雪，吃一口吧！这样下去，身子撑不住，小武也不想看到你这样啊！”话音一落，关飞雪又痛哭起来。康红玲紧紧地抱住关飞雪，两个不共戴天的仇人在此刻冰释前嫌。都是做母亲的人，谁又能面对这样的伤痛呢？

小武的班主任也来了，她带来的是小武的语文试卷，试卷最后的作文题目是“我的父亲”，马在舟摊开试卷，作文中写道：

> 我的父亲名叫马在舟，他是一个社区书记，他不是我的亲生父亲，但是他对我很好。他让我知道“父亲”这个词是一种责任、一种担当、一种爱。我知道，二十多年来他一直深爱着我的母亲，却没有勇气开口……

马在舟看着这篇作文，又一次老泪纵横。这么些年，他看着小武长大，早把小武当成了自己的儿子。他恨自己为什么不早一点向关飞雪表白，这样他们就能真正如小武的愿望一样，成为一家人。直到现在，眼看小武的愿望就要达成了，自己也将成为小武真正意义上的父亲了，小武却以这样的方式离他而去。命运怎么这样造化弄人？

凌晨，一辆灵车缓缓驶出机车厂社区，人们早早起床，不由自主地把手牵在了一起，目送灵车离去。这个凌晨多么寒冷，也许只有牵着彼此的手，才能给予彼此一丝温暖，才能化解这个冬天的寒意。

小武下葬之后，关飞雪把自己关在小武的那间小屋里，一连几天不肯出门。马在舟每次敲门，关飞雪都默不作声。马在舟担心这样下去关飞雪的身体会撑不住。他打电话叫来蒋大坤，希望蒋大坤能劝劝关飞雪。蒋大坤隔着门对关飞雪说了半天话，劝关飞雪想开点，但关飞雪还是在屋里不吭声。这架势把蒋大坤和马在舟都吓住了，这样下去，恐怕真的会出事。

“怎么办？”马在舟焦头烂额，向蒋大坤求助。蒋大坤这个人向来点子多，这个时候也束手无策。

“唉，我也没办法！”蒋大坤说，“你跟飞雪的婚礼，我和弟兄们都筹备好几天了，没想到出了这事儿，看样子只有往后推一推了。”

“这个样子还结婚？飞雪能够撑过去就不错了！”马在舟哀叹了一声。

“那就说定了，往后推一推吧！”蒋大坤无可奈何地摇摇头。

这时门突然开了，关飞雪站在门口，她面容憔悴，脸色蜡黄，身子瘦了一大圈。关飞雪看着马在舟和蒋大坤，这是几天来她第一次从屋里走出来。她凝视着二人，默默地说：“不推，婚礼如期举行！”

蒋大坤和马在舟诧异地看着关飞雪，关飞雪的头发一夜之间已经花白，如雪花满头。

第六十二章　关飞雪的“新房”

烟火人间里，花重锦官城。美人亭亭，琴声袅袅，当乐伎跨越千年时光缓缓走来，古与今的融合连接起过去与现在……随着二十四伎乐表演的《烟火成都》徐徐展开，武侯区主会场春节庆典活动正式拉开序幕。

与此同时，锦江区在华兴街、玉成街、宏济上路、黄伞巷、点将台片区五个分会场的春节系列活动也正式启动。“汉服巡演”“街头国际艺术表演”“光影市集”“美食大赛”等主题活动让市民们充分感受到浓厚的节日氛围。

以“锦城寻香醉·芳邻百花开”为主题的青羊分会场活动也拉开了序幕。伴随着腾空而起的烟火，美轮美奂的花灯点亮了夜空，为市民们呈现了一场炫彩夺目的视觉盛宴。

金牛区也不沉寂，当暮色降临，龙湖上城天街广场舞台上，通过光影效果，一头由金色激光雕刻而成的金色奔牛在舞台前方昂首阔步，开启别具一格的光影主题灯光秀。

机车厂社区所在的成华区也不甘寂寞。大型灯光秀、追光集市、快闪舞蹈、集福纳祥等主题活动轮番上演，在光影变幻中展现成华区市井烟火气，彰显独特的成都生活美学气质。机车厂社区处处张灯结彩，洋溢着一派喜庆和谐的节日氛围。社区老旧院落建筑换上了“成华红”新外衣，工业文化与熊猫元素的创意植入更增添了魅力与活力。

春节前，整个成都都在打造光彩景观、营造消费场景、提升生活体验环境，火锅城的生意也越来越火爆。为了应对春节期间的消费旺季，蒋大坤和火锅城的其他弟兄们囤积了大量食材。同时，为了稳固春节期间的用工需求，火锅城全体店主承诺，春节期间将支付员工三倍薪水，提前发出年终奖金。

小武去世过后，关飞雪和马在舟的婚礼也在积极筹办之中。从一场葬礼到一场婚礼，中间不到十天时间，但他们还是毅然决定举办一场婚礼。这既是为二十多年的爱情给出一个圆满的结局，也是为了完成小武的一个夙愿。社区的同事们都主动帮马在舟打扫房间，把鲜红的“囍”字贴在马在舟的门窗上。大家都小心翼翼，不敢说太多的话，生怕一不小心说错了某句话，让马在舟和关飞雪想起了几天前去世的小武。经过大家的努力，马在舟这套九十平方米的老房子焕然一新。这时马在舟却沉默了，这房子他住了三十多年，这还是当初他和李红结婚时分配的房子，这里面有他和李红的过往。如今，他就要和关飞雪结婚了，虽然这么多年他一直盼望着这一天，可这一天真的来临时，他却有了些担忧。

和同事们一一道别后，马在舟回到了关飞雪的身边。关飞雪的气色比之前好了些，只是这一头花白的头发让她看起来苍老了很多。

“对不起，飞雪。”马在舟说。

“为什么这么说？”关飞雪问道。

“这几十年也没攒下钱买个新房子，只能在这里和你结婚，你不介意吧？”马在舟说。

“你在社区工作，工资不高，这我都知道。你能娶我，我已经很幸福了，我不要什么新房子。漂亮的房子很多，但我并不羡慕。房子里有了爱，才叫家，房子里没有爱，也只是房子。我要的是家，而不是房子。”关飞雪说。

“其实有句话我一直想问你。”马在舟有点犹豫不决。

“你问吧，我将是你的妻子了，我们之间还有什么不好说的话吗？”关飞雪说。

“你知道，这房子我和李红住了好几年，现在你就要搬进来了，你真的就一点都不介意吗？”马在舟问道。

“不介意！”关飞雪认真地看着马在舟，“李红是真心爱你的，但她走得太早。我想，她临终前最大的愿望应该是，希望你拥有个幸福的家，有个能够陪你终老的女人。现在我住进来了，我不介意这个房子是你和她曾经的家。和你在一起，不仅仅是因为我们本来就真心相爱，也是因为我是唯一能够完成她夙愿的人，如果她在天上能够看到你我的今天，她应该感到高兴，也会为我们祝福！”关飞雪回答。

这番话让马在舟彻底释怀。他伸出手，把关飞雪揽入怀中。面对窗外的夜空，关飞雪说：“在舟，让我们忘了那些痛苦，三天后，我会打扮得漂漂亮亮的，等你堂堂正正地把我娶过门。我要做你的妻子，跟你好好地过好下半辈子。”在寒冬中，两个人依偎在一起，直面这二十年的离合悲欢，直面这痛彻心扉的丧子之痛。

给我等最久的人，原谅我现在才明白。
感谢你的心和爱，让寂寞的花儿开。
好美丽的感觉，经常有你陪我到深夜。
好甜美的爱，没想到就在身边，就在身边就在眼前。
给我等最久的人，原谅我傻得可怜。
感谢你不曾埋怨，相信该来的不会走远。
好幸福的感觉，让你的手游移我发间。
好幸福的爱，多么想弥补从前，拾回从前直到永远。
……

一阵急促的电话声响起，打破了两个人的宁静和静思。已是深夜了，谁的电话呢？马在舟拿起手机一看，杨媛媛打来的。他接通电话，杨媛媛在电话那头焦急地说：“马书记，刚刚接到街道的电话，有个紧急会议要你参加。”

“现在？”马在舟有点不敢相信，这么久以来，他第一次接到这样紧急的会议通知。

“是的，现在！”杨媛媛回答。

“好，我马上到。”马在舟挂掉电话，匆匆地穿上衣服，他隐隐预感到有什么重大的事情发生。

“这么晚你还出门？”关飞雪问道。

“刚刚接到街道的通知，有个紧急会议。”马在舟回答。

“那一定是什么重要的事，你去吧。路上小心点！”关飞雪对马在舟的工作十分理解，作为社区书记，马在舟身处第一线，所有的事情都得亲力亲为。她也做好了心理准备，嫁给马在舟就等于嫁给了他的一切，不管他做什么，都要支持他。

马在舟在关飞雪的额头上轻轻地吻了一下，然后转身离去。随着门哐当一声，黑夜恢复了寂静。关飞雪站在窗前，看着这个男人从眼前匆匆走过，她静静地向他挥手。

第六十三章　火线入党

晚上十点，灯火通明的二仙桥街道办事处会议室里，董上义向各社区负责人通报了新冠疫情的传播情况并传达上级紧急通知："同志们，在2019年12月31日之前，武汉已经先后出现了104名新型冠状病毒感染者，并在之后的十天里增加了653人，2020年1月11日到20日之间又暴增至5417人。几天前，成都已经收治了首例自武汉返蓉的新冠病毒感染者。省委、市委已经相继成立了新型冠状病毒肺炎疫情防控指挥部。街道刚刚收到指挥部的紧急通知，从今天开始，社区党组织要充分发动群众力量，积极参与入户走访排查、提供疫情线索、落实落细精准防控措施，坚持人、物、环境同防和多病共防，引导居民做好个人防护措施，上下齐心，守好疫情防控一线关口。"

当晚十一点，机车厂社区会议室里，马在舟召集社区党员干部、居民自治组织成员、物业机构负责人和群众志愿者等四十多人，安排部署社区疫情防控工作："老汪，你负责社区人员的摸底，近期从武汉回来的人员，一律隔离观察，一旦有发热咳嗽症状的，第一时间送医院收治；小石，你负责组织人员在每个小区门口实行体温检测，进出登记；曹大姐，你负责组织人员和社区卫生服务中心的同志每天对小区楼道、广场、门窗、电梯进行全面消毒；邱姐，你们负责对外宣传，制作防疫宣传手册，安排社区广播发布疫情防控信息。小杨，你的任务最艰巨，现在正是春节期间，家家户户都在筹备家庭聚餐，你带着人，上门宣传，一定不能有大型聚集，出了问题拿你是问！"

初步安排部署之后，马在舟环顾会议室，然后问："剩下的，还有没有党员？举个手！”会议室沉寂了片刻，有几只手伸出来。马在舟点了点，加上自己一共五个人。马在舟做了最后一轮安排：“五个人分三个组，两个人一组，我一个人一个组！”

“做什么？马书记！”退休老党员老孟问道。

“在机车厂社区最大的北门设置卡口，外防输入。一天二十四小时，三个组轮流值班，八个小时一班，老孟，你年纪大，你带着老周从上午八点到下午六点，小朱和小李年轻点，从晚上六点到十二点，我就从十二点到第二天早上八点，准时交接班。”马在舟说道。

“马书记，你怎么能值通宵？你不休息吗？”党员小朱说。

“都这个时候了，还谈什么休息？”马在舟回答。

“你就一个人！连轮流打个盹的人都没有！”小李说。

“别说了，我是书记，我说了算！”马在舟坚定地说。

“马书记，我跟你一起！”突然，会议室的最后一排站起来一个人，大家回头一看，是汤小金。

“你？”马在舟惊诧了几秒钟，“你不行，你刚结婚，这是你结婚后的第一个春节，回去好好陪陪你老婆！”

“你不也刚结婚吗？”汤小金回答道。

这话把马在舟问愣了。是啊，自己也刚刚结婚啊。马在舟回过神来，说：“我不一样，我是党员，你是预备党员，不算正式党员。”

“我要求今天晚上就正式入党！”汤小金看着马在舟，眼中的决绝震动了现场的每一个人。

当晚，在机车厂社区党支部和众人的注视下，一场特殊的入党仪式举行了。

“我志愿加入中国共产党，拥护党的纲领，遵守党的章程，履行党员义务，执行党的决定，严守党的纪律，保守党的秘密，对党忠诚，积极工作，为共产主义奋斗终身，随时准备为党和人民牺牲一切，永不叛党。”汤小金在党旗前举起拳头，庄严宣誓。作为入党介绍人，马在舟热泪盈眶。

此刻的成都，还有很多人和汤小金一样“火线入党”。在疫情防控的特殊时期，选择入党就意味着选择了危险，选择了牺牲，选择了直达最艰险的地方，但他们义无反顾、无比坚定。对于他们来说，“火线入党”是一种无上的光荣。为了这份光荣，他们始终冲锋在前，牢筑基层战斗堡垒。榜样的力量凝聚起蓉城儿女万众一心、众志成城抗击疫情的澎湃动力，鲜红的党旗始终在防控疫情斗争第一线高高飘扬。

第六十四章　蒋家老火锅关门歇业

第二天，党旗在机车厂社区的各个角落迎着寒风飘扬起来。

老汪带着他的队伍，开始逐家逐户上门开展地毯式摸排，机车厂社区九街十八巷，两百零五栋住宅楼，八百多家门店，两万多人，常住人口一万，外来人口一万。而老汪的网格员队伍加起来只有十多个人，每个网格员平均每天大概要入户走访四百多户，这个工作量太大了。结束一天的工作，回到社区汇总排查情况时，他们两根手指的指背因敲门都敲破了皮。

小石带着志愿者们在每个小区门口实行体温检测、进出登记，但是整个社区有二十八个小区，按照每个小区设置两班轮岗，就需要五十六个志愿者。小石只有十八个人，这么大的人员缺口怎么填补？他不得不在志愿者微信群里发出“召集令”，号召社区居民加入志愿者队伍。然而正值新春佳节，家家户户都在忙着阖家团圆，谁会响应他呢？

邱姐负责的宣传组也遇到了麻烦。武汉方面的疫情虽然在电视台反复报道，但还是没有引起部分社区居民的重视。邱姐带着宣传组来到机车厂社区的广场上做宣传，发现还有不少居民在广场上跳广场舞。宣传组的同事们和邱姐一起上前做劝解，希望跳广场舞的大妈们尽快疏散，减少新冠病毒人传人的风险，但这并没有得到大妈们的理解。一气之下，邱姐拔掉了广场灯光电源，广场陷入一片漆黑。黑暗中，邱姐在喇叭里呼吁大家尽快疏散，不要聚集。这反而引起了大妈们的不满，广场舞领头人黄大姐指着邱姐的大喇叭骂道：“我们跳舞妨着你哪里了？碍着你哪里了？你们这些社区的，吃饱了没事干。我告诉你，邱芝莲，今天我就要跳，不仅今天跳，明天我还来跳，我天天都来跳，我看你能把我怎么着？”

曹大姐和社区卫生服务中心组成的卫生组也在一筹莫展中。不少居民听说了武汉方面的疫情，跑来向社区要口罩。起初，卫生组还能秩序井然地将口罩分发到居民的手中，后来居民们发现剩下的口罩不多了，开始哄抢，一转眼，所有的口罩都被抢光了。曹大姐不得不打电话向街道办申请新的口罩，然而电话那头的回复却是，街道办也没有口罩了。

与此同时，杨媛媛带着几个人来到社区各家各户劝解社区居民取消春节期间的家庭聚餐，有的居民表示充分理解，有的居民却不当回事。有的居民表面上满口答应，背地里依旧筹办着年夜饭。那天，她来到陈姐家里，发现陈姐正和几个大妈一起打麻将。

“陈姐，打麻将啦？”杨媛媛笑意盈盈地跟陈姐打招呼。

“嗯！”陈姐头也不抬，打出一张四筒。

“陈姐，最近发生的新冠疫情你都听说了吧？”杨媛媛站在陈姐身边。

“听说了！”陈姐依旧不抬头，又打出一张九万。

“我们接到上级的通知，为了防控疫情，社区居民一定要避免多人聚集，减少被新冠病毒传染的风险。这牌啊，我建议你们最好别打了。疫情形势很严峻，一定不要在这个时期冒风险，如果真被传染上了新冠病毒，那可就不好了！”杨媛媛耐心地向陈姐做工作。可是陈姐爱听不听，继续打牌，直到不耐烦了，才对杨媛媛说：“好！好！好！你先走，我们打完这一局就不打了！”

“那我们先走了，你们一定不要再打了哦。”杨媛媛看出了陈姐的不耐烦，知道这样劝下去也没有意义，说不定陈姐翻脸了，反而不好收场，于是转身出门。但是，她在门口听见了屋里的对话。

“陈姐，真不打了？”牌友问陈姐。

“谁说不打了？继续打，别管她。”陈姐回答。

“这姑娘是谁啊？长得挺漂亮的。”牌友问陈姐。

“社区的。”陈姐回答。

“唉，我听说你儿子明天就要回来了！听说还没女朋友，我看这姑娘不错，你撮合撮合呗！”

“她就一社区的，我儿子是跨国企业的高管，别说我不答应！我儿子也肯定不会看上她！”陈姐一脸不屑。

“社区的又怎么了？我看这姑娘就挺不错的，人长得漂亮，脾气还挺好，现在要找个踏踏实实的姑娘，不好找哦！”牌友劝说陈姐。

“我儿子年薪几十万，她一个月就几千块，工资低别说，整天还忙得跟领导人一样。咱们也不是要多高的要求，就讲个门当户对。这门不当户不对的，长得再漂亮，我也不要！”陈姐说完，打出一张二条。

杨媛媛在门口听了屋里的对话，眼睛湿润了。这些年，她在社区工作整天忙忙碌碌，一转眼就二十九了，成了大龄姑娘。同事们都替她着急，四处替她介绍对象，但每次相亲，一听说她在社区工作，工资低，工作忙，都找各种借口拒绝了她。这个陈姐每次见到她，都夸她温柔漂亮，还说什么哪个男孩子找到你这样的姑娘是福气，让她倍感温暖。然而今天她才知道，事实并非这样。

晚上十一点，蒋大坤的火锅城依旧灯火通明，人声鼎沸，一片热闹的景象。要论哪种饮食方式能最快促进人们的感情，非火锅莫属。火锅是一种社交，大家团团而坐，在你帮我夹一块牛肉，我帮你捞一节肥肠的互助过程中，社交变得不再那么生硬。不需要绞尽脑汁找话题，只要享受那种热烈的氛围就好。在成都，只有两种人：一种是吃火锅的人，另一种是其他人。如果有人请你到高档饭店吃饭，这个人很可能有求于你，如果有人请你吃火锅，别怀疑，他很可能是真的想你了。

春节前这段时间，火锅城的生意到达了高峰。各种老友叙旧、同学聚会、同乡共餐都选择了在一桌热热闹闹的火锅前，觥筹交错，把酒言欢。马在舟跨过人潮涌动的大厅，来到收银台后面，蒋大坤正忙碌着，见马在舟来了："哟！在舟，你怎么来了！吃火锅吗？"

"不吃，我找你说句话。"马在舟说。

"我正忙着呢，待会儿再说好不好？"蒋大坤说。

"好，我等你。"马在舟找了个角落坐下，看起来心事重重。

又过了一个小时，蒋家老火锅的热闹稍微停歇了一些。蒋大坤一边用围裙擦手，一边走过来，坐在马在舟身边："说吧，啥事儿？"

"生意不错吧？"马在舟问道。

"不错啊，你都看到了。"蒋大坤说。

"春节期间的订餐多不多？"马在舟问道。

"多，每天都是几十桌的订餐，都订到元宵节去了。"蒋大坤兴奋地说。

"想跟你商量个事儿。"马在舟说。

"你说。"蒋大坤干脆得很。

"把订餐都取消了。"马在舟说。

蒋大坤立马收起了刚才的兴奋劲儿，他从马在舟严肃的表情和语气中看出来，马在舟不是在开玩笑。

"为啥？"蒋大坤问道。

"武汉那边疫情很严重，区里、街道都下发了通知，要防止疾病传播，严控聚餐规模。所以，这火锅城要关门歇业。"马在舟解释道。

"你是来跟我商量的，还是来下发通知的？"蒋大坤说。

"作为朋友，我是来跟你商量，但作为社区书记，我是来下发通知的。"马在舟回答道。

蒋大坤沉默了一会儿，说："我给你算个账，我们火锅城春节期间一天的营业额将近一百万，利润按三成算，就是三十万，加上水电、工资、房租、食材储备费用，一天至少十万。你让我们关门，我们每天亏损四十万，这个损失谁承担得起？”

“社区可以给你们减免租金。”马在舟回答。

“社区减免的租金能冲抵多少亏损？在舟，摸良心说，这一年我们火锅一条街的弟兄们折腾得还不够吗？”蒋大坤直视着马在舟。是啊，春天，火锅一条街的搬迁闹得鸡犬不宁。夏天，装修停业三个多月，蒋大坤他们分文未进，还投入了一大笔装修费用。到了秋天，段小强闹事过后，火锅城门可罗雀，蒋大坤他们已经亏损太多了，要不是马晓晓最后靠网络直播力挽狂澜，火锅城早就销声匿迹了。好不容易挨到了春节期间的消费旺季，蒋大坤和他的弟兄们挽起袖子准备大干一场，把一年的颓势都挽回来，没想到马在舟却在这个时候出来要他们关门歇业。这让谁也接受不了。

“大坤，日子还长，今年亏损了，明年可以赚回来。要是疫情控制不下来，国家不安了，老百姓受难了，今天过去了，就没有明天了。你要以大局为重啊！”马在舟苦口婆心地说。

“你是党员，你站得高，看得远。我不是党员，我只是老百姓。”蒋大坤说。

“正因为你是老百姓，我们才要你这样做。你想想看，共产党员，哪一件事，哪个一个决定，不是为了老百姓着想？”马在舟说道。

这话让蒋大坤安静了下来，他看着马在舟，这个无比熟悉又无比信任的弟兄说出这番话，让他无言以对。良久，他说：“好吧，我信你。我可以关，但是我不能保证其他弟兄也跟着我一起关。”

“有你支持，我相信其他弟兄一定能理解的。谢谢你。”马在舟站起身，拍了拍蒋大坤的肩膀，然后消失在茫茫夜色中。

第二天，火锅城的蒋家老火锅率先关门歇业，并取消了春节期间的一切订单。蒋大坤把火锅店的员工们召集到一起开了个会。

“最近疫情越来越严重，接到上面的通知，为了避免人口聚集而引发交叉感染，餐饮门店将停止营业。蒋家老火锅决定响应政府的号召，从今天起关门歇业。但是，春节期间三倍薪水，提前发放年终奖金的承诺不变。今天把大家召集起来，开这个会，就是把账算一算，大家把薪水和年终奖金提前领了，回家过个年，好好陪陪自己家人。”说完，蒋大坤拿出一个口袋，里面装满了现金，准备现场发放薪水。他满以为大家会露出开心的笑容，然而，让他万万没有想到的是，大家没有说话，也没有人露出笑容，整个会场鸦雀无声。

过了好一会儿，段小强从众多员工中走出来，对蒋大坤说：“你是老板，我是员工。员工给老板干活，老板给员工发工资，天经地义。没有不干活还拿钱的道理。这个钱我不要。冲你今天说的这话，做的这事儿，大家都看得出来，你是个有仁有义的人，我段小强永远是你的员工，你蒋大坤永远是我的老板。”说完，段小强摘下头上的厨师帽，脱下员工服，放在凳子上，转身离去。接着，另一个员工也摘下帽子，脱下工服，放在凳子上，转身离去。员工一个接一个地从蒋大坤的面前离开，蒋大坤看着员工们的背影，眼眶湿润了。

大家纷纷离去，没有一个人提出要薪水和奖金。蒋大坤准备的满满一口袋现金，一分钱都没有发出去。过了一会儿，侯老二、邱三妹、罗胖子、游老五等一众火锅店老板来到蒋大坤的面前。

“老大，这么多年，大伙儿都跟着你干，你说怎么做，大伙儿都照着你说的做。现在，你把订单退了，把店关了，也没跟大伙儿商量一下。我知道，你是不想我们照着你的样子做。但是咱火锅城二十八家火锅店，就像是一条船上的人，谁又会抛下你。你要关门，大家都会跟着你关门。但是你要想好了，关了门，好不容易做起来的业态一下子就没了，火锅城可能几年都翻不了身！”侯老二说。

“我们之所以能够开门做生意，那是因为我们这个国家国泰民安，人民幸福。现在，疫情来势汹汹，国家到了最困难的时候，如果疫情得不到控制，老百姓的健康没了保障，谁还会来照顾我们的生意。大家都是生意人，做生意，有赚有亏，绝不能只看眼前。开个火锅店，那是小生意，今天亏了，明天还可能赚回来。经营建设一个国家，那才是大生意，我们都是这个国家的建设者，只要大生意做好了，小生意就能做活，大生意做不好，小生意肯定做死！我蒋大坤带着大家开创了这个火锅城，本想大家跟着我赚大钱，大家信任我，叫我老大，但是我这个老大没当好，让大家失望了。如果你们还看得起我蒋大坤，希望你们也响应政府号召，关门歇业。”蒋大坤说。

说完这话，大家沉默了。过了一会儿大家纷纷离去。当天下午，火锅城所有火锅店都关上门，挂出停业的通知。

第六十五章　出租车里的对话

时间回到一个月前。

那是在2019年的12月26日，一对夫妇来到湖北省中西医结合医院，被确诊为不明原因肺炎。医院呼吸与重症医学科主任张继先觉得这个病人确实有点奇怪，病情有点重，病变范围大，又有点发烧，呼吸困难，有点喘气。张继先心想，一般情况下不可能一家两个人同时得病，除非有传染性。如果真有传染性，那么他们的家人也有可能携带了传染性病毒。这对老夫妇是由他们的儿子送来的，于是，张继先就跟他们的儿子说，你看你爹妈都得病了，肺上还有点严重，要不你也去查一下。这一查，张继先发现不对劲，他的血象偏低，淋巴偏低，CT影像跟父母几乎一致，只是病变范围小一些，但病变的性质差不多。

“这个东西肯定是不对的，可能有麻烦，通知区疾控中心赶紧来。”张继先刚给感染管理科科长打完电话，科室又来了一个和老夫妇同样病状的病人。第二天又来了四个同样病状的病人。随后几天，湖北省中西医结合医院呼吸科门诊量激增，由原先的一百人左右升至约两百三十人，相似病情的病患急速增加。

随后，武汉市组织同济医院、湖北省疾控中心、中国科学院武汉病毒研究所、武汉市传染病医院及武汉市疾控中心等单位的临床医学、流行病学、病毒学专家进行会诊，专家从病情、治疗转归、流行病学调查、实验室初步检测等方面情况分析认为近期病例系病毒性肺炎。紧接着，武汉市卫健委发布《关于做好不明原因肺炎救治工作的紧急通知》，要求各医疗机构要及时追踪统计救治情况，并按要求及时上报。

2020年元旦前后，武汉各大医院都收治了相同病状的病人，病人越来越多，门诊和住院部都挤满了人，床位告急。湖北省中西医结合医院最初只开放了四层病区，床位二百六十五张，随后不断扩大，逐渐将整栋大楼的普通病房逐层改造为适用于收治传染病人的隔离病房，床位数量增至六百个。各大医院也纷纷征用其他科室的病房作为隔离病房，但是依然不能满足越来越多拥入医院的病患，很多病人在医院门口排队等待住院救治。

随着病患的增加，医护人员紧缺是面临的另一个问题，特别是呼吸内科、重症医学科、感染科的医生和护士十分紧缺。很多医生和护士连续二十多个小时对病人实施救治，极度疲劳。在卫健委的微博上，出现了一连串的感叹号。

武汉协和医院　　　　　请求支援！！！

武汉大学人民医院　　　请求支援！！！

武汉大学中南医院　　　请求支援！！！

湖北省中医院　　　　　请求支援！！！

协和武汉红十字会医院　请求支援！！！

武汉第一医院　　　　　请求支援！！！

武汉第十一医院　　　　请求支援！！！

……

这个寒冬，武汉的上空笼罩着一层厚厚的阴霾。

此刻，疲惫不堪的马晓晓走在硚口区华中科技大学同济医学院的绿荫道上，心中空空落落。半个月前，她从成都乘机来到武汉，寻找失散多年、心中无比挂念的那个男护士小丁，但她却不知道小丁的真名。她来到录取小丁的华中科技大学同济医学院，在学校教务处查询历届毕业生的名录，但凡姓氏中带了“丁”字的学生，她都想方设法找到联系方式，然后打电话询问对方。这十年，将近有六万人从这所学校毕业，她要在这六万人中找到小丁，如同大海捞针。但是，她没有放弃，她一整天一整天地在电脑前注视着屏幕，头昏眼花，双眼满是血丝。十多天过去了，她查完了六万人的信息，依旧没有找到小丁。

这个下午，她摇摇晃晃地走出学校的行政楼，穿过寒风凛冽的林荫道，来到学校的操场上。她坐在看台上，看着空荡荡的体育场，眼泪哗啦啦地流了出来。她想起当年第一次见到小丁，也是在学校的操场上。那一年，她是一个六年级的小学生，从双杠上跌落下来扭伤了脚踝，无法动弹。小丁和同事们第一时间赶来，是小丁顶着压力，为她徒手正骨，当他的手触摸到她的脚，她的心中有一种无法言说的温暖。

而今，十多年过去了，她已经二十四岁了，历经了太多人生的峰谷。当沈先生所乘坐的航班从成都上空掠过，她原本以为她的爱情将在此生休眠，却没想到从父亲马在舟那里看到小丁的回信，她是那样地幸福。原来小丁没有死，他收到了所有的信，而且还给自己父亲回了信。这唤醒了她对爱情的期待和憧憬，她义无反顾地从成都来到武汉，在茫茫人海中找寻小丁的下落。她要找到小丁。她知道，这么多年过去了，小丁也许早就成家立业了，有了自己的爱人，有了自己的孩子，但是，她依旧飞蛾扑火般，只为能够见上小丁一面。她无数次地想象和小丁重逢的画面，或许他功成名就，或许他穷困潦倒，或许他风采依旧，或许他猥琐油腻，每一种假设都让她期待不已，只要是小丁，就会让她泪流不止。但是，她告诫自己，如果见到他，不许哭，一定不许哭。

但事与愿违，半个月过去，她依旧没有查到小丁的信息。明天学校就放寒假了，她订了一张回成都的机票，飞机将在晚上九点从天河机场起飞。天色已晚，她从酒店出来，拖着行李箱，在路边打了一辆出租车。车子穿过武汉的夜晚，驶向机场。望着车窗外的武汉，她对自己说：就当这是一场梦吧！当她对自己说出这句话，眼泪再一次忍不住地流了出来。

当车子穿过武汉长江大桥时，出租车司机的无线报话器响起来了："9818！9818！"

"9818在线！"司机回答道。

"一个护士要到十一医院，在马号街红旗小区门口！情况紧急。接一下！"报话器那头传来指令。

"我正在送客人到机场的路上，去不了！呼叫下一辆！"司机回答道。

这是疫情期间武汉出租车司机自发建立的"抗疫专线"，只要是医护人员需要接送，出租车司机就会优先接送医护人员。在这场没有硝烟的战争中，所有的武汉人都行动起来，拧成一股绳，共同投身于抗击疫情的战斗中。

"我要下车。"马晓晓说。

"怎么了小姐？"出租车司机感到突然，"你不是要去机场赶飞机吗？"

"没事，你先送那位护士去医院。"马晓晓说。

"哎哟，你真是好人。但是错过飞机怎么办？"出租车司机问道。

"不用管我，你在前面一个路口停，让我下车，你去接那个护士吧。"马晓晓说。

"要不这样，你就留车上，我看了路线，基本顺道，我把那位护士送到医院，就马上送你去机场，怎么样？"司机提出了一个新的方案。

"好吧。"马晓晓同意了这个方案。

出租车兜兜转转，来到马号街，一位面容憔悴的姑娘在路边招手，司机摇下车窗："你是尾号9161去往十一医院的乘客吧？"姑娘点点头。

"上车！"司机干净利落地说。

姑娘注意到前排副驾上的马晓晓，犹豫了一下。

“没关系，顺道！”司机打消了她的疑虑。

于是小姑娘上了车，车子驶向武汉市第十一人民医院。马晓晓坐在前排，通过后视镜看着后排的小姑娘。这个姑娘和她年纪一般大小，眼圈发黑，看起来十分疲惫。刚刚上车她的电话就响起了。电话是她的母亲打来的。

“你才回家两个小时，又走！讲都不讲一声。”母亲在电话那头质问女儿。

“医院那边人手不够，护士长要我马上回去支援！”姑娘解释道。

“这些天医院里全是新冠病毒感染者。我还要跟你说多少次，能不上班就别上班，上班就是危险，你要是被染上了怎么办？电视上都说，死了好多人了，你不要命啦！……”母亲在电话里不停地抱怨着。

“正是这样，我才要去！”姑娘坚决地说。

“不行，你马上给我回来。”母亲命令道。

“不，大家都在一线，我怎么能撤下来。我不能丢下姐妹们，我要当了逃兵，今后怎么面对她们？”姑娘说完，坚决地挂掉电话。

过了一会儿，电话铃声再次响起。这次是医院的护士长打来的。

“春燕，你别来，你已经连续上了三个夜班了，你的位置有我顶着，你好好休息一下。”护士长说。

“现在人手非常紧张，我不能丢下大家一个人回家休息。”姑娘说。

“你已经有一周没有回家了，回去好好陪陪你妈。”护士长说。

“是我妈要我来的，我妈说了，大家都在一线，我不能撤下来，不能丢下姐妹们，我要当了逃兵今后没脸面对大家。”小姑娘把自己给母亲说的话变成母亲对她说的话，又对护士长说了一遍。

电话挂掉过后，不到一分钟又响了起来。这次打来电话的是姑娘的父亲。

“女儿，你妈在房间里哭，她让我劝你回来。我知道，我是劝不回你的，但你一定要注意身体，一定保护好自己，不要被传染上了，那个病太凶了，做好隔离防护。你放心地去，你妈就交给我，我会劝她的。家里的事儿你别担心，好好干，有空给家里打个电话报个平安，好让你妈和我也宽心。”父亲在电话那头用慈祥的声音宽慰着姑娘。

“嗯，我知道。爸，你好好陪着妈，我一定会平安回来的。”姑娘用最后的一丝坚强顶住眼中打转的泪花。

第六十六章　成都护士

出租车在武汉市第十一人民医院停了下来，姑娘匆匆下车，走进医院。车子继续向前飞驰，马晓晓突然对司机说："师傅，麻烦你停车！"

"怎么了？"司机问马晓晓。

"开回去。"马晓晓面无表情。

"去哪里？"司机大惑不解。

"刚才那所医院。"马晓晓回答。

"你不去机场了？"司机问。

"不去了。"马晓晓回答。

"你想好了？"司机想再次确认。

"回去。"马晓晓坚决地说。

"你不去赶飞机了吗？你一定要想好哦，我听到一个消息，明天武汉可能要封城，今天晚上不走，你就走不了了。"司机把最近听到的小道消息告诉马晓晓，劝她再考虑一下。

"回去。"马晓晓再一次重复。

"好吧。"司机莫名其妙，不知道这个乘客心里在想什么，但是他分明从这个乘客的语气中感到一种百折不挠的坚定。

于是车子在路口转了弯驶向医院。马晓晓在医院门口下车，拉着行李箱走向大门。在医院的大门口，她被一个保安拦了下来。

"干什么的？"保安问。

"我是来支援的。"马晓晓回答。

“支援什么？”保安问。

“我是成都来的，听说医院医护人员紧缺，我是护士，我申请加入医护救治。”马晓晓对保安说。

“那不行，里面全是肺炎病人，要传染的。上面规定，一般人员不得进入。”保安回答。

“我不是一般人员，我是护士！”马晓晓焦急地说。

“什么事儿？”一个护士长模样的人出现在两人面前。

“护士长，这个人说她是成都来的，是护士，要支援我们。”保安回答。

“哦？”护士长打量了一番马晓晓。

“我是成都来的，听说你们这里缺人手，我也是护士，我想我能帮上忙。”马晓晓真诚地对护士长说。

护士长扑哧一声笑了出来，这笑让马晓晓感到疑惑。

“护士？哈哈哈，你别以为我不知道你是谁？”护士长笑着说。

“你认识我？”马晓晓感到奇怪。

“你不就是网上那个蜜妮苏珊吗？你以为卸了妆我就认不出来了，我可是你的粉丝啊！”护士长说。

“蜜妮苏珊？”马晓晓几乎已经忘了自己曾经还是一个网红，也忘了自己还有一个“蜜妮苏珊”的名字。

“虽然我是你的粉丝，但是我不能让你进去，这是医院重症救治区，没有院长的许可，不能随便进出救治区。”护士长解释道。

“我不是蜜妮苏珊，我是护士！”马晓晓从未如此急切地想要证明自己的身份。

“别扯了，你来干吗啊？做直播吗？也不看看这是什么时候，政府已经启动了公共卫生事件一级响应，全武汉都在想怎么救治病人，你们这些网红还在想怎么做直播博眼球。”护士长有些不耐烦。

“我真的是护士，你让我进去吧。”马晓晓焦急地说。

这时候，护士长从兜里掏出手机，刷出一条蜜妮苏珊的短视频。这是当初她在网红庆典上接受记者采访的一段视频。

“有人说你是一个护士！”

“请你不要胡说八道，我不是护士，过去不是，现在不是，将来也不会是！”蜜妮苏珊对着镜头说。

护士长将这段视频出示给马晓晓看。马晓晓傻眼了，这的的确确是她当初说过的话。那时候，她刚刚荣获网红庆典最具人气奖，正是人生的巅峰时刻。当时的她是那样意气风发，当所有鸡毛落地，当所有尘埃归土，当她的身世和心灵回归真实，她以为一切都将是过眼云烟，万万没想到，在千里之外的这个城市，依然有人记得她当初红极一时的模样。可是这话真的是从她口中说出的，她怎能去否认呢。

护士长说：“姑娘，你是网红，你在天上。我们是普通人，我们在地上。地上的人要做地上人该做的事。现在是危急时刻，你们天上的人就不要下来打搅我们地上的人。即便想红，也不要用这种方式来红，你知不知道什么叫真正的红？”

护士长这句话把马晓晓问住了。什么叫“红”？什么是真正的“红”？马晓晓摇摇头。护士长指着医院岗亭上迎风飘扬的鲜艳的党旗，庄严自豪地对马晓晓说：“这才叫‘红’，真正的‘红’。”说完护士长转身而去，马晓晓被留在了医院大楼门外，孤零零的一个人，在寒风中，在黑夜里，在无尽的沉思中。

随着一声长笛响起，第二天上午，武汉全面封城。这是人类历史上第一次对一个超千万人口的城市通过封城的方式进行防疫。天河机场关闭，所有航班停止起飞。汉口火车站关闭，所有列车停运。高速公路全面禁行，公交、地铁、轮渡纷纷停运。武汉，这个深处国家腹地，史称九省通衢的交通枢纽，在2020年1月23日上午十点按了暂停键。“封锁”武汉的决定延迟了病毒的传播，不仅成为中国遏制疫情进一步蔓延的关键之举，也为世界抗疫赢得了宝贵的时间。

这是一场没有硝烟的战争，关乎人类的命运和生存。

武汉市第十一医院外，原先车来车往的街道显得特别安静，楼下的广场也空空荡荡的。这时候，一个年轻的女子静静地走入广场中央，只见她面朝满楼的灯光，缓缓地向隔离病区举起一个牌子，上面写着四个大字：我是护士。这是马晓晓一生中所做出的最直接、最勇敢的决定。她要向全世界表明她的真实身份——一个护士。她的眼神是那样坚毅，她的表情是那样凝重，她在寒风中伫立，无畏这深冬的严寒，无畏这夜空的沉霾。此刻的她，一个人站在广场中央，她就是夜空中最亮的星。

夜空中最亮的星，能否听清，
那仰望的人，心底的孤独和叹息。
夜空中最亮的星，能否记起，
曾与我同行，消失在风里的身影。
我祈祷拥有一颗透明的心灵，和会流泪的眼睛。
给我再去相信的勇气，越过谎言去拥抱你。
每当我找不到存在的意义，每当我迷失在黑夜里，
夜空中最亮的星，请指引我靠近你。
……

“妈妈，楼下有个阿姨！”病区里的一个小女孩指着楼下对母亲呼喊。母亲顺着女孩子的小手也看到了马晓晓，她招呼病房里的其他病人来到窗口，他们都看到了广场中央举着牌子的马晓晓。

“哟，这姑娘怎么了？外面那么冷，一个人站在那里。”

“她拿着个牌子，上面写的啥？”

“我是护士！”

“她是护士？！”

“为什么不让她进来呢？”

“是啊，为什么不让她进来了？”

“就是，本来医院就缺人，怎么让她在外面呢？”

“外面那么冷，怎么让人家一个人在外面呢？”

渐渐地，整栋楼的病人都注意到了广场中央的马晓晓。他们纷纷来到窗口，每个窗口都挤满了人。也不知道是谁喊了一声“让她进来”，这个声音立即引起了其他病人的共鸣，其他病人也纷纷喊起来。

“让她进来！”

“让她进来！”

“让她进来！”

“让她进来！”

……

楼宇中的每个窗口都发出了同样的呼喊，呼喊声越来越大，越来越整齐划一。一个护士跌跌撞撞地跑进院长办公室：“院长，不好了，病人们起哄了。”

“什么事儿？慢慢说。”院长正在伏案工作，他没有抬头。这段时间，他和医护人员一起坚守在最前线，同样身心疲惫，但是他必须在任何时候、任何场所都要振作精神，遇到再棘手的事情，他都必须保持沉稳和镇定。他知道，只有他的冷静才能够稳定军心。

“病人们起哄了！你快去看看。”护士气喘吁吁地说。

“好，去看看吧！”院长不慌不忙，披上一件白大褂，跟着护士走出办公室，来到窗口。此刻，满院的病人都挤在窗口，打开手机电筒，每一扇窗户上都星星点点，照亮了广场中央的马晓晓。马晓晓依旧举着牌子，站在那里，不离不弃。所有的人也跟她一样，站在窗口，不离不弃。他们挥舞着手机电筒，共唱《夜空中最亮星》，用歌声和亮光支持着她，这歌声汇聚在一起，响彻云霄。

夜空中最亮的星，是否知道，
那曾与我同行的身影，如今在哪里？
夜空中最亮的星，是否在意，
是等太阳升起，还是意外先来临？
我宁愿所有痛苦都留在心里，也不愿忘记你的眼睛。
给我再去相信的勇气，越过谎言去拥抱你。
每当我找不到存在的意义，每当我迷失在黑夜里，
夜空中最亮的星，请照亮我前行。
……

“她是谁？”院长问。

“不知道，听说是成都来的，她说她是护士！昨晚就想进来，没让她进。”护士回答。

“她在那里站多久了？”院长问。

“站了大半天了！”护士回答。

院长转身就走，一边走一边说：“打开门，让她进来！”

“好的！”护士接到院长指令立马执行。其实，她等这个指令等了很久。

随后，马晓晓进入了医院。在隔离病区外，她被分发了一套防护服、一个防护镜和N95口罩。这身衣服一穿上，整个人都被装进了套子里，没人能分清谁是谁。为了区分，每一个医护人员都用记号笔在防护服上写上自己的名字。比如“感染科医生罗丹”“化验室化验员章国涛”“重症科护士焦雨琪”“门诊医生顾洁”。当马晓晓穿上这身衣服，护士问她写什么名字，她想了想，然后说：“成都护士！”

第六十七章　扭转的局势

武汉封城的消息传到了成都，人们才真正意识到这场疫情的严重性，开始自觉地减少聚集、取消聚餐、佩戴口罩。老汪依旧带着人员逐家逐户摸排登记。不同的是，每当他敲开社区居民的门，社区居民都会耐心热情地接待他们，然后拿出家里的水果和糖果塞进他的口袋，一天下来，他的口袋总是装得满满的。小石在群里征集志愿者，最初没有一个人报名，武汉封城过后，他接连收到许多微信，报名参加志愿者队伍的人越来越多，很快就组成了一支上百人的志愿大军。他们轮流守在楼宇门口，成为守护生命健康的坚实防线。

当曹大姐正在为口罩不够发愁的时候，冯老三找到曹大姐，拿出三大箱口罩。曹大姐惊喜地问冯老三哪里来的这么多口罩，冯老三卖了个关子。早在一个月前，武汉疫情开始在电视里有了报道，有人陆陆续续地到冯老三店里买口罩，凭借一个小商贩的敏锐嗅觉，他察觉到了商机，进了三箱口罩，准备高价出售。然而，当疫情真正来临，社区口罩紧缺的时候，他突然放弃了赚一笔的机会，把所有的口罩都捐献了出来。

这天傍晚，黄大姐来到社区广场，准备继续带着大家跳广场舞。她等了很久，一个人都没有来。这时候，广场的喇叭里传来了邱姐的声音："黄大姐，大家都响应政府的号召，回家自行隔离了，希望你也能配合社区的工作，也为了自己的健康，回家隔离吧。"黄大姐望着四周，没有看到邱姐，但她知道邱姐正在看着她。当初她冲着邱姐喊："邱芝莲，今天我就要跳，不仅今天跳，明天我还来跳，我天天都来跳，我看你能把我怎么着！”这话已经放出去了，现在灰溜溜地回家，显得特别没有面子。走还是留？正在黄大姐犹豫的时候，广场上的灯光突然亮起，邱姐站在远处，她拿着喇叭对黄大姐说：“黄大姐，这些年你带着社区的居民跳广场舞，为大家带来了健康，也带来了快乐，我代表社区感谢你。今天没人来跳舞，我陪你跳，跳开心了，咱们就回家好不好？”黄大姐鼻子一酸，点了点头。广场上，音乐响起：

苍茫的天涯是我的爱
绵绵的青山脚下花正开
什么样的节奏是最呀最摇摆
什么样的歌声才是最开怀
……

隔着数十米的距离，两个人面对着面跳了起来。随后的日子，直到疫情结束，黄大姐再也没有来跳舞。

杨媛媛一个人来到陈姐家门口。最近这两天，陈姐一直召集左邻右舍在她家打麻将。杨媛媛每次上门劝导，陈姐都应付着说不打了，等杨媛媛一走，她们又继续开打。杨媛媛心想，你们越是要打，我越是要劝，我一定要说服你们。她深知，陈姐骨子里看不起她这种做基层工作的女孩子，这让她的自尊心受到了深深的伤害，但她毅然决定吞下委屈，坦然面对。

“我又不做你的儿媳妇，干吗要在乎你对我的看法？”杨媛媛心里想着，再次敲响了陈姐家的门。

门开了，面前出现的是一个高大英俊的年轻男子，他叫杜飞，他就是陈姐口中年薪几十万的白领儿子。杜飞看见杨媛媛手臂上的红袖圈，顿时明白了：“你是社区的吧？”

“是的。”杨媛媛回答。

“你是来劝诫我妈的吧？”杜飞继续问。

“对。”杨媛媛说。

“我已经劝走她们了，她们不会打了。”杜飞说。

“哦，好的，打扰了。”杨媛媛转身就走。

当杨媛媛走到楼下，杜飞突然追了出来。

“嗨，你等等。”杜飞朝着杨媛媛的背影喊了一声。

“什么事？”杨媛媛转身，

“你叫什么名字？”杜飞问道。

“我叫杨媛媛。”杨媛媛回答。

“社区疫情防控还缺人吗？”杜飞问道。

“怎么？”杨媛媛问道。

“我跟你一个组，怎么样？”杜飞说。

没等杨媛媛答应，杜飞便走上前去继续说：“走吧！下一家去哪里？”

俩人并肩而行，走向了下一家。

此时的陈姐站在窗口，看着杜飞跟杨媛媛走了，她喊了一声老伴：“老杜。”

老杜摘下老花镜：“啥子事？”

陈姐望着杨媛媛和杜飞的背影说：“一家四口吃饭，算不算大规模聚餐？”

机车厂社区的大门口，街道向各社区发放的应急帐篷搭了起来。凌晨时分，马在舟和汤小金依旧在值守。这是成都最冷的季节，两个人围坐在一台取暖器面前，仍然感到寒意深深。马在舟显得心事重重。汤小金知道马在舟在想什么。明天就是大年三十，关飞雪说过，要在这一天打扮得漂漂亮亮，等马在舟堂堂正正地把她娶进门。马在舟也想能够给关飞雪一场热热闹闹的婚礼，弥补这二十多年留给她的遗憾。然而，这场突如其来的疫情搅黄了这场婚礼，在全国上下齐心抗疫的趋势下，这婚礼看样子是办不成了。怎么办呢？

“我建议你们把婚礼往后再推一推。”汤小金提出了一个建议。

马在舟看着汤小金。也许这是个办法，但他还在犹豫。

“我不同意！”一个声音传来。俩人抬头一看，是关飞雪。寒夜里，她为正在值守马在舟和汤小金带来了亲手煲的汤。

“已经迟到了二十多年，还要推到什么时候？”关飞雪望着马在舟，她是多么期待那一刻早点到来。1995年的冬天，她一个人在火车北站等待马在舟，等了好久好久，直到列车缓缓驶出月台，依旧没有等到马在舟。现在，她终于得到了一个承诺，弥补当年的失落，她已迫不及待，她已魂牵梦萦。

“可是，飞雪，现在是特殊时期，所有的婚丧嫁娶都要取消，我是社区书记，我不能带头违反上级的规定。”马在舟说。

“我知道，你有你的责任，你有你的原则，我不会要求你违反规定。婚礼可以不举行，但是你得穿上礼服，牵着我的手，把我带回我们的新房。明天我会穿着婚纱在家里等你。”关飞雪对马在舟说。

“好，我答应你！”马在舟心里涌出一股暖流，他未曾想到关飞雪能如此体贴，如此大度。她放弃了举办婚礼的要求，只求能够牵着彼此的手，从她的家走到自己的家，然后组成一个新的家，共同的家。这样一个小小的要求他还有理由拒绝吗？

也是在这一夜，一架飞机降落在天河机场。在成都市委市政府发出驰援湖北的命令后，华西医院和省医院援鄂医疗队先期到达武汉。下了飞机，经过短暂的集结，他们便分别赶往各大医院。其中罗教授带着他的医疗队来到了武汉市第十一人民医院。一到医院，他们迫不及待地换上防护服。疲惫不堪的护士长从隔离病区走出来，迎接这支从成都远道而来的队伍。

“谢谢你们，你们来了，武汉就更有希望了！”护士长含着泪，看着罗教授。

“应该感谢的是你们，你们在最前线顶住了压力，控制了疫情的蔓延。你们为全国抗疫争取了时间。”罗教授说。

“没想到你们来得这么快。”护士长说。

“我们一接到指令第一时间就赶过来了，我们应该是成都第一批到达的医疗队吧？”罗教授笑着说。

“不，你们不是。”护士长说。

“嗯？”罗教授大惑不解。

护士长透过隔离病房的玻璃窗，指着病房里一个正在忙碌的身影，对罗教授说：“她才是第一批！”

罗教授顺着护士长的手看过去。几个护士正在救治病人，其中一个护士的防护服上写着四个大字：成都护士。

她就是马晓晓。

疫情期间，成都市委市政府组织了238名医疗卫生人员冒着生命危险，义无反顾驰援武汉，同时间赛跑、与病魔较量，用实际行动诠释了大爱无疆、医者仁心的崇高精神。他们是逆行而上的勇士，是成都人民的骄傲，是新时代最可爱的人！

第六十八章　同一个梦

大年三十这天早上，马在舟结束了一个通宵的值守，拖着疲惫的身体回到家里。他躺在沙发上，不知不觉地就睡着了。突然，他从睡梦中醒来。他想起了住在顶楼的姜奶奶。姜奶奶这些年一个人独居，每年春节他都把姜奶奶接到自己家，陪着她一起过年。今年怎么就忘了呢?

马在舟急急忙忙地披上衣服，乘坐电梯上了六楼，敲响了姜奶奶的门。门开了，站在马在舟面前的不是姜奶奶，而是陆易斯。

“陆易斯?你怎么回来了?”马在舟惊诧不已。这些年陆易斯一直漂泊在外，就连过年也没有回家陪伴姜奶奶，而今天他的突然出现让马在舟感到十分意外。

陆易斯被冯老三暴揍一顿过后，写了一封举报信，举报马在舟，但是很快马在舟便得到了澄清。懊恼之余，陆易斯突然觉得，成都这个城市已经容不下他了，他开始在全国各地四处漂泊。直到春节渐渐临近，全国人民都沉浸在一派欢快的节日氛围中，他突然觉得，无论自己走多远，去过多少繁华的城市，只有成都才是他的根，只有成都才有一个人在等着他归去。这个人，就是母亲。于是他买了一张回家的车票。在高速行驶的动车上，他快速浏览窗外的山脉和田野、河流与峡谷。这个浪子的心渐渐归于沉寂，这么多年过去了，他终于感受到外面的世界并不属于他，只有成都，只有机车厂社区，才是他心灵的家，灵魂的住址。当初马在舟对姜奶奶说：儿子不管走多远，走多久，都是你的儿子，家在成都，根就在成都，只要你等着，迟早有一天他会回来。这句话一语中的。

当陆易斯回到机车厂社区，疫情防控工作已经开始了，社区大门紧闭，值守的人都是他熟悉的左邻右舍。他不好意思和他们打招呼，于是选择了一个低矮的围栏翻进小区，趁人不注意偷偷溜回家中。当他提着行李出现在姜奶奶的面前时，姜奶奶哭了。这些年，她每天都等着陆易斯的来信，等了好久，现在儿子突然出现在她的面前，并承诺永远不再离开，伴她终老，她是那样开心，她的眼泪也是开心的眼泪。但社区规定，外地归来的人必须隔离观察十四天，这就意味着陆易斯被隔离后，不能陪自己过年。

姜奶奶多么希望儿子能陪她过年啊。对于时日不多的她来说，这种陪伴已经寥寥无几了。于是，姜奶奶隐瞒了陆易斯回家的消息，把陆易斯藏在家里。如果不是马在舟的突然到访，谁也不知道陆易斯回来了。

“马书记，我……”陆易斯看着马在舟，想起当初那封举报信，他羞愧难当。然而马在舟早就忘记了举报信的事。此刻他最关心的是陆易斯从外地回来没有进行核酸检测，这里面有很大的风险。

“别说话！”马在舟指着陆易斯，他拨通了街道办事处抗疫指挥部的电话：“喂，是指挥部吗？机车厂社区有一个外地回来的居民，你们马上派人来一趟。”姜奶奶一听这话，知道马在舟要让人把陆易斯带走。她扑通一声跪在马在舟面前，哀号着：“马书记，求求你，别带走他，他是我儿子，他就想陪我过个年，他没有病，你不能带走他，我求求你，你们不要带走他……”

此刻马在舟内心也极度煎熬，他也不希望带走陆易斯，陆易斯好不容易漂泊归来，下定决心要陪着母亲终老，这也是他一直期盼的事情。但疫情来势汹汹，谁能掉以轻心。他是社区书记，他必须对这个社区全体居民的生命健康负责。此刻，他的冷静和绝情像刀子一样深深地刺痛了这对母子的心，同时也刺痛了自己。

很快，一辆救治车来到了楼下，一群身穿防护服的医护人员把母子俩带上了车，马在舟也跟着上了车。在车上，他对医护人员提出了一个请求，希望这对母子能够在一个相邻的病房进行隔离，最好有玻璃窗，让两个人能够看到彼此。他的请求得到了医护人员的同意。不过马在舟本人因近距离接触过二人，也被带往医院进行核酸检测。

车子来到医院，姜奶奶和陆易斯被安排在一个相邻的病房里进行隔离。他们隔着玻璃窗彼此对望，两人的手紧紧地贴在一起，陆易斯流着泪："妈！对不起！"声音无法穿过隔音墙传到姜奶奶的耳朵里，但姜奶奶听见了。是的，她听见了，这么多年，经历了一次次的希望和失望，这一句"对不起"来得有点晚，但毕竟还是来了。姜奶奶老泪纵横，她早已原谅了，还有什么不能原谅的呢？陆易斯是她的儿子啊！

在做了核酸检测过后，马在舟被安排在一个房间里等待检测结果。经过一个通宵的值守，再加上一个中午的折腾，他早已身心交瘁，短短几分钟就跌入了梦乡。在梦里，他见到了自己的女儿马晓晓，梦中的马晓晓还是一个小姑娘。他把女儿背在背上，走在机车厂社区的梧桐道上，女儿手里拿着风车，发出快乐的笑声。一阵春风吹来，吹起女儿的马尾辫，吹着自己的脸庞，吹得风车呼啦啦地转动，如时光斗转星移，如岁月白驹过隙。突然，他看到远处一个美丽端庄的大姑娘在向他挥手，走近一看，那是已经成年的马晓晓。她提着行李箱，不知是要离去还是刚刚回来，但她的笑容是那样甜美，仿佛春天的花，又像夏天的风，抑或秋天的麦穗，瞬间又化作冬日的暖阳，在四季的轮回中，生命无限地绽放。

远在千里之外的武汉，现实中马晓晓还在忙碌地救治患者。这是除夕之夜，一年一度的春节联欢晚会拉开了序幕。这次的央视春节联欢晚会临时添加了一个诗歌朗诵节目，名字叫《爱是桥梁》。病房的电视机上，这首诗歌朗诵节目正在上演。

在春节联欢晚会上演的时刻，在全国人民阖家团圆的时刻，马晓晓和其他白衣天使们依然奋战在抗疫的第一线。连续十二个小时的工作让她感到无法支撑，汗水从额头上流下来，她感到痒痛难忍。这个时候，护士长拍了拍她的肩膀，对她说了一句："开饭了！"她这才想起，已经过了饭点了，于是走出隔离病房，来到就餐室。桌上摆满了丰盛的饭菜和水果。这是一张中国美食地图：宁夏蔬菜、陕西苹果、新疆香梨、东北大米、广东鳗鱼、重庆无筋豆……疫情暴发之后，来自全国四面八方的粮油果蔬源源不断地被运送到武汉，为武汉战疫的战士们倍增力量。

长这么大，马晓晓还从未在他乡度过除夕之夜，这是一个多么特别的除夕啊！望着这些食物，碗筷在手，却无从下口，思念愈加浓郁。想着想着，她竟然倒在饭桌上睡了过去。在沉睡中，她做了一个长长的梦。梦中，她还是一个小女孩，她被父亲马在舟背在背上，走在机车厂社区的梧桐道上，她手里拿着风车，发出快乐的笑声。一阵春风吹来，吹起她的马尾辫，吹着父亲的脸庞，吹得风车呼啦啦地转动，如时光斗转星移，如岁月白驹过隙。突然，她觉得自己长大了，她从父亲的背上下来，提起行李箱，要去往远方。当她决定要离开父亲，蓦然回首，发现父亲依旧站在原地，背上还有一个小女孩，竟然是年幼的自己。她似乎看到了父亲头上斑白的头发，她竟抑制不住眼泪，于是，她决定回家。

当她毅然决定要回家的时候，她醒了。

第六十九章　除夕飞雪

马在舟也醒了。

在一个无人的房间，他睁开惺忪的睡眼，往窗外一望，天黑了。他突然想起今天是迎娶关飞雪的日子，从上午到下午，再到晚上，此刻关飞雪还应该在家里等着。他穿上衣服，从床上跳了起来。这时候，一个护士走进房间，马在舟赶紧问护士："我可以走了吗？"

"可以啊，你的核酸检测早就出来了，没什么问题。我们看你太累了，就没有叫醒你。"护士说。

"怎么不叫醒我，误事了！误大事了！"马在舟朝着护士喊。他一把推开门，飞快地跑出医院。在医院的门口，他拦住出租车，催促司机加大油门。车子快速地飞奔，搭着马在舟赶回社区。他匆匆地回到家，穿上早已准备好的西服，冲出门，往关飞雪家跑去。一边跑还一边系着领带。是的，他必须以一个新郎的模样去迎娶自己的新娘。

当他跑到关飞雪的家，已经是晚上九点了。马在舟推开门，关飞雪的家里空荡荡的，一个人都没有。他大喊："飞雪！飞雪！你在哪里？"没有回应。他把每个房间都找了一遍，房间被收拾得干干净净，就像从来没有人住过一样。他拨打关飞雪的电话，电话里传来手机关机的回应。马在舟有种不祥的预感，他冲出门，在小区周围四处寻找，一边找一边喊，但还是不见关飞雪的踪影。他找遍了整个社区，最后来到社区门口，值守的小朱说："马书记，你可来了，我们看到飞雪姐穿着婚纱出小区了。"

"她去哪里了？"马在舟急切地问。

"不清楚，我们没有拦住她。她走得很匆忙。"小朱回答。

“她说什么了吗？”马在舟问。

“她说，你应该知道她去哪里了。”小朱回答。

“我知道？我怎么知道？”马在舟焦急地问。

“别急，你想想看，你们还有什么约定吗？”小朱说。

“约定？”马在舟默念着，“约定？约定？……啊！”

“想起了吗？”小朱问。

“想起了！我想起了！”马在舟甩开腿，飞快地跑了起来。

马在舟想起了，那是二十多年前的那个除夕之夜，他和关飞雪约定在火车北站见面，然后一起乘坐火车去往广州，可是那一夜马在舟失约了，关飞雪一个人登上列车，流着泪离开了成都。今天又是一个除夕之夜，只要当年的那个约定还在，关飞雪就一定在。

夜已经深了，地铁和公交都停止了运营。正值除夕，又是疫情防控的关键时期，路上没有一辆出租车。马在舟打不到车，只能一路向火车北站飞奔。他用尽了毕生的力气飞奔，汗水浸透了他的衬衣，往事一幕一幕掠过他的脑海，所有悲伤、遗憾、痛苦、失落、相拥、相惜的画面在他眼前反复播放。

1995年，关飞雪下岗了。马在舟对关飞雪说：“我们结婚吧！”关飞雪说：“工作丢了，没心情结婚。”马在舟说：“工作丢了不要紧，咱们厂一定会好起来的，等好起来了，我养你。”

1996年，关飞雪独自坐在去往广州的K5608次列车上，火车经过重庆、遵义、贵阳、柳州、南宁……一路上，她靠着车窗，望着窗外，忧伤的眼神，孤单的身影。

2001年，关飞雪把前夫的骨灰撒向大海，然后回到广州，生下了小武，独自拉扯小武艰难地生活。

2007年，关飞雪牵着小武的手，拉着行李，回到成都，回到机车厂社区，人们在背后指指点点，但她毫不在意。

2019年春天，马在舟提着保温杯从黑夜的另一头走来，关飞雪对他说：“小武是我的儿子，不是你的儿子，他考哪里，关你屁事！”

2019年夏天，机车厂社区的篮球场上，马在舟隔着人群望着关飞雪，关飞雪也望着马在舟，两个人的目光穿越人群，在空中触碰，欲言又止。

2019年秋天，马在舟从兜里掏出一张银行卡，放在关飞雪面前，对她说：“你要卖房子，为什么不跟我说一下！这里面钱不多，你先用着。”

2019年冬天，小武去世后，马在舟和关飞雪呆呆地坐在窗口，关飞雪把头靠在他的肩膀上，对他说：“我会打扮得漂漂亮亮，等你堂堂正正地把我娶过门。”

马在舟一路奔跑，从二仙桥跑到火车北站，气喘吁吁，疲惫不堪。这段路那样漫长，仿佛穿越了时空，他出发的时候仅仅二十出头，到达的时候已经年近五十。当他举目环视整个站前广场，广场空空如也，一个人都没有。

她走了？

这一夜马晓晓从梦中醒来。做了一个漫长的梦，她的精神好多了，隐隐觉得有点饿，这时发现对面有一个和她一样穿着防护服的男人看着他。男人看马晓晓醒了，对她说：“饿了吧？吃点东西。”

马晓晓说：“哦，好。”

马晓晓拿起筷子，端起饭盒开始吃年夜饭。

那个男人说：“你就是那个成都来的护士吧？”

马晓晓点点头，继续吃着。

男人继续说：“我代表我们医院感谢你。”

马晓晓觉得这话有点奇怪，他抬头看着这个男人，但是男人戴着口罩，看不清面容。

男人又说：“我是这所医院的院长。”

马晓晓诧异了，她礼貌地回应：“院长好。”

院长说："成都是个好地方，我非常怀念那个地方。"

马晓晓说："哦？你去过成都？"

院长说："是的，2008年前，我在成都二仙桥机车厂社区卫生院做过护士。"

马晓晓放下了饭盒："有没有什么事什么人让你忘不了？"

院长说："有！但是不好说，我说了，你可能不相信！"

马晓晓说："你说，你说的我都相信。"

院长说："我记得有个女孩才十二岁，我总觉得她在偷偷地关注我，但我不能确定，她那么小，在我眼中，她还是个孩子。"

马晓晓说："你一定为她做了什么让她一辈子都难忘的事。"

院长说："我只是为她正过骨。"

马晓晓说："你怎么确定她在关注你？"

院长说："后来我离开了成都，她给我写了很多信！我很感动，没想到这么小的一个女孩居然深埋着那么强烈的情感！那情感那么真实，那么深切，那么温暖，我看了她的信，我的眼泪忍不住流了出来。我给她父亲回了一封信，不知道她收到没有。这么多年过去了，也不知道她过得好不好，幸不幸福。但我真的希望她能有一个美好的人生！她的名字我还记得，她叫马晓晓。"

马晓晓说："你能不能摘下口罩让我看看？"

院长有些奇怪，但他还是满足了马晓晓的这个要求。他缓缓地摘下口罩。马晓晓看清了院长的面容，是的，他就是小丁！这么多年来她一直无法忘记的小丁！虽然十年过去了，小丁已经人到中年，有了些沧桑，多了分成熟，但是他依旧还保持着年轻时的轮廓。

马晓晓的心揪了起来，但她忍住了眼泪。她曾经对自己许下诺言，如果再次遇到小丁，不许哭，一定不许哭。她要兑现自己的承诺。她用一种哽咽的声音问小丁："那个时候，你怎么叫她的？"

小丁笑着说："我叫她小朋友。"

马晓晓从椅子上站起来，摘掉防护服上的头套，一头长发散落下来，一个落落大方的姑娘出现在小丁的面前。小丁惊呆了，没想到这个成都来的护士如此漂亮，仿佛似曾相识。

马晓晓的眼泪没有听话，最终还是流了下来。她哭着对小丁说："你记不记得，她告诉过你，别叫她'小朋友'！"

此刻的成都，火车北站，广播里响起了播音员的声音："亲爱的旅客朋友们，受疫情影响，成都开往广州的K5608次列车停止运行。此次停运给大家带来的不便，我们深表歉意。在这个阖家团圆的日子里，我们给大家带来一首《涛声依旧》，并代表此次列车的全体乘务员祝大家新春愉快，万事如意！"

带走一盏渔火让它温暖我的双眼，
留下一段真情让它停泊在枫桥边。
无助的我已经疏远那份情感，
许多年以后才发觉又回到你面前。
流连的钟声还在敲打我的无眠，
尘封的日子始终不会是一片云烟。
久违的你一定保存着那张笑脸，
许多年以后能不能接受彼此的改变。
月落乌啼总是千年的风霜，
涛声依旧不见当初的夜晚。
今天的你我怎样重复昨天的故事，
这一张旧船票能否登上你的客船？
……

在这歌声中，马在舟缓缓回过头，关飞雪穿着一套洁白的婚纱，用满含泪水的双眼望着马在舟。马在舟迈着沉重的步伐向关飞雪走去，一步是春，一步是秋，一步是沧海，一步是桑田。1995年的除夕之夜，关飞雪独自在这里等待马在舟，这一等就是二十多年。二十多年后马在舟终于来了。虽然迟到了二十多年，但毕竟还是来了，他带着余生来兑现当年的承诺，带着一张旧船票来登上当年的客船。这一夜，他不再是年轻时的马在舟，关飞雪也不再是年轻时的关飞雪，但这一夜的重逢，足以溶解这一生的悲欢和辛酸。当两个人在广场上相拥而泣，新年的钟声敲响了。成都，沉浸在一派欢乐的海洋中。

成都的上空，无数电波传送着暖意。

此时，广场大屏幕上传来了武汉的前方报道。一个记者拿着麦克风，对着镜头说："电视机前的观众朋友们，新年的钟声已经敲响了，我现在是在武汉市第十一人民医院，来自成都的援鄂医疗队已经在抗击新冠疫情的最前线连续抗战了二十四个小时。在这阖家团圆的日子里，这批光荣的白衣天使们希望通过我们的镜头向远在千里之外的家人道一声平安，献上他们最真挚、最深切、最强烈的祝愿和思念！"

镜头一转，马晓晓出现在大屏幕上，此刻的她洋溢着幸福的笑容："爸，我是马晓晓。我现在在武汉，我很好，你不用担心。你不用担心的不仅仅是我的现在，还有我的将来。我再也不是那个在你背上拿着风车的小女孩了，我已经真正长大了。我有我的理想，我的路，我的幸福，在这个万家灯火的日子里，我要感谢你，在我的一生中，让我快乐，伴我成长。我也衷心地祝愿你身体健康。此时此刻，我的新年愿望就是，希望你和飞雪阿姨再续前缘。如果上天能够满足我的这个愿望的话，让今夜下一场雪吧！"

马在舟和关飞雪牵着手，站在大屏幕前，看着女儿马晓晓幸福的笑容，收到这温馨的祝福，两个人舒展了笑颜。也是在这个夜晚，成都的天空雪花缓缓飘落，白色的雪花落在两个人的头上，他们依偎在一起，白头偕老。

第七十章　线上火锅

新冠疫情是百年来最大的传染病疫情、最大的突发卫生事件。在此次抗疫大考中，成都成为全国千万人口以上城市中感染率最低的城市之一，同时也是全国复工复产复市最快、秩序活力恢复最好的城市之一。

1月26日，也就是大年初二，成都市委市政府就开始研究企业复工复产工作。到了2月3日，各企业收到了成都市委市政府发出的在严格落实防控措施前提下，分类有序组织企业复工复产的通知。这一天，段小强来到蒋家老火锅，还在睡梦中的蒋大坤被段小强叫醒。

“老大，听说要复工了。”段小强说。

“瞎说，我还没接到通知。”蒋大坤翻过身又继续睡。

“老大，不管什么时候复工，我有个想法。”段小强说。

“什么想法？”蒋大坤心想，段小强能有几把刷子？

“我们可以搞个线上火锅。”段小强说。

“什么线上火锅？”蒋大坤翻过身，他对这个新名词有些好奇。

“你晓不晓得现在微博热搜最火的是什么？”段小强问蒋大坤。

“是啥子？”蒋大坤说。

“我要吃火锅！”段小强回答。

“哦？”蒋大坤坐了起来。

“没得火锅，成都人已经被逼疯了。”段小强说。

“你的意思是……”蒋大坤说。

“线上火锅，就是把火锅做好，送到客户家里去，跟外卖一样。”段小强说。

“你咋个不早说？”蒋大坤跳下床就开干。

蒋大坤召集火锅城的店主开会，一个线上火锅的方案迅速酝酿出来。随后，各大外卖网站“机车记忆”火锅城特供火锅顺利上架。

锅已经准备好了，蘸料也准备好了，食材也准备好了。这天，火锅城的店主们都围坐在一起，一旦有客户点餐，他们就会立即行动起来，第一时间把火锅送到客户家中。

可是等了一整天，手机没有响。

第二天，手机还是没有响。

第三天，也许是因为成都人还不习惯火锅上门这种方式，也许是因为成都人不相信火锅上门还能保持原汁原味，始终没有人点餐。大家开始有些泄气。蒋大坤劝大家不要心急，只要有人点餐，这种火锅上门的方式就一定能传播开来，得到市民的认可。下午六点，手机终于响了。第一个点餐的客户来了，蒋大坤非常高兴。大家赶紧准备好锅碗和食材。蒋大坤说，这是第一个点餐的客户，他要亲自去送餐。

于是，蒋大坤带着几个弟兄欢欢喜喜地上了路。当他们兜兜转转来到客户指定的地点，敲开客户的门，蒋大坤惊呆了，门口站着的客户竟然是朱晓慧。

“怎么是你？”蒋大坤大叫起来。

“怎么不可以是我？”朱晓慧回答。

“你……”蒋大坤语无伦次。这两个红绿阵营的“首领”突然就这样面对面地站着，当初的恩怨还历历在目。那天晚上，朱晓慧带着她的绿马甲队伍闯入火锅一条街，高呼口号，像是一场大革命。也是在那个晚上，朱晓慧当着几百人的面发出毒誓：“我朱晓慧从今天起，对天发誓，绝不吃火锅，如果有人看到我吃火锅，我就给蒋大坤下跪认错。”这誓言铮铮回荡于耳，然而一转眼，朱晓慧却成了线上火锅第一个客户。

“我是不是你们线上火锅的第一个客户？”朱晓慧笑着说。

“你怎么知道？”蒋大坤问。

“你们推出这个项目后，我就一直在关注，今天是第三天了。”朱晓慧回答。

“你是不是以为我们的线上火锅卖不出去，你同情我？你还真别同情我，我们有的是客户！”蒋大坤说着就要带着弟兄们往回走。朱晓慧一把抓住蒋大坤的手。

“我是真的想吃火锅了！”朱晓慧说。

蒋大坤看着朱晓慧，朱晓慧的眼中满满的真诚。

“我知道，这大半年你们也不容易。我们只是立场不同，并没有什么私人恩怨，新的一年来了，过去的事情就让它过去，怎么样？”朱晓慧说。

蒋大坤哈哈一笑：“你说过，你要吃火锅，就要跟我下跪认错的哦！”

朱晓慧拿出一瓶酒：“一瓶酒，一笔勾销，如何？”

蒋大坤说：“好！”

这一夜，蒋大坤和朱晓慧两两对坐，在推杯换盏之间，一醉泯了恩仇。当晚，蒋大坤醉醺醺地回到火锅城，段小强跳出来朝蒋大坤喊道：“老大，你怎么这么晚才回来？”

“什么事儿？”蒋大坤问道。

“你来看！”段小强把蒋大坤拉到收银台前，只见收银台上播报器不断地发出呼叫：“有订单请查收。有订单请查收。有订单请查收……”

当晚，火锅城接到了一百五十八份订单，随后的几天里，线上火锅得到了市民的肯定，被全面激活，火锅城在疫情期间也渐渐地沸腾起来。三月底，成都市各服务行业实现全面复市，火锅城恢复正常营业。到了七月，火锅城营业额比去年同期增长21.7%。

第七十一章　突然出现的舞者

成都从来不是一个闭塞的城市，对于时尚、情感、科技，一直有自己的眼光和判断。你们认为重要的东西，成都不会轻易受到影响，它相信自己的感觉，认同自己的感受。不管你跟成都人谈论多么重要的事情，他都会有自己的思考，不会轻易地照单全收，他可以认同某件事物的价值，但他会保持独立的价值观。这座拥有三千年历史的文化名城，和世界保持着一种独特的交流关系。

这一年，成都天府国际机场完成校飞工作，继北京、上海后，成都成为第三座同时运营两座国际枢纽机场的城市，在国际化大都市的航线上加速起飞。

这一年，成渝客专提质改造工程初步验收，将以350km/h的速度运营，成都、重庆两地间一小时通达，为成渝地区双城经济圈建设搭建了一条极速通道。

这一年，成都中欧班列累计开行两千六百余列，同比增长61.3%，一列列满载电子产品、日用百货、花卉农产的列车从成都发往华沙、蒂尔堡、布拉格、汉堡。

这一年，成都轨道交通6号线、8号线、9号线、17号线、18号线同步开通初期运营。成都轨道交通线网里程突破五百公里，成为全国城市轨道交通“第四城”。

这一年，中国幸福城市论坛在杭州举行，成都再次脱颖而出，荣获“中国最具幸福感城市”称号，第十二次蝉联最具幸福感城市榜首。

幸福之城的背后凝结着千百个幸福社区。社区治理是城市运转的基石，作为超大城市，成都常住人口一千六百多万，实际管理人口超过两千万。高颜值社区，高品质生活，可见可感，十五分钟生活圈正在实现。

这一年，面对突如其来的重大疫情，全市社区党组织充分发动居民自治组织、物业机构、群众红袖套、党员和群众志愿者等七支群众工作力量，积极参与入户走访排查、关怀慰问居家隔离医学观察人员等基础工作，形成依靠群众、发动群众、全员参与疫情防控的强大攻势，把各方力量动员组织起来，将“你和我”变成“我们”，“要我做”变成“一起做”，得到了人民群众的支持和认可。

在疫情防控中，以城乡社区发展治理体制创新推动特大城市治理体系和治理能力现代化，发挥出强大党建引领力、组织动员力和社会凝聚力，展现出体制机制创新的时代开创性和全局引领性，在实践中迸发出强大生命力。

2021年年初，成都市委社治委为全市社区工作者写了一封满怀深情的信：

亲爱的社区工作者：

时值腊尽春暖之际，成都市委社治委向您及家人致以新春的祝福和诚挚的问候！

这一年，你们穿梭在林盘街巷，不是战士却在抗疫战斗中奋斗一线！你们行走在楼道村舍，怀着平凡人的担心与恐惧，毅然挨户开展社区排查！你们忙碌在服务窗口、一个个没有硝烟的战场，甚至没有得到应有的理解与认同，使命和担当却推动着坚定前行的步伐，让你们成为毫无畏惧的逆行者、默默付出的无名英雄。

这一年，我们紧紧围绕建设践行新发展理念的公园城市示范区，将党建引领城乡社区发展治理三年积蓄的势能，转化为社区疫情防控和公园社区建设的强大动能，在打赢社区疫情防控阻击战同时，抢抓成渝地区双城经济圈建设和大运会举办等重大机遇，推动城市现代治理体系和治理能力全面提升，成都连续十二年获评“最具幸福感的城市”。“大城善治”已成为成都享誉全国的亮丽名片，“像成都人那样生活”正成为引领时代潮流的价值选择。

2021年，我们期待继续与您携手相持，逐鹿大城善治之路，起势幸福美好生活十大工程，感受不一样的成都烟火，谱写高质量发展公园城市精彩华章。祝福每一位社区工作者及家人身体健康、阖家幸福！

中共成都市委城乡社区发展治理委员会

2021年2月11日

马在舟坐在“国际争端”议事会议厅的正中间里，端着1995年的搪瓷茶盅，揭开杯盖，缓缓地吹了吹茶水上的茶叶，小呷了一口，但是没有放下茶杯，他摘下老花镜，凝视着一直没有下沉的那几片茶叶。这一年，他老了，社区将进行换届选举，新的社区党委班子即将诞生。他抚摸着这里的一切，椅子，桌子，相册，钢笔，鼠标，锦旗，奖状，还有他那个1995年的搪瓷茶盅。这些东西都旧了，唯有胸前的党章还是新的。这个下午难得一丝清闲，他独坐于议事会议厅，闭上双眼，往事一幕幕浮现于他的脑海，他在酝酿，也在等待。这个房间有他的记忆，也有他的人生。

与此同时，迪诺国际街舞大赛总决赛在城南环球中心举行，来自中国、韩国、美国、英国、意大利、俄罗斯、印度、荷兰、日本九个国家的十五支街舞团队参加了这次比赛。二十多年来，迪诺国际街舞大赛已成为世界标志性赛事，是全球最具影响力舞蹈大赛之一。成都有幸成了这次街舞比赛的东道主。来自机车厂社区的“机车少年”代表中国参加了这次比赛。他们要经过五轮比赛，以最后的总分决出最终冠军。

然而，这支“机车少年”团队中没有赵旗。经过前四轮的比赛，“机车少年”的总分在十五支团队中排名第八，最后一轮，他们必须拿到一百分才可能赢得最终的冠军。可这谈何容易。阿豹、小凯、安娜、迪迪望着电子积分牌，露出了一丝绝望的表情。阿豹说：“要是大旗还在，就不是这个样子了！”四个人陷入深深的沉默中。

赵旗去哪里了?

此时的赵旗独自回到机车厂社区魏氏戏舍。在这个城市的东北角，魏氏戏舍被四周的高楼团团围住，显得特别突兀，也特别孤独。但是，不管城市灯火怎么延伸，魏家大院始终在原地，竭力保留着最原始的色调和姿态。经过一年的沉沦，赵旗逐渐走出了情感低谷。他减了肥，恢复了当初的模样。他回到这里，望着老戏台，望着绿瓦青砖，望着掉了漆的栏杆、褪了色的屋脊，还有屋檐下挂着的老玉米，他决定重新开始。对于环球中心的那场国际街舞大赛，他已不再关心了，他曾如此渴望得到冠军，但现在，他只想在这里安静地唱一出《定军山》。

随着主持人退场，轮到“机车少年”登台表演。最后一轮是“机车少年”最能提分的表演，在赵旗最初的设计中，将把“变脸”这一川剧中的特殊技艺运用于其中，可是赵旗缺席了，这个表演将失去最精彩的部分，根本无法达到预期的效果。他们只能硬着头皮登上舞台。音乐响起，四个人开始了表演，他们也不知道自己这出表演会得多少分，只是按部就班，听天由命。随着音乐渐进，表演进入高潮，此刻，突然一阵烟花从舞台中央喷射出来，一个舞者从舞台底部的升降机上缓缓升起，在烟花中散发出夺目的光彩。阿豹用余光一瞥，这个人带着脸谱，出现在了赵旗应有的位置上。小凯、安娜、迪迪也看到了。

“是大旗吗？”他们心中在想。脸谱遮住了面容，他们无法判断，但是从舞蹈动作来看，和他们之前的排练完全一致。只见这个人身子一转，样子说变就变，瞬息之间，他的面部随着音乐节奏，在绿、蓝、黄、棕、黑各色脸谱之间相互转换。他的表演赢得了评委和观众的阵阵喝彩。在这喝彩声中，阿豹、小凯、安娜、迪迪获得了极大的自信，他们随着脸谱人共舞，顺利地完成了整个表演。

当音乐停下，五个人聚在舞台中央。评分牌上，七个评委亮出了自己的分数：一百分、一百分、一百分、一百分、一百分、一百分、一百分。“机车少年”以七个满分获得了最终的冠军，他们欢呼雀跃地跳了起来。这时候，脸谱人缓缓地摘下脸谱，一张熟悉而陌生的面孔出现在了四个年轻人面前。

他是魏霆。

魏霆微笑着拍了拍大家的肩膀，然后走下舞台。舞台下，上官潇潇微笑着站在那里，等待他的拥抱。

此时的魏氏戏舍，赵旗穿上了戏服，登上戏台。魏氏戏舍已经停业一年多了，空荡荡的院子里一个人都没有。但是竹椅摆上了，方桌摆上了，盖碗茶也冲上了，它们静静地摆放在那里，仿佛有很多人来过，又走了，又仿佛在静静等待着下一批人的到来。赵旗环顾着这空荡荡的茶园，缓缓地挥动黄忠的老刀，唱起来：

师爷说话言太差，
不由黄忠怒气发。
一十三岁习弓马，
威名镇守在长沙。
自从归顺了皇叔爷的驾，
匹马单刀我取过了巫峡。
斩关夺寨功劳大，

军师爷不信在功劳簿上查一查。
亦非是我黄忠夸大话。
铁胎宝弓手中拿，
满满搭上朱红扣，
帐下儿郎个个夸。
二次里忙用这两膀的力，
人有精神力又加。
三次开弓秋月样，
再与师爷把话答。

不管岁月如何飞逝，不管时代如何变迁，魏家大院始终在那里存在着，仿佛从未改变。

——终

如果内心足够温暖，这座城市就不会有温差

关于征集“我和成都”现实主义题材文学作品的公告，我是在老庹的朋友圈里看到的。我决定去试试，因为有稿酬。主办方给了四个主题：“社区治理”“抗疫”“武侠”“都市”。这四个主题里面，社区治理是最难写的，稿酬也是最高的。我选择最难写的题材，就像一个赌徒，把筹码推到赔率最高的那个格子里。

大纲顺利通过，我开始创作三万字的样稿。样稿花了十天时间，当我报给主办方后，老庹打来电话：“你是不是在写一个名叫《花重锦官城》的小说？”我说：“是啊！”他说：“样稿我看了，很不错，希望你能被选中，希望你能继续写下去！”我很高兴，但听天由命。

不久后，主办方通知我：“样稿通过了，你可以继续往下写。”听到这个消息，我反而忐忑了。

自2004年起，我便在网络上写一些中短篇小说和影评，拥趸不少，没有稿酬，但我乐此不疲，因为我知道，只要肯写，就有人肯读。那个年代，人们都很单纯。写小说的人单纯就是喜欢写；读小说的人单纯就是喜欢读。我和读者的关系就像是在路边拍画片的小伙伴，互动亲密，不谈金钱，纯粹为了享受这份乐趣。

2009年之后，世界变了，我也变了。一方面，在电脑前读小说的人越来越少。因为读者们都长大了，他们要结婚生子。另一方面，我也越来越不想写了，因为我也步入了人生新阶段，需要面对更多的责任和压力。各大文学论坛随之沉寂，失去了往日的喧嚣与活力。2009年，仿佛经历了一场高考，高考过后的文学论坛跟校园一样，一片寂

静，一地鸡毛。

又过了几年，一个论坛老友联系到我："你还在写东西吗？如果在写，就加入我们团队吧，我们团队叫'七个枪手'！"后来我才知道，她说的"七个枪手"是由影视学院毕业的七个编剧组成的，主要在网上接一些小剧本，诸如公司年会小品、企业微电影等。活很多，钱很少，但我做得挺起劲，因为我确实需要钱，哪怕两三百元也能让我高兴好几天。

也就是从那时起，我学会了揣摩甲方的用意，度量甲方的趣味，如同一个厨师，你得先搞清楚对方要点什么菜，怎么做这道菜才能匹配对方的胃口。我变得老练而圆滑，狡黠而世故，成为团队里通过率最高的那个老家伙。回过头来看看那几个年轻的"小枪手"，他们不是写得不好，而是作品里表达了太多的个人情感，他们单纯而执着，不愿为了降低水准来迎合客户的口味。

看到他们，我仿佛看到了年轻时的自己，有观点，有理想，有审美标准。后来他们一个个离开团队，结婚生子，过上了平凡的生活。我理解，他们正在走我曾经走过的路。但我相信总有一天他们会回来的，就像现在的我。

小说也好，剧本也罢，我把写作分为两大类：私人化写作和商业化写作。私人化写作是佛系的，充斥着个人的情绪和观点、思维方式和生活方式，作品中有思想碰撞而迸发的火花和灵魂深处散发出来的芬芳，但是人们都很忙，没有时间与你共情和共鸣。作品好，有人会看，但不会花钱看；作品不好，就只能自娱自乐。只有极少数自带流量的作家会带着署名的作品打入市场。

另一头，商业化写作倒是很热闹，市场一片繁荣。一方面，小说向爽文靠拢，读来怎么爽就怎么写，想着法子让读者成为充值会员。另一方面，故事向合同靠拢，甲方要什么，就写什么。只要甲方满意，不用在乎观众感受。"杯子和杯子碰在一起，都是梦破碎的声音。”其实对于写手来说，放弃不可实现的梦想未必是一件不幸的事。写一些有价格的作品与写一些有价值的作品并不冲突，有人肯花钱买你的文字，就是对你才华的一种肯定。

就我个人而言，我经历了两个阶段：2009年之前，我的作品可以署名，但是没钱；2012年之后，我的作品可以换钱，但是不能署名。正因为体验过了写作的两个极端，我渐渐坦然，并开始思考，如果那些朋友回来了，我们该如何平衡创作的纯真与市场的KPI要求，创作出既有深度又有价值的作品。

可是，有的朋友回不来了。

有个朋友，获得过各种文学奖项。他从很远的城市坐火车来见我。我们坐在河边，一边喝酒，一边谈论诗歌、小说、戏曲、电影。他说了很多话。他对文学的理解和造诣铄古切今。我们谈得很开心，在一个功利时代，遇到一个和你谈文学的朋友，很是难得。第二天，他坐上火车，又回去了。不久以后，他发了一个朋友圈，他穿着西服，打着领带，拿着合同，配文如下：5年存下20万。50岁后每个月领取3000元，一直到老，有兴趣call我。我是你最专业的财富管家，本公司旗下多种理财产品任你选！

后来我才知道，他大老远赶来看我，就是要告诉我，他不写了，写不动了，他有孩子和老婆，该挣钱了。这个话题太沉重了，当时他没有说出口。这是大多数文学爱好者的现状，在年轻的时候，追逐梦想，在不年轻的时候，回归现实。

我现在才明白，有创作项目资助，并且能署名，还能获得稿酬，是多么幸运的一件事。不是每个写手都有这样的机会。我是从三万字之后才开始认真对待这篇小说的。从2020年深秋到2021年初夏，写了整整一个冬天和一个春天。无数个深夜，我独自趴在窗口，凝视着这座城市的万家灯火，心中坚信，这座城市里有马在舟，有关飞雪，有蒋大坤，有马晓晓，有小武……故事中的每一个人都能在现实世界里找到灵魂和肉体。

我希望他们都是善良的，哪怕是锱铢必较的冯老三，也会在疫情来临时把囤积的所有物资无偿捐赠出去；哪怕是不孝浪子陆易斯，也会在历经半生漂泊后选择回到母亲身边；哪怕是好逸恶劳的段小强，也会在认清真相后振作精神，重新做人。

我希望他们都是幸福的，哪怕经历过大半生的颠沛蹉跎，马在舟和关飞雪终会在大雪纷飞的夜晚结束爱情的长跑；哪怕经历过数十年的生死离散，马晓晓也会在另一个城市里与她爱慕的小丁重逢；哪怕过去有过多少恩怨纠葛，蒋大坤和朱晓慧，以及关飞雪和康红玲，最终都能摒弃前嫌，达成和解。

我希望他们都是执着的，哪怕这个时代充满了现实对信仰的诘问，他们也能为自己找到坚守的力量和信念，就像魏霆；哪怕这个世界充斥着对生活的曲解和误导，他们也能在历经曲折后选择最真实、最纯粹的自我，就像马晓晓；哪怕城市在快速的扩张和运转中显得冷漠和无情，他们也能为自己的身体和心灵找到温暖的港湾，并成为这座城市的主人，就像汤小金。

2021年的4月16日深夜，小说完稿，我再次走到窗口，仰望夜空。这个宁静的夜晚，静得仿佛什么都没有发生过。但我知道，很多人来过，又走了，带着他们的体温，在这个微风轻拂的夜晚，如璀璨星河。

一些朋友和老师读完小说初稿，给予我很多肯定，也给了很多意见。我听到的最强烈的意见是：你怎么能让小武死？我又何曾忍心让小武死去。但从剧情角度来说，让一份圆满更加圆满，需要用一种残缺来铺垫。一个人的不幸是为了让更多人的幸福变得弥足珍贵。

记得那个冬天的早晨，我在河边跑步，一想到小武即将在第六十一章死去，难受至极，于是我停了下来，坐在河边的长椅上，看着冰冷的河水缓缓流淌，竟止不住泪水滑落。我尽量克制和掩饰内心的悲伤。然而，越是克制，越是掩饰，越是悲伤。我感到无比羞赧。一个本该坚强且隐忍的中年男人居然还偷偷流泪，实在说不过去。

不过话说回来，这个时代，很多人都失去了对生活的细腻感知和对众生的深切悲悯。一个虔诚的写作者有义务唤醒自我和他人内心深处的至真至善，为灵魂找到一个栖息的居所。我相信，只要内心足够温暖，这座城市就不会有温差。

2022年5月20日 于内江